诺曼·马内阿
作品集

Norman
Manea

Vizuina

[罗马尼亚]
诺曼·马内阿 —— 著

莫言　徐台杰 —— 译

新星出版社　NEW STAR PRESS

自1966年开始在米伦·拉杜·帕拉斯基韦斯库的杂志《言语的故事》中发表作品起，直到1986年离开罗马尼亚，诺曼·马内阿在此期间共出版了10部作品（5部长篇小说、3部短篇散文集、2部随笔集）。1979年，马内阿获得罗马尼亚作家协会奖，后获作家联盟奖（1984年获奖，后被社会主义文化与教育委员会取消）。1986年后，马内阿移居国外，先居于德国（1987年），后定居美国纽约。

诺曼·马内阿的作品被译为20多种语言，并在各国各大报纸中广受褒奖，在美国出版的作品《十月，八点钟》（*Octorber, eight o'clock*）、《论小丑：独裁者和艺术家》（*On Clowns: The Dictator and the Artist*）、《法定幸福》（*Compulsory Happiness*）、《黑信封》（*The Black Envelope*）、《流氓的归来》（*The Hooligan's Return*）被《纽约时报书评》评选为"最重要的出版作品"之一。他曾任美国巴德学院欧洲文学专业教师，同时为驻校作家。

1992年，马内阿获得古根海姆奖学金，并获得著名的麦克阿瑟"天才奖"（该奖被称作"美国版诺贝尔奖"）；1993年，纽约公立图书馆为其颁发图书馆"文学大师"荣誉奖；2002年，马内阿获得诺尼诺国际文学奖；2006年，凭借《流氓的归来》获法国美第奇外国小说奖，同年，因其在文化领域杰出的统领地位，他被罗马尼亚总统授予文化功勋，并当选为柏林艺术学院和诺尼诺国际文学奖评审团成员。2010年，法国政府授予其"法兰西文学与艺术骑士勋章"。

1989年之后，在马内阿的故乡罗马尼亚，他通过Apostrof出版社出版三部作品：故事集《十月，八点钟》，随笔集《论小丑：独裁者和艺术家》和小说《法定幸福》；通过Hasefer出版社出版两部访谈录：《蜗牛的家》（*Casa melcului*，1999年）、《流浪的文字》（*Textul nomad*，2006年）；1996年由罗马尼亚文化基金会、2003年罗马尼亚图书出版社出版长篇小说《黑信封》修订版。

由罗马尼亚Polirom出版社出版的作品有：《流氓的归来》（2003年第1版，2006年、2008年第2版）、《信封与肖像画》（2004年）、《法定幸福》（2005年第2版）、《论小丑：独裁者和艺术家》（2005年）、《傻瓜奥古斯都的学徒生活》（*Anii de ucenicie ai lui August Prostul*，2005年第2版）、《黑信封》（2007年第5版）、《逃亡者的抽屉》（*Sertarele exilului*，2008年）、《里昂·沃洛维奇谈话录》（*Dialog cu Leon Volovici*，2008年）、《分离之前》（*Înaintea despărții*，2008年）、《索尔·贝娄访谈录》（*Convorbire cu Saul Bellow*，2008年）、《与石头的谈话》（*Vorbind pietrei*，2008年）、《中庭》（*Atrium*，2008年第2版）、《一副自画像的变体》（*Variante la un autoportret*，2008年）、《巢》（*Vizuina*，2009年）。

曾经有人说过:"生活的道路就像一把锋利的刀:一边是地狱,另一边也是地狱,生活的道路从他们中间穿过。"

目录 CONTENTS

代序

第一部分　　　　　1

第二部分　　　　　94

第三部分　　　　　269

第四部分　　　　　351

代序

一些东欧知识分子在美国的"巢"

这部小说《巢》（罗马尼亚语原文为 *Vizuina*），是罗马尼亚作家诺曼·马内阿（Norman Manea）2009年的作品。

译文是从罗马尼亚语直接译为汉语的。

出版者希望我能为这个译本写一个序言，因为我在几年前曾翻译过这部小说，不过，那是从2011年法国Seuil出版社的Marily Le Nir翻译的法语本 LA TANIÈRE 转译的，原因很简单：我不懂罗马尼亚语。

近日，我读了一遍这个直接来自罗马尼亚语的译文，所谓"温故而知新"。但是，对作品的主题、风格等，我的头脑中并没有太多新的想法，于是，大致借用几年前写的那篇"译后记"，稍作改动，如下：

* * *

《巢》描写了一些生活在美国的东欧知识分子（显然是作者所熟悉的罗马尼亚人）的生活和言行。

这些流亡知识分子大致可分为三个年代的人：最老的一代以科斯敏·迪玛教授为代表，他的弟子辈以小说的一号主人公奥古斯汀·戈拉教授为代表，还包括米赫内阿·帕拉德教授、科齐大夫等人。再下一辈的，就是另一个主要人物彼得·加什帕尔。

由于小说的人物关系很繁复，故事细节的数量又很多，且没有一条明显的故事线索，能把零散的人物和细碎的情节连接起来，以至于阅读起来相当费力。因此，我觉得有必要在此把小说的主要人物关系梳理一下，以便读者的阅读和理解。

最早从东欧故乡来到美国的，是大师迪玛。后来，帕拉德经过在美国的迪玛和在国内的戈拉的帮助，也来到美国。再后来，帕拉德教授在美国被人杀害。这位米赫内阿·帕拉德在罗马尼亚当大学生时，曾跟戈拉教授一起参加过地下读书会，即小说中经常提到的"阁楼"上的"嫌疑者"的"聚会"。他本以为在美国能过上好日子，却不料被人莫名杀死。

戈拉后来也来到了美国，他是靠妻子露德米拉（简称露）的家族在国内的影响力得到护照的。但露没有跟戈拉来美国。戈拉来美国时，一开始靠富布莱特奖学金，后在"美国之音"工作，再后来在州立大学获得了一个临时工作岗位，再后来当了大学教授。

早年，戈拉教授娶露之前，跟一个叫艾娃的女人有过一段婚姻。艾娃后来嫁给了社会主义制度下的检察官大卫·加什帕尔（早年的钟表匠），生了儿子叫彼得。

彼得·加什帕尔也是这部小说的主要人物,他跟表姐露(即戈拉的前妻)一起来到美国,一度共同生活。彼得·加什帕尔到美国时,曾有一份纽约大学博士学位奖学金,但他没有利用,而是靠打工过着艰辛的日子,他翻译过航空公司的航班菜单,开过出租车,在加油站打过工,后在学院院长和戈拉教授的推荐下,当上了大学教授。

露在美国也干过种种零活,后来在科齐大夫的诊所工作。而这位科齐大夫,跟戈拉教授是小时候的同学。于是,后来发生了戈拉教授到科齐大夫的诊所找寻前妻露的故事。

彼得当上教授后,曾给一个没交考试作业的女学生好分数,结果引来了该女生一系列充满"反讽"意义的信件。但令人料想不到的是,后来,他跟这位叫塔拉·尼尔森的女学生之间发生了一系列故事。

彼得就帕拉德之死写了一篇文章,因此大概得罪了一些人,后来,他收到了匿名的死亡威胁明信片,疑心此事跟他的文章有关。为此,他曾数次打电话给智者戈拉,向他求解,不过,戈拉更多地是倾听,而不是给他答案……

在小说的后半部,彼得·加什帕尔神秘地失踪了。失踪之前,他去了一趟科齐的诊所,留下了一个圆筒,里面是一头大象创作的绘画艺术品。他到底去了哪里,是不是被震惊世界的"9·11事件"夺走了生命,还是去什么神秘的地方隐姓埋名了,小说一概没有交代……

而戈拉,则受到心脏病的不断折磨,几次动手术,又几次发作……

至于小说中若隐若现的叙述者"我",应该也是一个罗马尼亚流亡者,至少,他跟奥古斯汀·戈拉、彼得·加什帕尔有着相当亲密的关系。

小说写到最后,"我"和露在一起同居……

* * *

众所周知,作家诺曼·马内阿是1986年离开祖国罗马尼亚来到西方世界的,而小说《巢》中,主人公所经历的事大都也发生在20世纪80年代之后的美国,很明显,《巢》在相当程度上可被看作是一部"传记小说"。

已读过马内阿另一部作品《流氓的归来》的细心读者再来读《巢》,或许会在《巢》中看到《流氓的归来》的影子,即某种自传的影子。也就是说,小说《巢》在很大程度上是作者马内阿在西方定居生活的一种"自我虚构"化的直观反映。

作为某种形式的自传小说,《巢》着重描写了主人公戈拉、彼得等在所谓的"自由世界",也就是作者马内阿所经历的"第三种社会制度"下的生活。

当然,出于交代人物关系、铺垫人物思想脉络的需要,作者马内阿在《巢》中还是回顾了戈拉、彼得等人出国之前的生活,这也从一定程度上让作者不无忧伤地回忆了他更熟悉的"第二种社会制度"——中央集权的封闭的社会——中的机械生活,另外,为交代彼得·加什帕尔的家庭背景,小说还稍微涉及了第二次世界大战中纳粹对犹太人的大屠杀的情景。

战争期间大屠杀带来的阴影创伤、封闭的集权社会带来的沉重精神桎梏,还有无序的自由世界带来的心灵迷惘,这前后持续的三段历史,恰恰构成了作者诺曼·马内阿迄今为止亲历的一生。而小说《巢》以回忆、提醒、复述等写作手段,反映了主人公经历的这三段错综复杂的历史过程,使得小说成了真正意义上的自传小说。

当然,《巢》的主要情节背景还是在美国的流亡生活。而透过这段自由、混乱、艰辛、迷茫、充满诱惑与威胁的国外生活,作者对人类命运、民族命运、个人命运,对往昔与未来,对生老病死,对故国文化与人类文明之间关系的思索跃然纸上。

也许跟一些读者所期望的相反,小说中,流亡美国的众多东欧知识分子处境坎坷,他们或多或少、或早或迟地意识到,自己选择流亡生活,就等于陷入到了一个"极端环境"中,他们得重新学习"更新的战略"。一方面,他们得努力融入陌生的美国社会,而另一方面,还要跟在远在罗马尼亚的家人保持接触,不敢轻易抛弃对往昔的记忆。

从专制的罗马尼亚来到自由的美国后,主人公们既感觉到了思想的自由,也感觉到了语言的困惑,既体验到了自由竞争的种种机会,也面临着生存的种种危险,甚至有人死于非命。帕拉德的惨遭谋杀就是例子,而彼得也因为写了分析帕拉德被害的文章,而感到来自暗处的威胁,随时都会有生命危险。彼得因此而失眠,陷入了"两难的境地",不知道应该继续"装聋作哑",还是"高喊着冲向现实"。

总之,他们在美国活得并不比在国内更轻松,更自在。

小说的题目叫《巢》,从这个富有象征意义的名词出发,读者应能更好地想象和理解主人公们的生活。

被称为圣奥古斯汀的戈拉教授就生活在某种"巢"中,他离群索居地独自生活,处在书籍的包围中。而在与现实隔绝的巢穴深处,他一方面为其同时代人撰写讽刺性的悼文,一方面则时时回想起他的罗马尼亚往昔,尤其是他的前妻美人儿露。

这"巢穴"既安全,又危险,既是在自己家,又是在别处,活在巢穴中的人既想有所作为,又处处遭受限制。"巢穴",它缺少一点人性的价值,有的只是生活的基本条件,而且这基本的生存条件还受到了威胁。

小说借由"巢"这一地点形象,还对希腊神话中牛头怪弥诺陶洛斯把英雄忒修斯关在迷宫中的故事作了影射。

古代的迷宫和现代的巢穴由一根谜语之线连了起来。读者不妨可以这样联想:小说主人公彼得也一样,渴望在现代美国社会这一"巢穴-迷宫"中复仇,而这迷宫,用人物自己的话来讲,就是"繁荣的快乐地狱""极权的谎言殖民地"。

多年之后,为逃避那样一种流亡生活(不然,又是为了什么别的目的呢?),彼得·加什帕尔失踪了。很可能,他认识到了,这个美国并非完美的理想国,也不是流亡者的避风港。他得选择一个终结:神秘主义?为艺术而艺术?死亡?……

彼得·加什帕尔当然不是唯一的一个醒悟者,奥古斯汀·戈拉同样,他也时时在反思。

此外,作者还通过一个从小说一开始就很活跃,而到小说结尾时依然很活跃的次要人物之口,说出了当年的纳粹德国,后来的东欧兄弟国阵营,以及当今美国社会的一致本质。他就是一个来自前苏联,在纽约当出租车司机的波尔坦斯基,他为读者留下了一段至理名言:

我们所有人都变成了一串串注册号了。只是不像在奥斯维辛那般将数字纹在臂膀上，而是烙上了信用卡、维萨卡、万事达卡、白金卡、社保卡、保险卡、地铁卡、居留证。外来人员居住证证号0298。这就是加什帕尔的号码了。

很明显，社会制度虽然不同，但制度对个人的控制依然存在，只不过是换了一种方式而已，它从意识形态转到了商业，从上层建筑转到了基本生活。小说中戈拉教授突发心脏病时，连连打电话给医生，但都得不到丝毫回音。这一故事插曲，是对"人即号码"的社会的一个精彩描述。

飞鸟归巢，走兽归穴，落叶归根，流亡的人们，归宿又在哪里？迷途的羔羊，能够找得到归路吗？

行文至此想起了陶渊明："归去来兮，田园将芜胡不归？"

* * *

小说《巢》的字里行间，充分体现了马内阿的一些写作特色。

在我看来，这些特色有那么几点：

一是采用了时空倒置的叙事手法。

二是故事情节多枝节、多层面充分展开；这一特色持续地体现在他的多部作品中。追求复杂，喜爱错综，这兴许跟他当年上大学时的理工科学历有某些关系吧。

三是他对一些文学名著做了直接援引和间接影射。

其一，小说采取了时空倒置的叙事手法，这一点用不着多分析，读者自会注意到。

其二，小说中故事情节的展开，是多枝节、多层面的，我们已经在上文中梳理人物关系时提到了。要不是这样，我似乎也不必专门写一篇文字充当"代序"，把整部小说的故事情节特地交代一下的。要知道，不做一下这样的交代，一般的（粗心的）读者恐怕很难把握住作品的人物关系，很难紧紧地跟上作品的情节发展。

其三，至于文学名著，我们不得不提一下德国作家托马斯·曼的《魔山》。《巢》中主人公彼得的外号"明海尔"来自它，彼得在国内赢得的文学名声也得益于它，而且，《巢》的总体故事线索，也从《魔山》中获取了启发。

我们可以直接地比较一下。《巢》曾用这样的文字提到《魔山》：

痴情于阅读和肖夏夫人的彼得在忧郁的卡斯托普的照看下，一步步走向了死亡。明海尔·皮佩尔科尔恩被高烧击溃，长辞于世。在这之后，忧郁的卡斯托普也随之失踪，被战争的启示录所吞噬。

而在《巢》中，戈拉教授得了重病，几次动手术，而忧伤的彼得也在"战争的启示录"一般的"9.11事件"的背景中神秘地失踪。

当然，小说涉及到的文学名著，还有豪尔赫·路易斯·博尔赫斯的小说，尤其是《死亡与罗盘》，正是阿根廷盲人博尔赫斯的这部小说，为"致彼得的威胁信"提供了谜语的引文。

从某种意义上说，整部《巢》的情节和线索，都是由《魔山》和《死亡与罗盘》给串连起来的。马内阿的这部作品，似乎很好地阐释了在西方红极一时的所谓"互文性"的文学理论。

马内阿对前辈文学大师托马斯·曼和豪尔赫·路易斯·博尔赫斯

如此显而易见的借鉴,不知道是不是能为这部小说增添一些光彩。或许,他这一点做得有些费力不讨好。不过,这一点应该由读者来评说。

随便提一下,大象的形象在书中被多次提到,"大象"不仅是主人公彼得的外号之一,还是他最后留给友人的艺术作品的"作者"。另外,作品花费了不少笔墨,多处仔细地描写名画家达利那幅《太空象》的画作,以串联主人公的梦境、想象和现实生活的故事情节。

* * *

阅读马内阿,很自然地令人联想起捷克人昆德拉和阿尔巴尼亚人卡达莱,这三位东欧作家的作品我都是翻译过的,当然,都是由法语转译的。

这三个人,都是流亡在西方的东欧文学家,他们的文字中时时流露对母语、对祖国文化、对故乡文明的深切感情,当然,还有流亡生活的辛酸,以及在外语环境中生活的异化,在我看来,他们的这一类情感如出一辙,尽管他们使用了不同的语言:捷克语、阿尔巴尼亚语、罗马尼亚语。

此外,阅读和翻译马内阿,还令我很自然地联想到贡布罗维奇、埃里亚德、米沃什……他们的文字中同样流露出了思乡、异化、迷惘等情感。由于他们本身的才华,他们的语言天赋,还由于他们特殊的政治生活经历,由于他们或流亡或受迫害(或……)的复杂生活,这些东欧文学大家的作品,丝毫不比西方一流的作家来得逊色。

中国对外国文学的介绍和接受,大都以西方为中心,而西方,则又是以两"希"为中心,即所谓的希腊与希伯来,从语言上说,英语(美语)最为强势,从文明起源上说,希腊罗马最有资格,而从宗教影响上说,基督教(天主教、东正教、新教)又是后来居上。其实,现今世界的文学已经没有了早先的中心,或者可以说,形成了若干的、诸多的中心。传统的文学大国如英国、美国、法国、德国、俄罗斯、意大利、西班牙等依然保持着文学上的繁荣景象,而很多"小语种"文学,则借由文化传播途径的便利、地球村的形成,让自己独特的文学被全世界他国的人所熟悉。文学上,甚至文化上,已经由"众星捧月"的局面,变为了"群星灿烂"的场景。拉丁美洲的文学、黑非洲的文学、中国文学(包括世界各地的华语文学)、印度文学……各有各的辉煌,各有各的特点。而东欧(或说是中欧)也更多地显现出了它自己绚丽多彩的文学样貌,捷克语、波兰语、匈牙利语、阿尔巴尼亚语、罗马尼亚语、塞尔维亚语等语言的文学,一方面,各有各绝对的语言和民族特点,另一方面又有一些相对相似的区域性面貌。这些,国内的研究者、翻译者、出版者,以及广大读者早已注意到了。我们只要读一读马内阿、昆德拉、卡达莱,我们就会体会领略其中相似又相异的味道。

闲话少说,还是请读者来读一读马内阿吧……

如果有兴趣的话,读者还可以再找一找贡布罗维奇、埃里亚德、米沃什、赫拉巴尔、昆德拉、卡达莱的作品,去读一读吧。

当然,还有那个一辈子都呆在布拉格的犹太人卡夫卡……

余中先

依据2012年3月撰写的文字改写

2018年11月于厦门大学敬贤楼

第一部分

天色微明，晨光熹微。魔术师修长而健壮的手臂开启了新一天的魔法。一辆黄色拉达车在路边的水沟旁缓缓停靠下来。

"去宾州火车站。"

方向盘上边是司机的照片和名字：列夫·波尔坦斯基。

"您是俄罗斯人？"

"我以前是。"

他嗓音沙沙哑哑的，脸盘微宽，还有着一双细细小小的眼睛。

"您从哪儿来？"

"敖德萨[1]。"

"敖德萨好像是在乌克兰吧。"

"苏联！敖德萨和我一样都是苏联的。现在大家都不大能区分白俄罗斯和乌克兰。你不是美国人吧？"

---

1 乌克兰南部城市，为乌克兰第二大城市。

"现在我是了。就和您一样。"

不，显然这一天尚未开始。

刚开始，那位陌生人先伸出了一只白色小手，递来一张白纸卡。那纸卡很干净，上面印着金色的字母。

"我在想您是否愿意给一个广告走场。是给一个电视广告出镜。挺赚钱的。"

在他面前是小小的科齐大夫，而在科齐面前，他却想到了露。虽然并不可能在这儿遇到她。

当下！当下！路人暗自腹诽。他新的生活格言就是：活在当下！就这么简短：活在当下！他回首曾经，有的是罪恶的往昔和灿烂却一再踟蹰不前的未来。现在，然而，现在……他愣在原地，面对着那位向他伸来一只白色小手的陌生人，满目惊愕。

"您别担心。只是一个问题罢了。仅仅只是一个问题，别无其他。"

这个搭讪有些突如其来，但却处理得平和又谨慎。

突然搭话的是一位年约四十岁的先生。只见他身披浅咖色马海毛长大衣，里着一件干净的白衬衫，未套外衣。他剪得一头黑色短发，双瞳乌黑，极有灵气。一举一动如芭蕾舞者抑或是魔术师般起起伏伏。他从牛仔裤的口袋里掏出一个黑皮小钱包。打开磁扣，从里面抽出几张名片。附上一张白纸卡。那纸卡很干净，上面印着金色的字母：事件代码。

路人并没有专心听，反而全神贯注在搭讪人的鞋子上。牛仔靴！在昂贵的紧身牛仔裤下配这样一双牛仔靴，这位先生实在是优雅极了。

"我是制片人。柯蒂斯。詹姆斯·柯蒂斯。"

名片上就是这么写的：詹姆斯·柯蒂斯，制片人。

"我问自己你会不会答应给一个广告走场。给一个电视广告出镜。挺赚钱的。"

"广告？我吗？什么广告？"

"可口可乐。"

"我？可口可乐？"

"作为国际象棋手。"

"国际象棋和可乐？"

"对，差不多就是这样。国际象棋手专注在棋局上。突然，他伸手去够放在桌上的杯子，而那里面装着可口可乐。"

"啊哈！然后棋手微笑了吧。不过，抱歉，我并不擅长做这样的事情呢。"

"可赚得挺多的，我已经同您说了。而且这个广告会反复播放，钱来得很容易，你想都想不到。"

"不，我不做这样的事。"

"您再考虑考虑吧。您不是有我的名片嘛。如果您改主意了，可以打电话给我。"

"谢谢。不过我也和您说了，我不……"

"话别说那么绝。就像这里的人说的那样。您又不是美国人，不是吗？"

"我怎么不是呢？美国人就不下国际象棋了吗？可口可乐，他们有时还是喝的，还有百事可乐。我虽不喝可乐，但我年轻的时候下过国际象棋。"

"您瞧！我就知道。您挺有棋手范儿的。您再考虑考虑，反正您有我的号码，打给我就是了。您怎么称呼？"

"彼得。"

"彼得，贵姓？"

"彼得。"

"好的，彼得。我记住了，要打我电话啊！"

"棋手范儿！"路人彼得嘟囔着，从百老汇大道和63大街的拐角处离开了。

那制片人就是这样想的，假如他真是个制片人。愉快的一天不是吗？科齐医生？詹姆斯·柯蒂斯，广告制片人，把每日广告送来给我。大夫！我就这样在柯蒂斯的镜子里看了看自己。

朝左迈一步，再走一步。他走下人行道，抬手一挥。出租车！黄色拉达车减速停在了路边的水沟旁。

"去宾州火车站。"

方向盘上边有司机的照片和名字：列夫·波尔坦斯基。

"您是俄罗斯人？"

"我以前是。"

俄罗斯口音。他的嗓音带着老烟枪的沙哑，脸盘宽厚，眼睛细小，一口大牙齿极为醒目，额头上还爬满了皱纹。

"从哪儿来？"

"敖德萨。很少有人知道俄罗斯和乌克兰之间的区别。你不是美国人吧？"

"但现在，我是了。和您一样。您喜欢这里吧，是不是就像在月亮上似的？这里是流浪汉的首都，是怪癖者和梦游者的聚集地。你喜欢这儿？这真是个奇迹！简直就是世界七大奇迹之一！"

列奥瓦沉默着，但却是一副全神贯注的样子。

"1626年，一个叫米努伊的法国人没花几个子儿就买下了曼哈顿岛。就用了24美元!再打发印第安人几颗玻璃珠,齐活儿。后来这里长起了草莓果、野葡萄、玉米和烟草。周围狼群、巨熊和响尾蛇也时有出没。"

不知是叫列夫还是列奥瓦的这位司机一言不发地听着。他既不发问,对路人滔滔不绝的言辞也提不起兴致。他慢悠悠地向前开着车,一点儿也不像个有路怒症的纽约司机。到了34号街,慢慢将车停在火车站前,他按下了计价器。

"多少钱?"

"八美元。"

路人从裤兜里掏起钱来。先掏了一个兜儿,接着换了一个。而后又摸了摸衣兜。只见他把两个裤兜,四个衣兜翻了个遍。嘴里似乎嘟囔着些什么,又似乎没有。

"喏,两美元!我就那么多。就两美元。"

"那怎么行,你说怎么办?"

方向盘上有面镜子。医生啊,瞧见没,我们有面镜子。命运赐了我一面镜子。

"你说什么?"这位乌克兰裔[1]的俄罗斯人问道。

"没有啊,我什么也没说。不过,我现在身无分文。这两美元,是我身上的全部家当。要不,我们现在去银行?不好意思,我也没料到我竟然没带钱。去银行的车费我会一并给您。就去28号街的那个营业窗口。在不远处的拐角那儿,几分钟就到了。"

列奥瓦透过镜子打量着后座的这位乘客,只见他不知用俄语还是乌克兰语在那儿嘀咕。出租车又朝28号街驶去。那家银行挺近

---

[1] 当时乌克兰为苏联的一个卫星国。苏联解体后,乌克兰成为一个独立的国家。

的，就在街角。这位乘客一言不发，就这么等着。列奥瓦想好好看看这个骗子，但光对着镜子并不能看清。于是，他回过头去，想看看这个滑头究竟是副什么嘴脸。

"怎么？你还不下车？"

"我真是一团糟。完全乱套了。我的信用卡在钱包里。我却把它落了。现在我才想起来这回事儿。我忘了我把钱包落在图书馆了，或许它就在图书馆的咖啡厅里。也有可能落在了医生那儿。我之前去他那儿看了病。"

"所以你丢了装着信用卡的钱包。是这样吗？"

"不，我没丢，我只是落在某个地方了。可能是落在了医生那儿，也有可能是在图书馆。"

"那我们现在去哪儿？这段路的车费也用你那子虚乌有的钱付？你不就想说这个吗？走吧。我们去图书馆还是医生那儿？"

这次乘客没有再回答。

"精神科医生？你的那个医生是看精神病的吧？话说回来，这也不重要了。在这里，人们不好奇你有没有病，只会关心你有没有保险。说到底就一句话，您有保险吗？而不是：您哪里不舒服或感觉哪里难受。一个精神科医生，不是吗？"

"他不是精神科医生。我也不知道我把钱包落在了哪里。兴许在图书馆吧。我们现在回火车站去，我要赶不上火车了。"

"难道火车是免费的？"

"我有车票。我买了来回的车票。我已经买了。"

"呵，那我们回去吧。去火车站。免费的？哦，我差点忘了，你还有两美元呢。你给我那最后的两美元，好让我捎你一程。其他就用彩色玻璃珠打发我了，是不？"

"对不起，不好意思。我真的很抱歉。要不这样，我这儿有一张地铁卡。全新的，里头有20美元，我把它给你。我今天刚买的。"

"什么时候？你什么时候买的？去看病之前还是在去图书馆之前？"

"我到火车站的时候买的。"

"我要张地铁卡做什么，我又不坐地铁。"

"要是你家里人坐呢。"

"哟，这现在，你倒还资助起我家人来了。鬼知道这卡里的钱是不是早就花光了，还是里面只剩着两美元咧。你不就想说我最好还是拿着你那两2美元的现金吗？是吗？"

"我可什么也没说。我只是想请你原谅。相信我，我真觉得很不好意思。可这种情况时有发生，谁都会遇上。"

"那倘若它就这么发生了，我们怎么办？"

"这样，我们现在去地铁站。就在这附近，银行旁边。我们在充值机那确认下。它是新卡，机器会证明给你看的。我一次也没用过。里面有20美元，这可以查。花你一分钟就成。"

"那谁做这件事呢？"

"唔，我来吧……算了吧，还是你来比较好。你来查。我嘛，我就待在这儿，在车里等你。"

"我，我去检查！那你呢，你岂不是要趁机溜之大吉！"

紧接着，乘客用不知是俄语还是乌克兰语嘟囔了个小短句。

"你把我的包拿去。没有包我也跑不了。相信我。它对我很重要。喏，我把它给你。我就在这儿等着。"

这位乘客把包从座椅上递了过去。列奥瓦接过包。那包沉得让

7

他闷哼一声。

"你这包里装的什么？花岗岩还是水银？水银可能掂着更沉些，是吧？"

"几本书。几件小玩意儿。都是些私人物品。"

"私人物品！难怪这么沉！"

列奥瓦拿着整个包，挺着大肚子，像只鸭子似的朝地铁站径直而去。他回来时，因为左手拎着那个死沉的包。整个人朝左歪斜着。"嗯，卡没用过，里头是有20美元。我收下了。"

正当他想上车时，一位一身黑的意大利人挡在了车门前。这位先生的衣服、长裤、礼帽，无一不是黑色皮质的。

"我得去趟韦斯特切斯特。很急。赶时间。我付你100美元。"

"韦斯特切斯特。不行。我现在脱不了身。车里这疯子还没钱付我车费呢。"

"多少钱？"

"8美元。嗯，12美元。现在应该是12美元了。"

"管它是8美元还是12美元，我都付你。我给你20美元吧。拢共120美元送我去趟韦斯特切斯特。快，我们走吧。赶紧的。"

列奥瓦看着这个黑手党，朝自己的汽车迈近了一步，将手中的包一下子举起来，活像一个举重运动员。

"不，先生，我不去什么韦斯特切斯特。我得把我的乘客送去火车站。我们现在得去火车站！他就要赶不上火车了。"

"火车站？他走着去就是了，又不远。我可会付你120美元呢。"

"我不是同你说了吗，不去，我是不会去的。"

"傻子，你真是一个傻子。"这位黑手党大声嚷嚷起来。

列奥瓦也不觉得自己被冒犯了。"对,先生,我同意你的看法,我就是傻。"他将包还给乘客,"嘭"地摔上车门,用不知是俄语还是乌克兰语咒骂着,坐进了驾驶室。他也不发动汽车,只想好好静静,错愕地望着后视镜里的乘客。

"你为什么去看医生?你病了?"

这位病人缄默不语。

"病得严重吗?"

"我什么鬼毛病也没有。"

"那你干嘛去看病呢?是美国人说的那种定期检查吗?可你又不是美国人。你到底得了什么病?"

"不是跟你说了嘛,我没得病。什么病也没得。"

"在这儿呀,我们就是一些数字。仅此而已。保险、账户、信用卡。全都是一些数字。你去医生那儿做什么呀?是你夫人病了吗?是你夫人吗?要按这里的说法,她就是重要的另一半。妻子,女友,情人,都是。你那重要的另一半,是她生病了?"

"不,她没病。她是在医生那儿工作。我会时不时过去看望她。她知道我什么时候和医生有约,我去她就走。我肯定她现在也知道。我今天去的时候她就不在那儿。"

"离婚了?也就是说,你们已经分居了?尽管她已不愿再见你,你还去看她?你是这个意思吧?"

"我们没离婚。"

"哦,那我们现在去火车站吧。"

列奥瓦发动了车子,车身猛地一震。到了火车站,乘客拿包下了车。

"先生,你等等!拿上你的地铁卡,快把这劳什子从我这儿带走!"

"怎么?我们不是已经说好……?"

"滚!滚!滚!"列奥瓦用不知是俄语还是乌克兰语朝他怒骂起来。

跻身熙熙攘攘的人群,置身喧闹嘈杂的车站,片刻,这位旅客发现了列车时刻表,接着,他找到了9号站台和那辆火车。

当下,此乃全部。这不坏,算不上糟糕。伴着规律的节奏,火车缓缓驶离了这座都市。

不算坏,指不定还有更糟糕的情况呢,乘客瘫在座椅里暗自思忖着。他的包就放在身侧靠窗的空位上。他想着那张崭新的地铁卡。是列奥瓦的礼物。那个老实的俄罗斯人,也就是以前的乌克兰人,苏联人。老实憨厚,为人正派,医生啊,这就是我今天的结论了。露还是没有出现,这样或许更好。我得慢慢习惯,而她也许已经习以为常了。不,她还没习惯吧。不然,她今天应该在那儿才对,如果已经习惯,她就不应再耿耿于怀。她在逃避,她是在回避过去。抑或是她在逃避当下。当下即为曾经,所以她才没有来,为了让我没有镜子。让我回避那面陈旧的镜子和那面崭新的镜子。这个可爱的她是在保护着我呀。

不,这不是早晨的开始。真正的开始应该是更早前,在科齐医生的诊所里。这天的秒表早在那时就走了起来,且走得一去不复返。

"你照照镜子!"医生指示道。

病人盯着自己的皮鞋。巨大的,阴郁的,死气沉沉的史前动物!

"您照过镜子吗?我同您说了多少遍了,您得练习。锻炼锻炼！控制饮食！放松放松！早些时候，农民都没有神经官能症[1]的。连那些整天在林子里砍树的人也不会得这个病。身体是革命的本钱。如果我们不爱惜自己的身体，生活就变得痛苦不堪。您照过镜子没？"

后颈酸沉，手臂抽痛。他不住地发抖，冒出涔涔冷汗。他慌得失魂落魄。

"减减肥！做做运动，别太有压力。头疼吗？赶紧服点药。有点恍恍惚惚？对什么都提不起兴趣？那就出去散散步。这没什么大不了的！要真有什么紧急情况，就叫辆救护车。现在，还不至于如此。发病，精神病发作不过是植物神经系统的一些问题，就像我们这儿以前说的那样，消化不良是久坐不动的下场。"

医生看着病人，而病人则若有所思地看着自己那双鞋。

"溃疡？或许吧。血压140/92。不算太糟。后颈疼痛？这是您久坐不动造成的。先生，您可得多走动走动！您照过镜子吗？您最近有没有看看镜子中的自己呢？心电图？您是拿钱打水漂呢。您的问题不在心脏，而是应该多锻炼锻炼，控制饮食，出去透透气！这才是您的药方，好好调整自己的生活方式。说起来您照镜子了吗？没照？真是一头大象！"

病人迷迷糊糊地离开了诊室，来到附近的公园，坐在一张长椅上。

周五，日过半晌，充斥着节假前的繁忙。所有的职员们对周末已经迫不及待。这七天七夜的轮转，期盼总是兴起又破灭。春日的

---

[1] 一种常见精神疾病，有焦虑、紧张、烦躁、郁闷、头痛、失眠、心悸等多种临床表现。

天空阴晴不定：医生就在那儿。小科齐·阿维森纳医生。镜子，你听！病人将所思所想抛诸脑后。公园里，三个木偶表演者用自己灵活而黝黑的手指，在音乐的轰鸣声中娴熟地操纵着木偶。木偶在幕前发狂似的蹦跳着。医生就在他们中间。他们的左右两旁各有一条小径，不同年龄和肤色的行人来来往往。医生就在他们中间。城市的万花筒旋转起来，而小科齐就在那中央。

在火车的左侧，河水缓缓地流淌。人不能两次踏进同一条河流。透过车窗，向外眺望，沿着铁轨，乘客看到河流不曾朽迈，也非一成不变。变化着的还有那空气和那飘忽的睡梦，它们有着治疗的效果。

过往、当下与未来。光阴即本体，这就是远景吗？和缓的水流，消逝的瞬间，还有腐物和粪便。在一片寂静中，水位缓缓地上升，渐渐淹没了沉睡中的这位乘客。乘务员轻拍他的肩膀，告诉他列车已经到站。

他急匆匆地捎上自己的包和上衣便下了火车。看着面前这条宽阔而平静的河流，他不禁充满了迷茫。

呵，他到了！荒凉的月台，绵延的群山，河流也近在咫尺。天色清冷的下午。世界的起点。他从未怀疑自己正无限接近于那个尽头，那个属于他的世界的尽头。

秒表正吞噬着停战的分分秒秒。

*　*　*

彼得突然出现，像是在一个美梦中，又像是坠入一场梦魇。

"明海尔·彼得·加什帕尔。我是明海尔·彼得·加什帕尔。"

声音从虚无飘来，戈拉教授忽然不知自己身在何处。教授看了看满墙的藏书，沉默不语。他压根没心情回答，这个意外如同一场侵略。

彼得！明海尔·彼得·皮佩尔科尔恩，是最近几十年读过的一本书里的著名人物吗？还是那个外号叫明海尔的彼得·加什帕尔，之前在巴尔干社会主义文学咖啡馆的那个。

一切都变得不确定起来，只有他眼前和脑海中的书架是唯一真切的。

加什帕尔这个年轻人唯一发表的一篇文章也叫《明海尔》。它发表在那个"法定幸福"的年代里，他习惯这样称呼那个曾生活过的天堂。他这个外号说起来也有些古怪，和图书馆有着千丝万缕的联系。

戈拉早已在美国销声匿迹了一段时间，彼得·加什帕尔是怎样找到奥古斯汀·戈拉教授的电话号码的呢？

"你在哪儿？你到这儿，到美国了？来到了另一个世界？"

鬼魂确认道：是的，他许久前便已至此，以博士奖学金生的身份在纽约大学学习。

"博士？建筑专业的？你好像不是……"

"不，我不是建筑师。只是一个建筑技术员罢了。大学三年级的时候，他们又逮捕了我父亲，然后把我赶出了家门。学了三年建筑，充其量我也就算个技校文凭。"

"那这儿的博士学位……"

"老师，这是艺术学的博士学位，研究艺术史的。在我们那迷糊的祖国，会上一些晚课。即便是艺术史也是如此。这你怕是不知道吧？"

"是的,我之前不了解。"

事实上,戈拉教授对此一清二楚,了如指掌,只是他不想让这场谈话无休止地进行下去。

加什帕尔并不奢望像奖学金项目规定的那样,成为一个德国表现主义领域的专家。他不过是想留在这个新世界,仅此而已。

恰是此时,希望会在东欧重生?他来到这里,既不具有年龄的优势,也无须为那不存在的孩子的未来考量。那么……他是自己来的?不,和他一起来的还有露……她大学学的是英语,戈拉教授记得很清楚。英语使她在这个分崩离析的世界能有一席之地。是的,她教彼得学了当地人的语言,但结果似乎却不尽如人意。他还听不懂地铁报站,目前他们俩均未获得工作权。面对戈拉教授几个无趣的问题,他都简单地一语带过。

"我受够了,不就这么回事儿嘛。我并非探险者,对旅游毫不热衷。我也从未踏出过象牙塔一步。从未!在同一个地方,法定幸福存在了40年!现在,我出来了!一劳永逸[1],就像这里说的那样。我想放弃一切责任。于我而言,这一需求是绝对且刻不容缓的。就在现在,在葬礼之前。放——弃——一——切——责——任。"

他一字一顿地说了两遍,仿佛是在对着傻瓜说话,又像是在对自己强调:"放——弃——一——切——责——任。"

他所说的,是终结,而非起始;是脱离一个环境,而非进入另一个环境;是离开,而非到达。

"你说得有道理。我不是想要一个全新的环境,不过是想把自己从那个旧世界中解放出来罢了,然后在另一片土地上和死神捉迷

---

[1] 原文为英语:for good。

藏。现在我需要一份工作,拿一份工钱。如果继续玩弄奖学金的把戏,那不免太过虚伪和无趣。露现在做着保姆[1]的工作。尽管她自己没有孩子,但她一直都很喜欢小孩儿。"

所以,冒险家是为了冒险而来……戈拉教授满目愁容地苦笑着,望着那堆满冒险小说的书架。

"你是来冒险的吧?"

"我可没说是为了冒险。我是要放——弃——一——切——责——任。"

彼得·加什帕尔对戈拉教授千叮咛万嘱咐,千万别给他寄钱。他只是想偶尔能和认识的人说说话,听一听过来人的建议,如此罢了。

认识的人?是的,当奥古斯汀·戈拉教授还是露德米拉的丈夫的时候,他二人便已相识。他们应该一直保持联系,这就是新来的人想对他说的一切。

* * *

自戈拉与彼得之间进行了那场模糊的对话,又过去了些时日。或许,这只是戈拉脑海中的一团幻象?彼得承认,当初刚来美国的时候,他本决定不去找戈拉。但后来又不知是什么缘故,他改变了自己的主意。自他来到美国,到做出这个决定,再到首次谈话,光阴在间隙中悄然而逝。彼得消失了,但却继续纠缠着他。教授自问该如何定义现实。启闭双眼,目之所及处有书架上的书籍,宽大明

---

[1] 原文为英语:baby sitter。

亮的书桌，一台电脑，一双放在桌边的红手套，一部电话和一个敞开的大文件袋，那其中还夹着一沓白纸。

彼得·加什帕尔激起了戈拉脑海中不再确定，抑或是不愿意再确定的回忆。戈拉把自己的信念更多地寄托在书籍上，而非那些令人不知所措的记忆里。他更相信记录在书上的文字。那些对话者的，抑或是他自己的思想与灵魂，全都留给了过往。

尽管身处异乡，你仍可以在书中找到过去生活中的朋友。曾经生活中的书早已等待着它的主人。书是可靠的伴侣，它们用另一种语言，和其他的语言一起欢迎主人的到来。忠诚的对话者们，已经准备好重新将旧习赋予他，准备好为那些迷惘贴上人性的标签。

他对彼得·加什帕尔不感兴趣，一点儿也不感兴趣。但他对彼得·皮佩尔科尔恩却是颇有兴致。那场对话结束后，他赶紧读了那本20年代的长篇小说，小说讲的是一个荷兰人的故事。读完三章文字，恍若重新邂逅明海尔·皮佩尔科尔恩，这令他欣喜若狂。

在"魔山"的疗养院里，汉斯·卡斯托普充满怀恋地等着克劳迪娅·肖夏。当他梦中的女人出现时，身旁还有一个仿佛从神话中走出来的伴侣。他额头很高，透着几分红润，脸上沟壑纵横。白发苍苍，长而稀疏。大鼻子大嘴，嘴唇皲裂了几分。手掌宽大，附着一些雀斑，手指修长，指甲尖削。荷兰人凭借自己的身材和口音，统治了疗养院这方天地。一场时断时续，语无伦次的谈话。

我的孩子，现实总会超越一切希望。结——束。我终结了这些。一点儿面包，亲爱的。

皮佩尔科尔恩就是这样称呼那提神的烈酒：面包。

面包，我的小宝贝儿，我们想要振作起来，无论是在债务还是在神圣职责的意义上。绝对而完美。

这个宽背高额，浅色眼眸，思维敏捷的异国人令人肃然起敬，在他的四周布满了白发的火焰。有时候，他会因为严寒和燥热而颤抖。威严的力量，华丽的混乱。

生活是如此短暂，满足它所有需求的能力，我们只被给予一次，我的孩子。法则是那么严——酷——无——情。

零零碎碎如电报般的信息，令人疑惑的含义。一个大人物！伟大的部落酋长啊，他用自己淡漠的表情和目光令他的民众臣服。他那似已掌舵多年的大手，忽然攥成了拳头，砸在桌上。

简单！神圣！一瓶葡萄酒，一盘热气腾腾的炒鸡蛋，一杯清澈透明的谷物酒。一个吻。绝对的满意。绝对的，我的先生。一切都结束了，朋友。

意外的闹剧。就像那将他击倒的力量般，令人无能为力。

自然的礼物是伟大而神圣的，是年轻的。那些生活中神圣却又令人害臊的需求。匮乏不值得被原谅。匮乏带来的恐怖。世界的终点。都结束了，孩子们，结——束——了。

戈拉教授已有二十余年没有亲眼见到彼得·加什帕尔的面容和身影。在这之前也未曾与之有过什么交集，所有关于他的印象都非常模糊。戈拉只记得他长得并不像彼得·皮佩尔科尔恩，就这么些印象。

这个外号还有一些其他的来由。彼得·加什帕尔所写的那篇《明海尔》在祖国的文学界引起了一阵轰动。被迫为奴隶制喝彩的奴隶们很高兴能亲自察觉到那极为隐秘的信号，那是一种嘲讽。难道是藏在这个故事背后的炸弹，是它为彼得·加什帕尔赢得了社会主义地下世界的名声吗？在来自吕贝克的托马斯完成那本著名小说的40年后，就凭那个被刊登在地方杂志上的故事？！那些含沙射影的文字,在审查官的眼皮子底下逃过了一劫?有时总会发生类似的怪事儿,但很快又会被遗忘。出版后,作者很快便被授予了作品中人物的名字,甚至算不上是一个正统的名字,而是一个以敬称代指的"名字"。诸位女士们,先生们。[1]明海尔!这个外号在文学咖啡馆流传开来,又从那儿散布开去。久而久之,有关彼得·加什帕尔的传闻愈发丰富。尽管在这之后这位作者再也没有出版其他作品。他身上的光环并未因此消散。在这个到处都有人鼓唇弄舌的国家,另有传闻说彼得还写了一些鲜为人知的文学谜语;也有人私下窃窃私语说他正策划着一部杰作。流言蜚语,制度的黑面包,还蘸着一些大蒜。

彼得那时候就是个不起眼的技术员,在一家没甚名气的社会主义企业中混日子。工作之余,他还会为一些文化杂志撰写一些讽刺短文,对如枯木般乏味的官话嗤之以鼻。有时,他也写关于体育、戏剧和展览主题的专栏文章,甚至偶尔还涉及集邮和马术的主题。彼得还常出没在各项演出、开幕式和朋友聚会当中。他那虚幻却无处不在的名声,常令他感到尴尬,尽管不算太严重。同时,他又深受遍布在各个角落的间谍的困扰。

他的身形修长,却又瘦弱。他那副饱受自己瘦长身材困扰的样子,仿佛是许久前借来了一具躯壳,却忘了归还。

他剃了个光头,蓄着几撮黑须,看起来像是个戏剧中的匈牙利骑兵。黑而粗密的眉毛底下透露着紧张的眼色。小小的手掌,光亮的额头,高挺的鼻梁,无视着遗传的力量。

他的姓氏可能源于匈牙利,或者是德国,一如他的外貌。然

---

[1] 原文为英文与法文:Mister, Monsieur, Monseniore。

而,据说他……已受了割礼。或者说,确有此事。这个传言是可以被证实的,毕竟按照当地的传统确实如此。有些人甚至还认为,在他的人生中还有许多悲剧性的过往,但相关的证据却并不确凿,就像他那部所谓的杰作。他看起来和其他人并无异处,尽管事实可能并非如此。他身上散发出的友善气息,得益于年轻时参加曲棍球队、篮球队和足球队的经历。这点儿也让大伙儿常对他有一种好感。

他在特兰西瓦尼亚接受教育,那儿曾是哈布斯堡王朝的辖地,与首都布加勒斯特那巴尔干式和法国式的风格形成鲜明的对比。特兰西瓦尼亚可以被当作西方吗?明海尔·皮佩尔科尔恩本人也将一个合乎礼仪的爵号授予了他的继承者:"荷兰人?!"餐桌上的朋友也常常这么称呼道:"嘿!荷兰人!"他常能听到这样的大喊。

加什帕尔的文章常与当局操控的"争论"相对抗,那些争论常常充斥着伟大理想和人文主义的口号。

这种不和谐是颠覆性的,加什帕尔是想说这个吗?有的时候,他会戴着皮佩尔科尔恩的那种毡帽出现。几杯伏特加下肚后,便背诵起那些经典桥段,双手紧握,仿佛在哀求些什么。

"我们逃脱了,我的先生们。这风,带着春日馥郁的芬芳,裹挟着预感和记忆。结束了。我的先生们。我停了下来。结——束——了。山顶有那盘旋的黑点和一只巨大的猎鹰。一只鹰啊,我的先生们。孤独的苍鹰啊!朱庇特之鸟,苍穹之狮!"

《明海尔》是否曾是新世界利益的辩护词?一个自学成才的人[1],是世界的皮佩尔科尔恩!咖啡之王是那位住在爪哇岛的荷兰人,他和长着双丹凤眼的高加索情人在一起呢。那辩护词为自由而

---

[1] 原文为英文:a self-made-man。

辩，亦是为哈德森河湾的自由女神像而辩。啊！自由！生命力！

东西方相遇在子午线上，若你就在这儿认识一个人，他迷失在充满幻想的消费者中，会有多妙呢？戈拉教授并没有勇气回答。彼得·皮佩尔科尔恩使书页有了生气，但是戈拉还是空等着，加什帕尔依然没有出现。

体型巨大的荷兰人自杀了，他给自己注射了动植物的毒液。热带黄热病耗尽了他的力气，他无法深刻地理解，生活就是一场巨大的浩劫，书页上这样写着。戈拉希望能慢慢地理解那些过去不甚理解之事。明海尔·加什帕尔在美国会不会最终变成人们常念叨的那个样子呢？

* * *

数年前，那会儿正在上最后一年高中的彼得，也常常这样突然出现，前去首都亲戚的家中拜访。

彼得身形修长，脸色苍白，双眉紧锁。他承受着与他这个年纪和本性所不该承受的使命。离火车返程仅剩几个钟头，他时间不多了。晚上，他从这个国家的最西端赶来，就为了这个奇怪的家庭聚会，就为了讲述在他父亲身上发生的一切，就为了让亲戚们对可能给所有人带来的后果有所警惕。

检察官大卫·加什帕尔一直不明白为什么妻子会把这样一个少年派去完成这次远征。明明他更钟情于篮球，而对黑暗政治漠不关心。艾娃·加什帕尔安排得极好，彼得一晚上的缺席并不会引起任何怀疑。因为她儿子之前也时不时地在同班同学迪波尔家过夜，这男孩的父母会保守秘密。

奥古斯汀·戈拉很快就从露双亲的脸上读出了担忧之情。关于检察官大卫·加什帕尔被解雇的事，他们好像已经知道了很多，而对类似的情况他知道的可能还要更多。瑟拉芬同志和加什帕尔同志只是表姐弟关系，但是猜疑却像瘙痒一般快速传播开来。他们担忧着自己的处境，不知它会如何演变。他们也不和女婿讨论这个消息。尽管女婿那时候问他们——后来也问过他们，是不是征求了朋友提的建议以及那些人到底是谁。他宁愿相信，如果真的存在过朋友这一说，那他本该被当成是他们的其中一员。

在七月那个尘土飞扬的下午，高中生彼得受邀坐在了客厅的红色皮质大扶手椅上，细述着他带来的消息。那时戈拉感到，危险已经从国家的西部转移到了他的新家里。这壮小伙正讲述着发生在他父母家里的荒诞之事，听他讲述的人们显露出些许不安。戈拉必须承认，他立刻也染上了这种不安的情绪。

这位前钟表匠大卫·加什帕尔，在毫无理由的情况下，就被解除了社会主义司法体系中的检察官一职！他就这样被辞退了！尊崇领导的意愿，一名钟表匠可以被送去学校学上一年，然后成为一名检察官；同样，如果领导不想要检察官了，那么一夜之间他便不再是检察官。没有办法指责他是因为不正直或者是因为反传统的政治行为而被撤职，只能归因于他在诉讼工作上的过分固执。他被解雇的原因仍是晦涩难言。失宠会和其动机一样带来完全荒唐的后果，这就是艾娃·加什帕尔转达给这位年轻使节的消息。

沉默之后是主人给客人带来的担保：这绝不可能，除非是一个错误或是一次误会。大卫绝不是一个在这样的不公面前还会保持沉默的人。他会抗议，会要求解释，也终会收到满意的结果。只要有人生活的地方就会有敌人和阴谋，无耻的言行或者错误不会长久。这位年轻的高中生很快就会证明，正义终会战胜一切。客人受到了妥帖的招待。露向他展示了家里的书房，又带他在首都四处逛了逛。回来以后，他们建议彼得好好休息休息，因为在回家的火车上，他又将迎来一个不眠之夜。

夜晚，在从火车站回来的路上，戈拉得知了彼得出生的故事。

在第二次世界大战的头两年，钟表匠大卫带着他的妻子和女儿成功地躲藏起来，但是在1944年的春天，他们被发现了，之后就被当时统治着特兰西瓦尼亚部分领地的匈牙利当局发配到了奥斯维辛。他的妻子和女儿在到那儿不久之后就被带去了毒气室，而大卫本人很幸运地活了下来。他先在一个小作坊里工作。所有从活人和死人身上扒下来的金子都在那里被做成珠宝，后来他又去做繁重的苦力劳动，也多亏他身体够健壮。在至亲离世之后，他的焦虑和悲恸都消失了，取而代之的是独立和坚强。一切都变得无关紧要，他盘算着，一心只关注着幸存下来这一件事。

在被苏联人解救出来后，他在一家分拣旧囚徒的医院里遇见了自己未来的妻子。二人在回家的归途上结为了夫妇。

比他年轻十岁的艾娃不愿再回到那个把她送去面见死神的老地方。她梦想着去一片有求必应的福地——一片幸存者的乐土。但是大卫却表现得不依不饶。他们最后决定回到原先的家里，去亲眼看看之前的老邻居和老朋友们，去瞧瞧那些早就把他们从生者名录上画去的警察和政客们。

1946年秋天，在绕遍了满目疮痍的欧洲后，他们回到了家中。大卫和艾娃，他新的妻子，以及他们的孩子，彼得。回程情况复杂极了，这孩子就出生于那时的贝尔格莱德。露的母亲，蒂莉亚·瑟拉芬认为彼得可能不是大卫的儿子，"在解放的大混乱时期，滥交行为司空见惯。谁和谁都有可能在一起，简直就是劫后余生的狂欢纵乐。"

"这个故事使我们所有人都慌了神"，露坦白道，"现如今还搅扰到了家庭的生活……打仗那会儿我们也不好过。痛苦、屈辱、危险和义务劳动营，惶惶不可终日。而大卫的故事却又完全是另一回事了。"

回到故乡之后，钟表匠大卫·加什帕尔没有像他承诺的那般去亲眼看看他的旧邻居，也没有去看先前的警察和政客们。他完全拒绝回忆有关集中营的一切，一次也不愿意。他还责令他的亲戚和朋友也这样做。

露的脸面变薄了，就像旧时圣经图画里的那般。褐色头发的圣母脸色苍白。戈拉被震惊了，他没想到她自己的话竟能在她身上引起这样的反应。她极易受过度情绪化的影响，并会自己把这些情绪夸张化。她的虚弱似乎就是一些可见的表象。它们预示了那些突然惊动的预感。对于含糊的信号，她要么予以截断，要么放任其入侵。她的不确定使内心愈发不得安宁。

她停下来，试图平复自我。但脸色却看起来愈发苍白了。

"我知道你在想什么。在我家，不曾也不会信教，这你也是知道的。过去不会有，现在也不会有，现在无神论都变成了机会主义。我父母在变成共产主义者以前，也曾是自由的思考者。我是在理性主义的环境中被教育长大的，被要求和被侮辱者与被压迫者团结一致。至于神秘主义的人和书，我都不曾打过交道。我也没有参与过任何关于超越论的争辩。然而……一直有那么些时刻，一些不可名状的东西会将我超越，令我迷惘。我变得，嗯，变得脆弱了。我无所事事地做些我完全不知道是什么的东西。在我的身体里寄生着一些模糊而陌生的事物。"

她突然抖了抖她那浓密的乌发，她的双颊依旧苍白，眼眸中却燃起火来。好像通过抖头发，这个短促又神经质的动作，她就能卸下重负。

"我时常念及彼得。这男孩出生的那会儿，大卫·加什帕尔就和他妻子说：'他会生活在另一个世界，而我们，会和他一道。'艾娃这样回答他：'因为他的父母是如此与众不同呀。'"新的世界包含着旧的过往，过去的年岁也将在他的身上存续。尽管，他们并没有向彼得坦白，他的父亲之前还结过一次婚，并且还有过一个女儿，那是一个没能成为他姐姐的姐姐。假设彼得的父亲是大卫……我母亲很怀疑。只有他和艾娃知道。或许，就连他们也不知道。"

露垂下眼眸，说得越来越轻。

而现在，在新世界，彼得从过去带来了什么呢？露又带来了什么呢？戈拉扪心自问道。他们还带来了什么吗？

最近，戈拉教授获悉彼得拒绝了美国人好心授予的"幸存者"的身份。这次拒绝就像他总是拒绝任何从悲剧中诞生的讽喻一样。他突然回避了任何有关战争的话题，尽管他的父母就是在这昔日的战火中遇见了彼此。

距当年这个高中生作为不速之客，出现在他亲戚位于首都的家中直至他成为一个流浪汉，前后也已过了20年。某个夏夜，在人迹罕至的人行道上，奥古斯汀·戈拉的妻子——露又像幽灵一般地出现在戈拉教授的电话和记忆中。

陈年的不安再一次纠缠着戈拉教授的孤独。他很想把它们推开，就让它们留在露的镜头中。它们让他疼痛，让他快乐，让他充满生机，拯救他于虚无之中。

他合上双眼，想就这样和露待在一起，停留在不可能之中。

在高中生回家以后，就很少再听闻关于加什帕尔一家的消息了。

露开始越来越频繁地谈及艾娃·加什帕尔。她并不认识艾娃，但总是怀着欣赏和激动的感情来描述她。露给她打电话。艾娃的焦虑好像越来越多是和彼得有关，而不是因为她的丈夫，至少露是这么认为的。怕是一种母性的热忱。艾娃最后好像找到了对过去的救赎，这一救赎不是来自她的丈夫，而是在她儿子身上寻到的。对彼得未来的烦恼攫取了她的身心。

"艾娃是一个专横的人。"戈拉不满地断言，"她对自己的生存之道没有信心，却对别人的生活方式深信不疑。"

露吓了一跳，愣住了。她眉头紧锁，好像受到了什么打击，许是吓坏了。沉默许久后，戈拉后来再没有提起关于艾娃·加什帕尔的话题。听听露筛选的简讯就让他满足了，它们好像和他所阐明的恰恰相反。

对于露而言，彼得不是一个可预见的或者自然的选择。像熟人那样适度地接受？露并不看好适度，也不接受精神分析。她觉得它们就是对亲密关系既无聊又无用的侵犯。相比之下，她更喜欢基于事实来判断和被判断。尽管事实上，她一点儿也不喜欢被判断。

家人关系，所以……露可能和彼得变得亲近吗？

"我得去加什帕尔家几天。我想结识艾娃，了解那里发生了什么，特别是曾经发生过的事情，因为他们的曾经并不是我的过往。"

丈夫并没有掩饰他的不解。

"你看到没？我就像活在一只鱼缸里。像这样，就连去工地砌个墙我都做不到。我想看看我们的工人阶级活得有多么滋润。对他们的生活我一无所知，只是在报纸里的故事里看过些许。但我可以去趟加什帕尔家，不仅为了知道为什么他做不成检察官，当然那些也值得了解，不过或许，我还会知道些别的，其他更为痛苦的事情。"

她想逃离这个鱼缸！鱼缸家庭？鱼缸婚姻？她曾渴望受到夫妻生活和家庭生活的庇护，家庭让她得到了平衡与激励……那么为什么还会有这次爆发呢？

她从加什帕尔家回来了，带着关于集中营的可怕故事回来了。讲述时，她脸色苍白，苍白得像来自另一个世界一般。某些核心的东西好像有了些变动。强烈的痛苦笼罩着她。好像那时她破译了自己之前未曾明白的怪事。戈拉暗自思忖，它们是不是变了一个前提，或是变成了她自己身上的某个前提，而在这之前她自己都不曾意识到，她缺乏的前提？她现在确信，它们原来就在她身上，一直都在。

* * *

戈拉后来才知晓露和她小表弟彼得之间的奇怪关系。那时候，他的朋友帕拉德恰好从他那遥远的国度回来。那是个刚走出专政体制的国家。在他热爱的美国，改叫波特兰的帕拉德向他的家人介绍了自己的未婚妻。他对自己国家的腐败混乱和政治蛊惑深恶痛绝，也不知这个国家该何去何从。

米赫内阿·帕拉德还在念大学的时候，戈拉就认识了这位学生。那是完全自由的东欧时代，残存的希望撑起了阶梯教室里的日日夜夜，激奋与猜疑势均力敌。学数学的帕拉德，个子矮小，身形瘦削。鼻梁上架着副厚厚的眼镜片，仿佛随时都会顺着那小鼻子滑下来。他常常不发一言，但有时候又口若悬河。也不知是谁把他带去了阁楼上那场唇枪舌剑的辩论会。他先认真聆听，而后又滔滔不绝地回答。他阅读量极大，似乎无所不知，但他明白其实自己一无所知。透过大学那些大大的窗户，他常常眺望地平线那头的天际。他学习很是勤奋，还常常抱怨图书馆开放时间不够长。

他来自外省，却像一个征服者一般一下子就被老师和同学们记住了，但很快，他又遭到质疑，而这些质疑于他而言却像是一场授爵仪式，令其倍感骄傲。他并非人文主义阵营唯一的擅入者。医学系和综合技术系的学生们，还有几个高中生，甚至是被剥夺了阶级的工人和无业游民都尝试通过阅读和对话来为自己洗白。

在狭小的朋友圈里大家讨论着各种想尽办法弄到手的书。禁书的地下交易市场已近乎疯狂，宛如一个书香世界的黑道，又像是一种被禁止的黑魔法。

流亡者周围神话般的光环在不断扩大。第二次世界大战后，一些人在西方出了名。伟大的学者科斯敏·迪玛成了人们心目中的典范。帕拉德总算使他的旧书们发挥了意义，即使有些是第二次世界大战后在西方出版的书。

新闻、书籍、传言与争论。极速交替的白昼与黑夜，然后只是片刻的安宁。幻想可能会在任何时刻化为禁令或是罪行。临时性与不耐烦加快了对话的节奏，没有人能扛得住不耐烦。

法语助教奥古斯汀·戈拉常常参与学生组织的活动。这些会议一般在阁楼上举行。这阁楼也是其中一个参与者的居所，上面摆满了老旧的扶手椅和靠背椅。一扇大大的玻璃窗给人一种置身于屋顶之上的露天感。

戈拉曾参加过一场以卡夫卡的《审判》为主题的讨论。K的无故被捕蕴含着不少言外之意。任何人都有可能被逮捕，且毫无依据可言。恐怖的力量玩弄着荒诞的把戏。在这场莫名其妙的逮捕之后，K并没有自证清白。他似乎被一种难以名状、形而上学的罪恶压垮了。

尽管年轻人尝试着摆脱老一辈的妥协，但他们也清楚地知道自己在面对当局时的懦弱。他们学着在口号上做文章，从而获得更多争论的权利。特务在暗中监视着一切，其中也不乏伪装成反抗者的告密人。你只能看到他们狡猾的小聪明，而猜不透其内心深处的品性。

在结束晚上的会议后，学生米赫内阿·帕拉德问戈拉能否送他一起回家。当他们行经环湖公园时，戈拉放下了戒心，不再那么小心翼翼。在这眼饧耳热的醉意中，他无意间说出了自己收到一封美国大学邀请信的消息。他冒险进行一场真正的对话，重新找回自己的尊严。

学生缄默不语。他不仅对戈拉在首次见面时所表现出来的信任感到震惊，更诧异于这则消息本身。在那个时代，在那个地方，孤立与隔离反而将被俘虏、被束缚的人们团结在了一起。阅读的俘虏则更有理由团结一致。

第二次见面的时候，他们读了博尔赫斯的作品。这一作品是由一个学生从西班牙语翻译而来。虚拟的行星特隆，一片想象中的天地，在一场脑力游戏中显现的宇宙。1942年，在法国一个公主的房间内发现了一件真实存在的物品，上面的铭文是用特隆字母写的星球之名。后来在南美洲，又在一个死者的口袋里发现了一块陌生金属，同样来自特隆星。1944年，在田纳西州的孟菲斯市，甚至意外地发现了40册《特隆百科全书》。

戈拉一边听着这引人入胜的神秘故事，一边注视着那个席地而坐的年轻人。只见他默不作声，在喧嚷的讨论声中充耳不闻，全情投入于从译者那儿拿来的几页作品当中。在博尔赫斯的下一个故事里，新的谜团是一项罪行调查，这一系列罪行彼此之间看似毫无关联。侦探深陷于凶手逻辑的泥淖，当他弄明白凶手真正的圈套时却为时已晚，因为那时他已然成为下一个受害者。然而，他最终决定屈服于命运：坦然赴约。在扣动扳机之前，凶手进行了一番最后的审判："世界就是一个迷宫，你无法从中逃逸。"被害者和凶手深陷于同一个历史逻辑之中，它黑暗，仿佛由代码编织而成。

读完全书之际，帕拉德突然在屋中央跳了起来，宛若触电一般。

"复杂的象征主义。事实上，全文的重心就在逃逸上。自由是迷宫的出口，抑或是迷宫本身的延续？在一条看不见摸不着，充满着谋杀气息的路上，'迷宫'这个词的含义又是什么呢？唯一而永恒的，迷宫般的冲击……为什么是迷宫般的？如果是唯一的，就应该是直接的、迅捷的吧？作为一个数学家，我必须也得理解一条直线组成的迷宫和两点之间的最短路径，即便这两点之间的距离是无限的。"

这个学生的声音不断颤抖着，虚弱而腼腆，与争论时那种强有力的气息形成了鲜明的对比。

"你们还记得那位布宜诺斯艾利斯的盲人的话吗？'我了解希腊人所忽视的那些：不确定性。'博尔赫斯如是说道。需要我再重复下原话吗？我不赘述了吧？但我们最好不要忘记。自由就是脱离独特精神体系的暴政的一场逃亡。这就是自由，一种不完整、开放、反教条的思想。它是一种不确定性，好似一团概率未卜的星云。"

只见他的眼镜从鼻梁上滑了下来，他心情激动的时候常常这样。他嘀咕着：不确定性，既然不完美就应该允许争辩和揭露。

戈拉受到了打击。帕拉德的话语让他想起了曾经读到或者听到过的某些东西，只是他记不真切了。他希望他的这位学生可以回想起来。

在去戈拉家的路上，年轻的米赫内阿·帕拉德的眼镜又屡次从鼻梁上滑落下来。在湖滨街区，城市优美的近郊，这春夜充满神秘，令人沉醉。

除了邀请信，奥古斯汀·戈拉还有一样更令人没有真切感的物品——护照。

"是啊，人们都在议论这个，"这位学生一面嘟囔着，一面不好意思地盯着石板路，"在需要的地方您不是有亲戚嘛。"

"是我夫人的亲戚。"戈拉赶忙解释道。

真是单纯的回复。纵使是在那管制相对宽松的时候，那些拥有护照的人也并不值得信任。连孩子都知道这一点。

"您和您夫人一起走吗？"

这问题其实意味着：你们不再回来了吧？一本护照就是一项可疑的特权。而对一对夫妇来说，成对的护照则将消除所有的疑惑。

"但愿吧，我也不清楚呢。"

戈拉再没有聊天的心情。沉默就这样蔓延开来，气氛越来越沉重。他不好承认是露德米拉的叔叔，费尔德曼医生帮他们夫妇二人办的护照。这位先生过去是位年轻的共产主义者，曾经与党和国家的最高领导人被关在同一间囚室里。

"大家都劝我入党。"这位学生疲惫地低语着,似乎有些答非所问。

"我也一样。"教授迟疑片刻,而后回答道。

"是护照的代价?"

"我可没有接受。"

戈拉的嫌疑变得愈发瞩目,愈发引人遐想了。帕拉德毫不犹豫地提高了赌注。

"有位安全局的人来找过我。"

这次,他直勾勾地望进教授的眼里去,想看看那里有什么大家看不到的东西。

"例行公事而已,就是哄骗似的惯性尝试。这不行。你可别这样做!其他什么都行!就这不可以!什么代价都不行!无论给多少补贴!无论有何好处!你不需要那本红色的党证,现在又不是斯大林主义的年代了。他们也不会逮捕你。他们可能就是找你碴儿呢。"

"可能不会给我护照吧?"

"嗯,这倒是有可能。我给你讲个事吧……"

戈拉似乎准备好拿出一样关乎信任的新证据,以缓和一下紧张的氛围。

"你今天说到逃亡。自由,就是从一场精神体系中的逃亡。我们不妨称之为囚禁吧?所有囚徒都与世隔绝,这就是他们的惩罚。然而,在某一刻,在囚室的那扇窗前可能会出现一只小猫。它就从这扇窗跳到另一扇窗前,从一位囚徒的地盘蹿到另一位那里。它充满好奇,随时都准备好了玩耍。囚徒们朝它做手势,等着它,通过窗栅，将他们的食物喂给它。他们还引诱它。这只小猫就在窗栅间溜来溜去，任由他们抚摸。其中一名囚徒实在受不了此般无聊之事，觉着他的同伴们怎会如此轻易就被愚蠢的消遣勾去了神。尽是些娘娘腔！傻瓜蛋！瘫痪者！他疯狂地叫嚷，他不仅是监禁于囚室的囚犯，还是被困于革命教义的俘虏。他跟别人争论，很是偏执，又自负，又记仇。他在党内处于非法的级别，这也使大家无法忽视他。他们也无心与之作对。最后，这个歇斯底里的人抓住那只猫，把它杀了。就在那里，那间囚室里。你知道谁才是肇事者吗？"

"肇事者？这是个真实的故事吗？"

"是的，是真实的故事。主人公就是我们伟大的领袖，人民最疼爱的儿子。"

"您从哪里知道的？"

"从我夫人的一个亲戚那里。他和这个疯子一起被关在里面。他常常皱着眉，非常严肃，也没什么缺点，就是对所有偏离终极伟大目标的事情都歇斯底里。"

这就是最后的对话了。最后，戈拉是独身一人离开的。他一个人离开了他的国家、他的家庭，还有他的妻子。她比任何人、任何事物都更让他难以割舍。而令众人瞠目，也让他失望的是：露竟然拒绝与他同行！

在他到达新世界的一年后，他收到了一封饱含深情的长信。信中，米赫内阿·帕拉德提及了为获知戈拉地址而遭遇的困难，并在信件审查允许的范围内，向戈拉汇报了他的学术计划。他想要放弃数学！眼下，他推迟了匆忙的学习和对数学的研究，尽管他对中世纪的司法审判体系也极感兴趣，例如对圣女贞德的审判，炼金术以及天文学。他已经出版了一些研究成果，也拜读了大学者科斯敏·迪玛的著作，他还问是否有人能给他做个介绍，让他能同这位学者取得书信联系。戈拉并未回答他的这些问题，但是他还是为帕拉德做了中间人，为他争取了一份美国的奖学金。可就如同预料之中的一样，他的护照被拒之门外了。两年之后，在以优异成绩[1]从大学毕业之前，帕拉德被授予了一份新的美国奖学金。这一次，还多亏了那位伟大的迪玛先生。他们给他发了护照。他是不是屈服于党的压力或是不堪安全局的压迫？无论是在戈拉与他重逢的那晚，还是在这之后，这个问题都不曾被提起。

这个新移民的嘴边就挂着两个字：逃逸。这一天赐良机，仿佛是神明与神秘力量密谋而成。

过了几个月的逍遥日子后，帕拉德的意志逐渐消沉。那是背井离乡的孤独感在作祟。图书馆这一庇护所般的存在也难以助其一臂之力。他常在床上虚耗光阴，干等着奇迹降临重新赐予他生机。

"我很绝望，但尚未迷失自我。绝望也是一种生命的信号吧，但愿如此。在这片精神世界的荒芜之地，我可以成为一切，也不能成为一切。我还没有破译我命中注定的这场迷惘。我还没有得到破译的密码。我就这样等待着，徘徊在自我放弃和毁灭的边缘。我听到曾经监视者的脚步声在楼梯回荡，久久不断。"

他们每天都会通电话。久而久之，戈拉和迪玛的关系又近了一些。迪玛大师平易近人，常常慷慨相助自己的同胞。自然，他也同意了见一见米赫内阿·帕拉德，这位从祖国远道而来的崇拜者。后来，当戈拉问起迪玛对帕拉德的印象的时候，迪玛很开心地承认，他找到了自己的接班人。

---

1 原文为拉丁语：magna cum laude。

这场见面让帕拉德的焦虑烟消云散。大师为他量身定制了一个阅读计划，旨在使其能够获得博士学位。他还向帕拉德承诺，之后将会让他以合作者的身份参与一项资料评注的工作。帕拉德不得不常常奔波于两个大学之间。他在迪玛的指导下还出版了不少作品，其中既有关于神话与神秘主义的，也有关于文艺复兴和宗教裁判所的。他就这样追随着大师的脚步，敬仰这一百科全书式的典范。

在迪玛那贝阙珠宫般的居所中，帕拉德将与自己未来的妻子基拉·瓦拉姆邂逅。戈拉也认识她，基拉曾是他的学生，而且看起来并不单纯只是学生。基拉成为西班牙语助教的那会儿，他们还只是同事关系。在大学三年级的时候，她成了一部电影的女主角，这并不是因为她那平庸的演技，而是多亏了她那带着一双绿眸杏眼的奇怪面容。她把自己如枯草般的长发编织成齐腰长辫。短裙底下，露着一双纤纤玉腿。在电影首映后不久，她便嫁给了一个著名的运动员。一年后婚姻不幸破裂，她不得不独自带着尚在襁褓中的儿子过活。毕业后，她立刻携子投奔在克利夫兰[1]的姑妈。

从第一晚起，帕拉德就将他们的爱情置于仪式的魔力之下。两位有情人用食指蘸上自己的鲜血，在床前签下永恒的誓约。在那张特地买来的羊皮纸的页脚写道，"背叛者将在耻辱中早早死去"。羊皮纸就放在桌上那瓶红酒旁，十分显眼，像是为一场祭祀仪式而准备的。九月的夜晚：基拉将在每年的纪念日收到十九枝红玫瑰，鲜红得像是要将所有承诺燃为灰烬。彼得·加什帕尔会将这些媚俗的细节一一道出，一如戈拉教授所说的那样。

很显然，迪玛大师在这个学徒面前仿佛有一种催眠的神力，用

---

1 俄亥俄州凯霍加县的首府。

魔法和神秘感将其迷惑。

和基拉分别后的几年里,帕拉德在事业上并没有停止不前,同时他古怪的行为也并未减少。有时,他和迪玛的关系总是聚焦在一些没有答案的问题上。在祖国的图书馆里,你很难了解到关于其民族历史的真相。戈拉和帕拉德在他们的新国家,也就是在大洋此岸,找到了祖国曾经发行过的旧报纸。他们是在美国国会图书馆找到的。报纸上刊登了一些在20世纪30年代发生的奇怪政治事件。那时,这位博学的年轻学者正痴迷于一种基督教——东正教的基本恐怖主义。

帕拉德在打击下摇摆不定。迪玛不只是一位出色的学者,一座货真价实的图书馆,更是一个慷慨的、秉承利他主义的对话者,在他身上很难找到什么缺点。

戈拉曾尝试和迪玛进行一场对话,但是失败了。"他总在织东西!他总在织一顶小睡帽。假如我想问他关于那个时期的问题,和他聊聊我在旧报纸里发现的事情,他就会赶紧拿起自己的毛线针织起东西来。他的神情十分从容,同时还透着几分茫然。手中织着的那顶黑色的小睡帽将帮助他抵御住严寒和回忆。在我看来,他是赐予了我一场沉默。"在一次不断被喘息声打断的电话通话中,戈拉如是向曾经的学生说道。

帕拉德魂惊魄惕,同时又渴望获得新的证据。他无心投入工作,思绪被撕裂开来,一半是对大师的无限敬仰,另一半则被接连出现的疑问淹没。

"这个陷入爱情的人就是一个笨蛋!"他在电话中咆哮道。"好一个弟子!我终其一生都梦想着这场和老师的世纪之会。然而,在校门口那儿,我的批判神经被抽离于体外,我不得不继续深陷爱河。爱神的庙宇绝不允许批判精神的进入。"

帕拉德在自责的深渊里不断挣扎,他最终决定,忘却这场窘境。迪玛是他的保护者,彼此之间建立了深厚的情谊,也不会放弃他。半个世纪来,智力和伦理道德的不断沦陷?不是当下。如果过往太过模糊,那么现在的情况则一目了然:学者注定与书为伴,而不应该在街头争吵。

戈拉曾问自己,帕拉德是否参加了那个令他厌恶的政党,从而逃离曾经的世界。在这件事上,他可能自己做出了妥协。

愤慨会日复一日地出现,宛如轮回。然而,这位长者和年轻的学徒却将继续一起合作出版书籍。

在科斯敏·迪玛的葬礼上,继承人宣读了一篇令人悲恸的悼词,表达了自己对逝者真挚的缅怀和对其获得解脱的公开肯定。帕拉德用寥寥数语,向来宾宣告迪玛是一个用独特视角审视世界的大师。他与杰出的先人一样,对自己研究的领域有独到的看法,并为此奉献终身。"我的尊师笃信有机性,我更喜欢中世纪艺术技能的组合[1]。在信息及认知科学的理论领域,曾经的学术空白已逐渐发展成了如今各派逻辑与信息百家争鸣的局面。我更倾向于不完美的概念,精神上的活力也总萦绕在我脑海中。"

帕拉德断言政治盲目,甚至狂妄地将其忽略或者无视都无法与爱相媲美。而且他还再次当众表达了他对逝者的敬重与爱戴。或许这还是一种治疗法,拯救那些无法忘却政治迷途,也无法对此保持沉默的人。

"在他去世之后,迪玛先生给我捎来过消息,我驳斥了他的所

---

1 原文为拉丁语同罗语的组合:ars combinatoria。

有观念,同他意见相左,但我们还是持续着论战。"

在仔细研究了代码之后,帕拉德总期许着能影响地球上和宇宙间的种种。他痴迷于社会预言,纠缠于个人劫难,沉醉于情色哑谜,于是他将此托问浩渺星辰。他逐渐疏离了流亡者社群,在流亡刊物上公开发表反民族主义的文章。他每周都在攻击纳粹分子和共产主义者同胞们的意识形态。这些意识形态来源于后纳粹主义和后共产主义。

就在那时候,各种形式的威胁纷至沓来:电话胁迫、书信要挟、街道暴力。他知道自己被跟踪了,但他并没有采取预防措施,也不曾报警。寄来的奇怪包裹越积越多,他完全不想打开它们,或将其扔置一旁,或丢进院子的垃圾堆里。他曾公开表达自己想抛弃基督教信仰的愿望。他愿意为任一其他宗教这样做,或者就为了无宗教的信仰也行。

那会儿恰好是帕拉德决定启程回国的时候,他想在祖国短暂停留,亲眼看看,在共产主义之后紧接的究竟是2000年还是20世纪30年代。他返回美国时满脸抑郁,意志消沉。关于戈拉教授的消息也不令人安心,尽管据说他已经得到了顺势疗法的治疗,可是消息中还是存有空白。

一天晚上,他在剧院看到了露,她正由一位年轻的男伴陪着。据他所知,这位先生实际上应该是露的表弟。

* * *

彼得,就是露唯一的表弟。这是毋庸置疑的。这位年轻人现在成熟了许多,仪表堂堂,十分健谈。这位姓加什帕尔的表弟实际上过得怎么样呢？他从大学毕业后是不是变成了一名伟大的运动员？他还像以前那般打篮球搞田径吗？他还写关于展览和马术的批评文章吗？他之前是否还曾陪过露呢？

卢奇安·帕拉德是米赫内阿的兄弟，他和他的爱人和戈拉的这位前妻都保持着友好的关系。无论是在家庭聚会上，还是在公开场合，他们之前都曾见过她。那时她又由谁作陪呢？

在剧院，她和彼得在一块？他们，然后呢？他们只是表亲不是吗？彼得从国家的另一端赶来，在首都这里待上几天，而他的表姐就邀请他一起来剧院看戏。仅仅是礼貌客气罢了。无论是剧院或是电影院，露都受不了孤身一人前去，更别说一个人去音乐会或是独自去游玩了。所以让年轻的加什帕尔先生作为男伴陪她一道同去也并不令人讶异。

彼得·加什帕尔是不是还有辆车呢？他当年还是高中生的时候来布加勒斯特参观，那会儿他就对街上的汽车很是着迷。尽管那时汽车并不多，还破破烂烂的。他可能还去弄了一辆有名的特拉班？那就是社会主义的玩具，塑料做的不说，装的还是摩托车的发动机。开起来冒着烟，"噗噗噗""砰砰砰"乱响，还得经常换那个廉价的火花塞。柴油和汽油的混合液很管用，用着耗油少。这可怜人的车哟，直到社会进步才轮到人享受，才等来它，而这一等就是整整五年……检察官加什帕尔是不是从他亲爱的党那里获取了他儿子梦寐以求的好处？大卫·加什帕尔又重新成为检察官，还是正如那谣传的一般，这么多年来他一直被关在牢里？

这过往烟云，在你意想不到的时候，那些回忆片段闪现又隐去。瞧，尽管露以前拒绝这么做，但她现在正陪着古斯蒂·戈拉。她现在正扮演着唯一的妻子的角色呢！不！他们的相遇不是幻觉，他们的离别才是。

"我不是遇见了她,我是与她重逢了。她一直就在我心里。"戈拉教授对他那缄默的听众喃喃低语着。

她不愿陪戈拉来到这闲适与自由的荒野,亦不愿任他随命运颠沛流离,她陪着他,也不知她究竟知不知晓,只因如此,她抗拒着分离。

这对夫妇一言不发地沿着人行道走至火车站前,彼此依偎着。露望着自己的丈夫,突然甩了甩自己黑色的秀发。

"我不信彼得知道他父母的故事。他父亲不知何时同莉莎结婚了,后来她不幸地和他们的女儿米莉一起被烧死了……他们新的开始是彼得而非大卫。我确信。这位篮球运动员承受不了那泛滥的母爱。"

他们送走客人以后又回到了火车站。戈拉对露对这个话题的执着倍感诧异。

接下来的数月里,露恍如重新找到了自己长久以来不为人知的存在感。大卫和艾娃·加什帕尔的传记重燃了她对遗失密码的记忆……透过他们,她开始渐渐了解那个过去不曾熟识的自我。

"我不确定彼得就是大卫的儿子。是解放的狂喜放纵了人的本能,过去被监禁的人们就是这么说的。自由的放荡,被监禁之感的释放。它们适时地被混在了一起,人们都这样说。大卫就在那时见到了他那一时或者说是一夜的情侣。彼得就在他们返程的路上,出生在了贝尔格莱德。艾娃不想回去,但是大卫坚持要重拾他那真正的回忆。匡扶正义!正因为有这样的父母,彼得才学着打篮球。"

从旁人那里获取的那些零零碎碎的信息,互相纠缠着,都化作了猜想。那不是简单的闲言碎语。在这位当时尚不认识的表弟来拜访前还没有这些闲话。而几个长久以来无人问津的问题却把这流言蜚语激了出来。警告的信号、冲突与等待。露似乎有些心不在焉。

戈拉觉得自己被排斥了,像是被降级为一名观众,只能知道哑谜的其中一小部分。露以前也有这样出神的时候,迅速断片,通常难以察觉,突然人们就跟不上她的思路了。感人又可逆的孤僻。只要在合适的时候触碰她一下,她就会从昏昏欲睡的起伏中清醒过来,好像突然从被鬼神附身的状态回到了现实,整个人又恢复了元气满满的样子。她就如一下子充满了电那样,还激励起自己的伙伴。像缺失的热忱那样,她被同样的热忱所抛弃。人常常无法确定加强联系是否是另一种逃离。黑暗与灼热使他睁大了双眼。他的双手颤抖着,双唇微微哆嗦,咧着嘴,像是贪婪的吸盘吮吸着猎物的鲜血与脓水。

希冀的魔法激活了回忆,将它拉到露的身边。起初,常常是同样的,而后每一次都变一个样子。每一次都能听到困惑、魔幻与忧郁的沙沙声。

他曾不止一次企图将这回忆封藏起来,可是它却像海潮那般退去又涌来。露藏身的那个远方挥之不去地在他脑海里萦绕。他起初难以忍受,后来却着了魔似的渴求这种感觉。

他接受了这一看似不真实的消息:露,成了彼得的情侣!这位年轻的表弟定是要了什么把戏,谁知道他有多么滑头,不过这兴许只是他一次谦卑的练习罢了。抑或是横亘在戈拉夫妇之间的又一次测试而已。露的这位前任和现任丈夫古斯蒂—奥古斯汀·戈拉这样认为。

美丽如露不会无缘无故地与彼得结为伴侣!当然这先前一定还有其他更为热切的追求者。选择她这位年轻的表弟意味着一种可疑的顺从和一种对公众意见可疑的睥睨。对于社会公约，露并不高歌赞颂，但也不会太过于离经叛道。

卑躬屈膝的受虐狂？无论是想象露的屈辱，还是他们二人之间的共谋关系，戈拉都乐在其中。

* * *

几年前，奥古斯汀·戈拉在这个全新的自由世界醒来，蓦地感到自己身心解放，无拘无束，充满了安全感。几天后，他给科斯敏·迪玛教授写了封信，很快便有了回应。迪玛常常给他致电，向戈拉打听故国的情况。没过多久，迪玛就给戈拉买了一张机票，想让他和自己当面聊聊，并表示愿在异国他乡帮他一把。在接下来的几个月里，戈拉又再次拜访了迪玛教授。

刚见面的那一刻，戈拉就对这位精神矍铄的老教授钦佩不已。而后，他也常用"老教授"来称呼迪玛以示尊敬。在这位学者的理解中，流亡就如同一场在局外人看来难以理解的冒险，为那些已在书籍中流浪过一程的人们打开一个更为广袤的世界。有这么一条重要的经验：当你陷于极端环境时，你必须重新学习"更新的战略"，一个虚弱的声音这样说道。

他与故国之间的联系充斥着乡愁与废墟，他用同一种分离感，抑或是表面上的分离感审视这段关系。而随着时间的流逝，它显得越发表面化。如果你熟悉国会图书馆里的那些报纸，你就会明白那不过是表面现象。

这一直持续到他忍无可忍的那一刻：存在，作为一种特权！广袤无垠，稍纵即逝，有个腼腆的声音不断重复着。

那娇小的手,因为疾病缠身和常年执笔而布满了斑斑点点。为了使声音变得坚实饱满起来,他在一大叠手稿上颤颤巍巍地画着词语的重音。

那么死亡呢?戈拉自问道。戈拉曾拜读过他所写的关于死神和病态迷宫的文章,字里行间充斥着激昂的情感。他熟悉拥戴者们的口号,就是那些为了净化《启示录》而武装起来的人们。这位老教授,就和他曾经的同志们一样,为死神呈上了一场虔诚而恭顺的献祭,同时还有翔实的研究与诠释。

短暂停顿后,迪玛充满忧郁地补充道,"死神!至高无上!它统治着一切,是绝对的君王,是真正的上帝。正因如此,我们通过死亡去拥抱他。"这不像是在回答任何问题。他建议那个新来者和故乡的人们保持联系,不要抛弃任何与曾经的记忆有关的事物,无论好坏与否。"我们的坟墓就在那儿,在那曾经的记忆中,比我们存在得更为长久。"

迪玛有些不知所措,从办公桌的边儿上拿起烟斗,开始在指间把玩起来。"很快,这种小乐趣也会被剥夺。"他喃喃道,手中依然不停地转着烟斗,周围却不见一根烟丝。

"不要忘记过去的特权,同时也应好好利用当下。"

不过是味同嚼蜡的修辞与话术罢了,戈拉思忖道。几天后,他在一封致露的信中回忆起那次与阁楼迷失者的偶像的对话。他们初次会面就在那阁楼上,似乎这位颇具名气的迪玛愿意同美国的有关部门进行正式交涉,以便为还留在铁幕另一边的戈拉夫人争取到一本护照。

在那个遥远的国度,情势每况愈下。戈拉希望露不要再拒绝他的好意。她那令人匪夷所思的决定加剧了他内心的混乱。他回忆起多年前的那个夜晚,却不知如何形容。那时,阁楼里充斥着年轻人暴风雨般的争论声，忽然间有个学生将科斯敏·迪玛的三本法语著作放在桌上，一副大获全胜的样子。

大家马上开始讨论起这位著名的流亡学者，但令所有人意外的是，戈拉保持了沉默。他不参与讨论，用自相矛盾的只言片语回答了年轻人的问题。不需要提醒露为什么他对充满激情的学院式思辨毫无兴趣——他坚信，她也没有忘记他们的初次见面。那时候她就像其他人一样，理解他那意外沉默的原因。这不只是单纯的明哲保身。听众间七嘴八舌的争论由他一手操控。他想与这场纷争保持距离，从而利用这突如其来的沉默，吸引那位陌生女子的注意。

不知道是谁把露带到了这群嫌疑者当中。然而，所有人都目睹了她是和谁一起离开的。

接下来的几个夜晚，他们一道前来，结伴归去，之后又缺席了很长时间。当他们再次归来时，却不再表现出对颠覆性争论的兴趣。他们如同不速之客般出现，接着连续消失好几个星期，直到完全淡出人们的视野。一年后，他们结了婚。婚礼后，露似乎比以往任何时候都更美艳动人，常常喜形于色，也开朗健谈了许多。戈拉不得不让自己变得更成熟稳重，从而背负起作为丈夫的责任。尽管如此，他有时也充满孩子气。比如，他会开心地模仿妻子的每一个动作。幸福的时光总不带有过往的羁绊。

然而，这么多年过去了，戈拉仍百思不得其解，露为什么拒绝陪伴自己前往那令人神往的美国。他也一直尝试着了解各种缘由。大众的眼睛发现不了其中的破绽。然而，私生活却往往能揭露出那些奇怪的抽搐。理性而注重实际的伴侣在悄无声息间被加倍的恐怖笼罩，迷迷糊糊地跌入黑暗。你再也认不出这个陌生人。她蹲坐在墙角接受惩罚，又悄悄地扭动着身躯，在毒藤间挣扎，难以被人察觉。露从小接受的教育告诉她不应怨天尤人,从而避免暴露出自己的弱点和痛苦。于是,她只暗自在孤独中哀叹。

最初那几年共同生活的欢声笑语在这不断倒退的年代里难以复现。那种快乐也逐渐地被那种和陌生人共同生活的魅力所取代,自己的霸权也随之瓦解。他开始逐渐破解妻子的密码,却从未能彻底地猜透她。他始终保持着警惕,等待着让他震惊的事物出现,等待着轮回。

多少年过去了,每次追溯过往仍让他惊悸不安……

在最令人意想不到的时刻,那盛装出席的衣裙倏忽间化为乌有,露醒来时发现自己被剥夺了所有的保护,被摧毁、被深渊所吞噬。怀疑很快再次占据了她的脑海。幸福的光景不再,周围也不再有坚实之物,只剩下那随时可能降临的狡黠圈套。她就像一个俘虏般,感到自己被抛弃在无名者和被流放者的荒野中,在逆风中一阵慌乱,被推向早已等待她许久的万丈深渊。

他也不知道在那段唤作露的过往中究竟包含了多少爱意。他无法指明是何种奥秘使他们分离。一切都是这样的不清不楚、不明不白。然而,他依然坚持让自己陷于那善意的迷惑之中,那不过是一场乱伦,而乱伦的对象是那与他长得不甚相似的姐姐。

莫不是驯化的婚姻之情破坏了爱恋?

一直以来,流亡、流浪的屈辱令他胆颤。在那个孤儿的容身之处,她是不是同一位年轻的表弟做着伴?真是荒唐又奇怪。难道是那种部落宗族式的亲昵?

荷兰人的巴尔干后裔不过是个幌子。还有这个时代,也是如此,戏谑地呈现着没有后人、不见未来的滑稽模样。

呵,子孙后代。看吧,仅一步之遥,瞧瞧这周遭的一切。装满谣言和货物的筐子，沉迷于广告的公民，星球的盛大集市。在赐他声誉的这场闹剧般的葬礼上，明海尔发出阵阵笑声。

朋友戈拉哟，不妨让这恶念伴你入眠。我们可以确信，这注定是个喋喋不休的夜晚。

* * *

彼得放弃纽约大学奖学金那会儿，露还没在科齐医生那里上班。难道在她同戈拉的第一次谈话时就已经发生了不负责任的事？！

尽管这笔奖学金算不上丰厚，一位意大利女同学仍对这位东方难民的做法倍感讶异。他怎能如此轻易地放弃一笔收入，就这样不管不顾地投身于未知之中？这位女同学有传说里一般的名字，唤作比阿特里斯，是位艺术历史系的博士在读生。她嫁给了一位上了年纪的美国富人。她提出了一个出人意料的解决办法：让彼得每日同她的丈夫共进早餐。这样他们就可以一起谈论新闻，且这份差事的报酬很是可观。

可以这么说，彼得·加什帕尔的名字在第一时间就博取了奥特温先生的信任。接下来，他每日都带去报纸，二人便在一起讨论。不过这些报纸并非最近一年的刊物。奥特温先生有他自己出生那年的报纸。因此若当日是1月5日，那么他们手里看的就是1920年1月5日的报纸，若是6月22日，则对应着1920年6月22日的那份。好像这世界的诞辰日就是在奥特温先生出生的那天：1920年2月24日。

这个奇怪的职业好像让彼得受到了什么刺激。作为这一善举的对象，他显然对此毫不在意。"我也赞成这个观点！到处听人说美国人是工作狂[1]，怕都得了工作依赖症，对工作寸步不离，考虑的除了钱还是钱。这不就有个人挣够了钱嘛。他辞了工作，就想着把钱往窗外一撒。此般取乐，成何体统！他那年轻却无所事事的妻子倒也不搅扰他。而他对监视她或者统治她也压根不感兴趣，就任她随心所欲，完全不去规制她。他还雇了一个巴尔干的流浪汉，每天早上尽与他谈论些陈年旧事。就像过去那般，男人之间的高谈阔论！"

彼得开始对这份工作产生了热情。每天下午，他都会去市中心图书馆那儿复印旧报纸。次日早晨，他便将这些带去与奥特温先生展开讨论。

早餐时间有时会延长些许，但是奥特温先生从不过分客气地邀请他共进午餐，因为先生自己也没有时间，他下午还有别的事要忙。

但遗憾的是，命运不允许这晨间聚会长长久久地存续下去。自奥特温先生生辰的那日算起，不过两个月的光景。两个月后，比阿特里斯这位一直都十分优雅又受人敬仰的女士出现了。她前来告知她的这位老同学自己的丈夫受了脑震荡，正处于半瘫痪的状态。

"半瘫痪？何为半瘫痪？"

面对同窗的急迫与他的胡诌，这位年轻的奥特温女士并不诧异。尽管对于雇主的遭遇他并未表现出半点关切之情，她还是看着人高马大的彼得，就像先前许多次那般，凝视着他的双眼。

"我相信，他会好的。还是得有个人，为他继续读点什么，每天早晨、午间和夜晚，得有人为他读读报。就他的情况而言，半瘫痪意味着意识的缺位，即身体并未完全瘫痪，而意识却被封锁了。至少目前来看是这样的。可能过段时间他就恢复了，那……其实如

---

[1] 原文为英语，workoholics，有拼写错误，实为workaholics。

果我考虑得没错的话，继续支付你过去做的工作并没有什么困难，哪怕再支付几个月，甚至是一年。而不应就此戛然而止。真的，没有任何问题。你还是可以每日都来，像你之前做的那般，读读报纸，纵使现在没有人同你对话了。至于时间，你自己方便就是。"

她重新看向酷似骑兵的彼得，望着他的双眼。

而彼得却一次又一次地拒绝了她的邀请。

在这之后，他就在一个翻译组里工作，薪水并不多。这个翻译组为跨大西洋的航空公司翻译菜单。这些公司有国企也有跨国公司，里头有俄罗斯人、阿拉伯人、中国人、西班牙人、非洲的各民族人、印度尼西亚人、希腊人、土耳其人、法国人、日本人，整个一巴别[1]之队。称兄道弟的情谊不过是普遍敌对状态下的调味剂，更别提那微薄的临时性薪水，这一切都让他感到厌烦。

许久，当戈拉重新听到他的声音时，他正在准备进行一次更为荒谬的尝试。

每天晚上，露—彼得·加什帕尔夫妇习惯了在他们居住的那间可怜的酒店房间里朗读电话簿，聊以消遣。

"兔子从哪儿跳出来"——这就是他们的游戏。

当他们不再翘首以盼时，在那无名的森林中，却真切地出现了惊喜。那并不来自电话簿，而来自彼得在回家途中买的那本画报。那是一篇关于纽约的东欧黑手党的长文。主要人物似乎是一个叫迈克·马可的人，他的生平经历平庸无奇。他曾在布加勒斯特学习化学，后来跋山涉水移民到了美国。那会儿，他浑身上下除了一个行李箱别无他物。之后他又混进了做汽油生意的圈子。没有什么生意

---

[1] 上帝为了不让人们修成通天的巴别塔而用不同的语言区隔开了他们。

像卖汽油那样[1],活泼的记者们都是这么报道的。后来,他改进了出租车上的计价器,向市政府售卖自己的发明,还和俄罗斯、阿尔巴尼亚的黑手党成员组成了坚不可摧的联盟,从中赚得一大桶金。马可的家坐落在皇后区,统共三层楼,从街边看去并不很气派。然而,这幢房子在地下还有三层,带着一个游泳池,一些监控室,居所周边皆在监控范围之内。另外,还有六间豪华的卧室,墙面和天花板都以玻璃制成。许多房门上都刻着"我爱美国"[2]四个金字。他既是联邦调查局的情报人员,又为那些联邦调查局通缉犯做一些反情报的工作,称得上是精通偷税漏税的"大师"。他几次三番遭到调查,却总因为证据不够确凿而获释。除此之外,迈克·马可还是两百家加油站和好几片住宅区的业主。

事实上,还有不少人与迈克·马可精彩的移民故事息息相关,其中便包括他的一个朋友。那是他童年时代的一个邻居,曾与其一同住在布加勒斯特郊区。露认出了一个大学同学的名字。彼得微微一笑。在陌生者的丛林当中,终于出现了一个真实生命所拥有的名字。他们尽量避免提到戈拉教授,但他毕竟是真实存在的。他们可以给戈拉打电话,然而,他依然是隐藏在书本的鬼魂中的一个幽灵。

死都不应该走这条路,露狠狠地说。她发狂似的在电话簿上寻找。只有他了:米舒·斯托茨[3],也就是迈克尔·斯托茨[4],只能是他!

彼得微微一笑。露拿起电话,拨了他的号码。米舒,或者说迈克尔,忽地从虚无中出现在电话那头。他像一条酩酊大醉的流浪

---

1 原文为英语:No business is like the gas business.
2 原文为英语:I love America.
3 原文为罗马尼亚语:Mișu Stolz.
4 原文为英语:Michael Stolz。

狗般尾随褐发美人的事似乎就发生在昨天。对此，他一点儿都不诧异。迈克尔·斯托茨冷静而不失礼貌地邀请他们夫妇俩来森林群山[1]见个面。他们迎来的先是一段漫长的地铁之旅，而后还需步行一段时间，直到看到一扇巨大的橡木大门。门的右手边便是门铃。

中国仆人微微鞠躬以示欢迎，带领他们入内。

米舒·斯托茨盛装出席，风度翩翩，正在宽敞而雅致的大厅中等着他们。只见他高大魁梧，身着黑色西服和白色衬衫，似乎刚从一场商务会议中脱身归来，还来不及摘下领带。和彼得简单的寒暄之后，他十分绅士地在这位美人面前微倾腰身，只是不见了之前的愉悦之意。

旧日同窗亲切地望着彼此：米舒对自己高高在上的社会地位十分满意，而露，则为崇拜者的美国化身感到惊讶不已。

"我一个人生活，还是单身。"

他傲慢地望着这对表亲，目光有些炽热。很显然，他实在不相信他们是一对表亲。

"这个中国人是我们的厨师，也算是管家和家政工，总之什么都干。我算不上富有，也没有接受迈克的建议，因为我从中感受到了危险的气息。我不想牵涉其中。起初，他的确为我雪中送炭，其中也包括经济上的帮助。对敌人毫不留情，对朋友慷慨相助。黄金般闪耀的灵魂，那种被粪土包裹着的黄金。"

那个中国人以一种主人般略显高傲的姿态在餐桌上摆上了三明治和葡萄酒。米舒开始打听起冒险者们的处境。

会见结束之际，他举着那杯法国白兰地，说自己还拥有三家加

---

[1] 原文为英语：Forest Hills。

油站和若干辆豪华出租车，有着一份相当体面的收入。自然，随之而来的还有海量的工作和巨大的压力，尽管他自己从未做过这样高强度的工作。然而，他的收入并不单单来源于这些工作。他浅浅一笑，为这段提升优越感的补充说明感到扬扬得意。他又短促一笑，假惺惺地娓娓道来："事实上，钱从来不是靠工作挣来的。那些公务员或是司机赚不到什么钱，只有业主老板才能赚得盆满钵盈。我也是其中一员。"

临走时，他递给这两位客人一人一张名片。他的眼神全都聚焦在露身上，补充道："如果你们需要什么帮助的话就给我打电话。上边的第三个号码不太忙，容易接通。"

尽管在这场见面中没有谈到以后的事，但他们终究还是又见了一次。在经历了几个月的失业期和打了几次零工之后，彼得决定致电斯托茨。而这次，他没有告诉露，私下与其约见并得到了一份工作。戈拉教授之后意识到，这看起来十分危险。

无须姓名，他也能辨认出脑海中那挥之不去的声音是谁。那声音在善与恶之间兜转，遍布在时空的各个角落。他一时语塞，陷入两难的境地。他心里很清楚，露做出这一决定绝非易事，是绝望促使她拨通了这个电话。

"司……司机！司机，你……你听到了吗？那个挺厉害的斯托茨，雇……雇用了他！司机。我们之前完全不知道彼得……彼得想要……自……自杀！他没有承认。哦不，他承认了，只不过是开玩笑的口吻。"昔日似水如歌的声音不断地重复道。"自杀。这不是开玩笑的。不是那种五美元一小时去公园遛十只狗，或者在邮局里分拣包裹这种稀疏平常的事情。这完全是另……另一回事。"

露稍作停顿，以聚起她的所有力气来好好解释这一灾祸。在启程来美国之前,这对夫妇就已经考取了驾照。尽管那时候他们还没有自己的车,但他们知道这驾照在美国是省不了的物件。接下来就是学车了。他们过了理论考和实践考,当然还少不了巴尔干社会主义的特色——塞红包。要是不给这红包,考驾照就悬了。是啊,戈拉教授对这可是清楚得很,毕竟他自己就是这样过来的。从每一本驾照那儿,做考官的警察都能获取一笔小费。因为心中有数,露在考试之前就抢先付了驾照的钱,然后去考试,这样彼得考的时候就不用再给了。之后他就收到了寄到家的驾照。这自然也是付了相同数额的钱的。是的,戈拉对这个过程仍记忆犹新。

"他什么都不明白!一点儿也不!更别提有什么经验了!然而他却被月亮城迷住了,他就是这么说的。作为一名出租车司机,他常去星星上游荡。月亮怪物那是做给我们看的。而我们,则是四处流浪的梦游者。他如是认为。"

一阵沉默。她似乎是被自己的话语吓到了,好像生怕对话不受控制地走向另一个方向。沉默依旧。连戈拉也未曾察觉,就算是他自己,也无力脱离当前的这个窘境。

为避免危险的延续,露抄起一本旅游指南,就开始快速念起来,尽管她念得不大自然。但那些列举之处是彼得做梦都心向往之的:布莱顿海滩[1]的莫斯科,小意大利区[2]的意大利,皇后区[3]的巴尔干国家、巴基斯坦和印度,唐人街[4]的中国人,哈莱姆[5]的塞内加

---

1 原文为英语:Brighton Beach。
2 原文为英语:Little Italy。
3 原文为英语:Queens。
4 原文为英语:China Town。
5 原文为英语:Harlem。

尔,布鲁克林[1]的哈西德派犹太教徒。

无论你用手掌拍打多少次还是施以无穷的咒语,逾20年沉默的寒冰是无法融化的。戈拉承诺同企图自杀的这位仁兄好好谈一谈。不过自然是收效甚微。

剩下的只有露嗓音的回响。剩的不止一点点。

上班的第一天,彼得跟着斯托茨的一辆高级轿车一起出现在一位名流家中。他是大学的权威,亦是一位政治家、外交官,不清楚,反正就是一位大人物[2]。就是这样,其余都无关紧要。这位名人要先去机场,然后这辆出租车一般的高级轿车将送他去另一个地方,接着再按照斯托茨的调度员的指示去一个别的地方。

他们住在一家小旅馆里。在旅馆看门人的车上,这位新手每天要练习三小时,整整练了两天。

"转钥匙点火,脚踩油门。刹车。左边,刹车。后视镜!后视镜,注意看后视镜。"墨西哥人提醒道,他因为恐慌而不停地流汗,"慢一点,别这样,这又太慢了。车速太慢了。倒车!就这样,左边。脚,你的脚,对,踩着刹车。脚踩刹车!加速,对。左边!看后视镜!右边!右边的后视镜。你要注意看后视镜呀,始终都得留心着后视镜。"

社会主义旧式学车指南,使他操作一团混乱,手、脚和眼睛仿佛都只能各管各的工作。

墨西哥人的头发因恐惧而耷拉在头皮上,他那小而黝黑的双手不住地发颤,眼珠子仿佛随时都可能从眼眶里跳出来。他连连比

---

1 原文为英语:Brooklyn。
2 原文为英语:VIP。

画十字,将脑袋深深地埋进那双小手里,好让自己不看接下来的画面。而彼得却依然镇定自若。他对自己的训练成果极其满意,很是喜欢这带着四只轮子的飞龙。

他只重复着一个词,"慢"。他找到的提示和要求就是"慢一些"。这就是他要重复的事,就这些。这一密语将驯服众神。慢一些,只要开得慢一些,你就有时间纠正你的失误。死亡的竞赛就是一部可笑的恐怖片。

汽车发动了,司机却还没准备好。缓慢的指令,魔鬼一般,左边,慢一些,停,脚踩刹车,对,就这样,油门加速,脚踩刹车,慢一些,向左,太过了,太过了,现在向右,慢一些,后视镜,注意看后视镜,向左,对,停。红灯了,停下。

这位好像从史前时代来的司机就这么端坐在现代马车的方向盘面前,保持着他一贯的冷静,还开着小差。缓慢地加速,简短而重复的指令——"慢"。他全然不顾导航嘈杂的声音,这个指令就能保佑他了。慢一些,缓一些,就像指令提示的那样。

过了一会儿,坐在后排的露喃喃自语道:"自杀综合征。"这一幕也出现在了古斯蒂·戈拉的梦中。

对,向左。脚!脚踩刹车。油门加速,好的。向右,看右边的反光镜。慢一点,停。红绿灯!停!简直是解脱……停。奇迹!他到了!慢一些,慢一些,谨慎地拐弯,冷静地转向,汽车喇叭在耳畔叫嚣着,司机们绝望得像是开进了一片泥泞纵横的积水,生气得把手伸出车窗朝天高举。圆满结局[1]:红绿灯。

众神庇佑他,红绿灯保护他,他相信自己是得到了救赎。他开

---

[1] 原文为英语:Happy-end。

得慢，但胆战心惊。终于到了！什么时候到的？怎么到的？他看着下城区。小意大利区，这儿不就是那位名流的住处嘛。

他闭上双眼，感到精疲力竭，他把头靠在方向盘上想要永远地睡去，让自己久久地沉浸在这放松愉悦的时刻里。你要自杀？无论如何，你每分每秒都在圣坛前面跳舞。异教徒的圣坛。围绕着它的，是来自你周围和你内心的陌生人。头顶盘旋的，是命运之鹰。在生命的四周，是原始的婚礼。恐惧，是的，他是如此地害怕，被无垠的哥特式的恐惧所笼罩。加速，刹车，后视镜，喇叭，向左，朝右，慢一些，红灯，停。得救了！短促地，令人难以预料地，结束了！得救了。

他重新活了过来，朝着方向盘上方的后视镜露出了微笑。他亲了亲帮凶似的方向盘，又重新审视了这带着轮子的怪物。他那样子仿佛是头一回看到这死亡的机器一般。

他下了车，按响了这位名流家的门铃。出来开门的是一位身材矮小的先生，他动作敏捷，蓄着花白的胡子，头发梳得整齐服帖，戴着蓝色蝴蝶领结，有着大大的手和鼻子。他出来得有些匆忙，但依然衣着得体。他做了简短的自我介绍，而后就把小行李箱往后座的椅子上一扔，坐在了骑兵彼得身旁的椅子上。

"怎么？你说你怎么称呼来着？加什帕尔？加什帕尔·豪瑟？不是那位名人吗？是这样称呼吧？加什帕尔·豪瑟？"

司机一脸惊愕地看着他。可来了一位能谈话的人啊！他准备好了，他可以回答任何问题，只要能拖延时间就行，只要不用再启动发动机。他可以和这位传奇的客人一直聊那位名人加什帕尔·豪瑟，哪怕聊到晚上也不碍事。只要能让他忘了这死亡的竞赛。

"不，其实我不是加什帕尔·豪瑟。那只是一个玩笑。叫我卡尔就行。"

"卡尔?马克思?卡尔·马克思?"

"不。罗斯曼。明海尔·卡尔·罗斯曼。"

如果用皮佩尔科尔恩不免过于夸张,罗斯曼听起来更为得体。

"明海尔?也就是那个'先生[1]'的称呼?或者说,罗斯曼阁下[2],罗斯曼尊驾[3]?"

那位乘客望着他,不曾转移视线。他微微一笑,忍住不让自己笑出声来。他喜欢这个游戏,也喜欢这个和他一起开玩笑的伙伴。他不再着急去机场。而对方也因找到一个合拍的对话者而感到欣喜。

"罗斯曼,是这么叫的吗?卡尔·罗斯曼?卡夫卡?美国小说?布拉格人眼中的美国?"

司机也微微一笑,坚信这位讲起话来滔滔不绝的先生和荷兰人皮佩尔科尔恩一定也聊得来,因为要想打断他的话并非易事。他在椅子上坐得很不安分,毫无耐心地了解着这个移民的过去,比如他的国家、职业和他掌握的语言。他应该会很多门语言吧?这不就是小国人民的命运吗,不得不掌握许多门语言,不是吗?

"那名字呢,名字是什么?请你认真回答。"

"RA 0298"

"你说什么?"

"我的姓名已经变成了一个号码。这个号码就纹在我的胳膊上,就像在……要给你看下吗?"

---

1 原文为英语:mister。
2 原文为法语:Monsieur,与mister含义基本相同。
3 原文为德语:Herr,与mister含义基本相同。

这位乘客瞪大了眼睛。

"你想说的是……不，不，你还太年轻了。这真是个糟糕的玩笑。拿奥斯维辛来开玩笑简直太糟糕了。"

"好吧，同意。我承认这很糟糕。"

"所以，这到底是什么？驾驶证的编号吗？"

"外国居民的身份编号。RA 02987896，简称RA 0298。"

他们聊了许久，仿佛是一场永恒的对话，或者说，只是漫长的五分钟。小意大利区车水马龙，人们行色匆匆，注重实际，朝气蓬勃，永远都有忙不完的事儿。是时候出发了。

司机点着火，并踩下踏板，重复着那套把他带到小意大利区并将带他前往更远处的魔鬼之术。慢一点，慢一点……加速，就这样，注意脚，没错，脚踩刹车。向左，注意后视镜。

还没开出几米，他便开心地停了下来：红灯。神圣的红灯。原来口若悬河的乘客这会儿缄默不语，一脸错愕地看着司机。司机等了一会儿，绿灯便亮了。他却没有立即启动。"慢一点，慢一点。"再等一秒，两秒，三秒吧。他听到了从车后传来的喇叭声，他庆幸自己已经拥有了这套魔法——"慢"的魔法。除此之外，别无他法。他之前就是凭借这般方法到的小意大利区，想必这次他也能好好地效仿，能顺利到达机场的墓地。慢一些，魔鬼只明白这个词。

他再一次出发了，百般谨慎，快到了，就近在咫尺。

"不，不！"小胡子男人大喊道。"够了！这行不通。完全，行不通！"

这位大人物气愤地叫喊着"行不通"，抑或是"我受够了"。没人知道这个顾客还嚷嚷着什么。他涨得满脸通红，好像就要中风的样子。

"快停车！我要下车。"

司机停了车，等着这位优雅的先生要回他的行李箱，丑闻也将随之而来。然而，这位大人物却忘了他的行李箱，甚至都没有瞧一眼后排的座位。

"下来！你也给我下车！"

司机蒙了。他一脸惊愕地看着这位顾客，没有理解他的意思，也没有勇气去弄明白。

"你下来。我们换个位置。"

他换到了驾驶座。开到机场后，他们还成了朋友。

在前往登机口之前，拉里让彼得·加什帕尔给斯托茨打电话，跟他说他在机场感到身体不适，把车停在了地下停车场，得派个人来开回去。

"喏，这是我的名片。我是一个中学的主管。学校很小，有点特殊，但是充满朝气。我这儿没有空余的职位，没办法帮到你什么。如果你生活对付不过来，就给我打电话，我们一起想办法。别再开车了。做点儿和毒品或者枪支有关的事儿吧。车祸实在是无关痛痒的一种死法，而你又是一个敏感的人。"

彼得看着这张小卡片，怛然失色。贝德罗斯·阿瓦基安！贝德罗斯·阿瓦基安博士教授。就这么几个字，已全然意味着他颇具名气，再也不需要其他的细节辅以佐证。贝德罗斯·阿瓦基安，也就是，拉里！司机彼得明白了，这位又叫加什帕尔或者叫卡尔的司机明白了。

就这样，彼得结识了拉里。在他之后的叙述中，移民彼得将会使用"拉里"这一通用名来指代他所有美国命运的使者。

在这场与死神的邂逅失败后，这位临时的出租车司机便受雇于斯托茨，在他的一家加油站工作。露成了科齐医生的雇员。夫妇俩的生活逐渐走上正轨。

彼得没有忘记拉里的第一个建议。与其因车祸而离开这个世界，不如尝试点其他事儿。比如，从跳板上坠落。

后来，他和加油站的主管成了朋友。那里的主管是个叙利亚人，有自己的生意圈，赚的钱不怎么干净。车来车往，城市里充斥着情色的欲望。独一无二，彼得喃喃道，月亮城的爱人，唯一的统治者。彼得·加什帕尔先生看过四季不同的晴空，如今望着这血红的天际却熟视无睹。哈姆雷特式的云彩，远古的星宿之章，五彩斑斓的鸟雀，看似虚幻的穹宇之杖上的大象。多雨的黄昏。高耸而宏伟的新巴比伦之塔，剑指苍穹。建筑的支柱深嵌于肮脏的地底，老鼠窜逃于此，流浪汉谋生于此，更不乏蟑螂、乞丐、鼹鼠和杀人犯，他们都属于大都会的动物群系。"美妙的城市"，流浪者喃喃道。面对着无动于衷的东方人，他一脸诧异，只见那脸颊上布满了岁月的痕迹，沟壑纵横，目光空虚而无主。

"把那些灯泡换上。"一个沙哑的声音如是说道。

他找到了灯泡，带上梯子便出了门。过去了好几天，他迟迟没有更换那些烧坏了的灯泡。往上，就在招牌的右手边。一步，接着一步，双手扶着梯架。一步，再一步。他的左手撑在梯架上，把右手伸了出去，想把烧坏的灯泡拧开。手尚在半空，却忽然听得"嘭"！爆炸。不是灯泡爆炸，而是地面。猛犸象的躯体撞击在地球上，擦出巨大的火星，地面因此而剧烈震动。

救护车里，这垂死之人产生了幻觉。"豪瑟。够了，结束了。那些航空公司，还有肯尼迪。"肯尼迪和航空公司并不难区分。"豪瑟。小家伙。一切都结束了。"

近乎死人的他在梦中的方向盘上挣扎着。亲爱的红灯。
"没……没有责任了。结束了。"

他把梯子架到了墙上。烧坏的灯泡就在加油站前面的柱子上，而新灯泡则在长裤右侧的口袋里。他爬到了顶端，雨不断地拍打在他的脸上。他把手伸向了柱子，思绪便和手一样飘荡在半空中。潮湿的石板路。旋转的梯子。大象被弹射到它出生的大地。嘭咚！石板路上便出现了一具庞大的尸体。

急诊住院不需要保险。任何被救护车送到医院的人都可以得到救治。那个叙利亚人和斯托茨老板都知道这点。正因如此，老板也从不为自己雇用的移民支付医疗保险。医生把伤者从昏迷中救了回来，并告知他其两腿均发生了骨折，必须尽快进行手术：重接断骨以及植入支撑架，从而恢复正常骨位的垂直位置。巴基斯坦的外科医生实现了这一奇迹。斯托茨为此掏了一大笔钱，或者说，从他曾经的好友马可·迈克的腰包里掏了一大笔钱。迈克，是一条对非敌对者的痛苦十分敏感的大鲨鱼。

从鬼门关被拉回来后，彼得·加什帕尔被免除了那些额外的费用。然而，这场意外却似乎加深了这对表亲之间的误会。

从伦敦归来后，阿瓦基安博士一直在打探司机加什帕尔的消息。奥古斯汀·戈拉教授曾经被阿瓦基安博士所在的学院授予荣誉称号。他接到这位主席的女秘书打来的电话，问他是否认识主席的这位奇怪同胞。

"所以，你认识加什帕尔对吗？"听罢，这位历史学家阿瓦基安兴奋地尖叫起来。"加什帕尔！RA 0298！彼得·加什帕尔。"

"是的，我认识他。"戈拉嘀咕着回答道，"我知道他的名字……不过，我知道的可不止这些，您得知道，我知道的绝不仅仅是这些东西。"

"不，不，我没开玩笑，不止是玩笑话，相信我。死亡，这才是我想说的。死亡的使者，奇怪的使者。"

戈拉陷入了沉默。

"死亡！这就是你那位同胞所代表的体制，我原以为他只是初来乍到不熟悉这座城市，辨不清这里的街道，弄混了地址，因此才感到不知所措。我曾试着让他把注意力从那见鬼的方向盘上转移出来。所以我和他讲了小意大利区的事。谁知道就在那里死神找上了他……我还同他讲了加什帕尔·豪瑟、布莱希特，维尔纳的剧团，还讲了卡夫卡和其他随便什么东西。我是一名历史学家，但我也是一名读者。当然，还不止这些。让他把注意力从开车上转移开来？不，除了他自己，谁都没法这么做。他开车的时候虽然瞪大着双眼，望着眼前的一片混乱，但灵魂却是出窍了，可能坠入了地狱，也可能飞升了极乐。简直不可捉摸！他一直在那里瞎摸索，开得又慢，极慢极慢，动作拘谨，十足受了惊的样子。他的脚一直在寻找踏板，那双眼睛好像随时能射出电来，总是边开车边祈祷着。那就是纯粹的恐惧。是纯粹的，先生！"

戈拉思索着，想要抛出几个问题来，但是阿瓦基安却丝毫没有住嘴的打算。

"我让他说些他知道的事情？为他助助兴？也没有别的惯用办法了。"

他笑着，这位阿瓦基安主席开怀大笑着。他很开心他战胜了死亡。

"不过，您知道吗？加什帕尔这家伙非常……"

"不可思议！你是想说他很不可思议吗？是的，就是个奇迹，这个词很是恰当。我从奇迹中侥幸生存。而他完全无所谓的样子。我，他，汽车，纽约，就是一出戏，如此罢了。不过灾难来临前的一出戏。一出灾难的戏。"

历史学家无法忘记那次试验，无法从这个病态的剧本中抽身，尽管这剧本的内容他已经讲了很多遍了。

"您给他的那张名片是……？"

"就权当感谢信了！算是补偿吧！下次他就会把它转交给他的老板——死神。现金的补偿，无论多少，就是俗了点。"

"所以您决定与他再次见面了，对吗？要和他……"

"与他再重逢？像路人那样……就像路人那样，戈拉先生！只是同路人那般，无论何时！什么，我已经决定了？当然！我就是这样考虑的。这是良心问题，我可没忘。奇迹是无法用其他东西来补偿的。"

再没有比贝德罗斯·阿瓦基安本人，能更好地为彼得的事业辩护的了。甚至无须其他任何补充，就得让他无穷无尽地发表他的长篇大论。

"你知道的，我之前是试验戏剧的中心人物，也是试验历史的核心人物。另一个世界的伟大试验。目击者和试验品。半个小时不到，死神吻遍了我身上所有地方。我也无能为力。但是，我还是逃了出来！但那坐在方向盘前的蠢货却没有。他没能逃出来，我确信这点！现在，过一个小时，或者明天，他就会遇上大屠杀、原子弹爆炸、全球性地震或是宇宙风暴。一定会这样！我现在要不要报警或者打给出租车公司或者现在就把他录用到学院里来？你知道那会儿的人，是匆匆忙忙的。我当时急着赶去伦敦，为了参加一个大会。这个大会是关于在土耳其境内的亚美尼亚人大屠杀的。我得主持这个会议。即使在逃脱了死神的魔掌之后，我也没忘了我就要来不及了。我必须去伦敦。后来，总算还是赶到了。"

"所以，加什帕尔可能……我想问他会不会给您打电话呢？"戈拉鼓足了勇气，"据我所知，他还留着那张名片。他可能最后会……"

"如果他还活着！如果他还活着的话。如果奇迹会再次降临的话。这可能超出了我和理智尚存之人的理解能力。好了，我现在可以做任何事。教授先生。为了这个看不见摸不着的人，任何事我都可以做。我可以雇用他给学生们讲授神秘学！巫术，魔法，或是星相学？"

阿瓦基安主席笑了，好像对自己很是满意。他极度癫狂的那会儿还向奥古斯汀·戈拉讨要了一份开给彼得·加什帕尔的推荐信，像是要幽默地结束这场令人毛骨悚然的闹剧。

戈拉的办公桌上放着一个文件夹，里面叠着一沓关于彼得的笔记。黄色的、白色的、蓝色的纸张。戈拉喜欢在这些彩纸上快速地写些光怪陆离的故事，虚虚实实。他就在上面写写自己的想法，记录他练习题中能用上的信息。他和好几家流亡报刊合作，化名在上面撰写一些简短的讽刺悼文。在这些逝者尚且在世的时候，他就开始悉心准备这些文章，而后慢慢写得越来越少，但也不完全放弃。这些文章看起来很简短，即使它们的写作准备过程极其漫长。一篇关于其自传的简短铭文，通常都会拼凑起逝者的人生片段，接着焚毁其存在，使其如过眼云烟般消散？在面对不可避免的暴行时，玩世不恭的轻佻是一种屈从。

逝者值得更深沉的缅怀，而不仅仅是靠几篇官僚主义的讣告就草草了事。这讣告不应只包括他们的生平，还应写上他们本可以成为怎样的人，写他们曾经拥有的可能性，写那些随死亡而逝的潜能。那些可能只在脑海一闪而过的念头，或只是初步构思，尚未付诸行动的事业，或者根本没有勇气等到落成的行动。充满未知的生活，常常超脱于我们的意识之外。须臾之间，时空飞速地在周身与灵魂深处延伸。

就这样，戈拉教授一步步投身于那些费力的项目之中。

在同阿瓦基安教授谈话之后，彼得·加什帕尔 RA 0298 的档案没有被立即开封。戈拉更喜欢有些短暂的延迟：如果两礼拜以后彼得还活着的话，那么，到那时候就可以奖励授予他这黄色的档案袋了。这是这么长时间以来他应得的。

前面几页的笔记已经相当陈旧了，紧接着的，就是和历史学家阿瓦基安的谈话录，还有几张阿瓦基安寄去推荐信的复印件。

你说彼得·加什帕尔曾经是一个超现实主义国家的一名作家也不为过。他曾是一部小作品的作者，只是写得有些滑稽。他还是另一本不知名的大部头的作者，其实他也没真写，只是他的那群崇拜者将这部作品划到了他的名下。他的作品是存在的，长久以来那家文学咖啡馆就这样宣称。尽管这一观点并没有任何证据来支撑，兴许也并没有必要来证明。加什帕尔在报纸上写的那些关于体育、表演、集邮展和赛马的文章在信件中根本不值一提。他报上的这些文字也只有在其悼文中才值得记录了。戈拉在信中着重提及了彼得在困难时期的开朗阳光，以及初见露德米拉表弟时对其困惑的同情。除此之外，戈拉在字里行间还影射了乘客阿瓦基安对这位司机讽刺之情。这位司机曾想把阿瓦基安带去另一个世界，而非前往肯尼迪机场。他也没忘了用一整段的篇幅来写加什帕尔的双亲，这对从纳粹极端统治的集中营里活下来的幸存者。这段内容是这二位社会主义幸存者的儿子所不愿提起的。作为亚美尼亚大屠杀大会的会议主席，阿瓦基安当然不会放过这样的细节。在文末，他还提到了这位移民者的学术潜能和教学能力。

出院后，彼得便丢了自己的饭碗。他认真审视着手中那张名片，名片的主人曾是他前往鬼门关之路上的伙伴。给他致电并无意义，而要跨越各种障碍接近他也不切实际。他查了查列车的时刻表，来到了一处世外桃源般的地方，处处皆能感受到田园牧歌的怡然之情。那位研究古欧洲历史的学者所主管的学院便坐落于此。

等待的间隙，女秘书还告诉了彼得一些事：院长不只是一位历史学家，他还常常作为受害者的辩护者，为那些令人发指的人权践踏案件提供帮助。同时，他还是一位古希腊语翻译家。

美国！彼得低声地自言自语起来，脸上拂过一阵敬仰之情。大学竟藏在密林深处，恍若回到了中世纪！热衷于冒险的自由学者！为著名的诉讼案打抱不平的历史学家、音乐家、化学家、心理学家、银行家、运动员、电影导演，为舞台表演忙前顾后的数学家，成为参议员，总督和总统的演员。

"巴洛克？巴洛克是你本科论文的主题？巴洛克和达达主义，是吗？好，非常好[1]。我倒是很乐意聘请你来做这个课题，但光有这些还不够。你得再谦虚一些。说点别的，还有什么想说呢？"

候选人突然默不作声，脑中的想象戛然而止。

"说点别的什么吧。多一些异国的情调，少一些学术的气息。我们已有了很多美国文学博士。不得不承认的是，历史系的情况也与之类似。有没有什么更具有异国风情的东西呢，说点儿别的主

---

1 原文为英语：Fine, very fine.

题？"

候选人沉默了，在这个早已充满别国风情的国家，他不明白还有何物可算得上是具有异国情调的。

"共产主义？你想说的是共产主义？"

"不。也不绝对。但如果没有其他解决办法的话……"

"大屠杀？"

在收到奥古斯汀·戈拉教授的来信后，阿瓦基安校长对加什帕尔不回答问题不再感到惊讶。

"你应该明白我们在谈论什么。你来自那被阳光照亮的地方。我猜，你应该有很多可说的。"

"没有了。我觉得最好还是不说了。就这样吧。"

拉里望着他，些许懊恼地耸了耸肩。

"还有别的吗？换一个主题。说一些不同寻常的事情。"

"马戏团。"彼得自言自语道，思绪回到了那场他参加过的会见。

"马戏团？你说的是这个吗？你曾经在马戏团工作？"拉里的眼中忽然闪过一道光。

"不完全是吧。某种程度上……是出于好奇。我之前读过不少书，在这方面我着实有点兴趣。我寻思着就此写一篇论文，但尚未完成。"

"马戏的历史？马戏中的巴洛克风格，马戏中的达达主义！面包和马戏？古时候人们都是这么说的，不是吗？面包与马戏[1]。人们需要面包，也需要马戏。我们处于一个人民民主的世界，我们不仅

1　原文为拉丁语：Panem et circenses.

仅需要面包，还需要马戏。我们也已拥有了这些。哦嗬，马戏啊马戏……也许你有了另一个想法。"

拉里聘请了彼得·加什帕尔来承担客座助理教授[1]一职。在试用期期间，他将评估彼得对学院而言的必要性，并为这个新同事确立第一门课的主题。

* * *

不出意外，彼得·加什帕尔就这样开始了他在美国的流浪之旅，像是亲身谱写了一本流浪汉小说[2]。他期待着和那些作品类似的曲折经历。对于那些在故国便已与他结识的人而言，他对怪事的容忍以及面临震撼时的冷漠都不足为奇。

然而，戈拉心中仍充满疑虑。彼得对命运的屈服看似偶然，而在这背后是否还存在着一种隐患？这就是他所渴望的摆脱责任的方式吗？在内心深处，他也不止一次地渴望过拥有这样的解脱。让你可以成为任何事物，让你可以模拟任何状态。即兴发挥、千变万化、唾手可得的自由。要是到了一定年纪，碰巧还有来自东欧的背景，那么比起拥有风平浪静的生活，最好还是能碰上些什么事儿。

彼得又如不速之客般再次出现。几场漫长的独白之后，便不再见其踪迹。戈拉的沉默没有使他退缩。他不局限于那些对新来者而言实际而自然的问题。他常常提供一些私密的细节，有时这些信息甚至显得有些尴尬。

---

1 原文为英语：visiting assistant professor。
2 指以乞丐、流浪汉、冒险者的经历为题材的小说。

流亡会使那些不曾在一个圈子中活动的人们逐渐相熟。戈拉对这种宽心相处,危难时刻拔刀相助的感觉并不陌生。但这回他却感到了进步和惊喜,处心积虑的算计替代了拳拳真心。

彼得在社交生活中张弛有度,也常给他人雪中送炭,是人们眼中的好同志。回望故国岁月,那时他常写一些紧随热点的小品文,字里行间仿佛早就刻画出了他那热情洋溢的性格。有些人因此认为他有点儿傲慢。现在,他透露着秘密,提出激进的问题,以一种咄咄逼人的方式惩罚听众。是自杀的生命力吗?以一种被鬼魂附身的状态对抗着规章制度的力量,无从知晓这是否已属病态。或许只是在当下,在这美国森林中,用自己经历的故事做实验?他会接受这个全新世界的实用主义所要求的再教育和简约化吗?

"我是彼得。希望你还喜欢这个名字。"

看啊,鬼魂再次回归了。紧急情况赐予他一种胜利者高高在上的姿态。

"拉里卧病在床。他的一条腿骨折了。现在在一处不起眼的公寓里,不过地处一片富人区。昔日高大的他现在就这样躺在这张大床上,有着殉道者般冷峻的面庞。花白的头发向后梳成一小束,像是一条老鼠尾巴。"

"但你曾说拉里个头矮小,满头黑发,蓄着髭须和山羊胡,带着一丝异国情调。"

"哦,不。那是拉里一号。我们现在说的是那个做记者的拉里二号。之前,是拉里一号把我带到这里来的。这位,没错,他是位名人!我对他本人没有什么概念,这是第一次见他。他的名字也没给我任何线索。"

彼得受了自己欲言之辞的刺激,给自己留了一个长长的停顿,俨然是要掌控挑战的节奏。

"周五。我又去了科齐医生那儿。当然,我希望能在那里见到露。但果不其然,我又失败了。"

一个没有必要的停顿。他只要提到露,还有他们之间那猫捉老鼠,或者说狗捉猫的游戏,便已足够。不,不需要这场激进的沉默,完全不需要。沉默会加剧他突袭那位丈夫时的侵略性。

"拉里与我在街上撞见了,我俩就在那儿面面相觑。拉里一号,既是院长,又是历史学家。我就像是一切巧合渴望捕捉到的猎物,已对此习以为常。而曾经,巧合从不能轻易地找到我。就这样,嘿,拉里,拉里一号,院长,这位昔日的出租车乘客。你最近如何,一切都好吗,好久没见你了。想必一定很忙吧,是赶着去赴会吗?不,我说。和我一起来吧,我要去见一个卧病在床的朋友。就这样,我们便到了这里。拉里二号,著名的记者,一位远近闻名的知识分子。发磷光者,阿瓦基安就这么叫他。"

沉默。他等待着戈拉的反应,而戈拉此时正玩味着这场沉默。

"我手头有一份报纸,《时代文学增刊》[1]。尽管我还没有痊愈,但最近还是得忙活这方面的一些琐事。这份报纸上刊登了一篇文章,写的是我们伟大的迪玛。"

戈拉仍旧没有表现出一丝惊讶之情,只是默默地看着他面前的档案,电脑还有那双桌边的白手套。

"有谁敢相信?科斯敏·迪玛曾经是拉里二号的教授!事情就发生在历史学家拉里一号常去的那所大学里。"

---

[1] 原文为英语:Times Literary Supplement。

如呼吸般短暂的停顿,震惊的情绪在空中弥漫,在戈拉的心中层层堆叠。

"那是一场热情对话的开始。受魔鬼启迪后的拉里二号突然建议我回顾一下迪玛的最后一册回忆录。我?我!我一时说不出话来。我要拒绝。绝不应该是我!紧接着,他发觉自己可能戳到了痛处,读起了《时代文学增刊》攻击迪玛的文章。法西斯、纳粹、反动派,戴着文化人面具的伪君子。他又斜瞥了一眼拉里一号,再次坚持道。我便低声嘟囔着,企图找到一些借口。我忽然想到了一个主意:我可没办法用英语写这玩意儿。然而,这似乎也不碍事,找位翻译来便可迎刃而解。'迪玛的经历错综复杂',我说,'需要找一位了解这段复杂过往的历史学家。'我绝望地看着那位历史学家,希望他能帮帮我,拯救我于这危难之际。我的老板却默不作声。'先生,请别开玩笑。'病人突然张口,'再也没有比真实的生活与传记更好的历史学家了。你本人就是最合适的人选。'他再次凝望着缄默不语的拉里一号。'请保重,贝德罗斯,让你的人在一个月内把文章给我发过来,逾期不候。够了!结束了!'"

在这一连串事情发生后,戈拉是时候说点儿什么了。即便是支支吾吾地嘟囔些什么,抑或是哼首小曲。可结果,他却什么也没说。什么也没有。[1]

"飞来横祸?戈拉教授,你说的是飞来横祸吧。你简直救了我。是你写的这篇评论吗?它能帮你在简历上增色不少呢!拉里二号的杂志很重要。我马上就给那家著名杂志的记者打电话,告诉他我找到了完美的替任人选。杰出的奥古斯汀·戈拉教授写起文章来

---

1 原文为意大利语:Niente,意为什么也没有。

会比我更出色。出！类！拔！萃！这就是圣奥古斯汀。"

戈拉看着那发亮的桌面，上面被他摊满了纸张。稿纸飞得到处都是。是的，他找到了要寻的东西。只见他将那张纸凑近了瞧，只消一瞥，他就兴奋极了，仿佛这就是他要找的那张草稿，上面记录着他同彼得进行的对话。

"他已经向你催稿了。我就不明白了，你为什么就不写这评论。"

"喏，你看，你不可能看不出来。你比我更了解那位老先生的生平。你知道我在考虑什么。我，只是我！"

早在几年前，迪玛先生就已经去世了。他走的那会儿已算是高寿。但无论是他生前还是死后，也只有戈拉能对他用如此亲昵的言行。

最后，这位新手还是开始着手写评论了。他常常求助于戈拉，请他推荐一些参考书目。最近他又变卦不想再写下去了，后来又改变了这个不想写的念头。戈拉建议他忽略那些细枝末节的东西，无须关注那些会引起不好反响的时段。戈拉还补充建议，包括加什帕尔家族在内的那些事也最好别提及。

而恰恰是这一鼓励调动了彼得的积极性！他像一个受虐狂一样，总是要求获得新的信息。每次都要重申还是应该由戈拉来写这篇文章。他为那些惹人愤懑的长句而惋惜，又为戈拉拘谨的怀疑而遗憾。甚至还说到了他来美国的这件事，尽管这一举动伴有实实在在的风险，但看起来还是比待在社会主义的地下室里要谨慎保险得多。难道不是这样吗？戈拉先生？谨慎，一个看似多么优雅的词汇呀，而实际它只是懦弱披上了掩人耳目的外衣罢了，不是吗？

加什帕尔心里明白的很，自己同那些社会主义地下世界的伪君子并没有什么不同。他知道直到现在他也没有脱胎换骨。就算他以另一种方式幸存了下来，他依然害怕同自己过去的那个祖国发生冲突。就像戈拉一样。他谨慎地回避和戈拉一起公开讨论关于迪玛的事情，但他依然对这位老人心存感激。迪玛总随时准备着帮助这位民族同胞，他把彼得推荐给了一些大学和学术研究机构。他从未忘记他那博学的文化。书，书，书，他有着杰出的学术生产力，为人又是如此彬彬有礼……在这位学者去世后，彼得和迪玛的夫人还保持着联系。这位夫人常常将关于他的记忆神圣化，想必是这位故人传记中那些值得尊敬的片段让她深受震撼了。

但戈拉依然鼓励着他，鼓励这位新教徒面对风险，引导着他将传记往可行的方向发展。然而二人之间的对话并不愉快。彼得常常表现出一副咄咄逼人的样子。

"是谁写的这篇评论？是我吗？与其说我揭露了人尽皆知的秘密，不如更确切地说我只是重新揭露了它？我怎么能让这位卓越的故人在死后[1]遭到公众的非议？"

他质问着，又好像是在扪心自问。他没有等待回复，但审问人同时也是被审问者的帮凶，属于间接性犯罪。

"老祖宗就是这样教导我的吗？以牙还牙我得像先人们对耶稣做的那样，把圣迪玛钉在十字架上折磨？迪玛先生，诸如此类的话你都听了多少遍了，这样的话语你该很是了解才对。可是你反抗过吗？我知道，你抗争过，你不会平白无故被怀疑。像我这样，不过是罪人和异教徒的帮凶。你知道吗？你肯定知道……你所不知道的是犹大，对，就是犹大，是他凭一己直觉感知到了殉道的必要性。

---

1 原文为拉丁语：post-mortem。

你是一名牺牲者，是你开启了信仰的新时代！所以，可怜虫犹大，你是一名英雄。信仰之外的婚姻得不到庇佑，甚至算不上什么好事。但，圣犹大，你仍是众基督徒的英雄。你在遇见露之前便早有了这个绰号，但是犹大你却并不关心这些。我所感兴趣的是为什么你让我来写这圣迪玛的罪状。"

对话者疯狂地宣泄着他的所思所想，还时不时展现出他那激进的指控。这指控针对露、针对她的父母、针对她的前夫，乃至针对这整个世界。

"而且为什么要我，要我来理解他，要我像伟大的迪玛那般温柔？我也是被流放的人啊，我也被钉在十字架上折磨得死去活来，为什么要我和他同甘共苦呢？难道不是这样吗？要我理解何为丧国之痛？故国就像天空中的那轮太阳可远观而不可接近。你听着……或者像那月亮？你记起来了吗？迪玛的战友们拯救了他们所有人，才避免了集体灭亡。甜蜜的解脱，他们是这样认为的。所谓民族，就是教徒和殉道者的统一战线。所谓民主就意味着腐败，意味着妖言惑众、堕落、肮脏、无序和灾难，你记起来了吗？然后就是日耳曼人的挫败，所谓的高级人种却落得一败涂地的下场，而他们的巴尔干盟友们也经历了各自的世界末日。万字旗的革命掀起了死亡大潮。逝者的遗骸遍布在石板路上，在焚尸炉里，在地下，在水里，在空气中。以泽量尸，白骨遍野。而紧接着的就是说教者们的流亡，他们的孤独与恐惧，是他们撕开了以往大师的面具。我，这非得要我来理解吗？我当然理解，教授，我无须费吹灰之力就能理解。

他稍作停歇，其实也并没有真正停下来，只是为了喘口气。

"是的，这位伟大的学者值得世人敬仰。杰作！是的，除了他的传记，都是杰作……那么那时候他为什么还要公开回忆录和日记呢？难道他是无法放弃镜子？就连破碎的和走样的镜子也放弃不了？当然，我当然知道这位老人火烧书房的那刻该是何种感受。他就那样一个人孤零零地站在街道上，看着冲天的火光瑟瑟发抖。一个生命马上就要化为灰烬。我能感同身受，相信我，我知道火与灰烬意味着什么，也知道燃烧与余烬意味着什么。"

他好像对着一群潜在的听众滔滔不绝。他实在受不了自己成为那唯一的倾听者。

"戈拉教授先生可知道我有多么希望，到最后，自己能够不再浑浑噩噩一事无成？流浪汉，我现在就是个流浪汉。我在一个流浪者的国度里，因此我很庆幸，我又可以不！负！责！任！"

他没有醉。除了使思想在极度疯狂之中受折磨，没有任何东西能够使他沉醉。他翻遍了自己的回忆，那些未被言语揭开过的伤口即使事到如今他也不愿提及，那么它们又是如何被人所看见的呢。他对自己内心压抑着的那股冲劲厌恶极了。

无能为力的抽泣。他很是同情自己，因为无能实在不是那么光彩的事情。

戈拉还是很难接受他所背负的惩罚。

"你得去见见帕拉德。"

"你说波特兰吗？我听说他给自己改名了。因为他对以前的祖国很是恼火，而对这个新到的国家却赞不绝口。"

"是的。就是帕拉德·波特兰。他以前不是和迪玛走得挺近么，还是他的崇拜者呢。他就是为迪玛才来的美国。他知道很多关于他师傅的事情，说不准啊，还会告诉你一些呢。其实，我觉得……"

戈拉教授用手拭去了额头和脖颈上的汗水。

加什帕尔拒绝扩大听众的范围。然而在两通电话后，他忽然被那个建议所迷惑，意欲拜访那个巫师的弟子，毕竟相比起他的师傅，弟子本人也毫不逊色。对这个出类拔萃的帕拉德，他的了解全部来源于书籍。

一个星期的谈话，涉及的内容和几年前他与戈拉的谈话如出一辙。

"迪玛的情况已不只是涉及其本人这么简单，这也正是关键所在。我们能要求随便哪个人公开承认罪行吗？不能。特别是在流亡的境遇当中，死亡、重生、欺骗与冒名顶替皆成为流亡的代名词。没有人想把陈腐的污垢带入自己的新居。每个人追求的都是从头开始，焕然一新，难道不是吗？至于欺骗和冒充？也许也会存在吧。人们在心中臆想，把当下的假设嵌入灵魂，直到这些与曾经的欺骗、未来的冒充交织在一起，不可分辨。这便和习以为常的生活糅合在一起了，不是吗，教授？你可曾考虑过此类庸俗之事？满怀对爱情的希冀，却终被欺骗，可怜的帕拉德……他永远无法忘怀这种失望感。恼羞成怒，悲不自胜。然而，我们俩最终还是得出了相同的结论。迪玛这个可怜人，与旁人并无不同。他所身处的环境、流经的历史和个人的精神世界，是的，这全都值得关注。无论是在过去，还是在当下。民族的痛苦、困惑和罪行，都被放大了，用黑色的大写字母放大着。在那儿，无处不在……是的，他也和我讲了那顶小帽子的故事。他织的那顶，就像你说的那样。"

迪玛没有和帕拉德提到他的同志们。他也无法对抗那些对手。他们拥有他的把柄，只要愿意，随时都可以从档案中提出那些文件。老奶奶没听见，没看见，也没说话，帕拉德是这样重复你的话的。面对任何一个棘手的问题，老人都会将那皮包骨头的手指捏得咯吱作响，接而重新织起那顶小睡帽，我们的朋友戈拉对此十分肯定。这些事是你们的朋友帕拉德告诉我的，就是那个沮丧的有情人。

争论日夜不休。戈拉仿佛已预见彼得会写一篇文风强硬的文章。彼得·加什帕尔会不会重新在写作中体现出他的犹豫或者运用那些充满正义感的修辞？

又或许他因此写出了一篇令人拍案叫绝的文章呢？戈拉嘀咕着。彼得的《明海尔》出版后在坊间产生的流言蜚语或许又会死灰复燃。这个世界已经看到一颗新星正冉冉升起，他将写就一部著作。他也就差这部著作了！

* * *

"他就缺这么一部著作了。我们不应该单单关注杂志里一个悲痛的故事，借此去激发人们的恻隐之心，还应该把重心放在一部杰作的出现上。"悼文作者戈拉低声咕哝着，彼得滔滔不绝的言辞攻击使他心神不宁。

"让我以真相之名来写吗，或者以记忆之名？你还有什么老掉牙的词想和我说？"

戈拉双手托着脑袋，审视着深色的桌面。桌上打开着关于RA 0298的黄色档案袋。

他不想听到这一切，但他却无法从幽灵的声音中逃脱。他早已知道乐谱的各种变调。

"大师拒绝自我评判，而我们对他又了解些什么呢？那些蠢蛋立志改变世界，在他被这些人的热情与虔诚打动后，他自己也写了一些愚蠢的文章。我为什么会对这些感兴趣？还不是因为那些蠢蛋毒害了我的姐姐，抑或是若没有她的死，我便不会来到这世上？"

彼得长篇大论式的哀号！在这审问的热情中，这个听众感到他逃避了一些问题。

"我明白，本该由我来写这篇文章……"戈拉低声说着，攥紧拳头，用它使劲顶着脑门，像是要崩裂自己的脑袋，好让那些蛆虫从脑浆中迸发出来。"但我没有办法！迪玛帮了我，他慷慨得甚至有些不真实，相信我。我们也不能伤害他的妻子，那个无辜的英国女人。如果最终由我来写这篇文章，梅里就毁了。没错，迪玛先生有罪在身，帕拉德也向你证实了这一点。当然我也同意你们的看法，如果他道歉的话，他也应该得到原谅。意识形态上的一个错误，最终，或许是智力上的一种欠缺？……一种间接的恶行，是这样吧。就算出于这一点，他最终也会请求原谅的。只是，他向来自命不凡，从不考虑承认错行，去请求人们的宽恕与遗忘。但若要请求原谅，他必须相信些什么。但他只相信他自己！相信他至高无上的天赋才能，笃信他无可匹敌的荣耀！天才，从来只和其他的天才相比，但总是水火不容！不可触及、慷慨大方、高高在上、遁入虚空。或许此时，求得自我原谅才是最为重要的。酩酊大醉于虚荣之中，这不符合道德的规范，因为它凌驾于世俗之人之上！在神秘的平流层中，在虚幻的奥林匹斯山上。"

"一个蠢货，一个孩子，一个和蔼可亲的怪物？看起来还行，但是和那个战士有什么关系？"

这次，戈拉教授叹了口气。声嘶力竭的彼得令他疲惫。

"我为什么要怀有一颗同情之心？"这位新的流亡者吼叫道，"同情，仅此而已！他在书本中度过了一生，也写了不少书。这蠢蛋，相信这才是生命的核心……一个老顽童的游戏。子孙后代，长生不老……诸如此类的蠢事。如果把他的书房给烧了,他会有什么感觉呢?大概就像他自己被火化了一样,一块接着一块,一本接着一本。这些书都排得整整齐齐,为了迎接最后的审判。是啊,我非常同情。我心中的那个蠢货动了恻隐之心,他要饱含着这份同情,为你和帕拉德的那个蠢货而写作。"

幽灵般的客人停下了,却又似乎未停下。戈拉似是听着他的言语,又像在听着自己的心声。

"乌托邦的游戏就是纯洁无罪的吗?他独自身陷囹圄是否已穷极无聊?对隔离感到疲倦,对徒劳写作感到无力?被那些歌唱着的,改变了信仰的活力论者激发了自我的生命力?那些活力论者以善行的名义杀人,梦想着死神的拥抱?为什么需要由我来厘清这一切?只是它也在房间的某一角等着我,隐形的食人猛兽。癌症,心肌梗死,打击,女士们先生们[1],一切如您所愿。"

无国籍者复了仇,人们会这么说……他用姐姐的鲜血写下了这份起诉书,而姐姐也不再能是他的姐姐。这将是我的诽谤者和辩护者的说法。

可怜的彼得喘了几口粗气,被自我倾听的痛苦和愉悦掐住了脖子,几近窒息。

"用姐姐的鲜血?真是精彩的广告词。教授啊,我算不上什么民众领袖,我不以任何人的名义来写作。即便针对那些不应只被复仇的人而言,我也不会采取复仇行动。请别再担心了,总督[2],我会小心斟酌,简洁用词。我是你曾经的亲戚,难道不是吗?姻亲,理

---

1 原文为英语:ladies and gentlemen。
2 原文为英语:Magister。

所当然是姻亲,不过是一桩门不当户不对的亲事,两者真是天壤之别。姻亲……我们之间又算是怎样的关系呢?你也许会害怕,害怕我会让你声名扫地?不用担心。就算逝者的生平被谎言庇护着,但悼文应该揭露一切真相。"

"悼文"一词带着浓重的讽刺口气。看起来,在戈拉为迪玛大师撰写的悼文背后,彼得·加什帕尔不知何时已洞察到了更多鲜为人知的故事。

戈拉再次用双手抱紧了自己的脑袋:"小伙子,你并没有了解全部的实情。你还没有听说过马尔加·施泰恩吧,那是这位学者年轻时的恋人。战争的时候,大师生活在一个中立国,那儿充斥着流言蜚语,间谍也时有出没。他总能从报纸上了解到各种信息。他知道那些德国人和他们的同伙犯下的恐怖罪行,但他却依然夜以继日地埋头在自己的'大作'当中。他常常在妓院游荡。这样做只是为了忘记德国的失败,忘却世界落在了野蛮的俄罗斯人和西方蠢蛋的手中。"

那幽灵继续声嘶力竭地大吼着,戈拉缄默的独白也不曾戛然而止。他们再也听不见彼此的声音。

我读了他的秘密日记,因此也理解他的口是心非、他的寂寞孤独,亦懂得他为何依赖毒品,沉迷阅读,并对死亡心向往之。文学试验与政治陶醉。我也认识马尔加·施泰恩。

接下来是久久的沉默,正如上回那般。戈拉抽泣着,而彼得·加什帕尔也受够了一晚上的讲话。静默着,静默着,彼得先行离开了,而戈拉则继续兀自悲叹着。"男孩哟,你什么也不知道,你不知道。马尔加留在了她出生的那个国家,久而久之,大师也忘了她姓甚名谁。她吸食着一种类似吗啡的特殊物质。这毒品是那前线的纳粹德国士兵给的。"

正如上回那样,这沉默宛如一个幻想。其实不过是一个廉价的把戏,好让他和听众都能重新喘口气。彼得再次找回了他讲话的节奏,并清了清嗓子,而戈拉也再次听起彼得的话来。

幽灵的愤怒对象逐渐包含了世界,然而却不是整个世界。"愚蠢!我亲爱的父亲大人,检察官加什帕尔同志,他今晚在饭桌上给我们念的文章,真是呵,真是不能再棒了。即使它们是些陈芝麻烂谷子的反话。一边是加什帕尔同志的党,而另一边,则是迪玛先生的神圣守护人。当然,加什帕尔同志之前在奥斯维辛就已经付出了代价。因此他有权犯错、犯傻。但他真的有权这样做吗?难道他还有权相信那些向他承诺过天堂的警官吗?"

为了喘气,他又停了停,嗓音渐小,长吁一口气。

"而我们呢,身处这令人腻烦的民主之中?就让我们指望着那几块奖学金?教授,这你又怎么说呢?难不成我们在几年里还要换汽车、换妻子、换外表?我们换了自己的器官和脸蛋,每天都前去健身房和银行,那所谓的现代神庙?我们买来吸尘器、假发、替换的肾脏、全新的心脏和度假的别墅?我们这是在开玩笑,不是吗?任何丧气的讲话都是以一个玩笑话开头的,不是吗?你就是这样告诉我的。你尝试向我解释新世界,就是明海尔的那个世界,不是吗?"

戈拉没有回答,他的叹息声渐渐消失了下去,似是有些瞌睡了。

"难道我还会记起我那素未谋面的姐姐?抑或是,我可以从天上伟大的刺客那里获得永生?你觉得他已经把我忘了,在他那后奥斯维辛的计划里把我忘了?"

戈拉将双手从脸颊上移开,将它们搁在了桌沿上。他一用力,起身打开了办公室台灯的开关。

　　灯光打在他身上，显出他笔挺又僵硬的站姿。窗户的玻璃上映出他那张满布皱纹的面容与满头的白发。

　　天空之上，月亮怯生生地隐去。黎明，带着漫天的朝霞来到了这新的一天。

　　而戈拉的脸就那样生生地嵌在了窗玻璃上。

* * *

　　帕拉德教授的谋杀案在美国的新闻媒体上鲜有提及，仅在大学才流传着这次事件的一些反响和传言。

　　相较之下，在本国发生的轰动则是无可比拟的。在后共产主义的混乱中和资本主义密使的冲击下，东欧国家在仇怨之间徘徊挣扎。奇迹促成了独裁者的垮台，而不那么奇妙的奇迹使得那些过渡时期不可名状的困惑愈发令人混淆。犯罪发生在遥远的美国，在那个匪盗底色鲜明的地方。而这位受害者和他的死亡则激起了种种意见的不和。

　　这场犯罪动机诡异，实施完美，手法专业。那些策划了这次行动的人必然抱有一个有关意识形态的动机。人们都这样说：帕拉德近来发表的越来越激进的文章都在针对民族主义，而这恰恰是迪玛曾经所支持的思想。这些文章还反对始终活跃着的秘密警察。这次西西里式的执行必须要了结的，不是那为金钱斗争的敌手，而是为了终结一个意识形态不同的敌手。一面是流亡美国的极右翼分子，一面是原先的秘密警察，这二者的勾连关系已无处不在？无论对于哪一个阵营，帕拉德都是一个刺耳的声音。

当他第十遍重写有关迪玛回忆录的评论时，他近乎狂热地关注着新闻和流言，打听着警方的调查进程，追踪着从咖啡和星辰那里得来的投机性猜测。提出这些猜测的是一些先前就与心理玄学家帕拉德保持联系的读者。然而，彼得并没有就此撤回自己给拉里二号写的评论文章，而就迪玛这位背信弃义弟子的谋杀案，他亦没有妄加任何评论。

文章发表于谋杀案发生的近一年之后。由于经费不足，美国警方已经停止了犯罪搜查。然而，拉里二号依然毫不迟疑地用红色大标题写上了这桩轰动一时的谋杀案，将它印在了杂志的头版封面上。很难说杂志的销量究竟上涨了多少。但可以确定的是，在那遥远的国度里已是流言四起。叛徒帕拉德的罪名和谋杀迪玛的阴谋联系在了一起。加什帕尔与帕拉德建立了联系。在彼得·加什帕尔这个古怪的名字背后究竟隐藏着何人？事实上，究竟谁是这个彼得，谁是这个加什帕尔？无处不在的共济会[1]的代号？一个冲动抑制者，一个卖国贼，一个叛徒，一位效忠于反民族黑暗势力的叛贼！

这位听众看似并没有忆起先前《明海尔》的故事，也没有想起该作者的外号和他写这个故事的初衷，更别说记起那些流言了。那是些关于神秘杰作的流言，就那样隐于他脑海中或是藏在他抽屉里。

拉里一号，别名阿瓦基安。这位叛徒之前在他主管的学院里工作过。拉里亦知晓大洋彼岸那些铺天盖地的新闻报道。在美国的那篇评论里出现的大标题充满了挑衅的意味。学院向联邦调查局通报

---

1 共济会出现在18世纪的英国，是一种带宗教色彩的兄弟会组织，也是目前世界上最庞大的秘密组织。

了该书评作者所面临的危险和该作者与被害者之间的关系。

加什帕尔变得易失眠，易发怒。戈拉也深感抱歉，因为关于迪玛的那些文章本应由他所撰，而他却回绝了。加什帕尔身上所背负的那些外号本不应由加什帕尔来承受。戈拉愧疚万分，千方百计想将这事忘却。

与此同时，彼得还收到了美国读者的来信，信中他们对评论中模棱两可的话语很是不满。对一名极端分子如此关注，如此认真？更何况他还同他的祖国一样，与纳粹德国结了盟？一位来自加利福尼亚从事人种学研究的女教授还声称，这位书评作者看似很是抱歉的样子，其实很是尊敬这位纳粹分子。一位年轻的女诗人问道："您如何从同一个人身上分出两种不同的人格？您认为政论文需得同科学作品和文学作品区分开来。它们是不是属于另一个人格呢？难道他不值得我们寻找吗？让我们看看他会同我们说些什么？您这样做难道不是在引入一项审查制度吗？面对已故大师提出的对立统一思想，我们又该如何处之？"

加什帕尔似乎并没有受诸如此类信件的影响。善、真、美？我的新同胞们忽视了美。善须得显而易见，须得合乎常规，而真，则不容玷污。对于协调统一与教堂的需求！他们对美学也一点不感兴趣。他们是被矛盾吓坏了，他们所不明白的是，不协调才是他们的伟大成果，才是他们民主的胜利。

"'令人作呕的法西斯图书馆的耗子'，他如何能被此等名头'廉价收买'了呢？"一名来自堪萨斯念政治科学的学生问道。

来自故国的恶意中伤让他不住地抽搐，而这也证明他并没有成功移居国外。过往，是啊，在现在看来依然鲜活。伤口同制造伤口的幻想共存，而他依然背负着故乡前行。

"我面前就有一本我们那儿的文化杂志,很有名,是本复活节专刊。上面印着耶稣的肖像,他被钉在了十字架上。上面写着的题目是:《受十字架刑的迪玛》。"

"这本杂志你从哪里拿到的?是谁给你的?"

"从卢奇安那儿拿到的,就是帕拉德的那个兄弟。看起来,人们都时刻保持着警惕,也对自己的民族抱有希冀,日复一日,皆是如此。大洋彼岸的阴谋家,就是我[1]。"

这场插曲过后,戈拉不想再知晓任何事。即便知晓,他也拒绝评论,只是沉默地接受着,接受着加什帕尔充满挑衅的言辞。

"是露不顾一切让我们来到了美国。废水炉的盖子被掀开了,解放,毒化,每天都要进行的毒化。隐藏了好几十年的肮脏不断迸发着,就像露在驾校泊车时那样。她刚从车里下来,就听到有人气急败坏地喊着'你们为什么不离开这儿,为什么不去找你们的阿拉伯兄弟?'陌生人或许是在找泊车位,然而这辆驾校车挡住了他的去路。露惊诧万分地回过身去,想看看他是在和谁说话。她从来没见过这个泼皮。你也知道,她从来不注意身边的人。"

戈拉默不作声地听着。

"东方美人?是啊,只不过并非所罗门王歌唱的那种。罗马尼亚女人,匈牙利女人,意大利女人,亚美尼亚女人,比起这些她毫不逊色。俄罗斯女人,德国女人,意大利女人,秘鲁女人,她皆可匹敌。不,露不是典型的书拉密女子,你应该知道这一点。这重要吗?重要极了。我们不应该再说她是在人文主义的摇篮曲中成长起来的。世界公民,彼此之间并无分差。世界主义,人文主义,不过

---

[1] 原文为法语:c'est moi。

是过期罐头里五彩斑斓的标签。那人可能在跟踪她,他知道这美人是谁。有一次,她从一辆几近报废的旧车上下来,面无愧色,戴上了雇员的面罩。'你们给我们带来了共产主义!喜剧早已完结了,滚蛋吧!'这个人激动地大喊,'去别处另立一项新使命吧,去找别的弥赛亚[1],'他如是大喊着。露没有进入那栋建筑,她回到了家里,心情久久无法平复。"

随之而来的是暴风雨般的讨论。一直拒绝离开的她,现在却希望能远走高飞。让我们走吧!我们本可以溜之大吉,其实早该这么做了。"我热爱巴洛克风格,同时也颇诙谐风趣。"加什帕尔表弟如是说道,"那儿有人需要我吗?我能在他那儿混口饭吃吗?"

出乎他的意料,露回答道:"我需要你。"她会说英语,对工作也不挑三拣四,身上充满了年轻人的干劲,一心想改变生活的轨迹。你很难想象露这个人居然会愿意做任何工作。在这一心态背后,是她对远离此地的无限渴望,尽管她之前一直拒绝离开。她和丈夫离了婚,拒绝冒险,也恐惧陌生。解放的机会来到了眼前,萎靡不振的共产主义者也已远去,离开的理由似乎也与之同时消散。恰好在现在,她却要被推入陌生的大潮中?奔驰车主的谩骂或许就是天意吧。

奥古斯汀·戈拉教授没有忘记他与露之间的争论。命运向他开的这个新玩笑并不令其感到吃惊。

"拉里一号已经有第三个妻子了。她们都是他在学院里的下属。拉里二号虽然要比他年轻些,却也娶了三回亲了。难道这就是让你重获新生的力量!幼稚?幽默?欺骗?勇气?幸福的权利!宠

---

1 即犹太人期望中的复国救主。

法规定的幸福权！这里没有一场演说不是以一个笑话开场的，即便是葬礼上的悼词也是如此。那个荷兰人会是先驱吗？"

此时，话题忽然换了一个方向。悼文的作者奥古斯汀·戈拉陷入了沉思。问题一如既往地堕入了无人回应的深渊。

* * *

"帕拉德找了个新老婆……只有你现在还是单身了。你可以在这里挑一挑，有没有自己中意的。中国女人，爱尔兰女人，阿拉伯女人，你更钟情于哪种女人呢？要是你离不开故乡的美食，找个罗马尼亚的女移民也并非不可。"

戈拉不确定这是否是加什帕尔对帕拉德下的最后结论。自从帕拉德死后，他常常想起帕拉德和加什帕尔的那场见面。在棺材旁守灵的时刻，只有靠想象才能改变那些在现实中无法被改写的过往，此时此刻，你又会怎样回忆那些离开人世的朋友。

帕拉德知道的太多了。关于科斯敏·迪玛的谜团在脑海中盘根错节，帕拉德对此感到十分厌倦。多少年来，他独自一人心神忐忑地穿梭在一条隐秘的盘山道上，而这条密道则通向大师的藏身之处。如今，他还没有从中缓过神来。彼得的传记也激发了他的好奇心：一个幸存者！这个幸运儿当年的庇护所就是那个女幸存者的肚子。他的检察官父亲为驳斥共产主义而效力。好奇心或许驱散了他内心的阴霾。

"他让你讲述自己的生活了吗？"

"他并未明说，只是暗示我应该作出交换。如果我向他讲述我的故事，他则会告诉我迪玛的故事。尽管他深陷痛苦，但他的灵魂早已臣服于迪玛：先是对现代主义充满兴趣，之后又转向神话、超验性、神秘民族主义、极端政治、溃败、流亡、秘密而伪装的庇护所以及学术生涯。难道迪玛没有审视自己的能力吗？迪玛的恋己癖使他能随时作出躲闪。他不承认自己的罪行或是错误，因为他没有时间。那些重要的计划使他不得不向他的子孙后代屈服。他拒绝对道德话题作出自己的评判。他就站在那精神世界的布道坛上面对着俗民的议论，表情和善而恭敬。"

"迪玛就像一颗胶囊，里面含着现代主义、民族主义、神秘主义、外交学和妓院，还有自恋、流亡、孤独、秘密的逃脱和学术的智慧。"

戈拉默默听着，却完全不相信加什帕尔汇报的是真实的见面情况。

"当然了，还有拒绝那天真的民主！迪玛在享受到新世界的自由之前就说过，盎格鲁-撒克逊世界是绝对不会接受它的。他对进步的修辞并不敏感。民主和争辩不过是乌合之众的消费品。起初帕拉德对领袖充满无限敬佩之情，而后又逐渐产生怀疑。在这期间，他的内心挣扎万分。他发现了一些文件，仔细审视了传记中的空白及作品背后的秘密。他依然崇敬迪玛。迪玛拥有非凡的精神世界，是一个和蔼博学、天真可爱的对话者。我没有什么必要战斗了。就像他一样，我的心中充满了失恋者的哀伤。我只想赶快决定，我应不应该写这篇文章。"

"你决定了吗？"

"决定了。这关系剪不断理还乱，怕是没办法理出头绪！"帕拉德总这么喊叫着。自由和表演？见鬼去吧！神圣与世俗，自恋与虚伪，如此轮回？相较于迪玛，他对神秘冒险的迷恋程度毫不逊色。有时，他甚至连自己都反对，怀疑自身，怀疑自己的反抗，也怀疑自己的敬佩之情。

闯入者的声音是来自虚空，还是来自戈拉本人？他对自己听到的一切再熟悉不过了。同样的事物，帕拉德也对他说过不止一次。迪玛的遗孀曾允许他阅读逝者的"紫色笔记"。是允许戈拉，而非允许帕拉德。在几页泛黄的学生笔记纸上，有一个孤独的男人在情色的绝望和写作的狂热之间辗转挣扎。他为德国无法战胜共产主义野兽和民主变色龙而愤怒不已。

"我们忽然回忆起那部小说，讲的是因1938年恐怖主义而被审判的几个同志的故事。我们也曾想象过在那个确立行动的夜晚是怎样的一番境况。英勇首领的照片也曾在我们眼前展现。他是一位精神导师，也是神秘主义之父。那么他还算得上是藏在世俗中的神圣吗？大师还相信秘密就存在于回忆之中吗？秘密被文字和虚构的信息所伪装？帕拉德不断地寻觅着其中的联系，直到昏醉于其中。我们受够了言辞和酒精带来的昏醉感。他的问题源总是无穷无尽，为什么迪玛在战后依然还需要那些旧日的执念？为什么他常去一个狂热的老医生那儿，而这个老医生总在重复运动的口号？疯狂的偶像崇拜，是她的魔术把戏吗？毒品、妓院、乌托邦，甚至还有写作……他露出了婴儿般的微笑，却看不到我。"

戈拉回想起帕拉德的微笑，他也不清楚加什帕尔是在援引帕拉德的话，还是在向他自己发问。

他重新认出了帕拉德的话，也辨出了那其中属于加什帕尔的部分。

"我之前同他谈过迪玛那位老情人的事。她被留在了她的国家，身处险境。"戈拉文不对题地回答道，"她被流放到德涅斯特后幸存了下来。后来她又回到了先前藏身的村庄,她在那里藏过一阵,直到被当局发现。回到村子以后,她就在那儿结束了自己的生命。而迪玛呢,他从未关心过他这位老情人的命运。"

加什帕尔没有再发问,而戈拉也无法猜出帕拉德究竟有没有同他说过关于马尔加·施泰恩的事。

"帕拉德对这位伟大的故人又重燃兴趣的时候,我就进行了干预。一旦他开始剖析神秘莫测的事物或是离奇的事件,我就会让他静一静。我看着阿叶莎,他那位印度未婚妻。她曾是他原来的学生。他们俩想一起改信佛教。""哪怕精神错乱也比正统教义好得多",帕拉德这样嚷嚷着,"比任何正统教义都好!"说罢,他又满怀深情地望向自己的未婚妻:"我们俩在寻找一种算不上信仰的宗教。我们可能会成为佛教徒、火星人或者多神论的信众。"那姑娘说着笑起来,我们也都笑了。漫长的白昼与无尽的黑夜。我那时也不知道日后我会在他死后成为他的发言人。他写着评论,说,他会用我为他准备的书。"前提是如果那时候我们在这里和在远方的同胞们还没有将你我谋杀的话。"他是这样说的。他收到过威胁信,也接到过一些威胁电话。有一次,他走在街上被一个陌生人撞到,那人在他耳边对他低声说该到算账的时候了。占星盘上占得的尽是些不祥的预兆。他紧张又烦恼,过着高强度的生活。他同时写着三本书,以此使自己得到解脱。不仅如此,学生们还常常围着他转。

"他搞得定他们吗?"

"他总能用一些怪事情,用他广泛的涉猎来激发年轻人的想象。他同迪玛一样知识渊博,记忆过人,而这一点也令那位印度小姐着迷。我们寻找着伊塔卡,像尤利西斯那样的流亡者们!这就是主题思想。我们常常谈及流亡。迪玛的流亡、帕拉德的流亡，你的、我的，还有露的……"

像以往那样，戈拉窥视观察着，等着幽灵说出那个一触即发的名字。他沉默不语，伺机而动。

"是的，我们多次谈及流亡的话题。流亡就是成为独特个体的第二次机会呀。什么？冒名顶替？我们算是同类，但又不算是。我们卸下真实的自己。我们改变自我而又不自我改变。帕拉德被爱情冲昏了头脑，简直亢奋极了。他有权做出改变，有权获得幸福！真相不是机会，爱才是。"

爱情、幸福，戈拉等待着这些动人的词汇伺机而动。

"帕拉德给自己找了一个新的女人……现在只有你还没有伴。在这里你总可以选了。听从你的心吧。让你的心去选你的心上人吧。就这样，差不多得了。"

帕拉德和戈拉说了他被威胁和跟踪的事。戈拉教授没有淡化危险的严重性，只是少了几分神秘主义的色彩。"医疗检查的结果是会告诉你的。你得了癌症，是一种不治之症。周遭的一切都会得到天翻地覆的改变。自作自受！你悲观地看待过往，惊恐地面对将来。我理解这种感受。对于死亡的恐惧是由这个医疗检查引起的，而非什么预感。"

帕拉德在被杀的前一晚还给他打了电话。

"我觉得，这次挺严重的。别问到底发生了什么，也别问是怎么发生的。"

戈拉建议他报警。但同上次一样，他拒绝了，因为他信不过警察。

"她不在这儿。阿叶莎她不在这里。她走之后，我就很脆弱。

她走是因为要前去探望她生病的母亲。她走了两天了。他们知道这个。现在,事态很严重。我感觉到了。"

他沉默了,但这沉默没有持续太久就被打破了。他好像还想补充说些什么。

"有一次,迪玛拜托我安排一个学生帮他整理书房和档案。我推荐了一个我的学生,他叫菲利普·蒙代尔。根据他的外表和名字不难看出这小伙子是个少数民族。'我不希望这位年轻人乱翻我们的材料。'迪玛夫人这样同我说,'我也不知缘由,我只是对他不大放心。'迪玛夫人接着说道。你也知道迪玛夫人是一位令人尊敬的妇人。她温柔细腻,教养良好,出身高贵。他们也只是怕泄密罢了。"

戈拉对诸如此类的离题话并不感兴趣,他一再重申让帕拉德去报警。他怀疑帕拉德没有告诉他这个危险中最隐蔽的部分,但警还是要报的,无论如何总得做些什么吧。

恶俗的闹剧,加什帕尔评论道。死神不可能搞上几出闹剧便会满意离去,他有一个被诅咒的指南针,面对死亡的降临他从不表现得幽默风趣。帕拉德没法确切地知晓他的命运已经被扣上了致命的一环。叫他如何能确信呢?没有人能肯定。仅凭些许预感,仅此而已。

雇用杀手爬上相邻厕所的抽水马桶,掏出一把脆如玩具的小枪,将它架在将他们二人隔开的墙上。这墙又矮又薄,他将枪口对准了被害者,而后被害者就横尸厕所!

在游戏突然使时间停止的一刹那,逝者的面容一下子衰老了许多。

加什帕尔不知道迪玛和帕拉德对玄学有多么痴迷。"我没有能看透隐形之物的器官。玄学是喜剧的主题。一场闹剧罢了。"彼得嘟囔着，语气坚定。这坚定同那些不信自己话的人如出一辙。

玄学始终在迪玛和帕拉德的人生中占据着中心地位。

即使你拒绝将这场谋杀案同命运的数字游戏相连，帕拉德的死依旧带着神秘的烙印，这一点是无法忽视的。

* * *

在尝试着适应新地方、新时光的迷惘阶段，戈拉从善于社交、魅力十足的一名移民变成了一名沉默寡欢、举止怪异的独居者。这一切就发生在他战胜了最开始的困难，重新获得正当的社会地位之后。

起初，一切都让他欢欣雀跃。长期以来在拜占庭式的社会主义下所产生的压抑情绪都在魅力的催化下烟消云散了。这一过程简直不费吹灰之力。他很快得到了自我解放，将自己从那个连幸福也受到强制的堕落、封闭社会中解救出来。他着迷于美国给他带来的鲜明对比及这个国家的广袤无垠，沉迷于这里的快活、天真、淳朴以及毫不做作的真诚。他等待着，信心满满，他希望能等到那个消息传来，他的妻子最终能决定随他而来。

在富布莱特奖学金期满后，他立马申请了政治避难。他受雇于"美国之音"。他的学术声望使他在与其他合作者较量中脱颖而出。后来他当上了一个部门的领导，而这个部门恰好专门负责他那遥远祖国的事务。他为人彬彬有礼，做事能干有力，和他同期工作过的人们都对他赞不绝口。他完全没有领导的架子，十分平易近人。然而在一个自负捣蛋的异议者出现后，这个集体的和谐就不复存在了。

"日本人"，人们如此称呼他。这样一来气氛就被搞得更僵了。他为人用心险恶，自负自满，恬不知耻，却极讨老板欢心。他无视规章制度和工作作息，接连旷工好几天，然后又颇讽刺地像个没事人那般出现，完全无惧旁人的目光。戈拉试图缓和冲突的努力都没能奏效。这位新人的肆意妄为和敌视态度不是用温和的方式就能对付的。无奈之下，戈拉向伟大的迪玛请求帮助。迪玛替他在一家国立大学谋了一份临时的差事。因为他能灵活运用多种语言，并且博学多识，很快他就崭露头角，很受欢迎，并得到了最终的正式录用。后来，他又进入了阿瓦基安的那所学院，那是一所很大的大学。似乎在那里，他开始有了一些隐晦不明的友好关系，甚至还萌生了几段恋爱关系。他开始频繁地出入移民者的交友圈，并在一份流亡日报上开设了"悼词"专栏，以此试水。他不仅仅写已故之人，也写他们的思想、著作，写他们的意识形态变化和宗教信仰。

无论是那些著名的评注家，还是那些"高知盛会"即阁楼秘密辩论的与会者都对他寄予很高期望。似乎就连他自己也不曾忘记那个宽敞的阁楼，上面开着大大的天窗。我们就是在那里初次相见的。

米赫内阿将我带到那儿。他很是好奇我看到那样激烈的辩论会如何反应。我就坐在与会者中间，保持沉默，全神贯注着。在米赫内阿把我从激动的听众里拉出来之前，我全程不发一言，甚至同他我都不曾说过一句话。书面的矛盾，带有长段的辩驳，就像一些口头的长篇大论似的。我对他们说话的方式甚为诧异，他们口头说的就像书面写的一般，这和那些写作如同说白话一样的人恰恰相反。

最后，那些长篇大论让我感到腻烦，但我却依然没有将它们忘记。这些长篇累牍的片段非常极端，又极其怪诞。虽然我当时是个技术工程师，但不只有我这么看。后来我就不常光顾那惹人烦恼的阁楼了。

无论是米赫内阿·帕拉德还是奥古斯汀·戈拉都没有料到有朝一日他们还会碰上我。

那时候，我们谁也没有想到，几十年后我们会在大洋彼岸的流亡途中再次相见。

第二部分

　　古树参天，春日的天空阴晴不定：科齐医生就在那儿。狭小的候诊室里，墙上整齐地排列着学位证书：医生就站在证书前。公园里，三个黑人组成的小表演队操纵着手中的木偶，在音乐的轰鸣声中舞动着身躯。医生就在他们之中。孩子们的方阵，还有游泳池。左右分岔的小径上，各种肤色、各种年龄的路人行色匆匆。他们就像是几十个科齐医生的克隆体，马不停蹄地赶着路。

　　从城堡的万花筒里看去：小小的科齐医生就在那中央。

　　他的额头和脑门像是被钳子夹住般，痛苦不堪。两粒格莫拉的镇静片和一粒巴比伦的阿司匹林。那镇静片不知已度过多少岁月，而那阿司匹林却是全新而完美的，巴比伦也如是。夜复一夜，这些都集聚在独一的个体当中。

　　某个早晨，彼得·加什帕尔被抛弃在全新的湖岸上，眼前是一面镜子。矮小的科齐医生不断重复着：

　　"你在镜子里审视过自己吗？大象！真是一头大象。天平从不说谎，就是一头大象。"

没一会儿，大象就坐在了附近一座公园的长椅上。而后他又离开了公园，看了看表。目光不断地转向上方，向上，直至苍穹。如今，他全新的生活座右铭便是："活在当下。"仅此而已。陌生人伸出一只小而白的手。

"电视广告，收入很是体面。全神贯注在棋局上的象棋手把手伸向装着可乐的杯子，面容疲惫不堪。"

百老汇大街和63号大街的拐角。向左迈出一步，再一步。出租车！黄色的拉达车停在了排水沟旁。

方向盘上方是司机的照片和姓名，而其本人则带着一股俄罗斯口音。他的嗓音十分沙哑，像是个老烟枪。司机脸盘略宽，看似十分温和，眼睛小小的，一口大牙齿极为醒目，额头布满了岁月的沟壑。列奥瓦慢悠悠地开着车，十分闲适。在火车站前，他关了发动机和计程器。

"八美元。"

乘客嘟囔着些什么，又似乎没有。

"两美元！我就这么点儿了。信用卡放在钱包里，钱包我给忘在了图书馆，图书馆的咖啡店里。或者，也可能落在了科齐医生那儿。请原谅我。我有一张新的地铁卡，里头有20美元。我把它给你吧。这是我今天刚买的卡。"

"拿上你的地铁卡滚蛋吧！滚，快滚！"列奥瓦叫喊道，用不知是俄语还是乌克兰语的语言咒骂着。

疯子没有动。

"把地址给我。"

"什么地址？"

"你的地址。还有你的电话,银行账户。"

"是不是连邮件地址都要?要是没有电子邮件,在这个世界里什么事儿都行不通。"

"什么都行,只要让我能找到你,然后把钱还你。这是我欠下的债。"

列奥瓦上下打量着这个昏头昏脑的家伙,像是一个眼科医生检查着一个瘫痪者的视网膜。他从方向盘右侧的票据本上撕下来一页,递了过去。

"好吧。我希望你不会来拜访我。"

"不会有什么危险的。"

熙熙攘攘的人群,充斥着嘈杂与喧哗。过了好一会儿,游客终于发现了列车信息表。火车在九号站台。

活在当下,这就是最重要的。月亮城啊,不算太坏,毕竟可能会变得更糟。乘客这么想道。俄罗斯人,也就是那个乌克兰人,或者说那个苏维埃人还真是正直。医生啊,我度过了充满正义感的一天,这就是我的结论了。

列车的左侧,河水缓慢地流淌着。你永远不可能踏入同一条河流。尽管河流不朽,但也始终变化着。流动着的地平线,浮动着的睡梦,有着治疗的效果。验票员轻轻拍了拍他的肩膀。睡梦中的人儿惊醒过来,带上自己的包和大衣匆匆离开。

他下了车。看啊,他茫然地待在站里,看着面前宽阔的河流缓缓流动。荒芜的月台,连绵的群山,河流与他只有咫尺之遥。

一个清寒的下午。世界的起点。世界的终点。在他们之间,还有一场短暂的休战时光。秒表吞噬了日历的分分秒秒。

* * *

白日没有让黑暗的水流停下脚步,夜幕也还未降临。彼得已筋疲力尽,他从陈旧的沙发上站了起来,转而坐到那把同样陈旧的扶手椅上。而后,他又起了身,长而年迈的双腿颤颤巍巍的。一小步,一大步,紧接着又是一小步,走向床之墓穴。

午夜来临。森林中响起了窸窸窣窣的声音。小木屋周围流水潺潺。喃喃声,嘟囔声。麻木的身躯,肮脏的思绪。躯体,我们赖以寄居的地方,小阿维塞纳一字一顿地吟诵着。

一天的时光并不是从巴恩斯诺布尔书店开始的,尽管书店门口出现了电视制作人柯蒂斯先生的声音。当然,也不是从科齐医生的诊室开始的。一天是时光是从林间小屋,从无限仁慈的床之墓穴开始。

你醒来的时候就像是鼹鼠,像软体动物,像甲虫。昨天早晨与前天早晨的情况皆是如此。你一点儿都不急于从这黑夜的石板底下解放出来。

你还能回忆起那个夜晚疼痛难耐的胸口。这些如钳子般的痛苦令你紧皱双眉,脑仁生疼。死亡呢?从没有永恒的和平,只有一个固执地不断轮回的噩梦。

夜色已深,没办法给医生打电话了。医生们早已倦怠。你若要向他们证明已经到了关乎生死的时刻,你不得不立即选择死亡,咽下最后一口气,仅此而已。他吞下两粒老格莫拉的古老镇静剂,还有一片从全新而完美的巴比伦来的阿司匹林,那药片也如巴比伦般全新而完美。流浪汉啊,你必须要习惯自己一个人的生活。夜复一夜,它们被聚集在独一的个体当中。他将工作抛诸脑后,四肢不断膨胀，躯壳像是要变形。焦虑、哀叹、惊醒接踵而来。

不，他还没有死。瞧，他还活着。电话铃声把他抛到了一个全新早晨的湖岸上。他把自己那厚皮动物般的躯壳翻了个面，床吱吱嘎嘎地响了起来。终于，他起身了。在镜子面前，他寻思道：大象！既不是鼹鼠也不是甲虫，而是大象啊。我还没为这一天的小跟头做好准备呢。

他伸了伸那双灌了铅似的腿，叹了口气，像是一个镜子前的小丑。电话。电话响了。是小多拉的声音，嗓音厚实但生性脆弱的西班牙女子。

"医生已经到这儿十分钟了。他收到了信息，在这儿等您。今天一点整，科齐医生在这儿等您。"

"可以把电话交给露吗？"

多拉有些慌了手脚。

"不，露不在这里。我现在有点儿忙，我姐姐过来看我了。那就先这样，我们在这儿等您。今天，也就是星期五，一点整。"

他的腿有些发软，腹部产生了下坠感和肿胀感，像是一个口袋。

他本不应该打电话给科齐！他根本不想听到任何人的劝诫。

"你现在身处外国，一个所有人都不是外国人的国家。不幸并不会降临在那些被选中的精英们的居所中，你要知道这一点！如果你不相信我，你可以回到腐烂不堪的丹麦去，到时候你就会得到一份用母语写的悼文！"

科齐先生，真是一个傲慢的小矮人！生来是为了讲课说教，而不是为了问诊。

病人来到了为露准备的修辞学诊室。神秘也不再是一个神秘：大夫的女雇员每次都不在。自从那策略被识破之后，这厚皮动物再也受不到像晚会演员般的优待，也再不能像之前那样直接进入诊室。他必须乖乖地等待。或许这样更好吧！半个小时的时间，嗨，或许就能产生一个奇迹呢。如果露着急消失，便有可能在这儿落下自己的手包？或许她甚至来不及离开，赶不及再次出现。面对跟踪者，她总会疏忽些什么。门开了。科齐有些不耐烦。

患者跟着他进了诊室。阿维塞纳惊慌地倒进了扶手椅。科齐马上用食指打发他去他该去的位置。

"上秤。"

连秤都对他不友好。训斥接踵而来，这治疗法让人憋屈得很。

科齐显然没有胃口再演戏了，他从下往上久久地审视着他的病患。他的食指细长还带着斑，他用它先指了指秤上的那根红色指针，接着又点了点患者，然后又重新指向了那把秤。

"大象！你就是头大象！秤可不会说谎。你就是一头大象！"

没一会儿，这头大象就坐在附近公园的一把长椅上。他沮丧地打量着往来行人，浑身散发着休整前的不耐烦。

他看了看表，走出公园，抬头仰望天空，目光不断地向上，向上，直至苍穹。

当下！活在当下，这位路人边重复着他新生活的座右铭，边走进了巴恩斯诺布尔书店。它就坐落于百老汇大街和66号大街的拐角。

"你们这里可有画着大象的插画？"

年轻人从电脑屏幕后面抬起头来，深深地盯着他。

"我觉得怕是没有。我想，我从未看到过。"

"怎么会呢？它不是总统的政治象征吗？难道所有书店都是反对党那派的？"

这位年轻人滔滔不绝起来。

"民主党的驴我们也没有……我想我们没有带有大象或是驴的插画。不过您在这里倒是能找到一些画册,就在一层左边的位置。是些艺术复制品,里头有些相片。就在左边,拐角那儿。"

彼得认真地翻看着一块块油画板,一本本画册,一叠叠插画还有……他找到的远比他预期的要多得多。画布里那朱红的天上有两头大象。它们就在天上,背着包袱,朝彼此走去。大象的腿顶天立地,又长又细。此画为达利[1]所作。

他手拿着插画从书店里走了出来,他抬头望着天空……而出人意料的是,在他面前的一位陌生人正朝他伸出手来,那手又小又白。

这人就是詹姆斯·柯蒂斯。

天色日渐昏沉。彼得给自己一杯接一杯地满上水。他没有开灯,一旁停车场发出的光就已足够。他先是一下子瘫进了扶手椅里,后来又换了地方,赖在沙发上。在沙发上的这会儿他才真正清醒了。桌上堆着这一两个星期以来的信件,还有无数的信封、广告纸、杂志、报纸和明信片。尽是些垃圾邮件[2]。他用手将这一堆东西摞到桌子的一边。那时的现在已成了过往:昨日的清晨、1079号信箱、开往火车站的出租车、河流、火车、宾州站内的熙熙攘攘、图书馆、露藏身的科齐的诊所、医生、习以为常的侮辱,还有达利笔下的那片天空和大象,制片人柯蒂斯,以及列奥瓦,巴别尔[3]笔下那

---

1 原文为西班牙语Dali,西班牙超现实主义画家、雕塑家。文中提及的油画为其作品《太空象》。
2 原文为英语:Junk Mail。
3 原文为Babel,全名为伊萨克·巴别尔(1894—1940),苏联籍犹太族作家、短篇小说家。《敖德萨故事》为其作品。

个来自敖德萨的好心人。

他起身朝衣架走去，在外套的衣袋里找到了詹姆斯·柯蒂斯的那张烫金名片，然后就将它随手丢进了那沓信件堆里。这下好了，能证明这一天存在过的证据也不复存在了。

火车站、火车、最初的河流、狭小的终点站，另一辆出租车。不再是列奥瓦·波尔坦斯基，而是红帽子杰里。他的左肩剧烈颤抖着，病恹恹地咝咝作响，几乎不怎么说话。9美元和50美分！如果你没钱，那到终点站之前你就闭嘴。这就是彼得·加什帕尔在神情恍惚中所学到的。你可以要求司机等一等，等一分钟你就把钱送来。只消一两分钟你就能从裤兜、衣兜和衬衣口袋里找出些钱来。这些干净钱是黑暗的日子里被你忘在兜里的。最后，你总算凑了14美元，其中的12美元该给出租车司机，那就还剩2美元。2张新美元和2张旧美元就是4美元了，4个25美分就又能凑整。

黑夜降临，入睡，那夜曲的骚动。然后，黎明重新到来。而大象，你尚未准备好翻这一天的小跟头，就从睡梦中醒来。

最近他在报纸上看到：马戏团的大象奥利弗越来越难记住杂耍动作了。一天晚上，它迷迷糊糊地离开了剧场。为了惩罚它，驯兽师在后台想了一个更劲爆的杂耍节目，比它失败的那个还有看头。结果奥利弗四条巨腿发软，在精疲力竭中轰然倒在了台上。它喘着粗气，喘气的模样让人心疼。只见泪珠从它满是皱痕的灰色脸颊上簌簌淌下。彼得不安地在镜子里看着它。

马戏团在达利画中的拱顶之下开启了新的一天、新的一周。

那时我们会读一本书、一本杂志和一封信。从他埋头于林中的学院那会儿起，所有的书籍、所有来自师生和行政部门的信件以及教学杂志、政治呼吁和青年广告都在一年之内集齐了。来自祖国的书信。他从未忘记他将信放置于何处。这,他从不曾忘记。任何形式的职责都值得惠存。

教授先生:

我妈妈给我来电,想问问我的期中考试成绩……[1]妈妈给我打来电话,问我成绩如何。

你为什么不给我不及格,哪怕给我写不完整也成啊???我只是没交论文罢了。另一位教授要好一些,他把我挂了!我尊重他。这是第一次有人真诚慎重地对待我,至少我是这样以为的。我亦因此感到放松与解脱。我本想我至少会拿到两个不那么好看的分数。至少这样,我最终能获得些许挫败感。你让我失望了。

这一开篇奠定了全文的基调。

我甚至都已经让我妈做好准备……[2]我都已经给我妈打了预防针,想告诉她我这学期并无太大作为。作为回应,她给我寄来了贴身的内衣。我还给我弟弟写了信。他回了我一封自白书,里头写道:他发现自己是个同性恋。因此,关于抑郁,我究竟知道些什么呢?!……他还给我寄来了一盒饼干和那只童年玩过的长绒毛玩具兔。

你老实告诉我吧,你可曾挂过学生?老想些不可能的事情,我这样是不是虚荣心太重了?

---

1 原文为英语:Professor, My mother called me with my mid-term grades...
2 原文为英语:I had even prepared my mother.

"流浪者，请你注意。"拉里院长说道，"现如今，在大学里，拍板的人是那些学生、他们的家长、他们的钱和他们的律师，而教授只是些装饰罢了。你从那个美丽的监狱般的殖民地里逃出来的时候都可能没有意识到，有朝一日你竟然会身处如此困境。"拉里一号所言如是。反正，这就是了。

在拉里院长的建议下，这位临时教授给管理学生事务的女教务长致信道：

亲爱的罗斯玛丽：

正如我之前同你所说，塔拉·尼尔森是这学期我班里最好的女学生之一，但她并没有提交期末论文。尽管如此，我还是给了她一个不错的成绩。她前两次论文的成绩非常好，口头展示也完成得相当出色。就课堂参与而言，她在课堂讨论中的表现亦堪称完美。

现在，她已经给我发了她的期末论文。写得非常好。正如我承诺的那样，我在这儿一并附上她的信。信中她表现得很是焦虑！无论是从昨天同她简短的那次通话，还是从上周二她为写信致歉的那次会面，都不难看出她很是不安。她可能经历着抑郁，正急需帮助。

正如先前计划的那样，塔拉并没有离开学院，也没有回家过暑假。她在图书馆档案室里找了一份差事。一天晚上，他独自在附近的小巷子里散步，然后就遇见了她。后来，他们又在咖啡馆、图书馆的大厅里相遇。之后，二人见面就更为频繁了。

黄色的信封是在五月的一个清晨出现的。相较上一次在三月的晨光里瞧见它，时隔一年，觉得它泛黄了许多！在他胡乱的纸堆和混乱的记忆里,这位女学生的信好像已经不知所踪,而实际上,这信并没有丢。

  我迟交了作业。这不过是一种义务的结果,而非思想的产物。那是一股恶臭,还是仅略微有些难闻而已?这其实相差无几。恶臭令人强烈抗拒,而难闻的事物只会让人们稍感不悦。肮脏的内衣会发出恶臭,而隔夜的食物只是会有点味儿。如果我想得没错,这文章不过是一些词句的堆砌,毫无攻击性,而懒惰,就像那难闻的气息。

五页打字稿,用了单倍行距和小号字体。
加什帕尔第一年上课的时候,带了一个16名学生的班级。考试结束,他给了其中6个人"不及格"的评定。一年之后,他学会了慷慨、宽容以及不同文化背景下的幽默感,在最后的评分中也有了"合格""良好""优秀"等不同的级第,有时还在等级后添上"+"和"-"的符号用以细分。

  再看我的作业,模棱两可、索然无味、词句赘余。甚至结论都站不住脚。我很生气,针对的是谁也很显然。我原想得到一篮子糟糕的分数:大声地呼喊着需要帮助。后来你来了,甚至做出了这么个决定:"我要做个好心肠的人,好心肠却又不讲情面,始终心怀善意的好人。[1]无论如何,我要给她一个'优秀'。她的纤纤玉腿那样动人,身上隐藏着我不曾拥有的潜

---

1 原文为英文:A benevolent Hardnose. A kind man.

能。老实说，我把那文章落在哪儿了？这不重要，给大家一个好分数便是了。

一群被自由惯坏了的人！人们总要求你善解人意、彬彬有礼、富有同情心，即便是朝你屁股踢那么几脚也得接受。

我处在苦难的旋涡之中，而你却向我表达了自己的同情！用"可爱"来形容真是再恰当不过了。你很可爱，而这正是让我讨厌你的一点。

我也不讨厌你，因为并不只是这样。我甚至憎恨你。我憎恨你给的"合格"。你给了我一个我根本配不上的分数，是想让你自己看起来富有威望吗？而谁又会相信呢，当你看起来像个梦游者般悠闲而出神的时候，你似乎和自己建立了一段深刻的关系。尽管这时候你心不在焉，满怀期待地想和一个意料之外的人邂逅。笨拙和不幸在你看来弥足珍贵。你不断地炫耀着自己的特立独行，而这让我十分恼火。若是要和你展开那唯一可能的对话，就必须要用你的那套话语。当人们对此不以为意的时候，你便会变得滔滔不绝且极其雄辩。事实上，关于你，我只清楚一件事，那便是你还是多刮刮自己的胡子吧。

往事如烟，流逝时光中的书简中又留下了什么？纤纤玉腿[1]。是的，还是那双腿。你该多刮刮胡子[2]。是的，这还是管用的。

1　原文为英文：Nice legs.
2　原文为英文：You should shave more often.

在你给我的那个分数和与之相对的反应之间只存在"荒唐"二字。你想过这回事儿吗?你又会放在心上吗?

关于这个不怎么刮胡子的避难者,美国森林的美人了解多少呢?而这流浪的大象,又是否能理解在这全新世界生活的人们的痛苦?

我母亲让我去看心理医生。我当即便摔了电话,号啕大哭,紧接着破涕为笑。人们是怎么说你害怕空气的来着?无所畏惧!……是啊,什么也不怕,毕竟这一切都徒劳无益。下周她给我打电话的时候,怕是早就把自己讲过的话忘得一干二净了。我不想被怜悯,不要一丝一毫的同情,更不想被评判,就像你之前做的那样。你算得上是哪号人物,竟想要和我如此亲昵?有天早上,你在去图书馆的路上恰好走过我的身边,嘴里不知嘟囔着什么。我也小声地嘀咕着。一声诅咒!谁允许你做一个好人?诅咒你的假期满是瓢泼大雨!

加什帕尔把信折了起来,重新塞进黄色信封当中,放回那叠纸上。他离开了。慈悲万分的床。长而安宁的一觉。周六,即便是伟大的无名氏也在休息。

* * *

1079号信箱。转一转小窗上的圆盘,输入密码后便能打开它。若是你忘了或是按错了密码,那便对它束手无策。你得从钱包里掏出那张红色的小卡片，仔细地读读那上边的说明。要是你忘了或是丢了那张小卡片呢？服务窗口的雇员就得去查查清单，找到带着你名字的那张，重新给你另一张带着说明的红色卡片。一次可以，两次也行，三次问题不大。但，事不过三。

最终，塔拉毛遂自荐，替加什帕尔教授管理邮件。尽管她已不是他的学生，但他们还是常常见面。加什帕尔把写着号码和密码的小卡片交给了塔拉，让她每周六分拣好邮件后再捎过来。那些信件里尽是些公益组织和商业公司的号召信；各式各样的邀请信，像是教研室会议、各种演出、阅读会，为了更美好的世界而奋斗的政治活动、关于恐怖主义等的研讨会；还有出版社的书目单，健身中心新的工作时间表，以及可以作为司机、打字员、园丁、泥瓦匠和电脑助手的学生名单。

人们见面时常常用彼此的昵称，宛若旧日好友一般。这种不太讲究传统礼仪的习惯无时无刻不在提醒你：他们和你一样也是这颗星球上的居民，正接受着来自地球上的家族信息。

他对广告毫无兴趣，也没有谁给他寄来私人信函。塔拉丢弃了那些没用的信件，保存下那些有用的。而这其实也不过是简单的垃圾分类。最后的分拣还得由收信人自己来。

周六，天色渐暗。塔拉敲响了小木屋的门。门开了，在门槛旁的加什帕尔教授细细打量着白雪皑皑的森林。他关上门，打开收音机。莫扎特的音乐，晶莹剔透，就像外面的那个冬天。

塔拉每次来都会瞥一眼教授的房间，就像是初次来到这里一般。这是一种进入事件的方式，而非走入房屋的方式。一张长沙发，两把扶手椅。书架，文件。电话旁放着一本日历。窗帘。一沓旧信，胡乱地堆叠在桌上。那事件究竟隐藏在何处呢？曾经的那个信封沉睡在床头柜的抽屉里。

塔拉朝那张桌子走去,将新的一沓信放在旧的那叠上,又将夹克扔向了那把长沙发。

她身形消瘦,面色苍白却依然拂过一丝笑意。充满青春气息的发丝盘绕成马尾状披散在肩头,披散在宛若白雪的毛衣上。一条紧身的黑长裤,一双长腿配一双靴子。用涂着红色指甲油的食指指向了那满桌的信件。

"你没有分拣吧?这跟上个星期和两个星期前的样子并无不同。你还不如都丢了呢。我们去和邮局的佩格说一声,把这信箱给别人用得了。"

"你说得也有道理。"彼得·加什帕尔微笑着说道,"好吧,让我们一起做个决定!别拖太久。如果我继续拖下去,这些垃圾会让我窒息的。"

他瘫坐在扶手椅上,伸长了双腿,像个美国人一般把腿抬到面前的小桌台上。塔拉,则坐在另一把扶手椅上。在他们之间,摊着最近两三个星期和这礼拜的信件。

塔拉拿起一个信封,递给了教授。如果没有用的话,彼得就当下将其撕毁,扔在左边。如果看起来还有点儿用,他就把它放在右边,保存下来。

窗外,森林正在酣睡。收音机里,流淌的是神童莫扎特的琴声,清澈而明净。一旁的扶手椅上,坐着来自新世界的年轻女子。而这里的房主并不觉得自己身处一个被馈赠的非现实世界。

"来杯咖啡?"

"等会儿吧。我们得先把这些做完。你把明信片扔了吧?"

"什么明信片?"

"《纽约时报》的那张。"

"它重要吗？"

"你瞧都没瞧一眼就把它扔了吧。"

"我对它不感兴趣。"

"我专门把那张挑出来了！我想要留下那张明信片。"

"好吧，我们再仔细看看。但愿我没有撕了它。"

"你没有把它撕了，我看着你，你只是扔了它。"

彼得弯腰翻着纸堆，重新找到了那张明信片。

"你说得对，我压根没有仔细看过。不过，即使看，我也不知道我能看到些什么。上面的图案太小了。是镰刀和锤子吗？我看到的是这样。这是一封来自读者的信。10月4日的那篇头版文章让我倍感震惊，里面写到艾尔米塔什国家博物馆有意举办印象派艺术展览，而早在第二次世界大战期间它就被认为已经消亡殆尽了。

这是篇旧文，还是去年10月份时候的事，而我们现在已身处另一年了。"

"还有呢，还有呢，你快把它读完。"

"行。我继续读。我参观艾尔米塔什博物馆还是20世纪70年代中叶的事。那时候我去圣彼得堡旅游，也就是当时的列宁格勒。我问导游有没有可能在那儿看到法国的印象派展品。在第二次世界大战快接近尾声的时候，它们在德国被重新发现，后来又被带去了苏联。有趣吗？你觉得有意思吗？"

"我都说了，让你赶紧读完。"

"令我妈妈高兴的是……[1]唉，这故事真是普通的可以。他妈

---

[1] 原文为英语：Much to the delight of my mother...

妈是个俄罗斯人,她是60年前来的美国,当时年仅8岁。导游将我们带到了艾尔米塔什一间单独的房间里,这让我妈妈和团里的其他六个美国人都很开心。后来我们乘着一个看似不常用的电梯上了最高层。那里有更多房间,里面有许多杰出的作品。你想我继续读吗?"

"嗯,我希望你继续读。"

"他们允许我们四处转转,好好看看那些画作。我心想还有多少外国游客能享受如此优待,能这样参观艾尔米塔什。无论是导游还是博物馆的工作人员都没有对我们的要求表示讶异。"

"所以,他们很幸运啊,还受到了特别关照。回去以后这位妈妈就可以和她的邻居大妈们讲讲这伟大的奇遇了。这就是全部了吗?我看还不止吧。文末用疑问收尾,是致报刊记者的训诫。你们从何得出那套藏品就是'国家机密'了?我是不是还得找找这文章究竟在对何方神圣含沙射影?这位仁兄又是男是女?你已经为我找到10月4日的那份《纽约时报》了吧?"

"我没找过。这明信片有两面,正反两面都写着东西。"

教授将明信片翻了过来。

"所以,报纸的刊首是《纽约时报》,周三,10月12日刊。是一份剪报。"

"是的,它是一份剪报。"

"这张明信片被一条直线划为两部分。右边写了地址。是我的地址,教授,巴拉巴拉,学院,巴拉巴拉……左边呢,左边就是正文了。抬头,名字。就像素未谋面的熟人之间的那样。亲爱的某某某。亲爱的彼得。那些商家就是这么邀请我的,让我穿着优雅,让我买车,买浴袍,买雨伞,让我经常光顾健身房,惠顾那些会给我贷款的银行，或者常去看看那些卖城堡的巫师们。那些城堡曾经也是幼年时的梦想。下一次……我保证，下次我就会杀了你。一条单行直线构成的迷宫，它隐形且永无尽头。你真挚的，D。[1]这都是些什么玩意儿？"

"我也不知道呀。"

"是个玩笑吧。"

"可能是。"

"会不会是其他什么东西呢？"

"我不知道，这得看院长怎么说了。"

"院长？诸如此类的愚蠢行径每天都有成百上千。D？这就是他的落款。难不成这个D意味着死亡？[2]是这样吗？死亡？"

"在这个国家，犯罪是稀松平常的事。是我们把玩笑看得太过严肃了。你同我讲过一场犯罪。它看似是恶作剧，但其实并不是。"

"那场犯罪就发生在这里，在美国。但是它的动机却起于别处。"

"是一个同胞，这同胞也是一位教授。"

"那人确实是位教授，而我只是在扮演教授罢了。"

"那是一场未被侦破的犯罪，你当时是这么说的。而受害者是一位作家，他有好多作品，还有几个博士头衔。他催着你写评论文章，而正是这些评论激怒了你的祖国。丑闻接踵而至，你们俩都知道肯定会曝出丑闻的。教授被杀害了，而那位冒名顶替的书评人，正如你所说的那样，经受着媒体最不堪的狂轰滥炸。"

---

1 此处原文为英语：Next time... Next time I kill you, I promise. The labyrinth made of a single straight line which is invisible and everlasting. Yours truly, D.
2 原文为英语：D-Death，英语中死亡一词由字母D开头。

"我没觉得有什么关联啊。谋杀案是件严肃的事，它和以前的秘密警察脱不了干系。"

"你不是跟我说过了吗。先前的秘密警察和新式秘密警察。"

"事情比这还要复杂。"

"你总是这样说。更复杂。只要你一说过去和现在，你就说复杂。这里，我们所在的这个国家，是一个极为简单的国度。需得让人人都明白，这才是法律。"

彼得·加什帕尔再次感到自己有些幼稚，在未知里摸索着一切。一年前，塔拉还曾火冒三丈地致信一位笨拙的火星人。他连自己住处的编码和新时代的代号都不知道。而现在，她却居然祖护他！

"你应该把这张明信片交给院长。"

"院长？"

"对，他原来是一名水手，游遍了各大洋，后来拿下了心理学博士，而现如今成了院长。如果你愿意知道的话，他还在这训练着一支棒球队。这就是美国！凯瑞先生，学院的院长不是罗斯玛丽·布莱克，她是主管学生事务的教务主任。所以，凯瑞，简称就是P.C.[1]。"

教授专注地倾听，保持着沉默，但其实思绪已神游太虚了。

"或者，你直接和詹妮弗谈谈？"

"哪个詹妮弗？"

"詹妮弗·唐，就是那个安保部长。她是一位举止优雅，颇具涵养的女士，"

---

1 原文为字母缩写：P.C.，人名缩写。

"你是从哪儿知道的?"

"我知道些事情。唐女士是一位越南教授的遗孀。这位教授先生极为优秀,他是研究远东文化的。在那场美军被打得落花流水的战役中,他身受重伤,由此落下了残疾。唐女士就像一位修女,一直悉心照料他,直至他去世。然后她就来学院工作了,成为了安保部长。你应该去见见她。她言行优雅,心思细腻,为人又如钢铁般坚强。哦,对了,她还有一头金发。"

"金发?一位满头金发的越南女子?"

"是她染的。有趣吧,你会看到……所以詹妮弗·唐,简称J.T.。"

"你知道的也太多了吧。"

恍惚间,戈拉教授好像有些雀跃。

"我还没说完呢。她喜欢女孩子,这人尽皆知,也可以接受……你可能也注意到了,在我们这个时代,对于找同性伴侣的男女已经宽容多了。对他们,甚至比对我们这些人更为容忍……九月是开学季,新生涌入校园。每到这时候,男孩女孩们就会展开激烈的竞争来争夺这些小鲜肉。而且,常常是女孩们获胜,总是她们赢走了小鲜肉。这你就不知道了吧。"

"不知道,这我倒是真的不知道。"教授老实地承认道,"但水手也好,那位越南金发女士也罢,我都不会去找他们的。我不想让自己成为笑柄。安在我身上的角色已经够多了。"

"什么角色?"

"难民。奇怪的、精神恍惚的难民。看似相通,又未曾相通。看似有交流,但却不曾交流。"

"不会吧。我就认识一个人,曾与他交流过。"

"但是他不常刮胡子。"

他俩相视一笑,可气氛却没有因此轻松下来。彼得不再盯着自己的膝盖,转而望着塔拉。但是塔拉其实也知道,他并没有在看她。

"行了,我们喝杯咖啡吧。我已经完成了任务,分拣好了信件,也该让我喝杯咖啡了。如果你想再检查一次,那就在我走之后再看看,如果不想,那就罢了。现在,是我的咖啡时间,你来泡杯咖啡吧。"

加什帕尔起身朝厨房走去,他关了收音机,莫扎特的琴声戛然而止,瓦格纳歌剧也听不成了。他想喝一杯红酒,但他也知道最好还是别喝。拉里院长说了,得集中精神,办公室的门也得开着。女大学生们露着胸脯在外头闲逛。如果你看得太入神,还架着副眼镜,那她们就会叫嚷起来,指责你都在看些什么不该看的东西。所以,门必须得开着,不然可就麻烦了。

小木屋可不比办公室,女学生们的胸脯都被她们身上的高领毛衣遮得好好的。请她喝酒,喝杯红酒?最好还是不要了。他已经在图书馆的咖啡厅里买了苹果派,塔拉可喜欢吃了。

教授托着盘子过来的时候,这位女学生正翻阅着一本书。同往常一样,她并没有帮他,只是等着被人伺候。她也知道他手脚并不利索,但她就是不准备帮他。她入神地看着他摆好碟子,切开苹果派。

"我想喝一杯酒。"

这位房东沉默了。

"如果你有酒,如果可以的话,我想喝一杯红酒。你不会因此被抓起来的。我都已经过了21岁,可以喝了。更何况这还是一个冬日的夜晚呢。"

"既然如此，倒不如来一杯伏特加。"

"不，不要烈酒。只要一杯红酒就行。如果你有红酒的话。"

"有，我有红酒。"

"太棒了。"

他们重新开启了对话。距离那位东欧教授的谋杀案已经过去了将近两年，他们谈起了彼得·加什帕尔的那篇评论，里面讲述了彼得和那位受害者关于他们伟大同胞的回忆。

* * *

天际通红，火烧苍穹。两只脚踩高跷的大象相向而行，它们的身体高耸入云，而蚊蝇似的细腿长长的，一直触到地面。

一只有着大象身躯和外表的奇异蜻蜓。一只变成了大象的原始鹦鸟，它有着纤细透明的关节。薄如蝉翼的它们勉勉强强地碰到了地面。来自荒芜史前的昆虫，是浩瀚星辰的，是古老原始的。大象般的身躯由空中虚无的细棍支撑着。巨大肥软的耳朵，瘆人的象牙，还有那淌着淤泥的象鼻子。

象背上盖着一块毯子，而毯子上方则是墓碑。墓碑和盖在象皮的毯子之间空空荡荡的，墓碑就这样飘浮在天空之中。左边母象的鼻子像曲柄似的弯卷着，而公象则淡漠地垂着象鼻，睥睨着下面远处的事物：烟青色的山丘、停机坪、放哨岗和两个举着旗子和火炬奔跑的身影。

公象和母象试图接近彼此，却是徒劳，高跷只在原地踏步。天空被那细长的腿划出道道条痕，那不堪身体负荷的细腿好像随时都可能被折断。公象在左，母象在右，它们背上的墓碑摇摇欲坠，它们毯子上描画的眼睛也晃晃悠悠的，好似随时都会坠入无尽深渊，在那里响彻着地狱的铃声。

加什帕尔被窗户铿铿作响的声音惊醒。这不是露的房间，这是在另一家旅馆、另一间房间。铃声真的将他唤醒了。

月亮城里的消防队员出车了。路对面消防队的车库里，警笛鸣叫，这一天的火情又开始了。加什帕尔在床上麻木地等着，他看到时针不知何时已经快指向8点，于是拿起了电话，不疾不徐地拨出全知者戈拉的号码。等到戈拉接起的时候，加什帕尔却又反悔，匆忙地挂断了它。

在这游荡者之城，摩天大楼擦过达利的天空。苍穹之下，瞬息间人群熙熙攘攘。他趴在窗口，打量着恶魔。和往常一样，盗劫垃圾的匪徒准时出现，右手拉着一个巨型铅皮箱。他身着一条军裤，脚穿一双黄色的高帮皮鞋，紧身的衣服凸显着坚挺有力的胸膛，像是随时都准备着一场鏖战。土黄色的脑袋上，命运镂刻出红色的眼眶。光溜溜的脸颊，像是用黏土捏成。鼻子里长着黄色的鼻毛，还粘着些鼻涕。干裂的嘴唇，歪斜的鬼脸，嘴里还缺了几颗牙。而那两颗黄色的獠牙很是显眼，宛若海象的利齿。坚如磐石的脖颈，宽大的高鼻梁。短短的胳膊就像他那强壮的身体般，充斥着杀手的狠劲。

他就这般待在街角，拖着那装着陨石的行李箱。每往前走一步，他便费力地弯一下腰。

第一个垃圾桶。他掏了掏，捞出一个袋子并将之打开，而后又从里头捞出一个包装盒，随后将其仍于一旁。他拿起另一个袋子，打开行李箱，弯下身去，用手翻了翻刚拿出来的袋子。走到对面的人行道上后,他一手拎着一个袋子,又弯下身去掏另一个垃圾桶,掏出里面剩余的面包后,他便扔掉了那袋子,紧接着把面包塞进身上的口袋里,等待着路口的绿灯亮起。他走向另一侧的柱子,停了下来,俯身去看新的垃圾桶,打开了行李箱后又关上了它。而后,他坐在小广场的一把长椅上。在他身旁,是那个铅皮行李箱,或者说带着水银,抑或是尸体的行李箱。他嘬着那个从最后一个垃圾桶里捡来的塑料酒瓶,将自己的猛犸般的獠牙扎进面包当中。

转过头去,瞭望远方。鼻尖能嗅到危险的气息。鼻孔中的那些天线,粘着明胶,微微颤动。开裂的嘴唇,还有那史前动物的獠牙。行人驻足后离开,来去匆匆。

加什帕尔可以开始他的一天了。虚无的搬运工重新确认了现实的存在。他离开了旅馆,而图书馆就在不远处。狩猎书籍的猎人,想在被干草覆盖的马车里寻觅到某根银针的踪迹,那记忆迷雾中的诱饵。曾几何时熟悉的一段语录,消失在了另一种语言的丛林中。你用自己的语言记住了它,觉得你认识它,然而,在你移民后的这片土地上,你却认不出它用另一种语言表达的样子。

陈旧的副歌还在脑海当中回荡。零碎的片段,被重新组接起来。威胁信!语录!另一部词典的密码!往昔的韵律拒绝新时代借用的语言。那是一段不可复返的时间。下次我将杀死你。[1]这句话在充满着青春欢欣的蛾摩拉[2]之地听起来却是如此不同。笔法、音调和往昔的催眠之术并没有迁移到游荡的替代之中。封闭的记忆,如同永不盛开的冰雪之花。

---

[1] Next time I kill you.
[2] 蛾摩拉常出现于圣经中,象征神对罪恶的愤怒和刑罚。

不，他想不起来语录了。新词语不能唤醒旧词语的记忆。昨日的语音不能作为今日语音的同谋。将其分离开的夜晚，所有星辰都黯淡无光。

他重新落入了狩猎词语的圈套之中。迷宫？隐形的罪行？一个新的密码，无法看透。

那算不上乞丐的乞丐正在这行星上，倒腾着那空无一物却沉重异常的行李箱。他就在这里，一步之遥，俯身翻着垃圾桶。一个垃圾桶接着一个，直到他自己跳进最后一个垃圾桶。

现代化旅馆对面的广场里，加什帕尔瘫坐在长椅上，像是蒙受了什么羞辱。他注视着这片陌生的天空。他没有勇气端详他身边的人，只看到了一双双军鞋。他的身旁是洞穴的守卫。短小而坚硬的手，钢铁般的腿，妖魔的脑袋，深不见底的眼眶。细丝从鼻尖流下，还有那油腻的头发。对称的獠牙，配着一张黄色的嘴。

在那位虚荣的士兵重新开始掏垃圾的征途之后，彼得又在长椅上待了许久。他回过头，凝视着天空中驮着墓碑的大象。

* * *

不负责任。需要不负责任。彼得·加什帕尔就是这样定义新世界的堕落感。在方向盘前，抑或是从梯子上跌落的那瞬间，你们跟死神玩着捉迷藏的游戏。

自杀者看来并不惧怕死亡，相较之下，受那女求偶狂的折磨夜晚更令其胆战。

小教堂的钟声在大学里响起，该吃午饭了。急着填饱肚子的学生和教授在校园匆匆奔走。欢呼声与歌声交织着。忽然之间，出现了一片人迹罕至的荒漠，四下寂静，饥饿感全消失不见了，等待着他的是一处白色的洗手间，那里干净而整洁。帕拉德就在这厕所的马桶上坐着，微笑着陷入了沉思。他那双淘气的大眼睛将目光投入了涅槃之境，恐是受了书本的蛊惑。一条蛇悄无声息地沿着分割间的隔板向上爬行，快到达边缘的时候，它停了下来，俯视着坐在破马桶上的罪犯以及他那矮小的身躯，然后下一秒，蛇就从它的口中喷射出夺命的毒液来。

杀人犯无声无息地潜入一旁的隔间。他先单脚踏在马桶盖上，而后另一只脚也轻轻地踩住。成了，他站了上去，清楚地看见了隔壁这一间里的情况：教授在马桶上休息。他迅速一瞥，在确定身份后，就掏出把崭新的左轮手枪瞄准了受害人的太阳穴。一片寂静中，子弹出膛。

梦醒时，彼得·加什帕尔试图回忆起那杀手的样子。彼得能记起他的手、他的颈项和他的肩膀，就是记不起他的脸。除了黑乎乎的洞和一道道亮闪闪的光以外，他什么都看不真切。可怜的彼得呵，吓出了一身冷汗。

在一排排骨架中间，其中有一副是艾娃·基什奈尔的。在她苍白的两腿之间，脸小如鼠的幼婴已娩出了脑袋。检察官大卫·加什帕尔伸出左手拍了拍戴着红十字袖章的护士。护士用刀片从干枯的皮肤上割下号码。只见她一副极有耐心的样子，轻轻地、慢慢地将数字一点一点割下来，一个接着一个。一共五个数字。死者的人已西去，而其假名却并未消逝。检察官骇得面色惨白，充血的眼珠仿佛就要从眼眶里蹦出来，两手和脑袋止不住地发抖，屠宰场的血沿着他的双臂直往下淌。

在小心翼翼的试探之后，你惊恐地醒来。女求偶狂又对你进行了新的测试。恐惧和失眠不仅使人精疲力竭，还令人备受凌辱。彼得看到自己从楼梯上摔下来的画面已经不知多少回了。他用胳膊支撑着自己站起来，蒙上自己的眼睛，画面如同电影一般在眼前继续回放。救护车、手术室、手术刀慢慢地伸进断裂的腿里，疼痛瞬间渗入肾脏，钻入脑袋。安眠药完全不管用。他的夜晚支离破碎，而白天只能浑噩度日。

他慢慢地拿起电话，拨打了戈拉的号码。

"是大师吗？我有一个问题。"

戈拉不说话，但他就在那一头，在世界的另一端。

"你知道我对聋哑人感兴趣的事儿吗？"

戈拉继续沉默不语，但他就在那一头，在世界的另一端。

"是的，我对聋哑社会主义的聋哑人很感兴趣。我之前就是他们之中的一员。你没有听过那个小故事吗？就是那则小故事让我一举成名，在社会主义里打响了我的名号。明海尔，我的英雄，他也曾是聋哑人，和我们所有人一样。"

戈拉一言不发，但能听到他轻微的呼吸声。

"我不知道我是否同你说过，我现在正经历着一场失眠危机。"

"你没跟我说过这事。发生什么了？"

"没什么，我那漂亮的表姐也很好，只是我不能常常见到她。这个想必你也知道，我现在是一个人。"

"不，我问的是……"

"关于我吧，你问的是我近况如何吧。我是傻到家了才会相信她。都是因为失眠，我才会变得如此愚钝。我老做梦，对，做梦。不，就连安眠药也不管用了。医生？阿维塞纳？只要我能见到露，我就会好了，只是目前还不是时候，我现在不成样子。所以，聋哑人，我们刚才谈论的是他们吧。有时，他们就坐在电视机前，彻夜看着电视。几天前，兴许是昨天吧，我也记不太清了，我看了一部聋哑人的电影。对的，对的，是一部纪录片。不错，片子拍得挺好，就像在这里拍的一样，制作得很专业，相当专业。这片子是叫，你可能不会相信……是叫《喧哗与骚动》[1]！你又要说愚蠢的书面阅读是卖不动的。但如果是比尔·福克纳，当然可以。'获得学院奖最佳纪录片提名的是……它有力而有洞见地……引发令人揪心的痛苦。[2]'这就是广告。"

在电话的那一头，戈拉哑口无声。

"其实，我在这儿也找到了我的老朋友。我仍然是他们其中的一员。那些我不明白的事将我变得又聋又哑。是啊，我真的受够了。说起来，还发生了过一件事儿……是一次威胁，但是，还是先把这事儿放在一边吧。呃，一个聋哑家庭的三代人。不是全部，但是其中的大部分都是。现在，新技术被这个时代奉为圭臬，提供了治疗的办法。S夫妇都是聋人，他们的困境就是不知道要不要为了女儿而去利用一些新的机会。你依然选择沉默吗，老师？你大概不知道这与我的关系吧。事实上那是存在的。我从一个月亮上坠落，降临在另一个月亮上。另一个世界，另一种语言，另一种聋，另一种哑。另一种密码。我也是他们其中的一员，是这些聋哑人之中的一员。但即便是这样，我也不能理解他们。那么，现在你了解我为什么失眠了吗？"

---

[1] 原文为英语：*Sound and Fury*。
[2] 原文为英语：Academy Award Nominee. Best Documentary Feature. Powerful. Insightful... emotionally wretching.

戈拉依然缄默，但他依然在电话另一头聆听着。他们之间的关系没有被切断。戈拉全神贯注地听着，这一点是可以确定的。他甚至还记着些什么。

"小希瑟实在是太棒了。我见到了她本人。早熟而活泼，因为那将她从鬼门关拉回来的移植物而兴奋异常。但是身份呢？面对身份这一大问题你又如何是好？就算那是个聋哑人的部落，你又要怎样放弃。到底该怎么办？与正常人不同的是，那群人对自己的生活方式感到骄傲不凡。或许他们有自己的道理吧。团结、密码、正直和亲昵，所有你想要的一切！也就是，身份。用大写的，用大写的红色字母。所有人都希冀拥有的神奇钥匙，能打开这世上所有的大门。身！份！就是如此，清偿了，结束了。你来应付吧！你来摆脱这一切吧！"

彼得好似已不在乎戈拉是否还在听他说话。他放弃了一切停顿，像是展开了一场个人演讲。

"那小女孩必须要在聋人父母和正常的祖父母之间作出选择。他们早就迫不及待地想和那可爱的残疾女孩交流一番了。哦，你可住嘴吧！你不能说这种词。正常，抑或是不正常。不应该这么说，这有悖政治原则，是政治不正确的[1]。曾几何时，还有过联合国残障日，甚至还有过联合国残障年，我记得一清二楚。我希望联合国能把残疾的东方从茅坑中救出来。如今，我们为任何一种身份而自豪。在老师你看来不也是这样吗？而我，我将成为什么呢？我没有神奇的钥匙。假设我曾经拥有，那么我便是在什么时候给弄丢了。"

---

1 原文为英语：politically correct。

戈拉依然不说话，但或许嘴角带着一丝笑意。他对威胁信毫无概念，加什帕尔也放弃了说那些原本想说的话。

"是的，我很矛盾。每一天我都得面对那些两难的境地。如今，我不知道是否该继续像刚来到这里的时候那样装聋作哑，还是高喊着冲向现实。我要给小希瑟打个电话，必须得给她打了。如果她戴上了助听器，她就能回答我的问题。要是还没有，那么我就依然如今日这般幸福。"

戈拉沉默着，兴许带着一点儿微笑，心里暗想：这个说起话来滔滔不绝的加什帕尔真是一点儿没变。

"老师，还有比这个国家更不可思议的国家存在吗？这里拥有一切，所有的一切。即便连我，都生存在这里。你还知道什么能媲美这月亮之城的事物吗？这就是我想问你的问题。你这样的圣贤之人就像一本百科全书，无所不知，你肯定能回答我的问题。"

戈拉仍是一声不响。

"我看你也不回答。是要我帮你吗？老师，一个同样骇人的国家是存在的！我们远方那个美好的祖国。一位身为作家的神父就在那里为聋哑人成功地将弥撒书译成了手语。这在基督教世界是绝无仅有的！这译作书很好地传达了使徒神圣的训诫，即基于芸芸众生的理解进行布道。而现在，现在为聋哑人都可以做弥撒了，这奇迹似的一切就超现实地发生在世界另一端，发生在我们小小的祖国里。他们没有选择通过技术手段来使异端正常化，而是选择用精神来感化。这样更高级，不是吗？传道书上还配有插图，用以详解祷告每一阶段的具体动作。沉默的使徒，人们就这样称呼那些新来的祈祷者。教堂还有一个唱诗班，他们用手语演唱。你怎么看？哪个更厉害？是现在身处之地？还是那处于世界另一端的故国？这就是我进退两难之处了。我该回去吗？"

戈拉听着，沉默着，兴许，还微笑着。

"你还觉得我是在说胡话吗？那教堂就是位于皮特什蒂的马弗罗多尤教堂。你还知道皮特什蒂在哪儿吧？就在祖国南部，不在特兰西瓦尼亚地区的北哈布斯堡那儿，那是加什帕尔家族的故乡。不过也不在布科维纳的北哈布斯堡，那里是数学家和哲学家米赫内阿·帕拉德的出生地，还有我的表兄，奥古斯汀·戈拉也出生自那里。我们是表兄弟，不是吗？"通过联姻，向下通婚和不和谐。所以，就在皮特什蒂，在南边，从巴勒斯坦而来的罗马军团曾在那里停留。就在那里，犹太人和当地的女人交配，实现了传宗接代。你知道吧？你当然是知道的。"

戈拉沉默不语。

"哎，这就是我的失眠症结所在，这就是令我备受窘困之处。我是该回到聋哑人的教堂，还是应该留在这流亡者的治疗所。我希望你是懂的。你帮帮我，好让我下个决定。还有，得益于聋哑人在教会使用的新语言，对宗教文献就有了两种不同的解读。平行世界，就像帕拉德所梦到的那样。我还能再奢求什么呢，还有什么呢？告诉我吧，教授。"

加什帕尔并不准备回答，只是深深地吸了一口气。

"你投票吗？我得知道，这对我的决定至关重要。你在这儿待了20年了。你显然应该已经投过几次票了。你投过吗？投的是民主党还是共和党？烂醉的公民投的哪位兄台的票？这里选票可重要了，和我们那里不一样。"

"是呀，的确。我们那儿极少有人参与投票。"

"他们对政治兴致不高。政府被称为行政管理机构。真是棒极了！建筑管理机构！也不存在什么身份证，只凭驾照就足够了。你投了谁的票啊？"

"我没投票，哪个候选人我都不投。"

"为什么不投？"

"当竞选活动开始的时候，你会觉得自己就好像身处幼儿园。选民们又是号啕大哭，又是胡蹦乱跳，一边相互拥抱，一边又假意伪装。而各位候选人就像一些机器人，一遍遍念叨着竞选口号。让人心生畏惧，没有丝毫怀疑。"

"民主！所有的权利。当然还包括了犯傻的权利。这很重要！可以说是非常重要……不朝你吐唾沫，不将你除名，将你看作一个人。了！不！起！"

狭长的房间，金属的墙壁，银质的地板。一间金属质地的小屋子，里头没有窗户。屋子的尽头是一张金属桌子。在桌子后面有一把生锈的扶手椅，而在桌子的前面和两侧则各放着一把银椅子。

将军坐在桌子旁。他身形魁梧，体格粗壮，蓄着白胡子，留着黑头发，身着褐色军装，戴金色宽肩章，章上配有三星。而他的胸前则挂满了军功章，他的上衣和卡其色衬衣都没扣上扣子，因为他的衣服刚被烘干，还残留着尚未褪去的余温。

他摁下了桌上的按钮。听到铃声后，金属大门打开，两个巡逻兵抓着露的胳膊，将她带了进来。他们迈着小碎步，从门口轻松地走到金属桌子旁。露被押着坐在将军对面的椅子上，士兵们立正后，向将军敬礼，向左转离开，而后金属门又悄无声息地关上了。

将军打量着女俘。那女俘像是个俄罗斯公主，身着毛皮大衣，穿着一双黑色过膝靴。一块似是农妇用过的又旧又破的围巾盖在脸上。

露耷拉着脑袋，蜷缩着身子，冻得裹紧了自己的毛皮大衣。灰色的袖口处露出了那副绿色的小手套。戴着手套的双手不住地颤抖。露继续蜷缩着，在那件过短的皮毛大衣中。

那警铃般的铃声响起来了，一共三下，震耳欲聋。将军僵直地坐在椅子上，那女俘亦是如此。

门迟迟没有打开。将军伫立在一旁等候。很快，他便把衬衣和外套的扣子都扣上了。

女俘不住地颤抖着，裹紧了那件过短的皮毛大衣。

最后，金属门缓缓地滑动起来。一个瘦小的男人蹑手蹑脚地溜了进来，身上穿着一件丝质的囚服，剃得光溜溜的脑袋上戴着一顶条纹帽。丝绸质地细腻，睡衣式样优雅，再配上一顶睡帽，那是一顶退休有钱人爱戴的帽子。脚上，则是棉毡的拖鞋。

将军脚后跟一并，行了个军礼。而后，他离开了扶手椅，恭恭敬敬地退在一边，让位给他的上司。

小个子男人急匆匆地在将军的扶手椅上坐下。将军则坐在女俘左边的那把椅子上。上司从睡衣的胸袋里掏出一支金笔，把它递给了将军，并把桌上那些沉沉的黑皮卷宗也一并推到他面前。

他冲女俘微微一笑，而她却并没有抬头看他。

"我们认识的，不是吗？"

被审问者一直垂着头，盯着金属地板。

"我觉得你还是别围着这条脏围巾了。"

露将那条脏围巾慢慢地从她光秃秃的脑袋上取下，任由它掉落在椅子旁。她顺从地看着大卫·加什帕尔，她母亲瑟拉芬同志的表弟，艾娃·基什奈尔的丈夫，彼得的父亲。

"我想,你应该知道,这场见面是为了什么。"

见对方没有回答,审问者对将军做了一个小手势。将军会了意,从自己上衣兜里掏出一盒健牌香烟,一只镀金打火机,把它们放在桌子上。大卫·加什帕尔抽出一根香烟,将军为他点上了火。大卫深吸了一口烟,一次,三次,像是对这种愉悦渴望已久。将军把烟灰缸从桌边移到了中央,正对着他的上司。

"你出生于一个可靠的家庭。在第二次世界大战后你的父母一直向我们党组织靠拢,或许在战前也是如此。尽管他们之前是资产阶级出身,拥有不菲的财富,但他们终究是我们可靠的好同志。"

将军认真地记录着。

"问题不在他们,也不在他们的女儿,而是在叛徒奥古斯汀·戈拉身上。他的父母曾是剥削者中的一员,在布科维纳[1]拥有大片森林。而他,恰好也是你的丈夫。"

露一动不动地看着他,在她的短大衣中冻得瑟瑟发抖。

将军重又解开了上衣纽扣,以及衬衣第一粒扣子。

"你和这位先生离婚了吗?"

"没有。"

利落的回答,伴随着一些喃喃细语。

"嗯,我也有些诧异……我不相信你的父母会对他们的婚姻如此满意。不是因为……不,我没有考虑种族的事,党并不会对人种加以区分。虽然你的家庭已经摆脱了恐怖的犹太隔离区和被神选中的傲慢民族,但我不觉得他们会认可你的选择,我甚至怀疑他们还为有一个奔向资本主义者的女婿而感到庆幸呢。"

---

[1] 罗马尼亚一个地区,位于东巴尔喀阡山脉和德涅斯特河之间。

露看着她的这位亲戚,沉默不语,瑟瑟发抖。

"可能戈拉教授还以为他能收到护照单纯是凭了自己的才智。他兴许不知道是我们给他发了这本护照。这不是什么理所应当,而是因为我们决定给他,他才能得到。"

检察官加什帕尔望着将军,向其强调了"我们"一词。将军全神贯注地在纸上写着。

"我希望你别跟他走。"

"我是不会走的。"

"很好。但这并不能免除你在我们这里的义务。你要是拒绝回答问题,就可能作为同谋被起诉。你决定好回答了吗?"

"没有。"露瑟缩在她那毛皮大衣里,小声说道。

表兄大卫已经抽了半个烟灰缸的烟。

"奥古斯汀·戈拉先生还在国内的时候曾经参加过秘密集会。他们在那里谈论各种书籍,有纳粹分子写的、铁卫军写的、托洛茨基分子写的、自由党人写的、共济会教徒写的,甚至还有公谊会教徒写的。他们在会上阅读颓废文学和宗教文学。我们都知道谁是与会者,也知道何时举办的这些集会……"

露仍一言不发,将军往他的钢笔里灌了一些墨水。

"你那了不起的丈夫为人神秘吗?或者说戈拉先生还是一个自由的宣传者?"

"他不是。"戈拉夫人喃喃道。

"他就是!全部都是!他还在高中的时候就阅读圣经,解读新约,对圣彼得进行高谈阔论,并称之为彼得教派。他还对人权宣言夸夸其谈,对孔老夫子评头论足。我们有信息,新的旧的都有,这些信息不只来自某一两位同学,信息源有很多人。"

加什帕尔检察官简单示意了一下，将军就此起身，拿起桌上的长颈大肚瓶，为受审人倒了一杯水。大卫盯着面前的这位光头女人，将整杯生命之水一饮而尽。露抿了抿她那干裂的嘴唇，将自己紧紧地裹在又短又贵的毛皮大衣里。

"还有……他还为一位学生写过信，这封信是呈交给两位美国参议员的，里头讲的是有关美国奖学金的事。我们并没有同意他出国。这位学生常做一些又奇怪又理想主义的事情，话又多，是一个不折不扣的话唠。他为人狂妄自大，目中无人，一副无所不知的样子，好像谁都碰不得他。我们过去没有给他颁发护照，将来也是不会给的。你的丈夫给他写了那封信，还把参议员的地址告诉了他，一并给出的还有一位叛国分子的地址，后者还成了著名的神秘学教授。此外，奥古斯汀·戈拉先生随行还带走了煽动性的文章，这些反社会主义和反人道主义的文章随后就在自由欧洲电台[1]上被播了出来。你知道我指的是什么。"

"我不知道。"

"不，你肯定知道。资本主义马戏团广播电台。自由欧洲电台，尽是胡言乱语。你知道的吧，露德米拉·瑟拉芬，你当然该知道！或者称你为露德米拉·戈拉？还是加什帕尔？我听说了，你喜欢未经世事的年轻人吧？"

检察官用他攥紧的小拳头一次又一次，一次又一次地捶打着金属桌面，他简直无法压下心头的怒火。

"你知道的，你会承认的！你一定会承认的，露德米拉，我向你保证！"

---

[1] Radio Sopâliţa，直译为小蜥蜴电台，自由欧洲电台的别称。

他朝着烟灰缸俯身，将烟狠狠按灭了，然后一把将它扔在金属地板上。

而后他起身。将军谄媚地亦步亦趋，长官的棉毡拖鞋走起路来毫无声响，只听见将军的靴子踏在地上咚咚作响。

露用手抱住了剃光了的脑袋，僵直地坐在金属椅上，面容瘦削而苍白。她任由那副绿色手套挤压着自己的双颊，一动也不动。她宛若一尊雕像，瘦削的脸颊，光秃秃的脑袋，手套遮住了耳朵。纹丝不动的戈拉朝空中挥了挥手，枕头便掉落在床头灯上。紧接着，那灯"啪"的一声掉在地板上，面目全非。梦游者瞬间惊醒，浑身冒着冷汗，说不出一句话来。

"绿的。"他只喃喃道这么一个词。他筋疲力尽地坐在床沿，盯着发亮的木质地板，仿佛堕入虚空。

不，露从没有戴过绿色的手套！

他走向浴室，将头埋入水龙头下。冷水直冲而下，他的头发湿了，意识逐渐苏醒，而双手并没有伸出去拿毛巾。

不只是彼得·加什帕尔会做噩梦。悼文作者也一样，经受着黑夜的考验。

绿色的手套？从没有……他拖出床底下的金属手提箱，打开后倒腾了一圈，掏出了露德米拉的黑手套。那是从年轻时的故国带来的。

* * *

塔拉给彼得·加什帕尔打了电话，提醒他明信片的事。周三下午，彼得应约前往院长那里。高大的水手有着一头金色卷发，正朝他微笑着，宽大的手掌上布满雀斑。这位水手扮演着保护者和鼓励者的角色。加什帕尔把明信片拿给他看了看,并讲了同胞帕拉德教授被杀害的故事。而后,他又聊了些关于迪玛教授的生平故事,这是位百科全书式的作者。他简述了他所著关于老人家作品的评文,以及因这位学者旧日政治倾向披露而引发的丑闻。

水手挑了挑金色的眉毛,聆听着遥远国度的丑闻细节,了解着避难者的疑虑,还有那已故学者的生平以及其弟子的谋杀案。扭曲的巴尔干故事……简直可以媲美他远航印度尼西亚和达荷美[1]时代的水手故事。他没有到过黑海。这一地区的历史尽管有一定的研究价值,却从未引起过这个星球精神病学界的注意。

他没有时间沉溺于这些疑惑了。他很快便作出了决定:行动!假如一个教授不明何由被杀,那么另一个教授就可能出于一个更微不足道的理由被杀害。一篇倒霉的文章?!发表在一本倒霉的杂志上?!然后在世界边缘的某一处引发了丑闻?!这显然是一个愚蠢的笑话。威胁本身也应该是一个愚蠢的玩笑。然而还是需要"谨慎",所以需要赶快"行动"!

周五的早晨,那位东欧教授去了学院保卫处主任唐女士那儿。她身材娇小、和蔼友善、优雅端庄、谈吐得当,像是一位银行经理,处事雷厉风行,甚至有点吝惜自己的动作。加什帕尔的眼神一刻都无法离开那金色的秀发,那浓黑的眉毛,那锐利的黑色眼眸。只见她身着白衣,一双小白鞋带着高跟,双手小巧秀气,指甲剪得很短,没有涂指甲油。教授简述了那错综复杂的故事,简单地提了提那混乱不堪的细节,表达了自己对那封威胁信的怀疑。简妮芙的态度也很明确:保持谨慎,小心行动。

---

[1] 达荷美共和国是法属西洲在1958年12月11日成立的一个自治共和国。

"这可是一次死亡威胁啊，教授！是开玩笑吗？就算凡人爱开玩笑，死亡可从来不是说着玩的。"

这是美国警察信手拈来的一句越南谚语吗？加什帕尔在心里自问道。

"死亡威胁！"简妮芙又提了一次，对那欧洲人的微笑很满意。

"我们全都经受着死亡的威胁。"凡人加什帕尔喃喃道。

简妮芙此时已无意就这一哲学话题展开高谈阔论。她已经向当地警察报了警，并要求第二天早上去拜访他家。

"您住在学校里哪个地方？"

"我住在树丛间的一个小木屋里，可能在街上不大望得见它。"

唐女士的沉默意味着这位东欧人士并没有清楚回答问题。于是他描述了木屋的周边环境。

"好像没有人知道这间木屋，但校园地图上确有它的存在。"

周五的夜晚，摇曳的树丛，不安的动物，躁动的树枝，窸窸窣窣地作响。城里人断断续续睡不安稳。

上午11点，简妮芙·唐女士的车停在了小木屋前，她身着红色运动服和红色运动鞋，由一位穿着警服的高个男子陪同到来。他提问很慢，记录答复时更慢。他介绍自己是吉姆·史密斯警官，简称J.S.T吗？不，警官不是他的姓，而是一个名称，表明他是当地的警察。

问题，回答。新学期开始于2月1日，星期三。第一节课在周一午饭后的3:30—5:30。1079号信箱已经塞满了信件，但他当场就把信箱关上了，他对这信箱里的东西毫无兴趣，尽是些广告纸、信息单和银行通知。是的，以前年轻时他还会期待奇迹和一些神奇的消息，而现在的邮箱却只是一个充斥着废物的垃圾桶罢了。他让一位女学生帮他分拣这个信箱里的信件。

"您能告诉我们她的名字吗?"

"女学生的名字?行,当然可以。"

警察记下名字,并示意唐女士也记了下来。这样一来,他是在一周以后看到的信吗?不,应该是两周以后才见到的。女学生很忙,大约过了半个月她才将第一批信件拿给他。而后其他的信件也纷至沓来,明信片就这样出现了。

"上面有盖着日期的邮戳吗?"

"没有邮戳,只有邮票和地址。收件人的地址写得很清楚。寄信人或许和学院还有些关系?电话簿和学院地址册只有教授和院行政部门才有权查看。"

警察分析了犯罪动机。

"兴许是个陌生人,他没有说下次我要杀了你[1],而是就在下次[2]。是我会在下次将你杀害[3]。

"这很重要!"简妮芙·唐振奋地插嘴道,"加什帕尔的同胞曾被他的一篇文章吓坏了,那么信的作者会不会是他的一名同胞呢?"

教授并未作答。同胞?身为越南人的唐女士不已经成为他的同胞了吗?

"您还有什么要补充的吗?"

"两天前,在露台的积雪上……有一串脚印,是高帮皮鞋或是靴子踩的。应该是靴子吧。可能是一位前来检查机器情况的技术

---

1 原文为英语:next time I will kill you。
2 原文为英语:the next time。
3 原文为英语:the next time I will kill you。

工,或是其他什么人?昨天有了太阳,雪都化了,因此现在脚印并不看得十分清楚,但多多少少还能辨出一些来。脚印是朝着一个方向走的。似乎是有人经过露台,绕着木屋走了一圈,然后回程再没有从露台走。但可以肯定的是,这人绕木屋走了一圈。只可惜现在脚印不大瞧得见了。"

他们三个都是从露台离开的,无人例外。吉姆·史密斯警官的目光好像这样说着。犯罪证物被放入了一个塑料袋里,袋子用一个皮质档案袋盛着。证物就留在警察局,教授会收到一个复件。而简妮芙·唐会在周一将那张明信片正反面的复印件寄给报案人。

"啊,是的,可能还有些什么。"教授又说道,"不过实际上,我也不清楚……兴许只是一个恶作剧呢,但……"

"您说吧,把一切都说出来。"唐女士顶着警察腻烦的目光坚持道。

"是啊,说出来让我们看看。"吉姆·史密斯警官附和着。

加什帕尔从口袋里掏出一张皱巴巴的纸来,将它递给了警官。

"我发现它贴在我家门上。这或许只是一个恶作剧,我已经辨不清真伪了。"

"迷路的小猫需要帮助。[1]"越南女人从警察的肩膀上看去,细细读着。警察紧皱着眉毛,有些眼花。

在黑色的底片上,是一张虎斑猫的照片。它的眼睛一只蓝,一只白,乖巧地摆着姿势,好像它面前正站着一位摄影师。加蒂诺是一只六岁的公猫,体形瘦小,体毛灰黑,带着斑点和条纹[2]……加蒂

---

[1] 原文为英语:Lost cat needs help.
[2] 原文为英语:Gattino is a 6-year old, slender gray male tabby with dintictive spots and stripes.

诺是一只六岁的公猫，体型瘦小，体毛灰黑，带着斑点和条纹，左眼失明。如若有人发现，请致电6582704。由于它体弱多病，现在可能有些失常。它还有一只病眼，患有慢性呼吸道炎症。但它有一个家，我们为它的走失而感到万分不幸。

唐女士和警察先生似乎有些不知所措。然而此时，教授提供了一条附加信息。

"还有几行字是手写的。在那些印刷文字的下边，有三行。"

很显然，他们都看到了，但并没有在意。现在，他们必须得仔细看看了，别无选择。它的毛很短，也很容易受伤。拜托，拜托了……[1]如果你们有人看到了它，请喊出它的名字，尽量发音清晰而柔美一些。如果它来到了你们的家中，麻烦致电我们，我们会马上来接它。

"好的，好的。"警察嘟囔道，并把那张纸塞入自己的口袋中。下午，P.C.院长向联邦调查局通报——曾有人找过佩雷拉官员。一年前文章刚刚出版后不久，加什帕尔与该人曾有过接触，而那时候刚好是帕拉德被谋杀不久。评文的出版和谋杀案的时间是个巧合，不是吗？人们等待着佩雷拉官员发出的信息。

周六晚，塔拉没有出现。但她还是打电话过来以示歉意：她实在是精疲力竭，头疼欲裂，加之体操的运动量，她已提不起丝毫力气。教授讲了讲最近几天的事态发展情况。对话就这样延续着，这一主题让她重现活力，颓劲尽散。

加什帕尔很晚才睡着。忽然传进来惊天动地的敲门声。睡眼惺忪的他跌倒在床与床头柜之间。安保人员，树林的声音宣告道。

---

[1] 原文为英语：He is very short-haired & vulnerable. Please, please...

门口,年轻警察加西亚用灯照亮了嫌疑人的眼睛。是梦吧,这是一个梦,加什帕尔微笑着心想,不敢醒来。

"您知道吗,我是巡夜的。有人和我们说您最近遇上了麻烦。我们特来此巡逻。午夜后每三个小时便会过来检查。"

每三个小时?能不能就简单查一查这地方,别敲门了?我会一直开着灯的。警察同意了。

夜晚,掀起树林的风暴。深渊与寒冷。铁丝网、巡逻队、警犬,衣衫褴褛的幽灵摩肩接踵。艾娃·基什奈尔。彼得蜷缩在自己曾是的这个孩子身上,在这满布痘痘的躯体之上。冷冰冰的衣衫,寒彻灵魂的肌肤和白骨,这是另一个时代的婴儿。到处都是巡逻队,探照灯的光,苍白的脸。

醒来时,他发现自己抱着皱巴巴的枕头,胳膊间都被汗液浸湿。他好像听到哪里传来汽车轮胎的摩擦声。他不想再睡回笼觉了,但是又瘫倒在枕头上。树林。俘虏。老人的脸庞,面黄肌瘦。囚徒。惊讶万分的世界。检查。带着警犬的巡逻队检视了一遍尸骨。小男孩变得很轻,宛若空气,抱在怀里毫无存在感。呻吟停止了,哨兵的叫喊也随之消失。厚重的白雪,就像灌了铅,沉积在原处。僵化着,让你无法呼吸。

这一噩梦不属于我,和我没有一丝一毫的关系。那是我父母的噩梦。黎明时,加什帕尔做出了这样的认定。

星期日他没有离开他的巢穴,而是尝试着回忆起明信片上的文字。一个词,一个逗号。他不确定自己是不是还记得。报纸反面的文章他也想不起来了。

是个好兆头,今夜他将沉沉入眠。

周一,安全部办公室。简妮芙·唐坐在电脑前微微点头示意,而却从未将视线从蓝色的显示屏上移开片刻,她伸手拉开右边的抽屉,抽出两页钉在一起的纸。那是明信片正反面的复印件。加什帕尔看到了她戴在细手指上的银戒指,又大又粗。

"可别让别人看到。"

简妮芙·唐女士直直地盯着电脑屏幕,小小的手指摁着键盘,微微点头朝他道别。

午餐后,加什帕尔就在校园里散步,路过山丘上的小墓园。他在每一块墓碑前驻足,爱尔兰人、意大利人、犹太人、葡萄牙人、日耳曼人、荷兰人。逝者的部落杂乱无章,就像大自然本身。狭长的墓碑,微微向左倾斜着,墓碑的主人名叫萨宾娜,上面写的就只有萨宾娜——德国,再没有别的说明。和其他人一样,上面空空荡荡的只有一个名字。

要是当初的谋杀被完美实施的话,加什帕尔教授的一生怕也得结束在这儿了,就在萨宾娜的旁边。他能活下来还多亏了和众流亡者的兄弟情。

图书馆,三楼,杂志架。然后,是两个小时的课,就像和那段辉煌日子似的,镇定自若又苦涩心酸。晚上,八点整,巡逻队的车队。加西亚警官,身形肥胖,总是面带着微笑。两小时以后他会再来。两个小时?好像我们已经达成了共识……是的,我们已经达成了一致,但是唐夫人认为这样会更好。晚上我们隔三个小时就来一次,但我们不敲门。您别拉上窗帘,留着灯。

2频道,残疾人的勒杀。4频道,关于强暴的辩论。9频道,卢旺达大屠杀。11频道,妖魔鬼怪。12频道,滑稽歌舞剧。53频道,热带丛林。22频道,篮球比赛。43频道,开火枪杀。往回倒:53频道、2频道、22频道。现实在轮替中将现实剿灭。

10月12日，周三的《纽约时报》。[1]邮局的标志：昔日荣光[2]。美国国旗。仅限于美国地址[3]。邮戳：纽约[4]。是的，可以看清邮戳和邮编号码。吉姆·史密斯警官本该看到或者已经看到了信封上的邮戳。

正文是机打的，而地址却是手写的。大写字母：N写的很像W，A没有中间那一横，像一个小屋顶似的。地址写得很确切，甚至还写上了小木屋的名字"布梅尔之家"，这个名字原先并无人知晓。学院、市镇、洲、邮编。亲爱的[5]，这一词是打印体。收信人的名字则是手写的。托尼、菲利普、苏珊、诺尔曼、罗莎琳德、彼得，写谁都可以，就像你填表那样写。显然，这是一个小把戏，好让威胁看起来显得不那么个性化。亲爱的彼得……[6]

是下次我会杀了你[7]，还是就在下一次？是杀了你[8]，还是[9]我会将你杀害？是下次，所以就是下一次！所以之前已经有一次失败的尝试了吗？一次先前的尝试？[10]署名是：D，这意味着撒旦？傀儡？命运？神明？还是死亡？[11]是的，是死亡！[12]无处不在的荡妇。

这个把戏是徒劳的。明信片不是寄给拉里，也不是寄给唐女士

---

1 原文为英语：*New York Times. Wednesday, October 12*.
2 原文为英语：*Old Glory*。
3 原文为英语：*For U.S. addressees only*.
4 原文为英语：New York。
5 原文为英语：Dear。
6 原文为英语：Dear Peter...
7 原文为英语：Next time I kill you.
8 原文为英语：kill you。
9 原文为英语：I will kill you.
10 原文为英语：A previous try?
11 原文为英语：Devil? Dummy? Destiny? Deity? Death?
12 原文为英语：Death!

和院长的，而是给一个固定的旧人。死亡女士并没有忘记明海尔。隐秘的情书。

背面的剪报只是另一个小花招罢了：用来迷惑外行人而非收信人。

汽车、刹车、车灯。没有狗，不，凡·奈斯特巡逻队代替了加尔西亚巡逻队。

"就不麻烦你们了，我们每小时都会从这儿过。"

"每小时？不是说每两个小时嘛。"

"您不用等我们，看起来您有些困了。"

"我没等，只是我本来就睡得比较晚。熬夜。即使没有你们，我入睡后也常常醒来。"

"这是例行公事的巡逻。您可以去睡了，这地方在我们的监控范围内。"

周三的清晨，艳阳高照，天有些热，空气中弥漫着春日的芬芳。两位学生在教授的办公室里等他，但他却对两人的对话毫无兴趣。两点的时候，联邦调查局的帕特里克·莫菲警官打来电话。这位警官听说了佩雷拉的事情，也知道因评论文发表引起的麻烦，还知道明信片的事。

"你是不是有天发表了一篇关于拉什迪的文章？"

"拉什迪？那个作家？那个被惩罚的家伙？我们怎么又回到书本中去了？从哪里到哪里……这个故事真是荒谬至极！我真想扔了这张明信片，相信我。"

"您先别着急，慢慢说。我都没听明白您在说什么。"

帕特里克警官约了一次见面，就在下周二。是的，就在办公室见。那栋灰楼，里面有教授们的办公室，就在那覆盖了藤蔓的一侧。

"用不着这些解释，"帕特里克斩钉截铁地说道。"我能找到那地方。周二下午一点半见。"

这位暴脾气的帕特里克看起来比另一个道貌岸然的佩雷拉更有趣，从他那温柔而可笑的建议中就可见一斑。

加什帕尔再也不想住那偏僻的小木屋了。他叫了一辆出租车，急匆匆地打包了一些物品和文件，临行前检查了一下水龙头和煤气开关，拉上窗帘。在火车站，他认真地打量着经过的每一位乘客。

月亮之城就像一座公共图书馆，里面陈列着无数百科图书和词典，书写着那些寻找另一个世界的人们的故事。

周一的早晨，在回程火车上，尽是些庸俗不堪的乘客。夜晚，森林中嘈杂声四起，像是被撼动一般。鸟儿似乎也喝了个酩酊大醉，铁丝网和巡逻的哨兵一如往常。

周二下午一点半，一个强壮的矮个子男人没敲门便进来了。他嘴唇红厚，额头却很小，身上毛发甚是旺盛，一副想干架的凶狠样。强壮的身体像是要把那件别扭的大衣给撑破似的。他还有着黑色的双眸。名片被扔在了桌子上，上边写着：帕特里克·莫菲，拉里八号。是的，是的，拉里八号。

"我给马里奥打了电话。他目前不在这一片区干了。他也和我说了波特兰教授谋杀案，以及接踵而至的丑闻。当然，他也和我说了你的文章，所谓的另一桩丑闻。教授多大年纪了？"

"帕拉德那时还是个年轻人。"

"帕拉德？"

"是同一个人。他在这里改了名字罢了。"

"哦,是吗?不,不是他。我说的是那位大师,著名的大人物。"

"科斯敏·迪玛在几年前就去世了。他活了八十多岁。"

"那我们就从你的评文开始说吧。那篇发表在报刊上的文章,涉及法西斯主义、民族主义诸如此类的玩意儿。为什么这会引发一桩丑闻呢?"

"这会令人想起一些不愉快的事情。"

"一些新事?"

"不,算不上什么新鲜事。只是语境是新的。新的开始,新的偶像。对自由的疑惑。在东方是这样,在这里的移民亦感如此。"

"这位迪玛多有名呢?"

"和你能想到的最著名的学者相差无几。他自然不是一个体育或是影视明星,更不是那种由于醉酒驾驶被罚两星期监禁,最后电视台还得付一百万请来谈谈狱中忧伤的性感交际花。一百万啊!迪玛在全世界出版的书加起来也挣不到这些钱。所以啊,迪玛完全是另外一种人。"

"民族主义者?"

"年轻的时候吧,或许之后也会是。在我们的故国,有许多他的崇拜者。用我们的话来说,他就是我们的偶像。"

"那你为什么要写这篇文章?为什么还是在现在这个时候写?"

"他有一卷回忆录被出版了。我本不愿写,最后还是不得不写。总有人建议我去写这样的评文。我起初是拒绝的,而后我还是写了。"

"谁建议你的?"

"一个记者,是学院院长的朋友。"

"明白了。他这样做是为了学院好。"

"或许吧。他还说是为了我好呢。"

"好吗?"

"不太好。"

"您后悔了?"

"没有。"

"我的同事马里奥说您在发表文章后没有受到威胁。"

"不,我当然受过威胁了。在我的故国,在那里的报纸上。只是现如今我不在那里生活了。在这里的流亡刊物上我也受过些许威胁。"

"您的夫人也受到威胁了吗?"

"我的夫人?哪门子的夫人?"

"我是说,您的伴侣……或者说您的女朋友。"

"伴侣?啊,重要的另一半[1],是这个意思吧。我的表姐露没有受威胁。"

"所以,是在报刊媒体上受到的威胁。"

"在远处的那一边,充斥着语言暴力的文章、谩骂和诅咒,而在这里,这些仅见诸于流亡刊物。"

"据我所知波特兰教授……也就是帕拉德亦受到了威胁。这又是什么缘故呢?他可没写什么关于民族主义的文章。"

"不,他写过。他已经和迪玛祖国的民族主义者决裂了,也就是和那些来自他祖国的家伙彻底分道扬镳了。他发表了不少反对民

---

1 原文为英语:the significant other。

族主义的文章，行文极其慷慨激昂。"

"你的那篇文章说的就是他？迪玛曾经的弟子？"

"我只写了科斯敏·迪玛的回忆录，我回忆了他30年代的参政岁月。"

"他会不会刻意隐瞒或者捏造了这些事实？你不是说里头并无新鲜事。"

"信息是旧的，立场却是新的。反共产主义的后共产主义，或者说是后共产主义时期的反共产主义。和一群僵尸做斗争总要来得容易些……迪玛对这一秘密闭口不谈。他为什么要公开忏悔？重要的是你做了什么，而非你曾是什么身份，难道不是吗？得讲求实用主义！"

"他还有弟子吗？除了帕拉德。"

"可能有吧。"

"他的弟子是不是被你的评论文章吓坏了？"

"可能吧。不仅他们被吓坏了，可以说我的文章是引起了群愤。"

"马里奥同我说你在躲避着你以前的同胞们。"

"我曾经和他们一同生活。那里并不只剩恐惧，还有欢乐。而在这里，是的，我在躲避着他们。"

"您为什么要联系佩雷拉警官呢？"

"是学院联系的他。帕拉德被杀后，我们院长觉得我也深陷危险之中。佩雷拉先生被巴尔干的那些破事纠缠不清。犯罪动机当时就不大清楚，甚至至今仍不明朗。"

联邦调查局的特派员在笔记本里什么也没写，只是直勾勾地盯着受审人的脸庞。

"那帮人为什么时隔两年又回来了？"

"哪帮人？"

"就是那会儿威胁您的那帮人。"

"我压根就不知道什么威胁我的团伙。"

"你在那期间还发表过别的什么东西吗？"

"没有，什么也没有。"

"明信片好像是一个极端组织寄的？"

"我不清楚。"

"一个神秘组织，比方说？我以为30年代的极端分子都很神秘，马里奥是这么说的。和迪玛有关系的那些人都神秘兮兮的。正统的恐怖主义，不是吗？在这里的那伙人也是一个神秘组织的吧？"

"我不知道。行文很奇怪。可能只是一个扰乱搜查的小把戏罢了。我不清楚谁是寄件人，我什么也不知道。当然，在流亡者中肯定会有极端组织的存在，但我不认识他们。"

"书写的笔迹可有什么特殊之处？"

"没什么笔迹。上面只有名字和地址是手写的，其他都是打字机打的或是电脑打印的。"

"那内容呢？你怎么看？"

"好像是一篇语录。我也不知道缘由。纯属一个大体印象而已。"

"在那段文字中有什么你比较熟悉的地方吗？"

"迷宫。'迷宫'这个词。迪玛的顽念之一。他写过许多关于迷宫的文字。上周，我在纽约的一家图书馆里待了几天，重读了几本他的书。顽念就在那里。希腊式的迷宫。迷宫中的神话和礼仪。

世界就像是一个迷宫,每个城市亦是如此。神秘的螺丝线和十字形迷宫。凯尔特迷宫。人类内脏的迷宫……"

警察面露几分怒色,忽地站了起来。他个子矮小却很强壮,圆乎乎的样子,有着一头浓密的黑卷发。

"那我们下周再见吧。同一时间,同一地点。"

"好极了。"教授不耐烦地回答道,只想赶紧离开这房间。他为自己记忆中的空缺而恼怒不已。他知道,却又不知道这引语。旧日时光拒绝为他提供文献参考。

* * *

到了讲述这桩倒霉事的时候了。得和别人也讲讲这明信片的故事,听听他们的意见和观点。戈拉和一座图书馆相差无几,他或许能提供一些解决办法。或者,该给露打电话。问问她是不是已经知道了威胁的事情,她肯定会认真地听完这怪事,接着感到焦虑不安。

彼得拿起了电话筒,犹豫着。他忽地决定了,拨了号码。

"是的,是我。来自东方的明海尔。这么长时间以来,你一直都是对的。我们很久没有聊天了吧。看,我们现在又开始聊了。我向你保证,我们会聊上许久,像是被施以'发言'的惩罚,不得不用上那些佶屈聱牙的语句,讲演出一篇神谕般的发言。对于一个博览群书,过目不忘的大师而言,所有的问题都不值一提。所以,我想问……"

他手里拿着明信片,眼前便是那神秘的信息。他一切就绪,但又改了主意。事实上他常常这么做,不足为奇。厌倦感最终还是战胜了他。

"我想了解一下那场你参与过的大学生革命，好让我理解我所降临的这个世界。你跟我讲过的，我觉得你说得没错。在拉里一号将我招进学院后，你立即就把所有的情况告诉了我。你和我讲述了学院的氛围，你曾经是一个细心谨慎的保护者，一如既往。来自图书馆的天真产物。我不能用老鼠来形容，毕竟它根本算不上天真。应该用天使来形容你，一个如牛奶般单纯的天真汉，语言的天真汉。来吧，和我说说，再和我讲一次那些人是怎么在阳台上对话的吧。热情之花，著名的多洛雷斯·伊巴露丽[1]，罗莎·卢森堡[2]和克拉拉·蔡特金[3]，还有安娜·波克尔[4]和科伦泰[5]同志。还有庇隆[6]夫人。是的，我必须说，你还没有提到过这些名字。"

一段意料之中的缄默。戈拉受够了彼得的幻想，但他最终还是像往常一样，作出了让步。

"我课上有个女大学生。文静，有教养，有点儿腼腆。她曾和一个男同学一起来，他也是她的男朋友。那男生阳光帅气，体格矫健。这小伙子有天来我办公室，和我说那姑娘想找我谈谈。他结结巴巴的，不知道该如何解释为什么那女孩儿没有亲自过来。是的，

1　人名，原文为：Dolores Ibaruri，西班牙工人阶级的领袖，国际共产主义运动著名活动家。
2　人名，原文为：Roza Luxemburg，波兰马克思主义理论家，哲学家，经济学家，反战积极分子和革命社会主义者。
3　人名，原文为：Clara Zetkin，德国社会民主党和第二国际左派领袖之一，国际社会主义妇女运动领袖之一，德国共产党创始人之一。
4　人名，原文为：Ana Pauker，罗马尼亚无产阶级革命家、政治家、外交家、党务和国务活动家，国际共产主义运动和工人运动活动家。
5　人名，原文为：Kollontai，列宁政府中唯一的女性，世界第一女大使，女权主义先驱。
6　人名，原文为：Perón，阿根廷首位女总统，也是世界首位女总统。

这里头一定有猫腻……两年前他们刚刚进入校园，那女孩儿参加了一个新生聚会。她喝了些啤酒，和一个男孩儿去森林中散了步。然后，然后……后来发生了什么呢？或许发生了什么，又或许没有。一个拥抱，然后呢，一切都不得而知。女孩儿记不太清楚了，但确又是发生过什么的。这也不怪她，毕竟是两年前的事儿了。"

"是的，现在我想起来了。后来那女孩过来了，一副心神不宁的样子。两年前发生的事情已难寻踪迹，但可以确定的是，那过往触动了她尘封的心灵。这件事或许从未发生，或许只发生了一半，四分之一，抑或是五分之一。无论如何，在这个时间点的两年后，也就是在一个晴朗的秋日午后，犯罪人遇到了这对情侣。他斜瞥了一眼，微微一笑，像是传达着什么信息。那女孩儿感到自己被侵犯了，她的伴侣便替她出面伸张正义。这位女学生找到了院长，告诉他自己所能讲述的一切。聚会、啤酒、树丛、在草坪上的拥抱、黑暗中的骚动。拉里一号倾听着。那正是贝德罗斯·阿瓦基安的学生为你着迷的年代不是吗？这样说来，拉里一号很入神地听了你的讲述。所有的埋怨都应该被倾听并以民主的方式得到解决。那位激进的嫌犯受到了惩罚：两个月内，他都无法参与盲人帮摇滚乐队的排练，另外，他将无权出入体育馆和游泳池。"

"那位女性受害人对此并不满意，不是吗？"

"那女学生感觉自己受到了欺骗，因为受罚者仍然时不时地出现在彩排现场和游泳池里。据她的朋友说，这人出身富庶之家，还曾慷慨捐助过学院。"

"你是不是建议她忘却一切，还问她是否和其父母关系良好，是吧？那会儿，你是这样跟她说的吧，好好享受假期，让自己开心点，保护自己的同时也好好放松一下。别纠结于这段令人不快的过去，你还年轻，长得好看，为人又机灵，定会前途无量的，别拘泥于往事，要朝前看。你是这么说的吧，圣奥古斯汀？就像一位刚从前现代的洞穴里迈出步子的冥顽不灵的老家伙，像是一个东欧蠢蛋，厌恶女性又毫无道德底线的大男子主义者。"

"呃，可是我也没有蒙受什么损失，学生们都很是敬重我，所以那女孩才来看我。阿瓦基安对我也很是敬爱。"

"那革命呢？它不是第二年春天就爆发了吗？反对政府鼓励"性骚扰"的标语和传单贴得到处都是。左右不过三天，政府办公楼就都被占领了。他们还在被围困的大楼阳台上发表演讲。示威游行、新闻报道、谈判协商、措施计划，是不是还有色情三重唱呢？"

"依据司法审判，那女学生得到了一笔物质补偿金，之后就转去了另一个学院，现在已经结了婚。她的另一半是中西部移民保护组织的现任主席。而犯罪未遂或者说是半未遂的那家伙也从学院毕业，结束了他法律专业的学习，如今在华尔街工作。"

"那奥古斯汀·戈拉教授呢？他是否修正了其祖母的意见？他向遇难者提供了什么建议？让我小心？要我小心提防什么呢？提防女大学生们？小心流言蜚语？回避幽默笑话？是要对蛊惑人心的人、疑神疑鬼的人、眼红嫉妒的人和诡计多端的人退避三舍？还是要对我们远方的幽灵敬而远之？"

"你有何不快吗？发生了什么不愉悦之事？"

"不，并没有，我只是预备着。我想知道我该如何准备。那三日革命的讲述很有建设意义，只是听起来有些苍白乏味。没有什么神秘之处，和帕拉德那件事并无二致。"

"帕拉德？你想什么呢！又不是学生将他杀害的，这一点可确信无疑。"

"那位凶手对这个学校很是熟悉。无论是教学楼、课程表还是受害人的日常行踪，还是星相学、泛心理学和非常态的精神紊乱，他都了如指掌。我可不是这样，这你也知道，我还是比较实在的。能绊倒我的通常是椅子或是野草，而不是什么星星。我总心不在焉，而他则过于全神贯注了，我们之间，不存在莫须有的联系。"

"是的，绝不存在什么关联。"戈拉教授赞同着，毫无疑问，他可能又读起了书。

彼得·戈拉他也可以重新拾起那些夜里的幻想：杀人犯查尔斯·曼森[1]、恐怖分子蒂莫西·麦克维[2]和食人者杰夫瑞·达莫[3]以及其他解脱专家，还有关于聋哑人和癌症、宇航员和丛林居民的纪录片、美式足球、经典影片和拳击、室内乐和爵士乐。日过三更，娱乐游戏和色情影片次第登场，空手道练习和外语课也没有缺席，让一颗失眠之心所渴望的所有事物都在此时一一出现。

* * *

一块长招牌，垂直地贴挂在高耸的楼房上。肮脏的墙面，满布灰尘的装饰：大广场旅店。第48街和第八大道的街角。各色人种的吸毒者、妓女、乞丐、皮条客和无业游民来来往往。

---

[1] 人名，原文为：Charles Mason，美国著名类公社组织"曼森家族"的领导人、连环杀手。
[2] 人名，原文为：Timothy McVeigh，制造俄克拉荷马爆炸案的元凶，该爆炸案造成168人死亡，500多人受伤。
[3] 人名，原文为：Jeffrey Dahmer，美国著名连环杀手，曾先后杀死17人，并碎尸食肉。

她停下了脚步，脸上满是惊讶的神色，寻找着她的同伴。在情趣商店那儿，她看到了他的背影……他戴着一副墨镜向橱窗走去，随后将两掌贴在玻璃上。

忽然有人轻拍了她的肩膀。"好了，我来了。"彼得在她耳边轻声说道。露看着地面。

"你要我回到我刚逃离出来的地方去吗？你也陷入了对情趣商店的疯狂当中吧！你完全挣脱不出来了吧。"

彼得往后退了一步。

"疯狂？这就是普罗大众所谓的文化罢了。一种治疗的方式。营业额最大的产业。我们没办法对这个国家的繁荣视而不见。我们的国家，不是吗？他们都是我们的同胞。"

露缄默不语，像是被冻住了一般，眼神中充满了疑惑。

"是我的错。我当时不应该和你说那个梦的故事。"

"哪个梦？"

"上周五的那个梦。那是一种诗意盎然的状态。我梦见了一个阳具，一个形若阳具的孩子。那是一种十分微妙的形状，而它正渴求着呵护，和其他的孩童并无二致。我激动得都哭了，直至现在我都还为之情动不已，就是这样。"

彼得着迷地看着她那双大眼睛。露浑身颤抖，用那双无与伦比的手擦拭去眼角的泪水，内心感到了几分羞耻。她依然望着地面，快步走开。彼得赶紧追了上去，笑着挥手。他们逐渐远去了。

唯有那条街道只身孤影地留在原地。一家家杂货铺，情趣商店，中国人的蔬菜摊，土耳其餐馆，墨西哥人的雨伞店，荡妇们在骚动，戴着阔边草帽的扒手寻思着伺机而动，旁边还有巴基斯坦人的烟馆。

看看另一条大街，宁静整洁中带着荒凉。楼房都是砖石的质地，看似十分坚固。英式墙面，哥特式的窗户，铁铸的窗框。石头上刻着字母：年轻人协会[1]。

彼得站在门槛上，身着一件白衬衫，汗流浃背。他高卷起袖子，警惕地望着四周。他谨慎地看了看左右的情况，又瞧了一眼手表。他在等一个人，接着放弃了，进到大厅当中。熙熙攘攘的人群中，满目望去尽是那些吵闹的年轻人，还有他们的行李箱和背包。

门卫是个黑人，高大魁梧，宽大的手掌拿着电话。他监视着门和电梯。巨人彼得面对着一个比自己更高大的巨人，这么一来他可就很难赢得这场闹剧比赛的胜利了。

他们四目相视，眼神中充满冷漠。一个又高又壮，秃顶，长着小胡子。另一个更高更壮，有着一头浓密的黑鬈发和黝黑的皮肤。一个是被打发回家的匈牙利骑兵，另一个则是美国黑人，仿佛准备拿出自己的萨克斯。

"乔先生吗？"

那黑人点了点自己又大又沉的头。

"贝阿特丽丝·阿特温夫人昨天来了电话，是为了……"

"啊，贝阿特丽丝！贝蒂。我们是这么叫她的。是的，宝贝，这位女士来电话了。我有钥匙。"

他微微一笑。牙齿宽大，洁白无瑕。黑色的大眼睛燃烧着阴谋的愉悦。

"是的，宝贝，我准备好了钥匙。两小时，就这样。"

彼得没有回应他的微笑，他审慎而冷静。

---

[1] 原文为英语：Young Men Association。

"完美。我拿了钥匙就回来。耽误不了多久。"

高大的乔·路易斯弯下身打开了抽屉，从里面拿出一把系着蓝绳的钥匙。他不再微笑了，也不看顾客，变得审慎而冷静起来。

露。苗条而高挑，气质优雅。一件红夹克。瘦削的脸庞，白皙却没有什么表情。头发梳成一个髻，露出了后脖颈。

"简单的小房间。一张床。一个喷头，一个马桶，一面镜子。没有毛巾，但是便宜。"贝阿特丽丝解释过。"没有香水，没有面霜，也没有毛巾。你不会忘记你身处何地，又是抱着什么目的。滥交让他们的淫性大发。它抹除了一切禁忌，放大了情色的愉悦。"

五楼。走廊。提示写得很清楚：401—411号房在左手边，412—419号房在右手边。走进416号房，便能看到一张床和一把扶手椅。床窄得很。床单左角处有一块褐色斑点。露一动不动地站在门框里，静默着，好像随时随地都会甩门而去，离开这个房间，也离开她的婚姻生活。

就算在梦中彼得也不曾忘记这么做的风险：露不是为肮脏交易而生的，这种事情会令她胆战。

彼得站在房中，已经为暴风雨似的责骂和灾难做足了准备，他入神地用双眼记录下露青丝飘动的样子。露不再是那个露了。只见她将扣子一粒一粒解开，慢慢拂去了外衣。朱红色的绸缎从她身上褪下，里面再不着一件衣裳。她用手捧起那年轻的乳房，将它们为他献上！她裸露着光滑的双肩和修长的颈项，用纤长的手划过脖颈。她的手掌丝滑如绸，她的手指细嫩如脂。尽管窗玻璃并不干净，但她就是此般，透过窄窄的窗子凝望着。

帆布鞋。她同情地看着它们，先瞧瞧右脚，再看看左脚，然后慢慢地将那玉足从鞋中解放出来，先是左脚，而后是右脚，就这样她将双腿慢慢分开。她的脚趾纤长,脚形瘦窄,肤色嫩白。在洁白的牙齿上,她的双唇微微颤抖着。露不再是露了!

……

露在洗澡,能听见她簌簌的淋浴声。她现在套上了一条白色短裙,裙摆特别短,还在黑黑的发髻上别上了白色小皇冠,像个新娘子一般。她的手上戴了一副白色手套,脖子上还挂了一串洁白的珍珠项链。

彼得身着黑色西服,脚穿锃亮的大皮鞋,站在她的面前。他戴上了白色领结,还在鲜亮的上衣口袋插了一块白色小方巾。

在首都四区社会主义市政厅的院子里,一对男女挽着彼此的手,相互依偎。院子深处,艾娃·基什奈尔·加什帕尔独自等待着,蜷缩着身体,看起来更矮小了。缩在那里的她只身一人,满头白丝,身着一条金黄的连衣裙,外套一件油渍斑斑的花色罩衫。她撩起罩衫的衣袂,用它擦了擦满是污点的眼镜片,还用它拭去了眼角的泪花儿。那对欢欣的情侣从她身边走过,一眼也不曾瞧她,径直走进了市政厅的民政办公室。一位公务员庄重地走下了台阶,作为他们的司仪前来相迎。

奥古斯汀·戈拉教授!蓄着灰白的小胡子,就像斯拉夫教堂司使留的三角山羊胡那般。举手投足间,他显得腼腆害羞又死气沉沉,还带着些许高贵与荒诞。

教授抱住了新娘,亲吻着她的脸颊。而后,他握紧了明海尔的手,一副十分凝重的样子。明海尔紧紧地盯着他看,他终于有机会亲自认识这位大人物了。一瞬间,他似乎都迷上了他。

戈拉身着一件绿衣,自肩至腰斜披着一条三色缎带。他朝新娘做了一个绅士的手势,邀请她和她的伴侣进入。

这时，岳母突然间插了进来，浑身抽泣颤抖不已。教授朝这个"不速之客"微微一笑，只好邀请他们三人一起进来。新娘和岳母一同走上了那三级台阶。新郎则留在原地，宛若一尊雕像。

教授像是个模特般，再次弯下身子来。然而，新郎好似失去了生命的迹象。要说是死了，但人倒是挺立着。浑身僵硬，眼神空洞，却闪着异样的光芒。

戈拉教授微笑着朝新娘子鞠躬，顺势递上一个黄色大信封。

彼得汗水直流，喘着粗气，呻吟着，挣扎着，扔掉了如火焰般燃烧着的被子和床单，紧紧抓住床沿，跳了起来，惊恐万分，满心想着要和戈拉好好谈谈。

戈拉教授可不好见。他总是坐在电脑前，忙着记录下他刚刚逃离出来的狂风骤雨般的夜晚。

* * *

今天不是周六，而是周五。塔拉没带信件过来，而是来作报告的。

"我现在都成了嫌疑人了！"

"谁不是呢？"

"这话怎么说？"

"调查不会漏下任何一种假设，不排除任何一种怀疑。最简单的假设便是：告发者本人即为嫌疑人。"

"但我没有告发任何事。"

"你带来了明信片。因此，也就意味着带来了威胁。你发起了这场行动。他们有理由怀疑你是同谋。"

"唐夫人就是这样想的。我之前去看过她了。我觉得,你也不太喜欢简妮芙·唐吧。"

"她挺有礼貌的,而帕特里克·莫菲那个密探[1]却不是这样。事实上,我不应该和你说我和他见过面。"

"但是面对我这个所谓的同谋,你可以这么说。唐夫人也坚持让我再和他见次面。她对我可一点儿都不彬彬有礼。她要求我把明信片上的内容都写给她,还得在她面前写。她盘算着通过这种方法将我写的字和明信片地址上的那些笔迹作以对比。其实,她只要去教务长那边找找我的档案就可以了,那上边儿全是我的笔迹。"

"你不用担心这些,她肯定会去找出来作个对比的。也就是说,她觉得你可能是信件的作者,对吧?"

"她不作任何猜想。她会去调查研究。帕特里克会来威胁我的,这点我可以肯定。或许你说的是真话,但也许这会恶化当前的情况。唐已经怀疑到我了。她肯定在想,你怎么会来管教授的信件呢?那是写给他的,又不是写给你的。"

"她的怀疑有道理。"

"但这并不是我的主意。"

"当然是。"

"那只是当我看到那些堆积如山的信件让你痛不欲生的时候。再说了,你是花钱雇我来做这个的!先生,你花了钱的!我对那金发女人也说过了。我之前肯定这一点可以排除怀疑。"

"怀疑是你写的那张明信片?"

"不,这个疑点一时难消。"

---

1 原文为英语:Special Agent。

"那么,是什么怀疑呢?"

"怀疑我是为了来这里才为你分拣信件。"

"她这么说的?"

"这学院太小了。如果你坚持自我辩解,那么越来越多的怀疑便会接踵而至。我室友常能看到我带着一大袋加什帕尔教授的信件回去。她知道我在为古怪的彼得·加什帕尔教授分拣信件。"

"的确,是有些古怪……唐夫人还问了些什么?"

"如果我告诉你,我会睡得更安稳么?"

"睡眠已经成一个问题了么?"

"那还不至于。我倒没受到死亡威胁。"

"我们所有人都受到了死亡的威胁。"

"你又讲这个。你做噩梦么?常失眠么?"

"大概是吧。我这一生都住在城市里,不亲近自然,因此难以习惯树林里的黑夜。"

"这样说来,你一直集中着注意力,准备伺机而动,因此才难以入眠。"

"是忐忑不安让我们变得如此幼稚。只有孩童才惧怕黑夜和树林。"

"你要睡在这儿吗?不,这无论如何都是不行的。这对我毫无益处不说,还打消不了唐夫人的猜疑。女学生将教授先生迷得神魂颠倒,好让他对之百依百顺,从而使她趁机溜上他的床,再以此为把柄敲他一笔么?"

"假如她真的踏进了教授的家,溜上了先生的床,还同他极尽缠绵,那她就万万没有折磨他的道理。"

"或许她是个魔鬼吧。像吸血鬼德拉古拉[1]那样。"

"一个魔鬼……那可能的确很是勾人吧。"

塔拉继续审视着他,宛若一名警察。而加什帕尔呢,他也依样画葫芦。见塔拉微微一笑,加什帕尔也扬起了嘴角。

"你别害怕,性侵是不会发生的。魔鬼才不会攻击自己的教授呢。但如果教授他攻击了我,我会采取自卫措施。你就别担心了,我不会告发你的。我知道你需要这里的这份薪水。"

"不,你不能留下来。学院是个小地方,这事很快就会人尽皆知。"

"我无所谓。"

"可我,我在意啊。就像你说的那样,我需要这份工资。"

"但如果有人晚上留在这里,你会感到更安心呀!"

"我并不会这样觉得。有别人在会让我很不安。不,还是别了。这个话题就到此为止吧。"

"即使第一个假设是真的?"

"第一个假设是什么?"

"我写了这封信,就是为了让你需要我,让你离不开我。"

"那正好,我更需要避开了。年轻人真是让人招架不住啊!"

"如果是帕特里克让你一试呢?他提供给你行动企划:被迷得神志不清的教授让女学生帮忙,结果她就钻上了他的床。那她也会受伤的吧,到最后就会承认一切。"

"她也会受伤吗?帕特里克对此又会怎么看呢?我们等等看吧,等到周二和联邦调查局会面以后再说。如果我改主意了会再通

---

[1] 人名,爱尔兰作家布兰姆·斯托克笔下的吸血鬼伯爵。

知你。"

"那现在，我可以坐下了吗？"

教授指了指扶手椅和沙发。他竟未察觉他二人一直站在那里说话。

"抱歉，我一刻钟后得去办公室一趟。"

他看了一眼左手腕上的表，是的，一刻钟之后就得走。

"没事，那我就照常周六晚饭后再过来。可能，这段时间我还能在邮箱里收到另一封信呢，或许还会写得更详尽。"

加什帕尔看着她，皱起了眉头。

"这也不坏，这倒一点儿也不坏。"

这听起来像是个请求，或是一个建议，只是丧失了它原先固有的幽默感。更何况那会儿也不是三更半夜，只是下午三点。

"你又在想那句话了吗？我一再重复它，都能背了。我以为，这句话早就记在我脑袋里了。我也不知道于何时在何地见过它。我不清楚是在哪儿了。我怕是老了，记不起来了。"

"你已经记得够多了，甚至可以说是太多了。如果记忆只是陷入了沉睡，那它有朝一日总会醒来。我也可以将那个句子背下来，但它也唤不起我的记忆。我是如此的蒙昧无知，我们这一代人都是这样。阴谋诡计尚能激起我的兴致。"

"我们周二等帕特里克受审以后再议吧。现在，我赶时间。"

事实上，彼得并不赶着去什么地方。他只是对这场对话中自己那股活跃劲儿有些反感。他想出门好好静静。塔拉走了，教授独自走进校园，心中毫无涟漪。外面刮着大风，凛冽而潮湿，图书馆里倒是温暖安静。全世界的书籍、杂志和报纸汇聚于此。这是圣徒"电脑"的宗派吧！信徒们得在这神奇的屏幕前暗自祈祷。这些互联网一代，诞生于集成电路之间，而非来自女人的肚腹。但即便是这样的一代人，也并不知晓那句引言的出处：塔拉没有找到神奇的按钮。他们需要一场催眠，好让记忆的神秘机制触动那根闪耀着荧光的尖针。

"这些年轻人都是算法之神的信徒，而我则是处于他们之间的一块化石。这便是我。"教授离开这座庙宇时心里默念道。

他独自一人待在巢穴之中。在床头柜上，堆着不少袜子和毛衣。在衣袜底下藏着个黄色信封。那是一封塔拉的旧信。是另一个塔拉。那女孩儿从中学时就总抱怨教授给自己过高的分数。一年前，她还因为这个和一个教授起了冲突。现在，她却是个温柔可爱的女同志了。这是现实中的往昔吗？

信封里装着塔拉·尼尔森这个女学生的论文，研究的对象是《敌人：一个爱情故事》[1]这部小说。这是在教授收到那封鲁莽的威胁信后又过了几天才收到的。说起来，也是期末后的事儿了。

无能之人总会被不幸团团包围[2]……在陌生的环境当中，那些人物无法交流和互动，而他们的不幸恰好也降临于此。丢失了旧日的习惯也就意味着自我的迷失。在旧日的习惯中难以找到解决的方法，即便以全新的身份或在想象中亦是如此。

他曾在七月的某一天读过以上这些信纸，如今已有一年的光景。最终，他却在1079号邮箱中意外地发现了它们。

塔拉选择了这部关于流亡者的小说，是为了向他挑衅吗？

既要保留原来的身份，又要去适应新的身份，这看起来是不可能的。

1　书名，原文为英语：*Enemies: A Love Story*。
2　原文为英语：Unhappiness resolves around an inability.

确实如此吗？我们各有缺陷，扮演着冒充者的角色，既是在家园，又不是在家园；既在地球上，也在月亮上。

在经历了战争之后，主人公只愿意去接受他自己的思想。有个叫玛莎的女基督徒曾救了他，他为报答这份恩情便娶了她。这位女基督徒是一位天使般的波兰农妇，一位文盲圣女。在她逐渐转变为一个犹太女人的过程中，她却表现得像一个小丑。这位丈夫和相信性暴力的女信徒之间只能靠着一段同谋关系，互相虐待，从而逃避现实。

这与威胁信之间有什么联系吗？没有。没有一丝一毫的关系！只是一段纠缠着他的事实罢了，就现在，在当下这一刻，仅此而已。

逃离现实，就像是性的解放。精神上的幻想彼此勾连……性的渴望，是唯一的迷宫。[1]精神的幻想将他们联结在一起，身体的欲望，那种饥渴的性欲，便是唯一的迷宫。而他们中的每一个人，都可以将这迷宫命名为自身。

迷宫？

一年前，这个词似乎还并不可疑。现在，它有了自身的形状，闪耀的荧光，狡黠无比。彼得停下来思考了一会儿，如果巡逻队的行动越来越隐秘，那这森林又会为夜晚准备什么呢。他想睡觉了。

性欲，是那唯一的迷宫，他们中的任何一人都可以此为名。[2]

在小说中，真正的敌人是记忆，那是强加于身份之上的创伤。传记故事中的术语变成了病态的冲动。将旧日的创伤掺入新的体

---

1 原文为英语：Mental phantasy connection... the sex drive, the only labyrinth.
2 原文为英语：The sex drive, the only labyrinth either of them can truly call their own.

系之中并不需要推倒栅栏，相比之下，忽视那存在才更为重要。比如，你该有个孩子？或者，迷失在性欲的迷宫之中？

夜的序曲麻木不仁，那不是一种"性欲"。唯有"迷宫"一词在荆棘丛中盘绕着游走，而后忽地出现。

无休无止的睡眠，无影无踪且遥无尽头。由一条直线构成的迷宫，隐匿无形，永远存在。由单一直线构成的迷宫？隐匿无形，永续不尽。性欲……是那唯一的迷宫，他们中的任何一人都可以此为名？

死亡。死亡女士！[1]老鸨用她那专横的眼神向我致敬。睡眠，恒久的沉眠[2]，那永久的睡梦，昏昏沉沉的瞌睡虫重复着。

猩红色天空。大象踩着望不到尽头的高跷。昆虫—大象，优雅的软骨动物。来自宇宙洪荒时期的庞然巨物，它就在浩瀚星辰之间。体型庞大，毛发茸茸，威风凛凛的獠牙，坚不可摧的象牙。象鼻子上挂着绿不拉几的鼻涕。

母象和公象相对而行，却未曾彼此靠近。在它们的背上，各有一块毯子。而在那毯子之上，一块墓碑浮悬在空中。在左侧的公象身上有一只眼睛。而母象身上有一个化妆品广告，两瓣红唇之间衔着一颗眼珠子。

苍穹之下，广袤无垠。烟灰色绵延的山丘和停机坪，放哨的瞭望台，两个身影奔跑着，他们举着旗帜，擎着火炬。

橘红色的天空，微微泛粉，而后又变幻出火红的样子。大象。天空被它们细如蚊蝇的腿划分出一道道痕迹。这些细腿就像透明骨

1　原文为英语：Lady Death！
2　原文为英语：Sleep, everlasting Sleep！

头制成的箭，艰难地支撑着大象身体的重量，承着背上的负担和无垠的苍穹，好像随时都可能被折断。印度风格的毯子上碑石忽而一滑，在空中摇晃起来。画上的眼睛。帕特里克的眼睛，特务[1]。四腿动物背部的毯子上写着帕特里克。

  精疲力竭。加什帕尔缓慢地向床头柜移动身躯，就这样倚在床上，靠在墙上。汽车在门前刹车停下。现在不是夜晚，而是新的一天了。黎明的曙光，感谢上苍！他已经睡了几个小时。除了拂晓之时，他从不曾听见巡逻队的声响。

  厚厚一大摞《不列颠百科全书》。纤薄的纸页，细小的符号，往昔的密码暗文。这位大学讲师被过往推搡，向着那更久远的曾经。

  人身牛头的怪物是杀不死的，在描写迷宫的那一章节里迪玛老人就这样认为。这牛头怪会前来复仇，将现代迷宫变成无边地狱。人身牛头怪最后变成了金牛座。重生的诺言，就在春天。而读书笔记，却是一无是处。

  电话：出租车司机找不到隐士的小木屋。其实不是司机，而是简妮芙·唐女士找不到。彼得刚刚才意识到那个越南女人的嗓音浑厚得极不自然。学院的安全科想知道接下来几天教授会不会留在校园里。唐女士告诉了院长所发生的一切，包括谁离开了学校，什么时候走的，什么时候再回来，以及是由谁陪着回来的。

  不，加什帕尔教授接下来几天不会继续待在学校里，他刚才还在找出租车，准备前往火车站。简妮芙·唐建议他走之前拉上窗帘，开着门前的灯，就像他还在家一样。还有以后要向学院安全科

---

1 原文为英语：Special Agent。

及时报告他什么时候离开校园,以及要离开多久。

荒芜的车站,人迹罕至。车厢几近空荡,只有一位面色苍白的驼背老太太和她淘气的小孙子。老奶奶埋头读着书,而那小孙子戴着眼镜闹腾个不停。

那神秘的明信片难道是来自老炼金术士的崇拜者?博学者常说起哈德斯冥府中的无形之火,死尸的地下世界,十字迷宫,阿里阿德涅血迹斑斑的线团。像迷宫一般的绳结,像入门仪式般的迷宫。游牧者,流亡者,地下室。单一的线条构成的蜿蜒之路。被困在现代管道中的世界,是潜意识的管道吗?牛头怪会毁了这管道里的世界的!牛头怪,它就在那宿命不可预见的中心,博学者说。由单一直线勾成的迷宫是不可见的。一条孤零零的直线本身就看不见。[1]

命运难道就隐匿在温度、速度、千米、胆固醇含量、动脉压、血糖含量,这些世俗的数字里?杀人才不需要什么象征符号。卓绝的警告和粗俗的本能,这就是所谓新教徒的秘密吗?

明海尔厌倦了眼前的笔记本,于是便抬起头来,望向右侧窗外,河流坚守着什么。冬天大雾弥漫。大河宽阔浩渺,沉着笃定。单一的直线。一条永存的直线。[2]

开合双目之间,脑海中尽是同一番景象:明信片。他读了读背面的内容。墨西哥议员卡斯蒂洛·马丁内斯[3]应邀赴美参加一个公共辩论,但却被国家有关部门百般阻挠不许入境。康奈尔大学的一位生物数学教授对这一无理取闹的做法表示抗议。在这篇文章下面,

---

[1] 原文为英语:The labyrinth made of a single, straight line is invisible. A single straight line which is invisible.

[2] 原文为英语:Single straight line, everlasting.

[3] 人名,原文为西班牙语:Castillo Martínez。

是一封长岛读者的来信，内容是关于艾尔米塔什博物馆的。20世纪70年代中期，在圣彼得堡的一次旅行，那时候还叫作列宁格勒。国际旅行社的导游，还有战后从德国带回来的法国印象派收藏品。

明信片旧得泛黄，无力地躺在加什帕尔的手里。

"跟我又有何相干？我和这些荒谬的玩意儿扯不上半点关系！我既不是俄罗斯人，也不是德国人，既非博物馆迷，也非观光者。我甚至都算不上是绘画爱好者。我看不出艾尔米塔什，国家部门和迷宫之间有什么勾稽关系，也看不出苏联、阿里阿德涅[1]，代达洛斯[2]和炼金术士的传记之间有什么关系。"

* * *

周六晚，塔拉两手空空地来了，举止冷淡：不屑一顾，根本不值得去关注。

桌上，两个杯子，还有一瓶红葡萄酒。教授准备好了一切！他不仅准备好了酒和杯子，还做了苹果馅饼。另外，还有两个漂亮的小瓶相依着置于桌上。这是一场庆典的晚会，还是一场丧葬的哀悼会？或者兼而有之？

他睡得很沉，醒来时如获重生。思绪清晰，想法明确：迷宫！他要和塔拉说说这迷宫的事儿，要给她看看他在纽约图书馆和学院图书馆写的笔记。"老头，我们这么称呼他。他写过很多关于这

---

[1] 阿里阿德涅是古典神话中克里特岛国王米诺斯的女儿，她的母亲帕西法厄生了一个牛头人身的怪物（米诺陶洛斯）。
[2] 代达洛斯，神话人物，墨提翁的儿子，厄瑞克透斯的曾孙，也是厄瑞克族人。他是一位伟大的艺术家，也是建筑师和雕刻家。

一主题的文章，其中有一个章节还收录在《不列颠百科全书》当中。"

塔拉也准备就绪：低领白衬衣，黑色长裙，精致的高筒靴。头发上梳了一个小髻。她还为自己描了眉，画上黑色的眼影。教授也把下巴剃得干干净净。

"密谋者强迫我们讨论迷宫！"

老头，我们这么称呼迪玛吧。他写了许多关于这一主题的文章。克里特国王米诺斯因为没有献祭海神波塞冬送的公牛而遭受到神明的惩罚，以致不能生育。国王的妻子跟一头公牛生了一个儿子——牛头怪米诺陶。半人半兽的米诺陶，后来被米诺斯关在一个迷宫当中。

"很好的开头……一个尚在认字阶段的美国女学生，除了神话课，还希冀什么更高深的内容吗？"

"这不是一门课。这是一个开场白，一场对话的开场白。美国女学生会有用的。她只需凭借她的敏锐和直率即可。话说回来，她既不是文盲，也不是天真的无知者。"

"我学会了不再排斥那些溢美之词。"

"迷宫是国王的建筑师代达洛斯涉及的。那时候，在克里特的附庸城邦雅典，每八年就要献祭七个童男七个童女，让米诺陶给吞吃掉。其中一个叫忒修斯的童男，在后来杀死了那魔怪。他凭借着一个线团，边走边把细线留在身后。那著名的红线，恰恰是阿里阿德涅的礼物。后来，忒修斯抛弃了阿里阿德涅，投向了淮德拉[1]的怀抱。"

---

[1] 在古希腊神话中淮德拉是米诺斯与帕西法厄之女，忒修斯之妻。

"所以,是'性'。红线代表着性。即便是古时候也依然如此。"

"米诺斯惩罚了代达洛斯,因为他建造的迷宫一无是处。要记住:迷宫从来都不是完美的!"

代达洛斯和他的儿子伊卡洛斯一起被关进了迷宫。这位建筑师无法从自己的建筑作品中脱身。他痴迷于飞翔,就制作了一对翅膀,充作人造之鸟。而其子伊卡洛斯,就飞了起来……但他却忘了父亲的告诫,飞行时不能太靠近太阳。翅膀上的蜡融化了,飞行者因此坠入了大海。而他的父亲,代达洛斯则于稍晚时候平安地降落在了库马,并从那里转道前往了西西里。

"这简直是一部动画片呀!"

"为了天真的听众,让我们喝下这第一杯酒吧。"

教授从扶手椅里起身,开了一瓶红酒,将其倒入酒杯,二人碰杯,而后又回到各自的扶手椅落座。

塔拉乖巧又有趣,教授扮演着他的新角色。

"是那位老人写下了这个动画片,又或者称他为炼金术士,我可以这样称呼他吗?"

"算了,还是称他为老人吧。那老人还很自然地提及了现代化的演绎方式。城市的思想者。迷宫城的孤身汉。米诺斯神话应该是人类与生俱来的一部分。这一部分是命中注定的,是先于理性而存在的。"

"禽兽,我们心中欢欲的禽兽。"

"现代城市人想驯服这一部分,老古董是这么说的。科斯敏·迪玛支持有机论,拒绝现代的人造技术,拒绝现代化的迷宫城市。建筑师代达洛斯的人造技术及紧随其后的人造技术将怪兽隐藏在了潜意识之中。这是致命的错误，那个怀古的家伙这样认为。老人对理性持存疑态度，对进步不以为然，还故步自封于……"

"那炼金术士。"

"对他的同志们和炼金术士来说，传统就如异族的荒蛮，是能量与力量的源泉。文明就是虚无，缺少目标，丢失中心，伴随着个性的颓废。"

"我们，也就是城市人！迷宫城的孤独者。可是那些来自荒乡僻壤，隐居在丛林学院的孤独者呢？难道他们使牲畜获得新生了吗？"

"我不知道你们宿舍里究竟发生了什么。你们是吸毒了？还是酗酒了？无论如何我都不讶异。青春嘛，总有无穷的尝试。只可惜呀，我不再有机会参与其中了。"

"你可以弥补的。美国提供了许多途径。你可以改变自己的外貌表相、四肢躯干、思想意识和性格特点，任何东西。你可以找到神奇的药丸或者是上星期刚发明的长生不老药，然后就出发去亚利桑那、内华达或前往别称是南极的什么地方。那样你就变成了另一个人。新世界激励着新事物。创新。一个新的开始[1]，大家如是说。"

"我谈论的是个体的堕落，而非冒名顶替。"

加什帕尔垂头看着自己的膝盖，但话却讲得口齿清晰，掷地有声。

"不是冒名顶替，而是一个全新的开始。"

"这是替代。一个人代替了另一个人，词典里把这叫作冒名顶替。我清楚自己在说什么。我是一名流亡者。"

"不是一个全新的开始吗？"

1　原文为英语：A new start。

"还不如说是模仿来得贴切。朝着改变迈出的第一步就是模仿。"

"所以，你是老人那一派的吧。"

"我不相信过往的理想化。任何的理想化都不值得信任。"

"我表示怀疑。"

"唯一的体面。现代个体的堕落也意味着整个民族的衰颓，厚古学者们这么认为。个体的堕落，民族的灾难。"

"挺合乎逻辑。"

"如果过去能够用金子换回，这是挺有逻辑，也挺真实的。但这是不可能的，它忽视了人类的不完美性。让我们再谈回动画片吧。米诺斯是不可能被制止的，老人和他的弟子们都这样认为。对神话的迷恋，是田园化的，理想化的。米诺斯在现代的迷宫里复仇。现代繁荣的快乐地狱或是集权的谎言殖民地。我们应该向这现代地狱举杯致意吗？毕竟它不会比曾经的地狱更糟糕了。"

"我更喜欢漫无目的、毫无理由的畅饮，纯粹出于对葡萄酒的喜爱罢了。"女学生是享乐主义者。

"这还不够。我不喜欢米诺陶。我更喜欢迷宫。它既是一场游戏，也是一种人造工程，是针对烦腻的解药。我们为这美好的周六夜晚而喝酒吧。休息，放松。"

加什帕尔站了起来。高大魁梧。他醒了，仿佛他不再害怕清醒。

"三月的夜晚总是那么阴郁。令人压抑的教授和课程，还有那迷宫。作为一场游戏的迷宫？是为天真的人们准备的吗？那些天真的听众？尽管他们都与之有所牵连。"

"受了牵连？是的，我就在这里。女学生就在这儿。"

"是现在。"

"教授也是如此。"

"兴许吧。必须让他信服。得说服他。"

他们碰杯，饶有兴致。游戏正酝酿着一场罪行，或许也能引导出解决的办法。米诺陶的死亡，抑或是他行动的钥匙。

"你是什么星座的？"

"怎么了？我没明白。我从来不关心这些事儿。"

"我也是，但是……金牛座意味着生命力。春天。我不是很相信，可是……"

"可是什么？"

"我的表姐露对这些符号、星座、天文学和预言十分着迷。当然，有些观点是已经被证实了的。可能性的赌注。我在这方面很不灵光。我觉得这些很好玩，但过一阵子就抛诸脑后了。"

"星相学同样是一种游戏。所有游戏都是好的。我猜，你不会玩吧。"

"玩不了太长时间的。这不过是一种短暂的消遣。你是什么时候出生的？"

"你想知道我到底有多年轻？"

"对我这样一个老头而言，你早就够年轻了。就说月份吧，我对年份不感兴趣。"

"四月。"

"日子呢？"

"你只说了月份。"

"每个月都有两个星座。"

"好吧，那我俩都要。不管怎么样。两个都要。"

"好吧。太阳的承诺。复活。太阳惩罚了伊卡洛斯，融化了他的翅膀。他的傲慢，他对命运的挑战，对自由和选择的信仰让他受到了这样的惩罚。哦，还有他那自我中心的勃勃野心。现代的'自我奋斗者'[1]。你们美国人都这么说。"

"教授也是美国人。他在一所美国的学院里给年轻人讲课。他们这群现代人，也从来不崇拜些什么。他们帮助教授不断地融入美国。美国的钱让教授能在这里扎根，在美国的森林中。"

"冒充者！是一种模仿罢了。"

"这便是改变的第一步。毕竟总要改变的。"

"这一次，酒不是美国的。话题是希腊的。老头来自东欧。主人也是，一个临时的教授，一个替代者而已。在阴影中，他被幽灵的杀人射线所瞄准。"

疲倦的时刻。加什帕尔不知道该如何继续。他本该先问问帕特里克，也就是拉里八号特别代表，应该如何掌控一场启示晚会。步骤、节奏、意外、圈套、决定性的时刻，当那狡猾的狐狸被反将一军落入圈套，在丝网中挣扎，再也无法逃脱的时候。

"今天晚上你可以睡在这里吗？"

"为什么？你失眠吗？是因为树林的喧嚣？米诺陶身边孤独的城里人？公牛，獾，猫头鹰。夜晚本就是一种黑暗的生物。它引诱别人上钩，或者直接将之杀害。你失眠吗？"

"昨晚我一点儿没睡。"教授说起了谎话，"因此，我就靠发表演讲来保持清醒。"

"你吃颗安眠药吧。红酒也安眠。你喝了东欧的红酒就能入睡了。那些老习惯还是挺管用的，能安神。"

---

1 原文为英语：self-made-man。

教授等待着答复。

"不，我不行。很遗憾，对我不管用。"

"为什么呢？你总不会怕老头的性骚扰吧。你也没什么可害怕的。但倘若有年轻人袭击我的话，我是会自卫的。我能应付。你放宽心，我不会怪你的。"

"你希望我睡在这里吗？留在这里，睡沙发？"

"为什么不呢？这样我还能感觉更安心点。"

"不，这是不可能的。我的室友还在房里等我。学院也不大，事情早晚会传得人尽皆知。"

"我才不管呢。"

"可我在意呀。而你，你需要这份工资。"

"我周二同帕特里克说我们整晚都在讨论迷宫的事，谈了足足一个晚上。我们喝了酒，你有些疲惫，所以留在了这里。就让我们看看他还要怎样开辟新渠道，还会给出什么鬼假设。"

"我们可以跟他说，即使那并不真实。我喜欢像迷宫这样的游戏，我同你说过。"

"同一个德拉古拉吸血鬼讲？"

"教授的确为人古怪，但还不至于是鬼怪。"

塔拉像个警察一般，继续审问他。戈拉教授亦照常应对。她一微笑，他也跟着笑起来。

"游戏，像迷宫那样的游戏。吉尔伯特是这么说的。"

"吉尔伯特，哪个吉尔伯特？"

"安特奥斯。吉尔伯特·安特奥斯，你不认识他吗？"

"那个光头的家伙？"

"对，就是那位教希腊语、拉丁语还有古代文学的教授。"

"你上过他的课吗?"

"嗯,我上过'希腊神话和现代生活'这门课。他是个古怪的家伙。"

"像我似的吗?"

"他因为希腊国内的军事独裁统治而跑来美国避难。他也一样,是个被驱逐者,一个流亡者。"

"为什么你不曾和我提过?"

"你说安特奥斯吗?你又没有问我上过什么课。"

"你就放任我夸夸而谈,像个一知半解的人,说着米诺斯神话和阿里阿德涅,还有那代达洛斯。"

"我并没有看不起一知半解的人。美国到处都是这样的人。任何爱好都值得尊重。在这些一知半解的人里头,你还能发现些远见卓识者和些许不容置喙的谏言。"

"所以,那光头专家和你们说起过迷宫的事了?那他可曾提起迪玛?"

"我不大记得清了。余下的就是,对,所有标记和全部资产。无形之火改变了哈德斯地下冥府里的那些行尸走肉……死尸迷宫般的住所。从螺旋形过渡到十字形。耶稣,就像忒修斯一样,下了地狱。下地狱。[1]阿里阿德涅的红线,那血腥的记忆。"

教授沉默不言地看着那女邮递员,她并没有送来什么邮件。

"我应该查查我的笔记。我不记得迪玛的名字了。当你同我说那些巴尔干的悲惨遭遇时,我都做不出联想。但是,安特奥斯,我有印象,吉尔伯特说过关于迷宫和其他剩下的事情。我记在笔记本里了,

---

1 原文为拉丁语:Descensus ad inferos,意为下地狱。

我确定。就算是那些没用笔记下来的，我脑海里也有印象。"

"哦？"

"吉尔伯特不知何时曾同我说过彼得·加什帕尔，这个避难者的怪癖行径。"

"哈哈，德拉古拉的怪事。"

"也不准确。或许吉尔伯特尚未获取完整的信息。他只说到了那些幼稚又惹人怜的古怪癖好。"

"比如说？"

"我没弄错的话，你每天都会去教工食堂吃饭。"

"我还能上哪儿去吃？"

"他们总是热情地欢迎你，朝你做着各式各样友好的手势。你在他们之间可受欢迎了。"

"这不过是一个带着异域风情的外国人的优势罢了。我唤起了他们的好奇心。他们或许是想听石器时代的故事。"

"尤其是当那外国人特别慷慨的时候。他既会讲些故事，还会带上礼物。"

加什帕尔不再提问，他明白了她在影射些什么。

"你带来了各种各样的快乐。那些比利时或者瑞士的巧克力让他们喜欢得几近发狂。"

"这正中我下怀。外国人也饱含着好奇心，他想搞明白后现代的千年机器人是怎么一回事儿。于是，我带来了上等的巧克力，想看看饮食的约束是怎样被打破的，还有那新教徒的清规戒律和简朴的生活作风是如何被瓦解的。"

"那些真的瓦解消逝了吗？"

"是的。奶油巧克力糖太神奇了，简直充满魔力。你也知道，我又馋又胖。我曾想看看那些瘦子和健身狂的反应。我就那么窥视着，内心激动不已，迫不及待地等待着那些禁欲者吃下第一块奶油巧克力。一块，就够了。自此之后，毒品自然就会发挥其效果。难！以！抗！拒！你会一块接着一块，永无止境，你只想要大饱口福，直到让自己窒息。"

"是的，吉尔贝特和我说过。在三番五次的毒瘾发作后，你就换了个毒品。"

"我带来了好几瓶腌黄瓜。那是用盐腌制的，不像这里，用的是醋。一种佳肴。野蛮东方的美味佳肴。"

"还有其他的美食吧。"

"醋渍辣椒，茄子沙拉，让人忍不住大快朵颐。"

"我知道。吉尔贝特没有忘记任何一种诱惑。他是希腊人。你让他感到十分惊诧，那些后现代的土著亦是如此。或者按你的说法，那些机器人。你是在哪儿找到的这些，又是怎么带过来的。"

"巧克力是在巧克力店找着的。月亮城。我订下货，他们就会送过来。这也唤醒了我的民族心。在皇后区，我找到了所有来自东方的巫术。塞尔维亚人、俄罗斯人、希腊人、匈牙利人和罗马尼亚人开的商店。葡萄叶裹着的酸菜肉卷，有的用的是卷心菜，还有腌渍鲤鱼、鲤鱼鱼子酱、烤鸡、小羊肚、羊脑、腰花、羊乳酪、茄子沙拉，罗马尼亚和塞尔维亚的大香肠和肉丸，各式各样的配菜。我不可能都买下来，于是每样都舀一大勺，尝一点就够了。东方的美味。舌头既要用来说话，也要用来品尝美味。这是人的基本需求，也就是所谓的矩阵。"

"你考虑了这一切，对我却从未考虑分毫。"

"这话可不对。我当然是想过的。我不想用喀尔巴阡山式的馅饼代替美国馅饼,这两者间的对比恐怕会让我们的世界强国颜面尽失。苹果奶酪馅饼,油炸奶酪圈饼,覆盆子布丁,带着李子和蓝莓果酱的或者是奶酪和玫瑰酱的小面包,还有带着凝乳的煎饼,撒了肉桂粉的饼,蜂蜜小喇叭卷,'殉道者',还有叫帕斯卡的小点心。这是旧日王朝东部的美食,来自布科维纳,并不是我的。我来自曾经哈布斯堡帝国的西部边境!但是今天,在美国佬的馅饼旁边,是一个奇迹。奇!迹!来自众神的馈赠。苦樱桃果酱。地球上绝无仅有。来自布科维纳,也就是我一个朋友的出生之地。如厕时被一个陌生人杀死的数学家。我表姐的丈夫也是从布科维纳来的。那也算得上是我的表亲,不是吗?小樱桃,苦中带甜,果实是黑色的,一副恶毒相,猜不透它的内心。白色小樱桃,甜中带苦,入口即化,口感微妙,难以想象。众神的妙方。无与伦比。此物只应天上有。天神的佳肴!"

彼得给塔拉看了看黑色的小罐,就在黄色小罐旁的那个。

"莫菲会再让我忍受一次长时间的审问,关于迪玛、帕拉德还有我们这个精英主义小国的精英们。"

"我已经和你说了我知道的一切。"

"帕拉德说到过某个叫玛尔嘉·斯泰因的女人,圣奥古斯汀·戈拉收到过这个消息。那是迪玛年轻时候的一个情人,跟他一直保持着一种剪不断理还乱的关系。甚至在他婚后,或者说,在她结婚并离婚后也依然如此。我没弄错的话,她后来被流放到了德涅斯特。我不知道她有没有幸存下来。不过,这件事的关键在于迪玛对玛尔嘉·斯泰因和她的同党们无动于衷。他不再打听她的消息,也没有带去过哪怕一张鼓励的字条。帕拉德好像不太相信教授的消息,他怀疑这些都是虚构的。"

"还有传闻说,玛尔嘉死在了德涅斯特,但这并不真实。她幸存了下来,历经千辛万苦回到了那个她曾经在战争岁月企图藏身的村庄。两周后,她自杀了。在迪玛的《紫色笔记》中,有关于她的一条小注解:可怜的玛尔嘉,她一定受了很多苦。就这么一句话,宛若一份迟到的贡品,为她的青年时代献祭,像是写上了补语。"

"原来如此,看来你知道得还不少呢。"

"在我常常去阁楼的那段岁月,我专门去查过这些资料。在阁楼上,人们总是在讨论迪玛。我去搜寻了各种参考文献,便发现了玛尔嘉·斯泰因的故事。"

"莫菲会对这个感兴趣吗?"

"在实施种族法之后不久,流放遭送便开始了。迪玛没去打听过玛尔嘉的消息。"戈拉继续着,仿佛根本没听到这个问题。"尽管他远在千里之外,但他本应去打听清楚。尽管泥菩萨过河自身难保,还是总有办法取得联络的。"

"在玛尔嘉的同党中,有没有他的朋友?"

"这我不清楚,不过我想应该没有。我只知道关于玛尔嘉的事儿。迪玛结婚后不久,她也结婚了,但是很快她又离婚了。就是几个月的光景。"

"她漂亮吗?像戈拉夫人那样?就像露德米拉·瑟拉芬,著名的戈拉教授的妻子?"

"人们说她不会概括,而她自己也因此感到自豪。她从不暗自神伤,从不恐惧抽象的事物,而是集中心神于事实、物件、感觉。她的推断力异于常人。"

"看起来你认识她本人?"

"迪玛在欲望的诱惑下叫她来过,而后又让她离开。不久后又让她来了一次。一位优雅、审慎而忠诚的女伴。生物学上的宁静。"

"一种生物学上的宁静,你是这么说的?"

"是的。那些认识她的人也这么说。她爱迪玛。玛尔嘉·斯泰因对我而言是一个值得铭记在心的人物。她对现实保持着绝对的尊重。"

"呃,这内容对拉里八号来说有些过于庞杂。莫菲不会理解玛尔嘉精神上的羞耻,也难以想象迪玛的冷漠。他会把这个称作实用主义,他只明白这个。他只有那套军人的思维,还有一本空白笔记本。"

"他肯定在你不经意间偷偷录了音。"

"我没有看到任何录音工具。"

"也许本身就看不到。或许他根本没带来,只凭借自己完美的记忆。"

"这可不够。他需要一份确切的证词拷贝。不然的话,没有任何法律效力。"

"你还不至于上升到这个层面。要想上法庭,光这些还不够。有可能……"

然而,彼得已经挂了电话。

* * *

"佩雷拉警官证实两年前您曾拒写那篇文章。那之后是不是有人强迫你写了?"

"我是自愿写的。几经犹豫后写的,毫无乐趣可言。"

"是学院院长说服了您吗?"

"我曾请教过他的意见。他建议我将它写下来。"

"写作耗时多久？"

"6个月吧。"

"那犹豫了多久呢？"

"这我就不清楚了。或许两三个月吧。我利用那段时间累积了写作素材。参考文献不好找。一些论文可以了解到，但另一些就模糊不清或是难以得手了。它们藏在秘密档案馆里。"

"共产主义的么？是共产党的档案么？"

"大概是吧。但也不是仅此而已。或许还有中央情报局的。"

"中央情报局的文件资料？"

胖墩帕特里克的目光突然闪烁起光芒，只见他将笔记本捧到手边，尽管上面还空空如也。

"比如说，进入美国的签证。作为一个极端政治组织的成员或其支持者，老头要获得签证可不是件容易事。他那些政论旧文发表的时候，在他的国家里民主抉择尚存。一些德国人是在希特勒对政治党派下禁令之后变成纳粹的，而另一些则是在已经有了其他合法政治选择的情况下还选择成为纳粹分子的，中央情报局对待前者要比后者宽容得多。这一点可适用于所有国家，不是么？还有，老头在战争时期曾是一名外交官，拥护轴心国一方。这一切中央情报局都知道，然而并没有人找他麻烦。会不会……"

"会不会什么？"

"冷战时期反共产主义者是很有用的。如果情况需要的话，过去是可以被遗忘的。"

"同魔鬼结盟？"

"不是同魔鬼，而是同中央情报局。"

"你是介于中央情报局才犹豫着不写文章么?"

"不。我也不知道中央情报局的假设是否正当。我踟蹰再三是因为我讨厌公开的丑闻。我受够了所谓的正义事业。共产主义就曾是一项正义的事业,至少对我的父亲来说,它是。当然也不仅对他来说是。"

"那让人们闭嘴,再没收他们劳作所得的财产,这就算正义事业了么?"

"不,这不完全是。就比如你反抗法西斯主义吧,你对未来就会有更为公正的幻想。一个更为光明的人类未来,至少口号是这样宣传的。"

"所以,针对老头的指控是什么呢?与杀人犯共伍却有价值的个人?"

"是的,我们必须承认,在那个时代,整个欧洲都疯了。但是战争过后呢?遗忘。沦丧道德的遗忘……他似乎并不关心自己也是悲剧的帮凶,他终于来到了一个讲求实用主义的国家,不是么?重要的是他的所作所为而非其所思所想。美国总是鼓励改变。"

"他变了吗?迪玛先生曾做出过改变么?"

"我不清楚。每个人都会变吧。我不知道他是不是改变了自己对于民主的看法,如果你想问的是这个的话。"

"他是怎么看待民主的呢?"

"腐败、庸俗、天真、浮夸、混乱、愚蠢、堕落、虚伪。"

警察似乎并没有因这一连串的形容词而气馁。

"他可曾宣传过这些想法?"

"以前有过。现在如果还有那就是愚蠢至极了。可能和以前的同志们他还会讨论这些想法。他同他们还保持着联络。当他自己还是前进队伍的一分子时，他是否又怀恋起了自己的青葱岁月？现在他在大学谋职，写书，还出了名。通过忏悔坦白来自毁前程，这对他有什么用？自首？[1]在这里，在你们这里，也就是在我们这里，你可以拒绝自首。这样世界就会变得更美，未来就会变得更好么？没有人可以强迫他揭露自己的过错和罪行。"

"那么，您为何最终还是写下了这篇文章？"

"是大家要求我写的。当然，这不是为了揭发迪玛，毕竟他已去世。那不过是一篇书评，只是后来刊登在了一本周刊上，甚至算不上一份日报。书是经他批准后出版的。他写过各式各样的回忆录和日记。他喜欢在镜子中自我审视。那镜子被苍蝇腐蚀得不成样子，还被作者的呼吸蒙上了一层雾气。我写了一份十分中肯的书评，既没有添油加醋，也没有闪烁其词。"

"没有出于道德的目的吗？"

"刊登书评的这本杂志，根本谈不上什么发行量。"

长久的缄默，寂静……"天使不著书立作"，这东欧人喃喃自语道。无从得知这是回答的一部分，还是与之毫无关联的一句话。一个凡人听不见的思想……帕特里克警官听到了，他惊诧地看着加什帕尔的脸庞，说不出一句话。

"天使不著书立作……"对迪玛，抑或是对那些被虚荣心冲昏了头脑，自命不凡的写手而言，这大概是一个苦涩而轻浮的结论吧？无从得知彼得的嘟囔声到底意味着什么，甚至不确定它是否有被了解的意义。审问人和受审者之间的沉默不断发酵着。

"莫菲先生，我已经准备好忏悔了。"

---

[1] 原文为英语：Self-indictment。

莫菲先生安静地聆听着。决定性的时刻即将到来，讯问看起来颇有成效。罪人几乎就要承认自己的罪行了，这时候警察的任务就是继续装酷[1]。莫菲先生用他那只大手撑在桌子上，就撑在加什帕尔先生的手旁。他还友好地弯下了身子，以靠近那个倒霉蛋。

"在和你聊天的过程中，我突然意识到，我就是我们国家的一个产品。这就是我想说的。我围绕着各种模棱两可的事物旋转，通过各种让自己身陷泥淖的脱身之计让这些事物不断累增。我回避了最根本的东西。我以为自己已经痊愈，但实则没有。在我们这里，一个乞丐的错误和一个名人的错误有着天壤之别，其间存在着难以跨越的鸿沟。因而对待他们的方式是完全不同的。"

"这一点到处都一样。"

"或许吧，但我感觉自己被传染了。在我们这里，你是谁比你做了什么更重要。我没有免疫的本事。现在我意识到了，我的处境和迪玛并无二致。相比起那些所谓的核心事物，种种矛盾、暧昧、秘密、遁词和微妙之事更让我感到惊讶，也更吸引我的注意力。我常常搞不明白什么才是最核心最基本的事物。情况就是如此。这就是我的忏悔。你们得知道自己在和谁说话，你们是在和一个被传染的人说话。或许没被彻底传染吧。不，还没有被彻底传染。"

莫菲先生看着加什帕尔先生，第一次对他露出了微笑。加什帕尔先生瞧着讯问人的大手和自己的手同时放在桌子上。他也不禁露出了微笑。

"我只是在尝试着理解。你的同胞在梦想着一个更美好的世界吗？"

---

1 原文为英语：cool。

"所有的说教者都这么说。他认为我们生活在一个去神圣化的世界中。这不是什么新鲜事儿了,当然也不完全错误。"

"去……什么?去神圣化?"

"它没有丝毫的神圣。去神圣化。但神圣就藏匿于世俗之间。这便是他曾说的。所以,它就藏在……我们周围,就在我们之间。那些隐士便不再能置于光天化日之下。这是不被允许的。他时刻处于危险之中,无人关怀。被排斥的神圣,永远地藏匿着。"

"为什么要藏着?在这个世界到处都能看到教堂,到处都是犹太会堂和清真寺,还有佛庙。我就经常去教堂。我是个虔诚的基督教徒。"

"我不是。我听说在洛杉矶有250个派别,都不带有宗教色彩。那么就有250位上帝吗?这兴许比只有一神的宗教暴政要好。我不知道迪玛究竟想要些什么,也不知道他到底建议了什么。在想法变成现实之前并没有那么危险。我不觉得圣洁世界真有那么神圣。要真是这样,我或许还会惧怕它。"

"美国缔造者的父辈是一些虔诚的教徒,他们可是常读圣经的。"

"但也是他们将个体定义为了公民。"

"宗教助人呀。"

"或许吧。但是对国家也有益处么?伊朗可不是唯一的例子。"

"其实您被要求写评论文并不意味着您非写不可吧。这是不是也算是某种形式的复仇?"

"复仇?向谁复仇?为何复仇?我连迪玛是谁都不知道。"

"和他无关。是那些像他一样的人。你的家人受苦了。"

"我的家人？是啊，他们遭受了许多。但我是在战后才出生的。我的双亲试图忘却这可怕的过往。而且，他们还曾被匈牙利当局流放。迪玛不是匈牙利人。"

"我不是在说他，而是那些和他一样的人。"

彼得不吭声了，皱起了眉头。家人？这么说来，他们知道关于迪玛、帕拉德还有他的一切。现在，警察就要盘问他之后钟表匠如何成为共产党检察官的细节和他同其妻子在火葬场门口相遇的经过了。他不应该写下这篇文章的！他先前就预料到了会有这些怀疑。自己一直以来的谨慎、容忍和矛盾都是徒劳。报复、仇视、怨恨，你听听！

"不，我可没什么报仇的念头。那篇文章言辞委婉，至少美国的报纸是这样认为的。他们说我是在缅怀迪玛。真的是这样吗？对于伴我成长的那种文化环境我并不免疫，对里头那些矫揉造作和装腔作势我也不感冒。外省的精英主义，世界的尽头。无论如何，是揭露治愈了我。"

"您曾说里面并无什么新鲜事。这样一来，也没有什么揭露了。"

"呃……我是在一种矛盾与逃避交织的文化中长大的。是美国重新使我成长。"

"通过那位女学生么？"

"或许是吧。我之前也没想过这个问题，是应该想一想的。"

是啊，他本应该想到的。莫菲的建议挺中肯。

"学生们也教育了我，是的。可能，还有塔拉。我好奇地想知道我究竟到了一个什么样的地方。就像你也想了解我来的那个地方是什么样子一样。"

"在评论文中曾提到暴政将他慑服了。迪玛先生也赞赏暴政么?为什么呢?他不是自己就曾在暴政之下生活么?"

"军事独裁是在他介入政治之后才建立起来的。独裁是军事的,而非巴尔干的。也不是德国的或是中国的。这是腐败的优势。"

听到对腐败的赞赏,警察睁开了他那大眼睛,对此却不置一词。

"他也准备了解西方的独裁。在战争期间他曾在一个驻西方国家的使馆工作,那是一个统一的民族国家。正如他自己所说,他并不讨厌这个国家。上帝对社会行政管理的参与,基督教徒的牺牲、贞洁和救赎,宇宙节奏中人类的回归,家庭的有机性,还有对堕落个人主义的反对。我从头读到了尾,按习惯粗浅地扫了一眼。"

好像彼得和帕特里克已经被长篇大论弄得精疲力竭了。加什帕尔在句子说完的那一瞬间深深地叹了口气,像是终于结束了一场漫长的苦役。

"学院院长是不是还指望这文章能给您带来些声誉?他毕竟是力排众议才聘用了您。"

"我不知道是不是真的有那么多反对意见。抱歉,拉里。阿瓦基安先生坚持要写这篇文章。他曾说,这是一项正义的事业,而我应该抛除那些东欧式的模棱两可的事物。老头也曾在他念过的那所大学里教书,还获得了'著名美国教授'的头衔。这一巧合让他困扰不已。"

"那您为什么不曾以'不同政见者'的身份出现?"

"我未曾身陷囹圄,也不曾上街游行。"

"听说学校出过一本书,上面还有对您是大屠杀幸存者的描写,而您也曾要求将之删除。"

"我是在那之后才出生的。我算不上是一个幸存者。在我们家,这是一个需要避讳的词。"

"为什么?"

"那是一种侮辱。我父亲有个朋友,刚从奥斯维辛回来,就请了个大夫为他去除胳膊上的一块皮肤。那上边儿印着他的囚徒号码。这就是他回来需要做的头等大事!然而,他却只字未提那些年的过往。"

"您在84俱乐部表达了反犹主义的观点,这也是您在美国的第一份工作。"

"那些业主都曾是腰缠万贯的犹太富人。我并没有声讨反对犹太人,只是反对傲慢。金钱的傲慢。人们已经浪费了数不胜数的事物,而我来自一个饥饿肆虐的国家。即便是在一个中国人俱乐部,我也照样会提出反对。"

"那您为何最终还是写了这篇文章?这份书评?"

彼得沉默了。他并没有绞尽脑汁地思考该如何回答,而是直勾勾地盯着询问者看。

"在帕拉德教授被杀害之前,我曾和他有过一次长时间的对话。我们俩谁都没想到未来会发生这等事。我是特地去看他的,就为了和他讨论讨论。我想知道这方面话题的专家会怎么想。"

"你认识他吗?你们是朋友?"

"我们俩一个共同的朋友给牵的线。帕拉德已经感到了自己面临危险,而我却不以为意。那书评让我焦虑不已。我就想得到一些情报,哪怕一个建议。"

"他给您建议了吗?"

"老头曾是他的导师,也帮他顺利到了美国。老头觉得帕拉德算得上是自己的一个得意门生,对他的生活和作品了如指掌。因此老头就鼓动我去写那文章。"

"这是怎么回事?"

"老头去世后,各种秘密都水落石出。帕拉德发现自己在不经意间成为了同谋。他开始在一些流亡报刊上撰写一些反民族主义的文章。言辞激烈,反响轰动一时。他发现了太阳黑子。那是他的太阳。他饱受痛苦的折磨。那些文章或许还预告了对大师的重新评价。我不确定。总而言之,这些都足够他丢了性命。"

"他害怕了?"

"我不知道。这是一个怪家伙。满脑子想的都是精神建设。预感,泛心理学,神秘的密码。而我却不是……我对此一窍不通。我仿佛被蒙蔽了双眼。我没怎么好好听他说的。害怕么,是的,我觉得他已经感到了恐惧。"

"那次见面有用吗?"

"是一场决定性的见面。"

"他跟你讲了不为你所知的事儿吗?"

"你的文章会让老头复活,他是这么说的。即便那只是为了一次可怕的冲突和厮杀。他将获得重生。帕拉德说,那不会比他自己将自己的传记毁于一旦更糟践自己的名声,对你那篇文章的反应将揭露他那些崇拜者的可悲之处。就这样。死后的混乱。圣化的悲哀。对我而言,还有公开的私刑等着我,但帕拉德没有谈这个。"

帕特里克没吭声,等着一番启示,一番真正的启示,而不是那些碎碎念的离题之言。

"一个微小却真实的细节让我大为震惊。它可以被证实。是大师的医生。"

帕特里克等待着伟大时刻的到来。

"水滴也能装满一个杯子。水滴虽小但却至关重要。"

帕特里克什么也没记。他的笔记本和钢笔在桌子一角谦恭地等待着。

"为了去看医生,老头还雇了一名司机。因为他经常过去看病。他本可以搭乘出租车,但是他更想要有一个私人司机,这样比较信得过。当然,他自己是不开车的。"

"当然?"

"帕拉德也不开车,同样,我也不会。"

"你不会开车?那你是怎么解决出行问题的?校园那么偏僻,你要进城只能开车呀。塔拉·尼尔森,是那位女学生带你去的吧?"

"有时候是,但很少。"

"因此,那大学者有一名司机,也就是这司机带他去看医生的。"

"这被雇的司机只开这条线路。"

"我们所有人都有医生,但有一个私人司机可不是什么寻常事。"

"那是个特别的医生,是他年轻时的同伴,战后移民来了美国。老头他现在也是。"

"有名吗?"

"这无关紧要。迪玛本可以找一个更好的医生。他又不缺钱,也不缺名声,他本可以找最好的医生,但是他却选择了自己的老伙伴。这位老伙伴还同美国和南美洲的极右翼圈子有接触。那医生出版过一本书,我也有。是关于宣传,关于恐怖主义的,还打着反共产主义的名号。"

"书名叫什么?"

加什帕尔口头说着,帕特里克就记下了书名、出版年份和出版社。

"是什么样的极端势力圈子?"

"世界反共产主义联盟。它的创始人是奥托·冯·博尔施温[1]。他曾是一名党卫军军官,战后和美国军方的反间谍机构进行了合作。"

"是一个正义的事业。"

"可能是吧。美国的反间谍机构为像那位医生和那位前党卫军军官的博尔施温提供庇护,让他们能在1961年移民美国。博尔施温在这里生活了逾20年,直至去世。而那位医生,也是迪玛的伙伴,重新拾起了纳粹和法西斯的口号,并用一种全新的语言将其包装起来。当下的包装……至于那个联盟……"

"我不明白您对一个反共产主义组织有什么可反对的。"

"我反对的是它的组成。一名危地马拉的前独裁者,一名墨索里尼政府官员,八名美国国会共和党前议员。"

"美国的国会议员代表着一个自由的国家。"

"这是自然,但他们和一个荷兰来的前党卫军军官搞在一起。还有一位杰出的英国男爵夫人,她是自由欧洲运动的积极分子,以及克罗地亚纳粹政府的一位前部长,美国情报机关的一位前副长官,一位比利时的前将军,日本自由党的一位前创始人和一位埃及的前议员。这位议员因同前纳粹分子的勾结而臭名昭著。"

---

1 人名,原文为:Otto Von Bolschwing,著名纳粹分子。

"很多的前辈了。"

"是的。还有一位阿根廷军政府的前要员,一位沙特王室的成员,一位西班牙反马克思主义组织的领导人,两位耶鲁大学的教授。这是一个混杂的团体,少不了纳粹和法西斯分子。"

"反法西斯主义者就是共产主义者。"

"里面也有非共产主义者的反法西斯主义者。迪玛老头可以另选一名医生。过去的经历应该让他变得谨慎才对。他常常去见他这位旧识。他这样算遵守了同中央情报局的约定吗?这个可能性有待商榷呀。"

帕特里克似乎对这些毫无兴趣,他什么都没记。

"所以,就如你所称呼的,迪玛那老头,就不仅仅是实用主义世界中的一个伟大教授。您的这位通报看起来还不够'实用主义'……那么他的那位得意门生呢?那位波特兰先生。"

"是帕拉德。"

"好吧,帕拉德。一位同样声名显赫的学者,就像您说的,数学家、泛心理学家、哲学家,还是一位泛民族主义者。他为什么被谋杀呢?被谁?是被迪玛和他那位医生的同谋所陷害吗?"

"不知道。人们总说罗马尼亚的秘密警察和流亡在美国的民族主义者之间存在着合作,但并没有什么证据。我保证将来也不会有。"

"您收到的那封威胁信,也来自同一个人吗?"

"我不知道。"

"您曾经还觉得这不过是一个玩笑。"

"我之前是这么觉得。久而久之,我陷入被追踪者的精神怪圈当中。学院的院长、教务长,还有安保部门说服了我坚信这点。"

"或许还有为您分拣信件的女大学生？"

"她也一样。一开始她和他们的观点并无二致。我必须承认，这封信让我心神不宁。"

"您后悔发表了这篇书评吗？"

"我的确踟蹰再三，就像之前和您说的那样。尽管现在我发表了文章，但心中的犹豫却并未褪去。不过，这不意味着后悔。不，我不后悔。我文章中所揭露的事实是绝对真实的……后来，我还梦见了老头，梦见不止一次。在他熊熊燃烧的书柜前，火焰将我层层包围。燃烧不尽，无法挣脱。我还梦到了他的学生帕拉德。那是一场和实体进行的对话。一副骷髅，一个死人。"

帕特里克似乎对这一段缺乏重点的言辞毫无兴趣，他继续怀疑着这个东欧避难者。

"您信任塔拉·尼尔森吗？"

加什帕尔教授没有立即回答。

"是的，我信任她。您也能想到，她还能给我提供美国式的再教育。那可是一个不可多得的机会。"

"她有没有给您写过信？"

"这和我们谈的有什么关系吗？"

"这样我们就可以对比一下笔迹和拼写了。当然，这也完全可以作假。"

"她没给我写过信。"

"另外的学生呢？您有收到其他学生的来信吗？或者其他人给您写的信？"

"不太有。我也记不太清了。"

讯问似乎结束了。警察合上了笔记本，在椅子上逐渐放松下来。需要小憩一会儿，他轻松但又不失审慎地盯着嫌疑人。他还将自己的大手放在了笔记本上。

"我想了解得更清楚些。"

他似乎说完了，但好像还没有。

"我想弄明白帕拉德和迪玛在哪里见面，又在哪里分开。而你又和他们有什么关系？"

警察和嫌疑人直勾勾地盯着彼此。加什帕尔犹豫着不回答，他实在有太多需要说的，需要去解释。

"迪玛的政治选择或许和他的哲学观非常相符。他更钟情于多神论，而非局限的单神论。他在自然和绿植中看到了普遍性。他对神话充满兴趣却从未成为一个神秘论者。他更倾向于相信世界的有机性，提倡回归自然，回归宇宙。这算得上是一种农业视角的观点吗？但这远比之更复杂。或许可以说是反现代的。帕拉德沉迷于各种神秘事物，被那些信息情报理论和认知科学深深吸引。他将流亡看作宇宙中的一种基本条件。平行世界、可切换的宇宙、量子物理学和无垠宇宙让他无法自拔。他的死不像迪玛那样自然，而是一种突发的，神秘的死亡。非常可怕。"

"早在写文章以前你已经学过所有这些理论了么？还是你同帕拉德讨论过？"

"我和他讨论过，也和我俩的一个共同好友谈过，这人博闻多识。他给我解释了我所不知道的一切，还列了一份书单，上面的书我一本都不想看。"

帕特里克似乎对博学多识并无兴趣。

"我知道了。"警察用双手拍了拍放在桌上的笔记本，算作了结，而后又说道，"那就让我们周五早晨再见吧。"

间隔期缩短了！审问者和受审者对这一变化均不予评论。

两个小时过后，在图书馆的咖啡厅里，塔拉·尼尔森给彼得·加什帕尔讲了她同帕特里克的会面。

"他还关心女学生和教授之间的关系么？"

"嗯，他并没有忘。"

"你同他说了什么？"

"我说我们是朋友。我有时候会帮帮你，帮的也不只是邮件的事。为了不让你太孤单，我周六晚上就睡在了客厅的沙发上。晚上树林总扰得你不舒心。"

"是我求你留下来，让你睡在我家？你是这样同他说的吗？"

"是呀。这难道不是事实吗？不是你求我的吗？"

"我犯了这个错误。但你拒绝了。你和他说你是拒绝的么？"

"没有。"

"你和他说的是你守着我睡觉么？"

"是的。我和他说我从不是在行什么善举。只是自你收到信以来，你就一直失眠，所以还是有个人陪在家里比较好。"

"这是在撒谎。"

"这可不算谎言。我睡在加什帕尔教授的屋子里，这才是谎言。但是你建议的是让我们玩玩文字游戏。"

"可你不是说这毫无意义么，这就意味着我们要用另一个谎来圆这个谎，我们可丢不起这个脸。"

"我又重新考虑过了，这似乎还挺有意思的。"

"有意思？帕特里克问过我，除了处理邮件你是不是还为我提供其他的服务。没有，我回答的是绝对没有。他没有反驳我。他也没有提起你是不是说了同我截然相反的话。所以，他知道我们是在撒谎了，至少我们之中有个人说了谎话，或者两个人都满嘴谎言。连我也撒了谎……我谎称你从未给我写过一封信。处理学生事务的那位系主任女士知晓塔拉·尼尔森那几封恬不知耻的信件。我希望帕特里克不会进行细节调查。这所有的胡言乱语都让人厌烦透顶。"

他似乎也不确定女学生是否真的用了她所说的那套托词。如果她耍的是他而非警察呢？

在两人分开之前，塔拉递给了他一个信封。

"是另一则信息么？新的死亡威胁？上面是否还写着杀手和被害者会面的时间和地点？"

"不。我给你拿了册小书，供你消遣罢了。"

加什帕尔对此表达了感谢，但是他并未当场打开信封，因为有些紧张不安。等到了家，他才将那一小册书从信封里拿了出来。

安布罗斯·比尔斯[1]《魔鬼词典》未删节本，纽约，多佛尔出版社。

在全书的开头有一个脚注：这是一部英语讽刺语言的局部辞典。安布罗斯·比尔斯（1842—1914），一位内战老兵……被誉为19世纪末最具影响力的记者之一，同时也是知名短篇小说家和讽喻诗歌作家。这册书出版两年后，比尔斯受革命鼓动，前往墨西哥探险，至此之后音信全无。

第42页上有个印章，字样是"地质学、鬼魂、盗墓者"。[2]是的，鬼魂。这是一种内在恐惧而又可见的外在符号。[3]这定义值得重

---

[1] 美国作家，以短篇小说闻名，其作品多以恐怖和死亡为题材，讽刺辛辣，语言精练。
[2] 原文为英语：Geology, Ghost, Ghoul。
[3] 原文为英语：The outward and visible sign of an inward fear.

新体味。这是一种内在恐惧而又可见的外在符号。

*　*　*

在那寒冷彻骨的夜晚，你可能会觉得赖床才是一件最让人适意的事儿。然而即便是在这时候，奥古斯汀·戈拉还是会早早地起床。自从他背井离乡，放弃了母语之后，要想入睡都得靠药物的干预。他睡得很少。对他而言，起床一事不费吹灰之力，然后一天的工作接踵而至，似乎没有什么倦意。他在电脑前一坐便是好几个小时。他看了看日历：周四。他将办公椅转向左边，看了眼屏幕。一会儿又将其转到右边，俯身朝向书桌，拉开最后一个抽屉，把RA0298号档案放在书桌上。电话响了。他不屑地瞥了眼电话。

"圣奥古斯汀吗？你在巢穴中吗？"

"哪个巢穴？"

"书籍中的巢穴。"

戈拉沉默着，感觉被冒犯者欢愉的态度刺激了。

"是的。"

"我在找一份文献资料。你是权威，什么都知道。"

戈拉瞧着那份档案文件，微微一笑：与贝德罗斯·阿瓦基安关于聘用彼得这一决定的会谈纪要。

"是一段引文。我愣是找不到出处在哪儿。我总觉着是一段引文，肯定在哪儿看到过。我好像知道，又好像不知道。那不是用我出生时的语言所写的，而是用死亡时的语言。我只能指望你会想起来了。"

戈拉默默听着，翻到了档案的第二页。

"我想,我一定在什么地方看到过这句话。应该是过去了相当的时日,那时我们大概还年轻,也常常读书。这怕是用你们的英语写的,我毫无头绪。"

戈拉依然没说话,看着阿瓦基安的那页。

"作者可能是D.夫人。死亡夫人。[1]挥舞着大镰刀的荡妇。"

"但是我不熟悉那笔名。我每天都反复地思考这段引文。五遍,十遍。无论是醒着还是在梦乡,无论是我散步的时候,还是坐在马桶上想着我曾经青葱年少的时候,我的脑海中总是萦绕着那句话。然后,我便重新读那黑色的小纸条。魔鬼,荡妇的地下情人。是那魔鬼寄给我的。下次[2],尊贵的先生说道。下次。下次,我会杀死。我保证……[3]黑夜的精灵如是重复道。我该相信他吗?你可从来没办法知道他什么时候在开玩笑,而那玩笑背后又隐藏着什么。下次,我要杀了你[4],我要杀了你。这肮脏的东西胡说道。"

加什帕尔停了下来,然后一口气读了整篇文章。

"一段引文,不是吗?"

"或许吧。我觉得是这样。"

"妓院的老鸨也读起了文学作品。我敢肯定。她是个势利眼。"

接下来是一段充满了东拉西扯的胡话和括号的模糊历史:几星期前,彼得收到了一个奇怪的死亡威胁。一个玩笑。有关当局十分重视这一情况,这也迫使彼得自己重视了起来。

---

[1] 原文为英语:Lady D. Madam Death。
[2] 原文为英语:Next time。
[3] 原文为英语:Next time, I kill. I promise...
[4] 原文为英语:Next time, I kill you。

"关于迪玛的文章……你还记得吧。那时候我还处于联邦调查局聊胜于无的保护之下。这些人用各种问题让你感到灵魂和躯体逐渐分离。在他们确认你不是一个罪犯后,还会给你一些所谓的过来人的建议。现在,换了另一个调查者。你知道拉里八号和我说了什么吗?别放松。[1]呃,先生,这就是我的天性。我就是这样的,莫菲先生。尽管我为这场闹剧吹着口哨起哄,我还是无法放松下来。"

他停了下来,好像又没有。不得而知。

"我这么一大早就来打扰你,是因为我实在是被压力压得喘不过气来。我不能什么都没弄明白就死了。我想知道那对地下情人,也就是恶魔先生和死亡夫人。每天晚上在睡前都读些什么书。下次我会将他们杀死。我保证就在下次。[2]他们保证就在下次,只需要那重重一击。下次,一缕单一的线。迷宫。无形的迷宫。[3]呃,你觉得呢?"

"让我想想。"戈拉低声说道。

他用手掌将档案推到了桌沿。电脑知道答复,戈拉也知道,但他还是感到有些意外。

"这些假设我会好好掂量,会好好考虑,究竟该选择这个还是那个。"

他笑了,怎么没想到流亡还有实习期呢:原先那台体积笨重、锈迹斑斑的旧打字机,每年都得送去社会主义民兵组织进行年检。后来有了美式电动打字机,之后又出现了传真,可以做到将一页信息实时输送到世界的另一端,再后来有了电脑,一台接一台地出现

1　原文为英语:Don't relax.
2　原文为英语:Next time I kill. Next time I promise you.
3　原文为英语:Next time, a single line. Labyrinth. Invisible labyrinth.

了。宇宙的分裂繁殖，平庸的星球喧哗。你还是原来那个你，而戈拉却已不复当初了。

他按下了钢琴琴键，哼唱起了神奇的乐曲，电脑稍作犹豫，而后马上就在蓝色的显示屏上予以确认。他本想确认一下机器所能知晓的学问是否同一位受旧式学校教育的教授知道的一样多。

圣奥古斯汀，他是魔法师，通晓世界上所有的书籍，而现在呢，这连幼儿园里区区一台电脑也能做到。

"老头？迪玛老头么？他不是从另一个世界写的信么？"彼得·加什帕尔激动地问道。"他的那些事……魔法，迷宫，神秘，梦幻。就是他，不是吗？他希望我走去他身边。因为他爱我，希望帮我从我们这个罪恶的世界里脱身，难道不是这样吗？"

"或许是吧。但我倾向于别人。我知晓那些希腊人所忽视的事：不确定性。你还记得这句引语么？"

沉默。加什帕尔，这位篮球运动员，连他也不知道这句引语。他显然对那些嫌疑人的阁楼毫不知情，那会儿他还在玩曲棍球、棒打游戏和篮球呢。

"我知晓那些希腊人所忽视的：不可能性。"圣奥古斯汀重复着从社会主义阁楼那里听来的句子。

沉默。死亡的沉默，文盲的沉默。

"我更偏向于盲人。伟大的盲人。"戈拉喃喃道。这话更多是为了他自己说的，他相信彼得不会知道他是在说谁。彼得对过去的那个阁楼一无所知。他给了这位不速之客也给了自己一个喘息的停顿，好平复自己波动的内心和汹涌的回忆。阁楼！真是太过分了……彼得对嫌疑犯的阁楼可是一点概念也没有啊。

"向你致敬！向你致敬！"幸运儿彼得爆发出了欢呼。"完美！这就是了，我就知道你会有办法。一语中的，真是棒极了。结！束！了！"

尊敬的奥古斯汀，这图书馆老狐狸给了他那把神奇的钥匙，彼得·加什帕尔这般喃喃自语着，很是确定的样子。看吧，它们又被找到了，哥摩拉青春年华的共鸣！古老的预言！青春的韵律！他一阵狂喜。重生的记忆，突如其来的胜利！

戈拉知道她的迷人之处，也知道她内心的动荡不安。他知道当一个读者在图书馆的一角突然解开了谜题将如何喜极而泣，就像从又聋又哑的癞蛤蟆突然变成了长生不老的青年王子。在他语言的魔力之中，存在着一尊神！现在，他可以不顾那群游荡在匿名人群中同样不知姓名的乌合之众，没有行人会截下他的语汇。谋杀的引语将藏匿于无人知晓的语言之中，不被人所理解。流浪汉突然就被加冕成了世界的主宰。

戈拉教授还手握着听筒，等待着幽灵的喘息和昏迷。徒留一片虚无。

RA 0298号档案，上面写着"明海尔"，被装订好了放在桌沿上，置于那副白手套的一旁。

戈拉窥探着屋里的动静。见四下无声，他拆开了黄色的档案袋，又左右等了一会儿，才将它重新打开。

当下，他立即去查验了布加勒斯特的阁楼上争论过的文章。曾几何时，他在阅读帕拉德和迪玛的评文时，脑海中也多次浮现了这篇文章。现在，他不得不直面这一场景下可能产生的不同变化。恰巧在此时，那小丑一拍脑袋，就跑到书店去搜寻密码了。

两小时后，彼得的声音再次响起：

"普珥节[1]！普珥节！这就是钥匙。完美！我找到钥匙了。结——束——了！"

戈拉把这几个字母输入电脑中，却搜不到这个词。

"你不知道普珥节是什么吗？之前没有一丝了解？即便你姻亲家里常常提起普珥节。我认识露的祖父母。这一节庆时，他们都会去犹太会堂。你也认识他们的。"

"所以连你也不能理解这千年的疯狂……尽管你和它的那些被囚禁者存在着连带关系。对出生在我们那片土地上的人而言，这可不算什么小事。关键之处在于被那不太信基督教的妻子抛弃。那可怜的女人，想知道你是不是为了某种象征性的意义而选择了她。她和我讲过，你曾经犹豫过要不要把这桩婚事告诉你青年时期的朋友，伊奇·科齐。你曾怕他会误以为你选择的是集体、部落、人种，而非区区一个伴侣。"

这恶毒的意见，毫无提出的必要。根本没有必要。戈拉似乎在酝酿着什么。

声音忽然消失了，加什帕尔或许想说声抱歉，转而展开一次更猛烈的攻击。

"我们的爱情并不存在多少动机。一个烦恼便足矣，一个微不足道的证明，证明我们有太多的缺点。我们那成千上万的缺点中的一个。那独一无二的一个。对我们而言就够了……结——束——了。了！结！了！"

他如同戈拉般喘着粗气，也像他一样无法重新开始。他从来没

---

[1] 犹太节日，庆祝时间为亚达月13日至15日。在这节期内，犹太人会诵读《以斯帖记》。传统上每当读到哈曼的名字时，会众便发出呼喊和轻蔑的声音。

有带着如此的激情和苦涩同人说过话。接踵而至的是长久的沉默。戈拉聚集起自己的力量,准备迎接下一场雪崩。

"普珥节是一个面具的节日。信奉圣经的民族没有什么欢畅的节日可供庆祝。但这个节日却处处洋溢着快乐和孩子气。哈曼,波斯王国的重臣,一个反犹太的伊阿古,密谋屠杀这些不幸的人。以斯帖,国王的妃子,拯救了人民。她可能算得上是后宫中最得宠的。正因如此,游荡的人民忘却了淫荡,开始庆贺获得拯救。他们戴上面具,欢欢喜喜地庆祝起来,嘴里吃着一种叫作'哈曼袋'[1]的三角形小糕点。还有人还称之为'怪兽的帽子'。他们每年都要为这个拯救了生命的女人举办一番庆贺活动,以纪念战胜哈曼的这段历史。他们人数众多,上帝的选民如是肯定。"

彼得用一种刻薄而愉悦的语气重复着,"上帝的选民"。苦楚并未褪去,但嗓音却逐渐微弱。

"很多大学问家都认为大屠杀终止了全能神和他人民之间的协定。因此,圣经也丧失了其效力。奇迹、承诺和训诫都不再有效,从此消亡。但是有一个例外!以斯帖的传说,神明在这一场景却缺席了。这是一个私密的世俗故事,它告诉我们,游荡者的使命是自我拯救。拯救自己!仅此而已。普珥节,面具的庆典,强调了这一命令。"

戈拉,这个无所不知的人,从未听闻过这个故事,他看不到这与威胁信之间的关系。他的手指在键盘上近乎疯狂地飞奔。他又俯身,倾向档案袋,准备继续聆听,学习,填补脑海中的空白,记下学到的事物。

---

[1] 哈曼袋,Hamantaschen。

"听我说，就按你建议的那样，我从书店买了《杜撰集》和《迷宫》。我找到了伟大盲人的作品。第一桩罪。神圣姓名的第一个字母已经显现。第二桩罪。第二个字母也出现了。那个阿根廷伟人就是这么写的。接下来便是第三桩罪。2月3日。正是狂欢节。是那面具的节日。"

"那里边是这样说的吗？面具节？"

"对啊，两本书里都是这样写的……在这两本译作里都出现了狂欢节。阿根廷的狂欢节在二月份。塔拉带给我的信是在学期初收到的，恰好就是二月初。我拿到它已经有些晚了，因为我常常不及时拿走信件。这封信就是二月初到的。狂欢节，也就是面具节。对于那些上帝的选民和那些流浪的民族，以及对那些长年受到威胁的人们而言，这就代表着普珥节。普珥节是按阴历设的……什么是阴历你知道的吧。"

阴历为何物，戈拉自然知道。他可是无所不知的戈拉，只是他沉默不说罢了。

"也就是说，按先人的历法来算，按阴历而非阳历，普珥节就要到了，所以犯罪之日也将到来。普珥节已经很近了，就快到了。报应之日即将降临。引言就是这样说的。正如你所知道的，那故事里的三位受害者都是上帝选民之子。"

在如毒药般蔓延的沉默中，戈拉翻开了档案。

"你报警了没？"

"我最先打电话通知了奥古斯汀·戈拉教授，我家里人管他叫古斯蒂。他是位学者，是位专家。我打给他是想知道这引言究竟从何而来。到现在为止我都没能解开谜语，我原以为我够聪明，可以自行破解。尽管我是个精神失常的梦游者，脑袋里装着夜行兽，但是我仍以为我是足够聪慧的。是教授救了我。正如我期待的那般，他帮我解开了谜题。圣奥古斯汀无所不知。我终于得知了引言的来源，是《迷宫》和《杜撰集》。这两本书我都有。我读了又读，以便将二者进行比较。我找到了狂欢节。那个面具节。也就是普珥节。难道我应该为了这普珥节而报警吗？"

"是的，你就应该这么做，现在就报警，就现在，快点报警！你有紧急报警的电话号码吧？"

"有，我当然有。从夫人身边被叫走，或是从狗狗、孩子身边被拉走，抑或是从电视旁被支走，小帕特里克对诸如此类的事怕早就习以为常了。但我可不打算做这可爱事。无论如何他明天都会来看我的。这约会已是惯例了。明天我就告诉拉里八号。他听了可能会瞠目结舌，就像条鳄鱼似的。我确定我要耍一耍他。"

"你会告诉他你所发现的事吧。"

"我发现的？一堂魔幻文学课？一位阿根廷魔幻文学作家？帕特里克和我还得追随着豪尔赫·路易斯·博尔赫斯笔下人物——罗伦特[1]和夏拉赫[2]，追随他俩的脚步前往阿根廷？抑或是我们将前往帕拉德的墓前朝拜？或者，干脆去拜谒科斯敏·迪玛的墓算了？我们躲藏于墓地之中，暗中窥视着：究竟有谁会来墓前鞠躬祭拜，又有谁将会献上鲜花，带来诉愿？迪玛的崇拜者，帕拉德的谋害者，我的追随者？可怜的帕特里克又能做些什么呢？让他学习古老的历法、阴历的节庆和普珥节的习俗么？还是学那西班牙花招伎俩？还是说让我们都去巴尔干的小巴黎[3]观光一番，再同新老探子喝上

---

1 为博尔赫斯小说《死亡与罗盘》（《杜撰集》中的一篇）中的人物。
2 同上。
3 指的是罗马尼亚首都——布加勒斯特。

一杯?因为就是这些人决定杀死在马桶宝座上神游太虚的米赫内阿·帕拉德。莫菲先生又会怎么做呢?……面对东欧的那位教授,他的疑心病只会更重吧,会这样吧!加什帕尔先生这学期开的是一门讲马戏团的课!敬爱的同胞们,你们知道的吧?那其实就是一门关于面具的课……会不会是他自己给自己寄的信呢?好让他自己在自由的荒漠里稍事憩息……东欧的跳梁小丑!彼得·加什帕尔先生对充满种种可能性的美国已厌烦透顶……他后悔没能早20年来,就像聪明人戈拉教授,他表姐露德米拉·瑟拉芬的丈夫,她那位重要的另一半[1]一样。不过这也只是个假设罢了,不是吗?在这里,当人们发现有人被害时,最先被列为嫌疑犯的往往是那些在死者家里哭号的人。调查总是从这些人展开的。那些宣称犯了罪的人。帕拉德又能如何呢?如果我们站在他的立场又能做些什么呢?'要搜查周围任何反常之处',联邦调查局的长官是这么告诉我的。可我做不到呀,我总是心不在焉又无趣懒散。我这样究竟算是一个焦虑的开心鬼,还是开心的焦虑鬼?"

"要当心那些警告。"戈拉教授绷紧了神经,不断地重复道。"别忘了,罗伦特是因为过度的理性而丢了性命。他被一个理性的框架所迷惑。完美的读者总能压制住逻辑、推断力、自傲心和怀疑论的力量。然而他却完全被文章的意志所控制,深陷其中。不同的警告之间相去甚远,你必须保持警惕。"

"警告我?他们何必费那功夫,大可直接要了我的小命。我得聪明些吗?我已经乖了不少了。我不会再重返那混乱如星云的祖国。我是为了帕拉德才那么做。他求我那么做的。好了!我已经离

---

[1] 原文为英语: the significant other。

开了那地方,彻底再见了。永别了!"

"帕拉德之前就是受到了威胁,而后才被谋杀。"

"他没有学乖。即便他们不断地威胁着,他也丝毫不学乖。最终,他们恼羞成怒。再者说,他曾是一个叛徒。叛徒注定要受到惩罚。"

"怎么就成了叛徒?"

"迪玛的弟子变成了反民族主义者,令神圣的徽章蒙羞。他还沉溺于一个年轻的多神教女巫的美色,爱上了美国。在这片土地上,他更名换姓,还准备改变自己的信仰。我是古老的瘟神。结束了。够了。不过是一个微不足道的玩笑罢了。那篇书评是我唯一的作品。了结了。一堆不值一提的胡话。"

"还有那著名的大众作品《明海尔》和不知名的杰作。坊间都这么说。"

"那或许是那些传播流言蜚语之人的作品吧。"

"别忘了,你受到了威胁。这是一个惩罚。"

"大概是想让我闭上嘴吧。我已经学会了做一个哑巴,像一只黑天鹅一般。我聋得像是一尊菩萨的雕像,哑得像是一座摩西的雕塑。我的聋哑和我四海之内的兄弟并无二致。我不在乎那些拉帮结派的蠢蛋。他们终会忘记我,再去找个新的目标。威胁就是一个无知者的玩笑,一个失败者的小把戏。"

"那些失败者可能就是最危险的人。希特勒就是如此。"

"处以死刑吗?我们早就都宣判了死刑。一个看不见的权威?不可战胜?一个怀有文化抱负的迟钝者。他想表现出那些他从未能表现出来的样子。"

两周后，当戈拉又听到他的声音时，仿佛有什么已然发生了变化。

"森林。每晚，它在侵蚀我。巡逻队、警犬、骷髅、铁丝网。这一切是我的错，还是别人的错，不得而知。我睡得很少。每天醒来我都大汗淋漓。门外、窗外，到处都是恶狗和巡逻队。还好我的母亲没看到我这副不像人的样子。我在睡梦中，在梦魇中崩溃，而后又筋疲力尽地醒来。"

他已经报警了吗？他已经向学院的领导汇报了这一情况。一个女学生就是这么建议他的。

"一个女学生？怎么回事？"

曾几何时，他和这个女学生有过一次冲突。

"她漂亮吗？"

"她又不是露，你别担心……她也不是露的复制品。关键在于我至少有个人可以一起说说话了。WASP，也就是盎格鲁—撒克逊白人新教徒。[1]我就了解到这些。她没有我们的那些疯狂，不过有些别的特质。"

女学生总催他去通知学院领导。

"这就更糟糕了。"

"怎么会更糟？为什么这么说？"

"巡逻队，那是夜间的巡逻队。每两小时便会巡逻一趟。不……"

圣奥古斯汀嘟嚷着什么，不得而知，同时他忽地奋笔疾书起来。

"我之前忘记和你说了，大师。我和帕拉德谈了一次。我指的

---

[1] 原文为英语：WASP. White Anglo-Saxon Protestant.

是他兄弟——卢奇安，卢奇。卢奇安·帕拉德，住在罗马尼亚的那个。他告诉我，针对我这个侨胞的攻击都持续在各大报刊上发酵。只是那些老掉牙的称呼变了变，不再是外国人，叛徒云云，而变成了失败者。我什么都没有写，平庸无才，又怎么允许自己对此高谈阔论？他们说得也有道理。要是你没有任何才华，那全民投票便会中止。没有才华，就没有选票，在藏龙卧虎的国度就没有话语权。那些蠢蛋，难道已经忘了那句民族谚语'蠢蛋总在不经意间吐露真相'？他们已经忘记了，不是这样么？"

"他把你看作敌人。碌碌无为之辈最为危险，他们满怀复仇之意，就像我们以前说的那样。你可小心别被……"

圣奥古斯汀再也来不及胡言乱语。彼得消失了，他的声音也随之消散，幽灵又变戏法似的将自己归于一片虚无之中。

* * *

即便身处虚无混沌，幽灵仍送来了谜题、建议与圈套。

当孤身一人时，圣奥古斯汀就会回想过去。那成为了读者和作家的篮球运动员真的可能从未听过博尔赫斯那个著名的故事么？很难令人相信吧。露肯定听他讲过嫌疑人阁楼的故事，毕竟那里就是可疑故事的源起之地。她肯定也提过那天晚上，那晚帕拉德讨论着博尔赫斯的平行世界。如果谨慎又可靠的露又像往常那样回避了追忆往昔的抒情，那么加什帕尔肯定会通过帕拉德知道那个故事。关于迪玛，他们谈论了很久。博尔吉斯是个难以回避的参照。迪玛和帕拉德都发表了对于布宜诺斯艾利斯那位盲人的评注。

当谈及同帕拉德共度的那些夜晚时，加什帕尔并未提起博尔赫斯的名字。既不含沙射影，也无谣言暗讽，一句话也没说！即使是在迪玛回忆录的评论文中，博尔赫斯亦从未出现。难道那时候他已经准备好了面具与引言的游戏了么？受迪玛的困境和帕拉德的怪诞振奋了一小阵子，他那时候就已经为自己准备了未来的消遣么？威胁信！严肃点说来，罪犯们也无须为了几个瘫痪者从深奥艰涩的书籍里引经据典。

天使不写书。这又算什么呢？跳梁小丑？他们不写书，所以也无从说起什么摘自书里的威胁。在帕特里克同彼得会面的记录里，戈拉找到了这句格言。对这小丑无懈可击的说辞，他再次感到惊诧。

这都哪儿跟哪儿呀。从一个在共产主义者大卫·加什帕尔家里长大，又在红色年代的共产主义学校接受教育的篮球运动员扯起，哪儿能对一张明信片做这么多复杂无端的犹太教法典猜测，更何况这明信片的内容还是从《纽约时报》上拼凑着摘下来的。

戈拉教授确信彼得对新世界的新鲜事已经厌倦了，他又开始不负责任起来。他一开始就宣称会把自己的死亡游戏搬到异国之土上，现在竟还打算将威胁的夜曲搬上舞台。

要不是这闹剧耽搁了些时间，他想亲自打电话报警，告诉他们一位来自东欧的难民刚来到这自由国家不久，就受到了死亡的威胁。

眼下他正忙着写悼文中必不可少的文段。

* * *

亡故之后的生活不过剩下一篇悲恸的悼文罢了，戈拉教授如是说道。接二连三的无用之事自有其写手、其专职、其中介、其客户，还有巨大的档案库和庞大的宣传机构。任何带有开头的故事都会自然而然地成为一篇悼文。

由于死亡通知下达时间同下一次出版截止日期的间隔时间很短，[1]众多新闻通讯社都提前备好了现成的悼文，随时都能在合适的时间将之公之于众。

穿越世界的最终认定不可能如此简单地流于形式。真相同样也是幻想和可能性的真相。现实不仅仅是事实的现实，也是假设和谜语的现实，是不圆满的机会的现实。而这些机会，随着一个人的过期而失效。

他翻阅了许多指导悼文写作的手册，《知道怎么做》[2]这一丛书不仅能教你园艺、婚礼、电器安装、糖尿病人的饮食、性生活和冬季运动的知识，而且还能教你操办最后的葬礼，让你无处可逃。最后的重大事件：与女性求偶狂的交配。

某一份悼文可以当作模板[3]……可以拿一份悼文来当作模板。它介绍了逝者那些广为人知的过往，但同时又以个人独特的视角回顾了他的生平，揭露那些被人们喜爱或憎恶的历史细节。悼文不再是一篇简单的告别词，而是发展成了一份复杂的悼念之情，萦绕在人们心头久久不散。它可以是一个有趣活泼、栩栩如生的传记故事。人们可以在国家档案馆找到种种悼文。在《悼文日志》[4]当中也有无数的模板，军事和体育领域的文选，还有英雄、冒充者、难民、冒

---

1 原文为英语：Because of the short time between the notification of death and the next publication deadline...

2 原文为英语：Know How。

3 原文为英语：An obituary can be basic.

4 原文为英语：The Daily Book of Obituaries。

险家、流亡者、主持人、交际花、皮条客、政客、银行家、小丑、修女、魔法师和染疾者的悼文。里面描述了他们或是朴素，或是肮脏，或是怪癖的生活种种。

悼文不是一篇简单的告别词，而是供后人聊以慰藉的纪念文。那是承载了一段生命所有的过往，背负了它所包含的一切和那些无法抵达的未来。人们不能删除那些不曾实现的事物。那本是你希冀完成的，但却由于种种原因未能着手展开。可悲的是，那些机会失不再来。它绝不是对日历的回顾，也不是日常的混乱。

他听过许多次著名组合"讣告乐队"[1]的歌曲。20世纪80年代末，他们在佛罗里达创造了死亡金属流派[2]。他还买过《死亡原因》（*Cause of Death*）这张唱片集，并为《完结》（*The End Complete*）、《世界末日》（*World Demise*）、《盖棺定论》（*Set in Stone*)和《活埋》（*Buried Alive*）等碟片撰写评注笔记。

"当我问彼得关于艾娃的问题时，你知道他对我说了什么吗？"

露在路上停了下来。他们在火车北站对面的人行道上，刚刚才把中学生彼得送上驶往罗马尼亚北方的火车。

"艾娃是为他而活，而不是为了她的丈夫。她儿子并没有那么开心，但也不抗辩什么，并没怎么上心。他眼里只有他的篮球。艾娃在电话里和我讲了她去瑟彭察[3]墓地拜谒的事儿。"

---

1 美国著名老牌死亡金属乐队Obituary成立于1985年佛罗里达州的布兰登市。起初，乐队的名称是Xecutioner。乐队先后录制了一张单曲，并以Xecutioner的名义在合辑*metal massacre*中推出了两首曲子。

2 原文为英语：death metal genre。

3 原文为罗马尼亚语：Săpânța，罗马尼亚地名。

那时，戈拉完全不知道竟还有这么一个墓地的存在。

"瑟彭察的欢乐墓地，就在马拉穆列什[1]。那儿的墓碑上都画着彩色的图画，十分喜庆。还有关于逝者生前的滑稽漫画和诗句。村里的编年史作者一直注意观察当地居民的生活，并逐一做笔记，以便在他们的墓碑上作陈述。彼得之前参加了一次学校组织的出游，地点就是瑟彭察。"

露过于严肃地讲述着这一事件。

"回来后，他和艾娃讲述了一切。她全神贯注地听了他说的一切，之后整整一星期没和他说过一句话。死亡不是喜剧，她如是说。我问了彼得关于他母亲的事儿。他回答我说，自从艾娃有次提到他们从集中营回来后去的是墓地而不是家后，大卫就禁止在家中再讨论关于死亡的话题。"

最近几年，一种新的报道文体不断发展：娱乐性的悼文。[2]

如果那不是娱乐消遣的，又是干什么的呢？

广告，诱惑，消遣。商品必须具有自己的卖点：无论是书籍，胡萝卜还是鞋子。否则，人们就不会为之买账，它们便会腐烂殆尽。我购买，故我存在，我出卖自己以购买他物。若非如此，我便丧失价值。悼文能证明我曾存在！若没有人对此感兴趣，那我就不曾存在。我不存在，因为我没有存在过。

这是一个新兴工业，尽是口译员、诊疗师、单身汉、间谍、杂技演员、体育明星、电影明星、爵士名人、怪人、杀手和官僚之

---

1 原文为罗马尼亚语：Maramureș，罗马尼亚地名。
2 原文为英语：In recent years, a new journalistic genre has developed: the obituary as entertainment.

流。[1]由此产生了各种坊间逸事与娱乐绯闻、带着直率的愤世嫉俗之情，令人情绪激动，也令人开怀一笑。

"死者为尊[2]"已经不再为人们所实践了。

除去了偏见与束缚的消遣变得越来越幼稚化，这有何不妥呢？教授，这又有何不妥之处呢？教授扪心自问道。

戈拉露出了疲惫的笑容，一面胡思乱想着，一面把玩着放在档案袋上的蓝色手套。他一直犹豫着不曾打开这档案袋。

露身着纤薄又宽大的绿色丝质长裤和通透的无袖衬衣，赤脚穿着一双单细带凉鞋。这位安达卢西亚女人看起来面色苍白。她目光紧锁，紧张地等待着。她甩掉了自己的凉鞋、脱去了自己的长裤、褪去了那条形同枯叶般的小内裤。她那丰满的乳房、热辣的腰身、纤长的臂膀和修长的双腿，看着令人触电般地酥麻。至高无上的瞬间，无与伦比的青春。她打开酒瓶，倒酒入杯。老旧水晶玻璃的碰撞声，叮当作响。桌上有覆盆子、樱桃和葡萄酒。她若即若离，身处巨大的绿色灌木之中。

她小心翼翼地清洗着蔬菜，穿着轻薄的亚麻衬衫。洗了红色的、黄色的、白色的蔬菜之后，又洗鱼洗水果。她戴上了细薄的橡胶手套，就像一个外科医生一样，洗着白色的、黄色的、蓝色的东西。然后她仔细地切起了蔬菜，将其切成一小块一小块的样子。丝质的清晨值得庆贺，生活的朝气令人陶醉。她喜爱白天的身体运动与精神活动，热爱里头所包含的具体与神圣，带着浓缩与快感。

古老的春药。戈拉望着树林，时不时将眼神投向屏幕，看看那

1　此处先用英语开头，后为罗语。It's a new industry, a cavalcade of performers and healers...后为罗语同义译文。

2　原文为拉丁语：De mortuis nil nisi bene.

里呈现每日的不幸之事。空闲时他就赖在扶手椅里，用手掌蒙住双眼，渴望着惬意放松。

纤薄又宽大的绿色丝质长裤，通透的亚麻衬衫。光脚穿的凉鞋。满是皱纹的枯老皮肤让人晕眩麻木。身体干瘦如柴、皮肤枯燥如纸、头发花白如雪，如同死人的裹尸布。灵活的长舌头、苍白干枯的大长手、干瘪的大长腿；一个连声哀号的骨架子，好像稍一触碰就将即刻灰飞烟灭。

她甩掉了自己的凉鞋、脱掉了自己的长裤、褪去了形同枯叶般的小内裤。干瘪的乳房、发青的肚皮、衰老的腿脚，她将你的手掌裹入她满是皱纹的瘦长的掌心之中，将它握成一个拳头。睫毛连同她的嗓音一起颤抖。而后是一声短促的叫喊，宛如猫头鹰的啼鸣。

她打开了绿色的酒瓶，倒酒入杯。往昔玻璃碰撞的叮当声在耳畔重现。覆盆子、樱桃、葡萄酒。她将樱桃贴在垂死之人的唇畔，将之探入他的口中。将它推向更深处，探向更深处。苦涩又衰老的手指。

"你的青春是何般光景？"她问道，"你开始得很晚了，不是么？"

刹那间，她好像迷失在了巨大的绿色灌木林中，目光灼热。

"哦，是的，我也是这样，太晚了，实在是太晚了。我很后悔，是的，我后悔了。"她用嘴唇舔舐，用牙齿轻咬，用舌头抚慰。垂死之人被引向了里面、拖向了深处，她目光贪婪，身体瘦削又枯老。忽而传来一阵疲惫的呻吟，一声娇喘。饥饿与厌烦，与死亡的交媾。

古老的幻想。他时不时地望向蓝色的小屏幕：象棋手用他宽大而多毛的手掌抚过自己的额头和光秃的头顶。对手并不可见，只能看见红绿相间的棋盘。红队和绿队,国王、王后、马、象、车、兵。

蓄着黑胡须的秃顶匈牙利骑兵执红棋。他用食指触摸着王后的皇冠,停了下来,思索着什么,瞧了一眼战局,不禁有些惊讶。王国不再只有黑白二色,而是变得五彩缤纷起来,就如这斑斓世纪所要求的那样。他抬起手,托着自己的额头,又抓了抓头发,双眉紧锁。他右手拿着一个彩色的易拉罐,上边用白色的大写字母写着"可口可乐"。彼得这时闪耀着光芒,像是面对着一个来自天堂的神圣符号。

戈拉也微微一笑,清醒了过来。带着涩感的饮料从易拉罐流向了窄口的高脚杯,突突冒着气泡,一股透凉与清爽,一种酏剂[1]。这是一种拯救。

他大口大口地灌下这饮料。请您购买这具有拯救功能的饮料吧!拯救。它保存记忆,巩固现实,否定未来、年岁和悼文。

桌上放着那份档案,而桌边,则是那对往昔的手套。

* * *

彼得·加什帕尔教授面色惨白,蓬头垢面,似乎彻夜未眠。他这个受迫害者,诉冤者,像是已经准备好接受罪人的角色。他的眼神,声调,以及新的会见中所展开的问题,这一切都确认了这一改变。讨论的推进方式与之前完全不同。彼得一脸倦容,反应迟钝,仿佛已被厌倦、忧郁和他即将承认的错误给击溃。然而,在几分钟

---

[1] 由药物、甜料和芳香性物质配制而成的水醇溶液。

过后,程序就发生了改变:他把自己的大手放在桌上,就在警察的大手前。紧接着,他抬起手来,用右手食指指着桌上的两本书。他用沉重的嗓音,宣布道:

"我找到了引文和作者。"

在桌上有一册封面带着彩色条纹的书,上边印着三行金色的字母,题目是《杜撰集》。旁边,则是另一本黑白封皮甚至闪着点光的书。《迷宫,豪尔赫·路易斯·博尔赫斯短篇小说选及其他作品》。[1]

帕特里克写着些什么。他没有抬头,自顾自地埋头在那用螺旋线装订的笔记本里。他只在异常情况下才会把它从那只破旧的大皮包中拿出来。这一次,他在上面写起了字。他再次审视着这个伪装成告发者的嫌疑人,而后做起了笔记,令人难以置信。

他左手抵着书,誊写着出版社的名称以及出版年份,接着从桌上拿起一张纸,对半裁开。他把这两张纸分别插入对应的两本书中,当作书签使用。插入书签的那页恰好就是《死亡与罗盘》开始的那一页。第一本书在129页,第二本则是76页。

"您说的是那个阿根廷人?"

"是的,一个伟大的阿根廷作家,1899年出生于布宜诺斯艾利斯。他的家庭有西班牙人、英格兰人和葡萄牙犹太人的血统。"

"所以说,他已经过世了。"

"为了诺贝尔奖,他推迟了死亡。为此,他尽可能地延展了罗盘……但在他87岁的时候,死亡还是找上了他。那时,这位伟人已年老色衰,双目失明。"

---

[1] 原文为英语:LABYRINTHS, Selected Stories & Other Writings by Jorge Luis Borges.

"他得了诺贝尔奖?"

"不。那些奖都是彩票,尤其是世界性的大奖。他曾有过机会,但那时恰逢一些媒体报刊上对他进行着攻击,说他是法西斯分子。"

"他是吗?"

"根本就是一派胡言。他绝不可能是法西斯分子。"

"那迪玛这个老炼金术士有可能是吗?"

"他们之间不具有可比性,但不得不承认迪玛受博尔赫斯影响极深,帕拉德亦然。或许那位用威胁信抬举我的狂徒也是如此。无论是博尔赫斯,还是帕拉德,他们都不是法西斯分子。至于迪玛,情况就不那么明朗了。我在我的书评中也作了相关解释。无论如何,他都不算是标准意义上的法西斯分子。"

"也就是说?"

彼得没有回答,帕特里克也不再记录。他满是敌意地盯着嫌疑人,就像他第一次出现时那样,在门框里坚定地站着,一副盛气凌人的样子。错综复杂的文化陷阱加深了他的怀疑。拐来绕去的离题话,这从帕特里克的目光中就可以读出。他翻阅着书本,一目十行地胡乱扫读着,因句子的模棱两可而心生厌烦。

"这是本侦探小说么?"

"我们姑且可以这么认为。男主人公是个侦探,而女主人公则是死神。她是逻辑学家,常带着指南针、直角器和圆规工作。"

帕特里克有些上火,似乎随时准备掏出他的左轮手枪,好逃离这装腔作势者的胡言乱语。

"罗伦特。夏拉赫。这都是谁啊?"

"我不知道。北欧人吧。是一个故事里的人名。"

"那引言呢?那引言在哪儿呢?"

"在这儿呢,第141页:'下一次我就会杀了你。'夏拉赫说道,'我向你保证给你一个由单行线构成的迷宫。这单行线无法看见,永无尽头。'他往后退了几步。然后他小心翼翼地扣动了扳机。[1]在另一版书的第87页写道:'下一次我会杀了你。'夏拉赫回答道,'我会许你一个由单一直线构成的迷宫,这直线不可见,无止境。'他后退了几步,然后非常小心地开了枪。[2]我的杀手用的是第一个版本,由格罗夫出版社在纽约出版。他只是去掉了名词前的定冠词,是下一次,而非就在下一次。[3]您的警察同事说得有道理。"

"警察?哪个警察?"

"就是吉姆·史密斯先生,在当地派出所的那位。就是当地警局的这位警察,他应该说的是就在下一次[4],所以寄信人说不定是个外国人。他拿到了明信片,然后把它寄给了在华盛顿的调查实验室,核验了指纹。有没有得出什么结果?"

"我觉得还没有。核验要点时间。实验室的工作量已经超负荷了。"

"这是自然。在自由国家,犯罪也是自由的一种形式。我的杀手写得正确与否其实无关紧要。"

---

[1] 原文为英语:"The next time I kill you," said Scharlach, "I promise you the labyrinth made of a single straight line which is invisible and everlasting." He stepped back a few paces. Then, very carefully, he fired.

[2] 原文为英语:"The next time I kill you," replied Scharlach, "I promise you that labyrinth, consisting of a single line which is invisibile and inceasing." He moved back a few steps. Then, very carefully, he fired.

[3] 这里指的是英语中为"next time"而非"the next time"。

[4] 原文为英语:the next time,强调了前面的定冠词 the。

"杀手?"

"那人就是这样自我介绍的。那个外国人。"

"外国人?"

"吉姆·史密斯先生是这么说的。必须是'就在下一次'而且是'我将要把你杀害。'[1]"

帕特里克微微一笑。相比他正在调查的教授,当地的警察并没有给予他更多信任。

"十代以来的美国人总没法正确写字。"

他再次坚定地盯着自己面前的这位外国人。

"我能带走这些书吗?其实,只消格罗夫出版社出版的那第一版就好。"

"自然可以。"

"行。我会去读一读这本书里的故事。我感觉除了那句引言,也不会再发现什么。在这本书中还有其他我需要特别留意的地方么?"

"面具节。"

"这又是什么?"

"书的首页就提到了马塞尔·雅莫林斯基博士,他是国际犹太法典大会的波多利斯克[2]代表。波多利斯克是东欧的一个地方。犹太教法典是……您或许知道的吧。"

帕特里克·莫菲警官沉默下来。他黑色眼眸投来的目光显得更加阴沉。拉里八号究竟知不知道呢,这真是难以猜测。

---

1 原文为英语:I will kill you,强调了前面的将来时态I will。
2 原文为Podolsk,俄罗斯城市名。

"雅莫林斯基在喀尔巴阡山区挨过了三年战争岁月。这山脉就在我的家乡,也就是老迪玛和他的舅舅帕拉德·波特兰的故乡。那书里说第三次犯罪发生于二月份,那会儿正是阿根廷狂欢节举行的时间。学院收到信也是在二月份。已经过去了一个月,或许已经过去了更久。眼下犹太狂欢节都快到了。"

"犹太狂欢节?"

"是的,从某种程度上说,这是一个犹太民族的故事。三个被害人都是犹太人。作者心间总是萦绕着古老的犹太经典和旧约。还有……"

加什帕尔摸了摸他左手边的衣兜,紧接着又掏了掏右衣兜,最后掏出一张折皱了的小纸条,将之慢慢摊平。

"《创世之书》[1],六世纪时在叙利亚或巴基斯坦被著写而成,还有……还有那加利利[2]地方的总督……从未存在过。"

帕特里克不耐烦地抓着脑袋,而彼得重又回到了对话当中。

"普珥节是一个洋溢着幸福的面具节,尤其是对孩子们而言。在博尔赫斯的故事中,狂欢节宣布了罪行。"

错愕感被证明是极其有益的,警察脑海中突然闪过一个念头。

"这个作家,叫什么名字来着……"

"叫博尔赫斯。豪尔赫·路易斯·博尔赫斯。"

"他在你课程中涉及的那些作家之列吗?"

"不。也许在某所规模更大的大学的研究生学习阶段[3]会涉及。不过我可以保证的是,我们这里有几个学生还是听说过他的。"

---

1 现存最早的关于犹太神秘主义书籍的标题。
2 加利利是巴勒斯坦北部地区。史学观点认为耶稣生于加利利的拿撒勒。
3 原文为英语:graduate-studies。

"您曾在课堂上提到过这个名字吗?"

"不,从来没有。我想应该没有。毕竟我没有任何理由这么做。"

帕特里克拿起了电话。

"唐夫人吗?麻烦你查一下最近三年学校里有没有开设过关于阿根廷作家豪尔赫·路易斯·博尔赫斯的课程。"

这次,他将罪人的姓名念得极为准确。

"是的,我需要开课教授的名字,还有选课学生的名单。"

帕特里克将电话放了回去,站在那里。他没有伸手,只是低声说了句:

"我会给您打电话的。如果有什么情况,您和简妮芙说就好。"

体内的手榴弹。隐藏的肿瘤就是一颗毒素之球。遭到封印的死亡已经准备好爆发了。"推延,推延下去!"肥硕的身体呢喃道。床前这面镜子中的讽刺漫画,着实引人同情:大腹便便的男人,肚中尽是些腐烂物,光秃秃的脑袋,苍白的厚嘴唇,还有那胶状的眼皮。

"呵,万能的神啊,我不值得您这般费尽周章。"受罚者呢喃道。那就是一场荒谬的胜利。Dulcissima,请推迟这场裁决吧。

半小时后,肥胖的彼得·加什帕尔不再要求延迟,而发出了求助。森林中刮起了妖风,树木那粗糙的枝条在风中张牙舞爪。黑暗流动着前行,逐渐包围了他和森林。这是一座黑夜的法庭,他恳求着得到宽恕。他听到了夜晚狡猾的窃窃私语和暗地呻吟,围绕着木屋来回踱步,一点儿都不想回到那巢穴当中。除了那封威胁信,在他身后的那些人更让他怒火中烧。他从不喜欢殉道者，也不崇拜英雄，甚至憎恶牺牲者的角色。他更热衷于平庸的死亡，不需要一丝一毫的戏剧性。疾病，自杀，不过是平常事物或是一场意外的外在表现。让自己瘦下来难于上青天。在流亡中，他的躯体不断膨胀，大抵是困惑、失眠和暴饮暴食的缘故。

黑夜将重新发出追捕的声响。瘦骨嶙峋的黑影，蒙住了自己的耳朵，妄图隔绝恶狗的犬吠。那黑影还遮住了双目，只为避开岗哨手中的探明灯。她在恐惧和冰寒的笼罩下瑟瑟发抖，身上只着一件条纹制服，对这具瘦削的身躯而言大得可笑。那女人便是艾娃·基什奈尔，头发已被剃得精光，面色苍白。她将会在那里出现。

布宜诺斯艾利斯盲人的信息刺激了一众精神障碍的患者。

彼得绕着木屋来回踱步。他不再关注那在等待中凝结的森林和木屋。他尝试着控制自己的呼吸。深吸一口气，屏住气息，一，二，五，尽可能地撑着。紧接着，他慢慢地吐气，均匀而缓慢，就像他吸气时那样。一，四，尽可能地慢。

门前，是死神。一位长着猛兽般獠牙的女士，发色金中带灰，面容微带笑意。她身着一条拖地黑色长裙，手执一张白纸。那是判决。是法令。

"您……您住这儿么？"

彼得不知所措地望着她，可惜答复迟迟没有到来。不，女杀手身无武器，随身携带的只有命令。

"请原谅，但……抱歉，可这就是通知。"女巫嘀咕着，"我很抱歉……我之前来过，可是您不在家。"

彼得一言不发地望着她，暗自思忖着幸好自己那会儿没在家。

"我来过了，你不在，所以我就留了一张便条。加蒂诺，是关于加蒂诺的，那可怜的瞎子。"

是的，这罪犯一个月前曾收到过便条，是关于那拉丁瞎猫的信息。那是则可怕的消息。

"它六个月大，通体灰色，瞎了一只眼睛，还带有呼吸道感染。你见过它么？你可曾在这附近见过它？它的毛很短，很害羞，非常怕生。你得轻柔地唤它的名字。加蒂——加蒂——加蒂诺，嘘，嘘，加——蒂。"

她递上了那猫咪的相片，从那上面看它一只眼睛白，一只眼睛瞎。老妇人甜甜地笑了，露出了她那口宽大的獠牙。

"是的，是的，夫人，我看到了那贴在门上的便条。不过，我没见过那孤儿，也就是那流浪猫。我向你保证，当然，我知道电话号码。两人的号码我都知道，您的和海伦的，还有您兄弟斯蒂夫的。对，这些号码我都有。我会打电话的。当然，我马上就会致电。"

天渐渐黑了下来，周遭静默无声，就连这位迷茫的人也一样，寂静并生动起来。他忘却了自杀与悲伤，而为加蒂诺的命运所烦恼着。它有着一个意大利名字，却来自布宜诺斯艾利斯。

他望向晦暗不明的天空，又俯视着双脚跟前的大地，它就像铺满了树叶与昆虫的毯子。深呼吸，慢呼气，一点一点地将气息吐尽。

车灯将他困在两束光带之间，车在木屋门前停下。是简妮芙！这位优雅的"女保全"，穿着阿玛尼的风衣，戴着迪奥的围巾，那围巾有着风的颜色。她微笑着缓步上前，一副神采奕奕的样子。

"您是在散步么？散步可以助眠，挺好的。我们可以进去么？"

这位优雅的越南妇女不知道屋里头有多乱。

"我把学生名单带来了。两年前,的确有一门讲博尔赫斯的课。是一位西班牙女教授开的。我拿来了学生名录。我们可以拿明信片比对每一位学生的笔迹。问题就是您的学生究竟在不在里面。"

教授看起了名单。

"不知道,我也不确定。没有一个名字我看起来是眼熟的。我得好好确认一番。明天吧,在注册报到处见。"

简妮芙·唐离开了,她将那学生名单留在了桌上。塔拉不在这花名册上。而在他面前的这份名单里,任何一个名字都唤不起他的记忆。凶手会把杀害帕拉德的人安插在莘莘学子之中么?这没有必要吧?他完全可以安静地潜伏在校园的某一处,确认隐士木屋的位置,算准他回家的时间,然后微笑着从树丛里探出身来,为了那四宗在布宜诺斯艾利斯校园里犯下的罪行而悄无声息地开上四枪。或者他也可以重演帕拉德的剧情:在结束了两个小时的课程后,加什帕尔教授皱着眉头急匆匆地冲向洗手间。那是他的膀胱在要求行使自己的权利了。而那位陌生人就趁机潜入了一旁的隔间。多年来,教授先生解手时都有打湿裤子的风险,为了避免这样的情况发生,他进入了洗手间的隔间,脱下了自己的长裤,在坐便器前站定,因为释放尿意产生的胀痛感而发出一阵短暂的呻吟。

死亡使者爬上了一旁隔间的座便器,瞄准了被害者的太阳穴。这比杀死可怜虫帕拉德可要简单多了:这次的被害人站立着而非端坐着。小木屋的那个方案还要简单许多。屋子的钥匙很容易复制。流亡者的失眠多梦对杀手很是有利。夜过半更,凌晨两点,加什帕尔正深陷神经官能症无法自拔。在凌晨三点拂晓的曙光中,他骑上了一头大象。那大象涕泗横流,从天空淌向大地。这位电影发烧友紧紧盯着屏幕,看着侵略者慢慢逼近,看着他用指尖摆弄的亮闪闪小玩具瞄准了被害者。谋杀的轨迹,无形的迷宫,恒无止境。

彼得的脸上绽出了微笑,他在这笑意中入眠。简妮芙·唐留下的字条在他宽厚的胸膛上微微颤动。他的呼吸逐渐变沉,打起了呼噜,像是一只肥硕的鸡仔,筋疲力尽。

在他胸膛上,是博尔赫斯的那门课的学生名单。此刻,那就是一面不堪一击的白色盾牌。

* * *

"我们有了一个嫌疑人。在对照了明信片上的笔迹和所有听课学生的笔迹后,我们排查出了一个嫌疑人。"

"那文字都是在打字机上打的。"

"但收件人的姓名是手写的。地址也是。"

"所以呢?"

"嫌疑人目前在加利福尼亚,我们推测他可能是个波兰人。还是位奖学金得主,学的是政治学,目前还是学院出版的《政治研究》[1]的主编。非常聪慧,也非常有教养,社交能力非常强。"

"非常,非常,非常。他叫什么?"

简妮芙·唐拼读了一下纸上的名字。

"艾——拉斯特。艾拉斯特。洛——耶——夫斯基。艾拉斯特·洛耶夫斯基。[2]父母可能都是波兰人。他今年毕业。"

1　原文为英语:Journal of Political Studies。
2　原文为波兰语:Erast Lojewski。

简妮芙·唐很满意。她做事向来雷厉风行，今天的妆容也十分契合她女强人的气质。

"你们已经调查过他了？"

"我们暂时没有这个权力。目前已经把待确认的材料寄给了华盛顿实验室。如果查验属实，我们将要求检察官授予我们审问权。"

加什帕尔温柔地一笑。拜占庭式的社会主义使他不太习惯这种谨慎的授权步骤。"野蛮人，我从囚牢中出来时还是个野蛮人。俘虏和监视者都觉得我是个自由的小丑，一位自由的思想家，应该被驱逐到自由的丛林中。我曾是个奴隶，跟其他那些人并无二致，被一种奴性思维所禁锢。兴许，我还更冷漠，渴望着逃逸。不管怎么说，我还是一个野蛮人。"

"你们监视了他？"

"我们没有被准许这么做。必须要等到实验室的结果出来才行。不过如果我们监视了他，您是不是会感到更安心些？"

"我知道那……是的。我会更安心些。昨天晚上我就没敢在家里睡觉。"

"那您是在哪儿睡的觉？"

"在一家汽车旅馆。就在国道上，离学院不远。我叫了一辆出租车，让司机带我去最近的汽车旅馆。早上的时候，又叫了辆车带我回来。"

"汽车旅馆可算不上什么安全的地方。"

"我知道，美国电影里的那些场景我都看过。"

"您本可以给我打个电话，看看有没有别的解决办法。"

"我幸存下来了，正好好地站在你面前。我得到了追踪者和保护者的尊重。真是千钧一发！我实在没有时间暗自苦恼。"

当天下午，简妮芙·唐换了一套新的妆容来找彼得。她告诉他，威胁信的对象并不只有他一个！还有两个教授也收到了一样的威胁信。不，她不能透露出他们的姓名。这则消息是安全部门的工作人员在教工食堂恰巧听到的。事实上，也就是唐夫人本人打听到的，并非纯属偶然。

其中一封信完全是手写的！字迹和其他几封信上的十分相似，和艾拉斯特·洛耶夫斯基的笔迹重合度极高。然而在反面却不再有冬宫博物馆的图片了，取而代之的是一张来源于《纽约时报》的阿拉法特[1]和皮诺切特[2]的照片。

那两位美国教授没有向行政部门报告。明信片对他们而言不过是一场游戏，没必要上纲上线。那个东欧人是不是被幻觉和想象中的恐惧控制了？越南裔的美国女人是这么假设的吗？彼得·加什帕尔有没有尝试过说服拉里一号、水手教务长和沉默寡言的越南女人简妮芙·唐，告诉他们那威胁信只是一个闹剧呢？

这一安定人心的消息并没能抚慰到他。如果还有更多一模一样的信，那也就意味着他并非唯一的目标。寄信人绝非是迪玛的同胞或追慕者，也不是杀害帕拉德的凶手，可能只是为了安抚被害者，误导警方的一个小伎俩罢了。

"是加什帕尔教授么？我是吉尔伯特，安特奥斯·吉尔伯特教授，就是教拉丁语、希腊语还有古代史的那位。我听说您收到了一封信，还是封威胁信。"

---

1 逊尼派穆斯林，巴勒斯坦杰出政治家，军事家，爆破专家。
2 智利政治家、军人、总统。

哈，是塔拉教授！塔拉的信？是的，以前她极具威胁性，以她自己的方式。

加什帕尔及时醒悟到他说的是另一封信。

"我后来也收到了一封。"希腊人耐心地继续说道。

"我不知道呀。"

"您是不会知道的。那些警察局的机器人互不通气。他们那儿有三个等级，联邦警察、州警察和地方警察。地方警察，就是地警，是不会通知联邦调查局的。联邦调查局的那帮家伙才不关心州和地方警局的情况呢，他们一个个都端着职业架子。就在我发现了信的那个晚上，我去了趟州警察局，纽约州的那个。瓦利亚，我的夫人，当时就吓坏了。我们当即去了警察局，给他们看了那封信。瓦利亚是俄罗斯人……"

"我不知道，我没看到……"

加什帕尔教授不知道的东西有很多，很多发生在周遭的事情他都看不见，就像被无形之谜蒙蔽了双眼。

"有，它是有联系的。科索沃、塞尔维亚人。车臣，你明白么？"

这位听众一头雾水，但也不急，耐心等待着。

"瓦利亚害怕这是伊斯兰的威胁。因为俄罗斯人在车臣地区不断施压，又或者是因为俄罗斯人在南斯拉夫地区支持了塞尔维亚人。"

东欧人对地区的复杂形势并不陌生。他们艰难地喘息着。过多的新事物令人窒息，最后又会导致新的厌倦。因此没有必要向唐夫人夸下海口，声称他没时间厌烦。事件的稀缺与过度都是一样的效果。

"所以发生了什么呢？在警察局里发生了什么事？"

"我同一位叫马丁的先生谈了谈。我告诉他了，也把明信片给他看了，这过程费了我好几个小时。他让我申诉。我照做了。我在那里一直待到午夜时分才离开。"

"您可将引文破解了？是否同他们说了这是哪个作家的话？"

"什么引文？是指那句荒唐话么？迷宫！单行线迷宫！无形无尽的那东西？一次击中！下一次我会杀了你……不，我都没意识到这还是句引文。我不这样认为，况且它也无关紧要。警方对这毫无兴趣。我和他们说了是谁写的那明信片。"

"是谁？您知道么？您如何知道的？从何知晓的？"

"从一位女学生那儿得知的。那位女学生上过我的课，我认得她的笔迹。"

"是塔拉么？塔拉·尼尔森？"

"塔拉·尼尔森？我不知道你在说什么。是一位外国女学生。"

"外国人？哪儿人？"

"萨拉热窝。她来我们这里念书是有奖学金的。她叫德斯特。她在明信片上的签名就是D，德斯特。"

"萨拉热窝？您认得出笔迹么？怎么做到的？就凭几个手写的单词么……这可不容易啊！"

"她在课前给我写过几张纸条，问我参考文献和建议之类的。我觉得我认得出笔迹，不过也不是百分百确定。再说我也不想知道。我把申诉状留在警察局了，就让他们去绞尽脑汁想这事儿吧。最关键的是那次会面。"

"哪次会面？"

"图书馆的那次,约莫一个星期后吧。那天我进了图书馆,看见德斯特坐在电脑前。我走近她,问她在做些什么。她便指了指电脑,告诉我她在打印一篇文章。当时我都傻眼了。那就是我们看到过的内容。于是我便告诉她我收到了信。她回道,'是吗,您收到了?好的,真是太棒了。'她脸上的笑容让人无法抗拒。"

"她解释了这是怎么一回事吗?您有没有发现她到底想做什么?"

"我问她我是不是唯一的收件人。根本不是。事实上一共有40封。40封信!寄往美国的各个角落!我告诉她,这种事可能会触犯法律。她瞬间感到错愕。惊讶的同时甚至带着一丝欣喜。真是个老实人。那女孩儿身上充满了魅力。一种天真的嘲讽,令人着迷。"

加什帕尔教授得到了比期望中更为详尽的消息,已经没有别的问题可问了。

"我想知道,她是怎么选择收信人的。"

"有趣的人!这就是选择的标准。她是这么说的。"

"她并不认识我,我与她素未谋面。"

"或许她知道了些什么,可能是从学院资料中的教师介绍中看到的,或者是听学生们说的。只有四封信是寄给我们学院的!仅此而已,并不算多。我们必须承认……谁知道她把那些信寄去了哪儿,寄给了谁。我和她说我不得不报警。她很疑惑,'警察?警察与这事儿又有何相干?'我便向她解释道,'这游戏要是闹大了后果会不堪设想。'她一副很诧异的样子。然而事实上,这恰是她想做的。她浑身都散发着魅力,就同我和你说的那样。"

"那么,到底是什么?她想要干什么?"

"她想办一个展览!那是一个艺术项目,一种概念层面的设备。现在人们都说是一种装置[1]。说起来还和拜占庭帝国有点联系。我不太了解，也不感兴趣。当晚我就报了警。"

"您告发了那个天真的女人。"

"恰恰相反。我撤回了我的申诉。"

"撤回了？但您之前不是说，最终您把那人的名字告诉了警察……"

"最后我的确是这么做的，但那时还没有。那时，我只是撤回了申诉。"

"为什么？那女学生代表了拜占庭帝国。恰好您的妻子瓦丽娅怀疑……"

"无稽之谈。德斯特并不是搞宣传的，也不是一个恐怖分子。她没反对过俄罗斯人。加什帕尔先生，你可知道一个谢了顶又肥胖的老男人在面对一个婀娜多姿的年轻姑娘时会有怎样的感觉？你知道吗？"

加什帕尔先生知道，但他选择了沉默。

"我们俩并不认识彼此，看，我却在这里东拉西扯地侃大山……甚至还提了一些荒谬的问题。请原谅！如果我们回过头来再说说这封荒诞的信和关于德斯特的事儿，那么……还能说什么呢，我撤回了申诉。这样她就不应该再被迫接受那愚蠢的调查。"

"一个老男人面对一个年轻姑娘？"加什帕尔先生突然大声地自问道。"沮丧？是这样么？从一开始的羞涩逐渐感到沮丧，再到复仇，往前走一步即可……您改变了主意，之后又出尔反尔。您最终还是告发了她，不是么？"

---

[1] 原文为英语：installation。

吉尔伯特·安特奥斯这个希腊人碰上了一个巴尔干邻居,话匣子就此打开,这也意味着故事走到了尽头。好莱坞式的圆满结局,任何事情最终都可以走上正轨。[1]彼得没有理由感到不耐烦,毕竟人们给了他一个完美的结局。只有像他那样可笑的人才配拥有之。他舒了一口气,这头被侮辱的大象舒了一口气。

"过去一个月了,教授。已经一个月了!联邦调查局并没有和地警联络,那些家伙没有和他们的同伴联络过。一个月来他们彼此互不通气!我要撤回申诉,马丁先生给我打电话了。他向我要了寄信人的姓名。我为什么要给您这个名字呢,我就把我的那个申诉给撤下来了,这事儿就这么了结了。就是个笑话,我跟您说,这就是个愚蠢至极的笑话,我把申诉取消了。马丁警官可生气了。你不是唯一受牵连的人!"他叫嚷着,"还有其他的人,兴许会有悲剧发生。你把他的名字给我,不然我就把你抓起来。威胁是和那信件一样愚蠢的行为。他要怎么抓我?我们又不是在北朝鲜,也不是在伊朗或是伊拉克。邪恶的轴心国[2]。我们甚至都不在萨拉热窝,也不在沙特阿拉伯!但我最终还是做出了退让。"

"你告诉他们名字了么?"

"没,我没把名字告诉他们。我拒绝了。我一次又一次地拒绝了他们。瓦利亚感到非常绝望。你也知道移民都是很怕警察的。我继续推辞着。然而最后还是向马丁先生保证把那个人送去警察局。他相信了我的话,不再打扰我。我得说服德斯特让她去他那儿自首。"

---

1 原文为英语:Happy-end, Hollywood, everything can be fixed.
2 原文为英语:Axes of Evil.

"老人与青年女人面面相觑。"彼得嘟囔着。"她是如此的风姿绰约，令人难以抗拒。"年迈的老人体态肥硕，就这样面对着风华正茂的年轻女孩，一个令人难以招架的女孩，不是么？加什帕尔对着听筒自问道。

"我对德斯特解释过事情已经闹大了，不再有推延的可能，她必须去警局坦白一切，证明自身的清白。对她的审问持续了整整八个小时。不过我给您打电话倒不是为了这个。"

啊，炸弹尚未爆炸，信口开河只引发了震撼的冲击。加什帕尔弯了弯膝盖，准备承受新的打击。

"我以德斯特的名义给您打电话。她希望能够乞求您的原谅，可是她不敢，于是托我告诉您最近发生的一些事。"

"好，行，这当然可以。"彼得气喘吁吁地说，"她什么时候弄明白这个故事的？又是什么时候去的警察局？"

"大约十天前吧。他们最后还是通知了学院，不是那群联邦调查局的警察，而是学院。他们一无所知。我不喜欢唐女士，她总是四处打探，所以我就什么也没告诉她。院长那里，主席那里，又来了新的谴责信。可怜的女孩最终明白了在玩笑的国度里是开不得玩笑的。她给您住的那个旅馆写了信。是主席让她给您写信请求原谅的，于是她就给您去了信。但好像您什么也没有收到。"

不，除了迷宫般的谴责信，彼得·加什帕尔教授什么也没收到，那谴责事关连续不断的无形打击。十天？可怜的德斯特……她接连十天都承受着谴责？这期间大象加什帕尔究竟发生了什么？他除了黑夜什么也记不起来，脑海中只剩下那些紧张的夜晚。除了昙花一现般的紧张感，一个流浪汉也没法期许其他更多的东西了。那些紧张的日日夜夜最终也只是转瞬即逝罢了！他再也记不起那宏伟大业,也不想再知道是何时又是如何同简妮芙·唐、拉里一号、拉里八号、塔拉、当值院长还有那些张三李四交谈的。一切的一切都应该尽快忘却,风轻云淡地从记忆中被抹去,就如同它从未发生一般。

半小时之后,这男人同风姿绰约的女杀手讲起了电话,他并没有那么年迈,只是长得有些肥胖,头发有些稀疏。他一定会想起这个。他已经决定了不再将任何事情忘却,也决心给博闻多识的戈拉讲讲那即兴滑稽戏,圣奥古斯汀很快就会找到其中的书面联系,并沉醉于这滑稽戏的结局。

难以抗拒的嗓音,拥有难以抗拒嗓音的女孩,古代学专家说得对。女杀手想邀请加什帕尔教授共进晚餐[1],想同他聊天谈心。更具体地说,是想为他做一顿特别的晚饭。用巴尔干的菜肴。教授戈拉先生,他有厨房么?嗯,可能他会安排好的吧。这真是完美,就由她来顾及一切。只要告诉她,什么时候让她带着食材前来烹饪就好,最好还是别打扰到他,换言之,最好挑教授不在家的时候做这些事。

嗯,是的,这稍作安排便可,何乐而不为呢?加什帕尔自言自语着。

还有一些事儿也很重要,小女孩补充道。控制饮食。教授是不是在控制自己的饮食?原因无他,恰恰是因为他自己……您明白,不是么?是啊,大象心知肚明,冒着冷汗,被这轮新的打击击昏在地。大腹便便的秃头老男人怎么能和一个魅力无限的年轻女人谈论节食呢?怎么可能?他必须得承认现实,他身上不是这儿疼,就是

---

1 原文为英语:dinner。

那儿酸，每个早晨和夜晚都会发作，甚至还有上课的时候也不例外。胃炎、结肠炎、溃疡、痔疮、肾结石，他和萨拉热窝的女郎只能聊这些话题吗？

德斯特等待着，迷人的嗓音创造了一个令人着迷的停顿。此刻，只能听到她呼吸的声音。半透明的呼吸，像是仲夏夜之梦。

"您刚才说什么来着？"

"我什么都没说，什么都没有。"大象呻吟着。"什么都没有。"

"所以，您什么都没说。从不控制饮食！太好了！"家庭主妇用一种胜者的姿态决定道，"我们下次再见，下次再见吧！"加什帕尔教授听到了仙女摩根扑腾翅膀的声音。

当天下午，他在小木屋门边发现了一个天蓝色的大信封，上面写着名字，那端正的笔迹正是出于萨拉热窝美人鱼之手。信封里装着几张打了字的纸。

亲爱的阿瓦基安院长：[1]

　　自从与您在办公室见面之后，[2]也就是那场有教务长先生和唐夫人参与的见面之后，我给加什帕尔教授寄了一封新的信。我也重新修改了前一封信，在此一并附上。令我百思不得其解的是，加什帕尔教授之前似乎一封信也没有收到。这次我将通过快件服务寄送。就同我和您说的那样，我并无意制造误会和麻烦。感谢您在平息这一紧张局势的过程中所给予的帮助。

---

[1] 原文为英语：Dear President Avakian。
[2] 原文为英语：Following our meeting in your office.

祝好，

德斯特·奥纳尔

另外还有一封信，写在蓝纸上。

亲爱的加什帕尔教授：[1]

这是我给您写的第三封信，主要是关于……[2]我那不幸的艺术计划，巴比伦彩票[3]装置。我对自己造成的一些麻烦深感歉疚。第一封信上我写的是学院的地址，上边儿只有一些道歉的言辞。在与阿瓦基安院长和简妮芙·唐夫人聊天的时候我才知道您没有收到这封信。于是在第二封信上我写的是您和妻子所住旅馆的地址。阿瓦基安院长和我说您也没收到这封信。在此我特地附上了之前那些信的复印件，以及艺术项目的计划书。

敬请教安，

德斯特·奥纳尔

上一封信用别针夹着。雪白的纸，如处女的灵魂。

亲爱的加什帕尔教授：

在准备一种叫作"巴比伦彩票"的装置时，我向包括您在内的知识分子、记者、艺术家、作家、教授和政治家各寄了一张由我精

---

1 原文为英语：Dear Professor Gaşpar。
2 原文为英语：This is the third letter I am writing regarding...
3 原文为英语：Babylon Lottery。

心制作的明信片，上面有一段引文摘自J.L.博尔赫斯所著的《死亡与罗盘》：下次我会杀了你，我向你保证给你一个由单行线构成的迷宫。这单行线无法看见，永无尽头。[1]我听说有些收信人对此感到忧心忡忡。这是我的疏忽，我未曾料想到会造成这样的结果，也从未打算要威胁或恐吓任何人。很抱歉给您带来了困扰，希望您能原谅我。

敬请教安，

德斯特·奥纳尔

"上周我的信箱里有没有德斯特寄来的信？"

"信？我不知道。信箱里堆积了一大叠，我都无暇分拣。我保证近期去看看。一封女阴谋家的信？我倒想看看她有什么话要说。"

"她给我打电话了。"

"打电话？做了这一连串的事儿后还敢打电话？怕是吃了熊心豹子胆了吧！"

"她说自己也没想到会造成这样的后果。"

"她想得到，放心，她肯定想到了！她不仅能预料到这一切，还妄图挑衅，想看看这一挑衅会带来什么结果，然后一举成名，引起人们的注意。她等待着一场大冒险。即便是现在她也依然等待着。"

"她想解释，想道歉。她和我提了，想见一面说清楚。"

---

[1] 原文为英语：Next time I kill you, I promise you the labyrinth made of a single line which isinvisible and everlasting.

"见一面？哪门子的见面？她做了这么多糟心事儿还想见面？"

"这正是她想解释澄清的原因。"

"去警察局吧！让她去那儿解释吧。或者上法庭。我希望你没有接受这场见面。"

"我接受了。"

沉默。没有一丝声响。或许，塔拉一怒之下甩掉了听筒。不，她没有甩。

"你怎么能这么做？你怎么可以这样？你被伤害得那么深……她把你给迷住了？她到底做了什么？告诉我，告诉我吧，我太好奇了。这来自巴尔干的女巫，除了能变成天真的美国小女孩，还拥有其他的魔力。这个，我明白。相信我，我都懂。然而，我不明白的是，一个经历过巴尔干种种风暴的男人，竟如此轻易地让步。随着第一阵气息袭来，第一次撩拨降临，就轻易地倒下了？第一次，先生，第一次！或许，还有更多其他的对话？打了好几次电话，进行了很多次预演？"

"不，没有你说的那些。"

巴尔干老男人的运气还算好，只需要对付这年轻女郎的嗓音，而不用应对她本人。这老家伙，喝了第一口长生不老的琼浆玉液，就让步了，就被征服了。没错，就是这样。青春不朽永生不死的琼浆玉液。够了[1]，结束了，我的女孩，结束了。不，他不会再让步了，他庄严地承诺着。他将反抗，就像他之前奋力抗争过的那样，来抵抗这美国女学生。他也将抵抗那个巴尔干女人，好了，结束

---

[1] 原文为意大利语：Basta。

了,他保证他一定会抵抗。够了。

"你说得对。我错了。此外,她还给我寄来了一份书面解释。我不知道她还有什么可补充的。"

塔拉对教授的遗憾不以为意,选择沉默不语。

"是的,我应该取消它。我会给她打电话,找一个前所未有的借口推脱掉。"

"你不需要什么借口。你不再需要什么借口或是迷宫。"

"你说得对。"大象哀号道。

他们决定当天晚上见面。不,不能在小木屋。这次,加什帕尔教授更希望在图书馆的咖啡厅见面。塔拉对此并不感到惊讶,她淡然接受了。美国式的公平竞争[1]!彼得疲惫地挂上了电话。他闭上双目,平躺在沙发上。厌烦,尊敬的简妮芙·唐女士,对新事物的厌烦比荒芜之感让人感到压迫。他本不应该接受跟玛塔·哈里[2]的约会。然而,即便他如同一个容易上钩的迟钝老人般接受了这一邀请,去品尝那萨拉热窝女间谍为他准备好的毒饵,他也不应该提前去读那份计划书。巴别巨塔般的页面让人心生厌恶。那是一场被麻醉剂浸泡后的凉水澡。不算很冷,甚至带着些许暖意,平庸而抑制着幻觉。摆脱诱惑的解药就在这里,在纸上,触手可及。

第二个房间也被叫作巴别图书馆,那是一个六边形的空间,博尔赫斯的逻辑关乎宇宙与数学秩序。书架、显示屏、视频、各种影视片段,包括《公民凯恩》《大幻觉》《伊凡的童年》《摩登时代》《战舰波将金号》《罗马不设防》《第七封印》《奇遇》《希

---

1 原文为英语:Fair-play。
2 人名,原文为Mata Hari,一战期间,最富传奇的女间谍之一。

腊人左巴》。电影片段在两个显示屏上交叉着播放。一个关乎我辈困惑与历史影像的迷宫。

烦躁、麻木，自上而下又自下而上地散布着，而后慢慢向两侧延展开去。必须做些什么，任何事都行，要不叫辆救护车，要么就跑去博尔赫斯的葬身之墓，要么就打电话给戈拉。是的，要把解开的谜底告诉教授才是。就这一点圣奥古斯汀还是配得上的。或者打给戈拉的前妻，问问她波斯尼亚小姐的那封信是否已经寄到了破败的海滨旅馆。抑或是事实上压根就不存在什么信件？天真无邪而又贪得无厌的迷人蜘蛛精，我亲爱的德斯特！魅——力——无——边，是的，显而易见，还是单纯天真而贪——得——无——厌的。哦，他喜欢这个单词，并将之断断续续地重复着。贪——得——无——厌。他突然闪过一个可怕而病态的念头，自己正疯狂地想念着露。家庭，他唯一的家庭……就如同过去那般，他穿越重重迷雾，在神谕的瞬间望见了她。他闭上双眼，又睁开，用手将不可能扔之九霄云外。他抬头将目光抛向远处灼红的天空，希望再看一眼自己的同类，看它们相向而行，尽管这前行从未成功。踩在各自细长无尽的高跷上，是的，那是对无——尽——的高跷，母象朝公象前行，公象向母象迈步，但二者之间却未曾靠近。它们有着纤细而通透的关节，修长而薄如蝉翼；有着阔大而毛茸茸的耳朵，是的，双耳毛——茸——茸——的；还有着史前社会的獠牙。它们身负墓碑，如淤泥般的泪珠从软绵绵的象鼻里簌簌地流下。母象的鼻子卷曲着，像弯曲的天鹅颈，而公象则淡漠地将鼻子垂下，将它垂向底下的大地。

第三个房间专为《沙之书》而设。屋子的中央放着一本布制图书，它再现了第一次世界大战后几代人的军事文件、地图、统计文献、徽纹、旧报刊剪报、图表、肖像画和若干悼文。天花板上的放映机总会把书中的其他图像投影出来。没有一位游客会看到同样的画面。他们诠释了个体与集体的历史认知。

噢！……他感到了娱乐消遣之必要。他急需放松娱乐。一个嗓音。他需要一个真正的女性嗓音。露是如此难以接近，他已经几百年不曾听过她的声音。

数个小时后，就是塔拉了，那位年轻的美国同人，而现在，在这里，电话听筒里急需的是露。也许不行，也许连露也救不了他了。"我需要不承担任何责任才行。"大象先生最后重复道。

那是难以抵御的声音，吉尔伯特就是这样评价德斯特的。书页上僵硬的话语好像并不是那顿神秘之餐的最佳辩护词。

最后一个房间，是一块昏暗不明的区域。《死亡与罗盘》——博尔赫斯最为得意之作。侦探罗伦特尝试破解犯罪的迷宫，而也正是这迷宫将他引向了死亡。放映机在墙上投影出了谜语般的代码、地图、悼文、军功章、徽纹、战舰和飞机，还投出了悬崖峭壁和满是田园风情的山谷、滑雪场和度假村。现代化的迷宫，大都会里矗立着成百座巴别塔，高耸入云。一条发出荧光的大型条幅从房间的一头挂到了另一头，上面写着：下一次我会杀了你，我向你保证给你一个由单行线构成的迷宫，这单行线无法看见，永无尽头。[1]在地板上撒落着40封信，有寄给收信人的，也有他们的回信。苏丹人、美国人、俄罗斯人、黎巴嫩人、拉脱维亚人、希腊人、尼日利亚人、亚美尼亚人、犹太人、中国人、波斯尼亚人、阿根廷人、卢旺

---

1 原文为英语：NEXT TIME I KILL YOU, I PROMISE YOU THE LABYRINTH MADE OF THE SINGLE STRAIGHT LINE WHICH IS INVISIBLE AND EVERLASTING.

达人、澳大利亚人、意大利人、柬埔寨人，他们每个人都有一篇短小的自传。一条蓝色的条幅横贯了整个房间。上面用白色的大写字母写着：团结起来吧，全世界的流亡者！

双手颤抖着，手中握着的纸页也随着抖动。他压抑不住内心的郁结，任由这些纸飘散到地上。接着，他按下了戈拉的电话号码。耳边传来的，是无尽的等待音。一声，三声。他放下了听筒，而后又重新拿了起来，再次拨打电话。依旧是无尽的等待音。一声，三声，四声。

在电话录音中，戈拉的声音正提示着拨打者留下自己的姓名和电话号码以便之后联系。

"神圣的阁下，有一个很重要的消息。那身携长镰刀的荡妇一直嘲笑我。那求偶狂把我给甩了。她玩弄我于股掌之间。圣奥古斯汀啊，死神拒绝了我，还凌辱了我，让我沦为众人眼中的笑柄。她让我流亡，对我根本没有丝毫的兴趣。她侮辱我，又将我推开，像对待一个无名之卒。"

咔嗒，听筒的声音。镜子中，是大象奥利弗。马戏团的丑角挣扎着，深陷于无力感和迫害的深渊中。

彼得捡起了那些纸页，放在他的胸口上。那是一种免疫证明。合上书，他疲倦地闭上了双眼。

* * *

与德斯特的会面发生在午睡的梦境中，共分为三个阶段。

一记锣声：预定的时刻。彼得轻轻地敲了敲那扇金门。他没等开门，便将那把沾染了巫术魔力的钥匙插入神奇的锁眼。他勇敢地走进了房间。然而那勇气不过是昙花一现。他僵直地站在门槛边。

女阴谋家打扫了修道士的房间,将水池中的碗碟一一洗净。她重新整理了书架上的书籍,地上的地毯,床上的床单。玻璃不再模糊,巨大的鞋子,巨大的靴子以及巨大的拖鞋都整整齐齐地摆放在衣帽架前。衣服物归原位,就像是梦境一般。桌子上摆放着一尘不染的碟子和杯子,柠檬黄的餐巾和一块洁白无瑕的桌布。一切都宛若一个童话。还有红酒和黑面包。

命运掷下了骰子。不,死神还没有抛弃他。她现在现形了,看,她正有意识地维持着游戏和穿插在游戏中的小把戏。她将装饰焕然一新,准备好了炉灶、烤箱以及一顿致命的晚餐。美味佳肴,如良辰美景,一顿拜占庭式的晚餐。完美的布置,完美的德斯特和完美的死神。

彼得脱下了他的羊皮上衣,迟疑了片刻,转身背向地狱,将上衣挂在衣帽架上,背对着餐桌和潜伏的危险。

"我去洗个手,马上回来。"

一尘不染的浴缸,毛巾放在凳子上。黄色的刷牙杯里装着牙膏和牙刷。衣钩上挂着红色的浴衣。镜子上方有一个小柜子。刮胡刀、除臭剂和绿瓶装的须后水全都摆放得整整齐齐。

盥洗池上方的镜子闪着亮光,散发着敌意。他的眼框陷得很深,甚至发着蓝光。

他感到身边那女人的肉体正激发着他的欲望。那欲望在他的睡梦中蠢蠢欲动,他简直要被这带着处女皮囊的求偶狂老女人折磨得发疯。

他蜷缩起了身子。梦中的他就是一个色鬼,一个老色鬼。

"行了,我准备好了。"

彼得·加什帕尔教授出现在门框中。

一碗沙拉,一小筐黑面包片。不成套的餐具,不成套的酒杯,但都很干净。装着水的罐子,还有一些小空罐。黄色的餐巾。

"没有,我没带蜡烛。"女学生解释道。

她解开了白色短围裙,露出了里面的黑色及膝短裙。她的膝盖圆滑,肤色白皙,腿上还穿了黑色半长袜。她不是位奥斯曼修女,而是个巴黎轻佻女,是专程来侍奉多纳蒂安·阿尔冯斯·弗朗索瓦的,也就是那位萨德伯爵。黑暗的虚无,就如同置身电影院之中,电影片段被打断了。是的,它被中断了,彼得似睡非睡的,不,他应该已经睡着了。嘿!瞧,屏幕之上,他又精疲力竭地安然入睡了。

"我做了茄子沙拉。这是道永远也不会做砸的开胃菜。"

"是勾起乡愁的沙拉啊。"

"我让一位美国同人带我去有机食品商店。茄子不易去皮,也不好煮熟,须得小火烹调。哪儿能找到一块砧板呢?还要一把土耳其弯木刀,必须是木制的,不然容易串味。我一尝再尝,试了不下百次。在我们那儿,制作这个沙拉要用上大蒜,而在你们这儿用的则是青葱。于是,我就把青葱切得很细很细。"

"让我们喝上一杯吧。我们那儿得先喝一杯烈酒开胃。就是那种李子酒。"

"我知道,就像梅子酒的那种吧,但是酒味更为醇厚。尽管,在我们这里……"

"嗯,宗教……"

"我是在一个不信教的家庭里长大的。波斯尼亚经历了社会主义的世俗化,然后迎来了铁托化,再神圣化。而不是回归我们的家庭。"

"我理解，来，我们喝酒。"

德斯特从椅子上起身。

"我为喝酒准备了一个小小的长颈大肚玻璃瓶。我喜欢这样盛酒。"女杀手嘀咕着。

"你把一切安排得完美周到，就像布置一场犯罪一样。"

中断，鼾声、漆黑、啜泣。彼得挥舞着大手，像扬起了几把铁锹。他沉浸其中，准备伺机而逃。

"我先前忘记把买东西的钱给你了。"

"是我发起的邀约。没事，我有钱，我丈夫给的。"

"啊，是的，他在这儿吧，就在美国。"

"他已经回奥地利了。他在林茨开了一家咖啡馆，打电话为我订花还给我寄钱过来。混账！就如同我们这里所有男人一样。但相较之下，我更喜欢这里的男人。我受不了那些百事通先生。米尔科城府很深，令人难以忍受。是同波斯尼亚的那场冲突毁了这个塞尔维亚人。"

山鲁佐德《一千零一夜》中的故事。受害人庞大的身躯伸展开来，就像一个面孔肿胀的老小孩重新找到了摇篮。

山鲁佐德直勾勾地盯着受害者的眼睛。彼得蜷缩成一团……用短小而苍白的手指搓揉着他的太阳穴。

"美式厌倦令我心烦意乱，使我怒火攻心。他们还将这些癫狂的信件展示出来，我倒要看看会发生什么事，就让那虚无混沌，清规戒律和那美国佬的天真烂漫都爆炸去吧。"

彼得盯着自己的皮鞋，仿佛是看着史前的化石，庇佑着古老的灵魂。

听觉摧毁了视觉，男人躲避着绿光，没有将视线抬起。他尝试着抬眼看看，但最终，似灌铅般沉重的眼皮还是无法被掀动。女学生剃了一个男孩的发型，理了一个法式短发，她眉毛极有棱角，像是西藏人的眉眼，还有着绿如毒芹的眼眸，脖颈纤细。她身着剪裁合体的丝质套头衫，穿着一条过短的半身裙，美若天仙。

起身，不起身，混乱开始了。不知何时，青春的混乱就如此般开场了。

他不疾不徐地抬起了沉重的身躯，感到绿色的箭矢正插在胸腔之内，射在大脑之中，刺入了皮肤之下的肠道里，而那皮肤正被腰带紧紧地勒束着。

最后一次努力，只稍加移动他就从床上滚到了地上，于是他便在一阵震动中醒来。万幸，这可真是个奇迹！

* * *

教学有教学的规范。微笑，然后向左右致意。给所有人的问候必须十分礼貌。办公室的门向所有人敞开。目光朝下，避免看到那些低领的衣衫，袒露的胸脯，还有那在桌脚旁随意抖动的赤裸小腿。学院的小路中相拥亲热着的情侣。夜间欢愉的叫嚷声。屏幕。电视广告。新鲜蔬菜和牙膏。滑水运动。裸露的年轻女人，冲着爱慕者微笑。不胜枚举的形象，世界末日来临前的自由，启示录的狂欢节挑战着道德家的修辞学。赤裸的胸脯不应该是焦点，戴着彩色环钉的肚脐眼也不应如此。这些高更笔下的仙女，赤裸着双脚穿过潮湿的草地，膝盖随着自行车有节奏地舞动着，蓝色、绿色或是橙黄色的发辫在空中摇曳。

最终交配的狂欢发生在世界末日之前。上帝的教诲，无产阶级的道德规范和政治修正。邋遢的公告和公开的道德演讲。

然而，本能不会死亡。鲜活而强烈的冲动永远存在。在学院的小径中，加什帕尔教授感到自己宛若一个一丝不挂的孤独盲人！雾气迷蒙中，突然显现出了那阳具。裸露的武器，清晰可见。痴狂者从伪善者的庇护所中破门而出，终于挣脱了世俗的治疗法。不负责任，一切如他所愿。饿狼的双眸，颤抖的双手迫不及待地伸向了猎物？

下午，在图书馆的咖啡馆，教授失去了那双饿狼之眸，双手也不再颤抖。他十分平静地看着塔拉，微笑着，等待着询问和建议。

"你取消了东方之夜的安排？你竟然胆敢拒绝催眠的魔力？"

罪人缄默不语，只是宠溺地笑着。

"如果你还没有做，那怕是再也没有回头重来的机会了。和解的晚宴终将致命！她会麻醉你。我那八面玲珑的室友很清楚她想要什么，并且从不放弃。她会让你头晕目眩，然后将你作为战利品写入她的个人传记中，就写在'不时之需'那一章。你不了解她，你完全不了解那个女阴谋家。"

"我们为什么来这儿？之前不是说好今晚去城里找家餐厅的吗？"

"当我怅然若失时，对那些食物提不起一点儿胃口。我想把事情说清楚，我想知道你是不是取消了约会。"

"你别担心。不会发生什么灾难的。"

"你已经见了她？还是想着要见她？什么时候的事儿？"

"我不会去见面的。我本就不该接受这邀约。她当时让我感到很意外，我很好奇。好奇罢了，耍了些小孩儿脾气。"

"你已经说过这些了。这意味着你根本没有打电话取消那童话之夜。"

"我不明白你为什么那么憎恶她。她消磨了我好几个月的时间,但未曾针对你。我有权拒绝她。"

"你是有权拒绝,但你好奇得很。你想近距离地看看这个幽灵,因为她从另一个世界寄来了香气四溢的书简。我可没什么好奇的理由。我认识这女阴谋家。"

"你以为你了解她。然后,心中的形象便全然崩塌。你又重新觉得自己了解了她,但或许她完全不是你所想的那样。我们去吃晚餐吧。我猜你是开车过来的。"

"好的,走吧。吃完甜点我们就逃离这里吧。去内华达的荒漠。希望它能吸引到你。"

"我既惊讶又害怕。"

"美国女孩都讲究公平竞争。她们总会宣告自己的意愿,而不像东方的下人,为了主宰一切选择先委屈自己。"

"美国女人更危险。事实上,让人无法忍受。总觉得自个儿有理,有提不完的要求。没有怀疑,没有忧伤。没有调情[1]。调情,这是个暧昧的字眼儿,不是吗?无法接受,也是不正确的?在政治上,道德上,宗教上都不正确。争取参政的美国女人都有十分确切而个性化的标准纲领,当它们被忽视或是遭到践踏时,她们会即刻做出反抗,即便有时只是她们自己认为的忽视和践踏。"

"噢……这就太过了。我邀请你一起逃去内华达吧,让我们像野人一样在那儿待上几个月。这个探险能同你的课程互补,算是

---

[1] 原文为英语:flirt。

一种自由和原始社会的疗法。让我们退隐回我那个外省小城里。那是一座充满了习俗与善意的城市。我会把我的一位阿姨介绍给你认识，她是我妈妈一位未婚的姐妹。你会喜欢她的。她驳斥那些陈词滥调，也会质疑，也有哀伤。她同我一样，是另一类人……但也追求公平竞争。她为人开朗幽默，活泼动人，还聪慧机敏，光彩动人。美国将为你献上一位美国的伴侣。"

"所以，我们还是去饭馆吧。"

"我们是要去，但在这之前我们得先去那头熊的洞穴里瞧一瞧，前去追踪背叛的痕迹。我把车停在加什帕尔教授的小木屋前了。我们先去拜访那个洞穴，就在那儿待一会儿，不会很久，也不需要停留太久。快速地追踪陌生人的痕迹。"

红色的小汽车停在小木屋前，加什帕尔敞开了他的洞穴之门。

"你要进来吗？来吧，来嗅一嗅那些痕迹。"

塔拉犹豫了，她微笑并犹豫着。注意力很是集中，这一点从她鼻子上方，额头下方出现的抬头纹上就可以看出。当深思熟虑变为忧心忡忡的时候，皱纹就清晰可见了。

教授站在门槛处，在他面前，屋子的大门敞亮地打开着。他比了一个大动作，以显出屋主的热情好客。

"不，我就不进去了，我也不是警局的人，我连加什帕尔教授的学生都算不上。我也不是什么送信的邮差。用加什帕尔教授的话来说，我已经不再有这个资格了。"

餐馆里空空如也，塔拉为人直爽又公正，即使她并非总是待人真诚，但彼得不再是彼得了，加什帕尔也不再是明海尔·皮佩尔科尔恩了。他没有荷兰人的轻浮和不负责任的优雅，也没有使脚步轻盈的生机活力。两次大战期间的那位人物终于再次现身了。他不是出现在过去的书页之中，而是活生生地以更为秀丽的样子出现在了身边：一位结过五次婚的男士，现在同一位比他第二次婚姻所生的女儿还年轻的姑娘在一起。这位丈夫完全能展现如此崭新的面貌全靠了那伟哥的药效——成为了一名全新的皮佩尔科尔恩。

意大利餐馆静悄悄的，餐桌上的蜡烛发出幽暗的光，像是为内华达的体验之旅许下了一个良好的开始。第一杯酒。沉默，思想的滴答声，犹豫在目光中摇曳。教授伸出手来，女学生既没将她的手抽回，也没叫唤，显然是被这一触碰吓了一跳。既没有道德的说教，也没有新教的清教主义。

教授紧紧扣住女学生的手指，向她那不羁的耳环微倾。可转瞬之间他被战胜，或者说是被征服了，而不是以他现有的姿态将猎物俘获。塔拉似乎很是感激近几个月来彼得对她态度的转变。这种转变自然而生动，比起那些抹杀了这一代姑娘词汇量和想象力的陈词滥调，它显得尤为摩登，更为遒劲有力。

接下来几个礼拜，塔拉的存货一直停在加什帕尔教授的屋前。流言蜚语漫天飞，然而拉里一号主席却无力横加指摘。在一次例行会议的间隙，简妮芙·唐找上了他，以简练武断的形式告诉他有人看见加什帕尔教授在校园里漫无目的地游荡，还朝人比令人生厌的鬼脸。加什帕尔那副德行简直不修边幅，长裤拖地，裤子的某个地方还敞亮亮地开着，好像他完全没有时间又或是没有心情将它扣上。而那位被怀疑同信件有关联的女学生，又恰好将她的车停在了教授的木屋前。

在毕业典礼上，塔拉领取了自己的毕业证书。德斯特则宣布自己在最后一年将去另一所大学交换。之后不久，加什帕尔便从校园中消失了。

没有人知道，这只是一次发生在暑假的短暂离去，还是算是道了永恒的离别。

* * *

短暂的离去还是永远的离别？不得而知。无论是戈拉笔下那与命运抗争的悼文，还是玩弄现实、狡猾多变的叙述者，都难以预料这一结果。后者这一称号，是帕拉德用来形容我的。

在那些阴晴不定的日子里，戈拉给我打了电话。很久以前，我们通过帕拉德的介绍相识。帕拉德这个布科维纳人和我在同一所中学毕业，只是稍晚了几年。在那小城的中学里，满是参天大树，洋溢着浓郁的田园风情。也正是他带我去的嫌疑者的阁楼。

在首都中心地区有一座意式教堂，帕拉德与我曾在教堂门前闲聊。自从他来大学与我匆匆见了一次面后，我们便再未相遇。我们曾在洋溢着贵族气息的约阿尼德公园漫步，离我们先前相遇的地方仅有几步之遥。那时我向他分享了一股愉悦之情，具体说来，在大都会生活的每个人都是匿名者，时刻被安全感包围。他和我谈起了自己新的朋友圈，好友们常常相聚一起探讨文学、宗教、哲学与艺术的奥秘。他身上散发着无限的活力与热爱，也很欣慰像我这样的工程师会沉醉于这些诱惑当中。他先前学的是数学，并非生下来就叼着莱奥帕尔迪[1]的奶嘴。他察觉到我们之间存在着一种一致性，这种一致性不仅体现在地理层面，更包含了文化层面。他给了我那

---

1 贾科莫·莱奥帕尔迪（1798—1837），意大利19世纪著名浪漫主义诗人。他的优秀诗作表达民族复兴运动的理想，复辟时期的创作有较浓郁的悲观色彩。

阁楼的地址，用一种狡猾的语气补充道："那儿可不是风花雪月之地，恐怕只会更糟。"

几个小伙子，两三个姑娘。那阁楼上的讨论晦涩难懂的问题，年轻人在此起彼伏的论战声中越发显得盛气凌人，而这一切都令我感到厌倦。带着炫耀意味的言论在我看来十分可疑。那些自大的发言引经据典，像是背诵练习。法西斯主义，文学辩护词刺激了我的神经，并令人疲惫不堪。要说那晚上在我心中留下了什么特殊记忆，怕唯有那份我对露的执念了吧。

无论是戈拉还是帕拉德，都无法忘却像我这样的文学爱好者所保有的怀疑主义，以及那诡异的困境。一些时日后我才知晓，戈拉带着一种更为强烈的情感多次参加了那热火朝天的论战。他逐渐将那些论战引向了文学领域，而非政治。也正是在那时候，米赫内阿·帕拉德评论了博尔赫斯的《死亡与罗盘》、卡夫卡的《审判》、奥威尔的寓意小说以及迪玛的书和人格品性。也正是在那里，他重新与露邂逅。而他们的初次相遇，则是在一场由众多年轻音乐迷和舞蹈迷参加的周六晚会上。我一直都没有忘记他回顾往昔时眼里的神色。

"她精致而漂亮，但有的时候却不……当她无法排除或是隐匿那些干扰时，她身上的神采便悄然消失。她习惯了以一种极不稳定的方式绽放自己的光彩，和所有的不稳定性做斗争。另一些时候……另一些时候她喜形于色，善于交际，时而还会心神恍惚。在这种涣散的精神中她寻得了解脱，而后又坠入自我的深渊。我重又感知到她的激情，还有那摇摆不定的心绪，即便她表面上看起来那样坚如钢铁，完美无瑕，沉着冷静。然而在一个熟悉的环境中，她令人感到难以抗拒。宣示主权，成为自己的主人？不，根本不是！

她是脆弱的，尽管在外表上所呈现的是一种坚不可摧的戒律。那是一种敏感性。非凡的性萌动，不是吗？"

帕拉德之后也不再掩饰对戈拉的嫉妒。这显而易见的嫉妒之情不仅源于戈拉同神秘的露之间的联系，也受到在他到美国之后同迪玛的关系的影响。他已经将自己的遗嘱权让步于他，但迪玛似乎还是暗暗地偏爱着戈拉。而他那流亡中的妻子，梅丽，这位精致优雅，易轻信于人，涉足上流社会的妇人好像也格外信任戈拉。在老人去世之后，她曾向他许诺要好好看看那本战时的秘密之书《紫色笔记本》。戈拉曾保证无论何时都绝不向任何人说起或写起有关这秘密之文的事情。就连同帕拉德会面时，他也不曾提及《紫色笔记本》，更别说同加什帕尔谈论那篇评论文的参考文献的时候了。

现在，我对加什帕尔的突然失踪倍感震惊，对这一难以置信的轰动消息也甚为诧异。他告诉我，在毫无动机的情况之下，在迪玛身上竟发生过与戈拉相似的情况。二人之间好像还存在着某种他不曾提及的关系。

"迪玛掌握了关于战争的所有信息，他知道日耳曼人在东部犯下的种种可怕行径，可是……他在自己的记录里却对此只字不提，连对他年轻时的爱人玛尔嘉·斯泰恩的命运也未流露出丝毫担忧。他和她的前任似乎还共享过她一段时间，然后他就开始嫉妒起来，还强迫她在二人之间做出个抉择，而她更喜欢的是他。之后让他害怕的只有斯大林格勒了！但倘若德国获胜了，玛尔嘉身上又会发生什么呢，其他人又会怎样呢？然而，在他的日记里，事关这些的信息未出现只字片语。"

迪玛的追慕者居然因为彼得·加什帕尔的失踪对大师发起了反击？！因为评论文还是得靠他自己写，而不是按照他喜欢的意愿来指导新手加什帕尔写？难道他还为他的人民担忧？！玛尔嘉不算人民的一分子么？她难道还算不上迪玛的人民的一部分么？

戈拉并没有料到，其实我对玛尔嘉·斯泰恩的了解程度完全不亚于他告诉我的那些，他浮夸的言辞在我看来就是故意转移视线。

"这不单单是某个个人的问题，而是同所有被世界抛弃的人们息息相关。那些无牵无挂的人……不是吗？"

戈拉似乎被回忆和加什帕尔的失踪所引发的仇恨与消耗的精力弄得心烦意乱。

"简单来说，就是些被他人所背弃的人。想法总归是想法，是抽象的，不过是脑海中的游戏。真实的证明是人，以及我们的待人之道。"

对于像戈拉这样一位独居者来说，这一证实意味着一场庞大的骚乱。此后我给他打了电话，他也给我来了电话。我俩一直争论着加什帕尔失踪的事。

我一直坚信自己只是一个备胎。他不能和露谈论失踪的事，换言之，他努力过，但不允许自己再次尝试了。他需要另一位同样来自他家乡的人士。因此他钟情于帕拉德，但他对我和帕拉德最近的会面却毫不知情。

* * *

当他消失20年后，决定重回故乡一礼拜去看看自己的家人，并向他们介绍自己的未婚妻时，帕拉德特地约我见了一面。那会儿我才刚到美国两年，正被陌生人的课弄得晕头转向。

我一到新世界就给他写了信，他也回复了我。我们在电话里也聊过几次,他还介绍我和戈拉认识,可之后我们就慢慢疏远了。

我们约在中央公园见面,那儿离儿童游乐场不远,就在《爱丽丝漫游仙境》的人像面前。他说,他是特地到纽约来的,还专门选了这个意料之外的地点作为约会之地。

他的怪诞和夸张有增无减。由于我先前已经见怪不怪了,所以我这次也没有表现出任何困惑不解或是不适而抗拒的姿态。

那是一个风和日丽的春日,不冷亦不热,也没有下雨。我们望着彼此,微笑着拥抱。帕拉德看起来有些心急,直奔了主题。

"我要前往我们那忧郁的国度了,那充满幽默的国度。或许,我这是自寻死路。"

我没想到他如此开门见山,心里寻思着还是少插话为妙。

"你或许想问我,我为什么恰好选择了你。鲜有人知晓我们来自同一座城市。如今,我们已阔别许久。还记得在那令人难忘的夜晚,我曾试图带你融入当时的青年文学圈。你却选择了退缩,因为你觉得那伙人看起来颇有嫌疑。"

我不记得我曾表现得那样明显。然而后来,我还是离开了那将人迷得神魂颠倒的阁楼,个中原因也十分明确。软弱的睿智……我避开了那危机四伏的环境,尽管这环境并不罕见。

"不幸的是,你是正确的那一方。国家安全部门的文件,无论是那些保留下来的,还是那些没被篡改的,都证明了这一点。这是与你见面的另一个理由。"

他皱着眉头看着我,手里点燃了一支烟。

"你也许听说了,最近我一直经历着一些神秘的历险。我能解读命运所加密的符号。我周围的信息,无论它们如何晦涩难懂,都预示了危险即将降临……他们会在这里终结我,当然,即便在那里也是同样的结局。"

我等着他进一步做出解释。但他没有这么做。

"回望过去,一切都是妥协折中的结果,呈现出一种同谋的关系。我们呼吸着的那种空气……也依然呈现着妥协和同谋的关系。他们怎么就给我发了一本护照呢?通常而言,那其中可是存在着一种市场关系。你给他们些什么,他们再回馈你点什么。同时,还有些小把戏。在一个拜占庭国家,生活大多展现于桌面之下,而非将其摆到台面上。关系,利益,不足之处相互勾连。别要求太多了。"

我只想扪心自问罢了。

"丧失语言并不是最为严重的一点。我年轻时候就离开了那儿,从此我的写作便从未间断。我出过书,还有一些书稿就放在抽屉里……最可怕的危险,在于他们总向你索要文章,或是让你接受你所给予的一切。举个例子来说,迪玛……他发表的东西太多了。顺带说一句,那些哨兵们也很自然地对我和他的关系十分感兴趣。他们打算为他荣归故土大肆庆贺一番。人们毫不在意他曾经那些反共的言行。那阁楼本将合法化他们的制度。迪玛年轻时,曾立志做一位改革家,只不过他的改革都是反动的。"

他停了下来,仿佛在思考着什么,或是努力搜寻着回忆。

"你听说过物理学家希尔的团队吗?他行走在熊熊燃烧的炭火中却毫无知觉。在那阁楼中,我们是不是也算是不自觉地行走在炭火之中呢?但是我们还是感知到了恐惧,怀疑,罪恶。在加利福尼亚,科学家们正开展着关于利用技术手段调整意识的试验。你觉得这个国家怎么样?我们最好还是只谈谈这个新世界吧,旧世界早已彻底被淘汰了。如果他之前并非一直如此。在那旧世界的旧阁楼上，我掀起了对迪玛的崇拜热潮。但我们当中没有人知道玛尔嘉·斯泰因的情况。我相信她是迪玛虚构出来的人物。在他笔下的那些悼文中，可能性变得真实了起来。我完全赞同，生命并不只是由现实和可见的部分所构成。然而，可能性被体系化地编上了编码。戈拉被书本催眠了……尽管他也有过启发性的直觉。"

他沉默了许久。无限的沉默。帕拉德不再说话，也不再看着我。于他而言，我已经消失了。

"冷漠是一种人性。人性。不是吗，帕拉德？我们都是人。"

他没有听见我说话。

"疏远同样也是一种人性。人性。不是吗，帕拉德？我们都是人。"

"是的。纳粹在东方的暴行不在他的优先考虑当中。他并不将玛尔嘉·斯泰因的同党视作自己的敌人。他们不在他优先考虑的范围内，仅此而已。"

他点燃了那根香烟，将目光重新投向了我。

"很快，最后一批幸存者也将消失。我们将遗忘那符号，还是将之保留。毕竟没了它，我们将连自身都无法理解。"

他抖落身上的烟灰，随之不安地将未燃尽的烟头扔在一旁。

"的确，冷漠、疏远、沉溺自我。然而他又慷慨大方、乐于助人、心思细腻。他过去也是这副样子，以前他常宣传噩梦。它们看似披着神圣的外表，实则只不过是一个个裹着绿色外壳的梦魇。我相信平行世界。纷繁复杂的世界。正是有了繁杂性，因而凡事也存在两面性。事情并非总是消极负面的。人类也不是单一的存在，也有其脆弱之处和秘密之事。隐晦的可能性无处不在。你是不是认为，我可真是一位烦人的诡辩家？"

他兀自重新点燃了一根烟,同时也不忘给我递来一根,我庆幸自己先前已经将烟戒掉。他入神地盯着我看。

"你应该能理解迪玛的模棱两可吧。你们总是被要求力争完美,但却做不到。天使是不著书立作的。"

多年之后我才明白加什帕尔用的那句格言显然不是他自己凭空捏造的。

我并不喜欢在谈话时被泛称为"你们"。我那会儿和米赫内阿一样,都被那些矛盾、脆弱、秘密以及意料之外的可能性所吸引着,只不过就我而言,相比人类的思想,人的本身更为重要。米赫内阿,相信我吧,还是人本身更为关键,这就是我原想向米赫内阿·帕拉德重复的话,可惜我没来得及说出口。

"你想一想,他们都不让我去亲眼看看档案!竟然不准我看!我可是他忠实的追慕者,还是他的弟子。从我开始发问的那一刻起,他们就不许我去看迪玛的档案了。我建议他,别再去看那个狂热的老医生了。你可知道,他就是铁卫团[1]在美国的代言人!真是荒诞至极!想必,你一定听说过那位医生。"

我的沉默不语是默许的信号。而帕拉德显然没有料到我竟会同意,他只想向自己泼毒药,而我就成了其子孙的见证人。

"我听说戈拉看过那秘密档案。我怀疑他应该是见过了。"

他是有些嫉妒了。他热爱迪玛,但却没料到迪玛会更喜欢别人。

这是一个发问的好时机,于是我就问他戈拉是否会是一位情报

---

[1] 铁卫团,全称"基督教与全国防卫同盟",是1927—1941年罗马尼亚的法西斯组织。

员。其实这算是一种我间接询问他自己的方式。

"他有没有可能会是？任何人都可能是。这并非命中注定，而是我们的宿命已被最高机关驯服了。小鬼头成了一个密探，成了一名好事者和一位官僚，可是人无疑是不可约束的，具有同一性和繁杂性，二者一样地令人讶异。你就想象成年人……过着平行的生活。有时候这种状态会长达数十年，甚至十几年。神秘之事在四分五裂的深处被戴上了镣铐。平行世界。电脑将会完善机遇，直至整个世界都为之震惊。你听见了没，我确定。"

我多少听说过一些，也准备好聆听任何事情，并将之铭记。

"你只要一戴上一些特殊的手套，电脑程序就会瞬间将你带入一个世界。而你就成为了这个世界突如其来的闯入者。你会在另一个世界里生活。你透过手套掌控着另一个世界的事物，感受它们、握紧它们、占有它们、改造它们。"

他东拉西扯地，是在含沙射影地暗指戈拉？不是很清楚。

"啊，是的，你问及了戈拉。我曾经是他的一名学生，我俩关系不错。正如你所知，他先我一步离开了。据说是走了她妻子亲戚的关系。我不知道。那些说是他们想让他与露分离的说法有些勉强。不管怎么样，这尚且存疑，同我的情况相差无几。是体制的伟大胜利。普遍性的怀疑往往比体制本身拥有更为持久的寿命，它拥有更遒劲稳固的后发力。"

他再次与我四目相对，不是为了掩饰，看起来更像是为了加强他心中的怀疑。

"戈拉在各方面都表现得颇有教养。显然，那其中也少不了虚伪和文明的外漆。那对于露的执念，是可信的么？每个夜晚都有不少色情服务可供选择，舞姿绰约、出价昂贵的年轻女郎可陪伴在你的左右,简直是为了单身贵族量身定做的。贵族,没错,不是血统上的贵族,而是学问上的贵族。戈拉的夜晚?放心吧,那都是一些秘密的夜晚。书本也需要女人们的陪伴。是女人们,不是单单一个女人而已。露不是单一的女人,而是许多女人的集合……我所知道的是,戈拉离开祖国得到了当局的批准,是完全合法的。他本尝试过让露一同前去。他需要那体制的帮助吗?我不知道。迪玛曾试着帮助他。对于迪玛前往故国的任何一次访问,戈拉都坚定地持以反对态度。不,不,不,无论是什么代价,戈拉大吼着,滔天大怒让他涨红了脸。迪玛可不是冥顽不灵的老顽童。随着年岁渐长,他也放弃了希冀。他很怀恋往昔时光,认为一次拜访将增加他的国际声望。那些八面玲珑的制度宣传员已经成功地说服了西方人,让他们认为我们敬爱的独裁领袖,也就是那喀尔巴阡山的天才,建成了一种特殊的社会主义民主。一种特殊的民主,存在于一种特殊的社会主义中。就像他会说的那样,我们成为了特殊的物种。"

我早已听说迪玛想在他的国家和我们的国家之间达成一种折中的关系。戈拉的反对态度似乎证明了他正直的品格。所有这些都算不上什么新鲜事儿。

"你听说过自由欧洲电台的前波兰领导人吗?在反对共产主义的征伐中声名显赫。你听说过最近的那些消息吗?"

我洗耳恭听。

"那个故事有关一位温文尔雅的先生,此人可谓闻名遐迩。他写过一篇关于约瑟夫·康拉德的论文,在业界激起了广泛的讨论。有些人甚至说,这是他写过的最好的一篇文章。波兰的共产党政府,受了自由欧洲电台的刺激,将这个反共领导判以死刑。他就这样,在缺席的情况下被判处了死刑!然而如今,波兰安全部门的档案中又是怎么说的呢？那著名的反共知识分子是一个情报工作者！这说辞真漂亮，不是吗？他们当初为何没杀死他？有些人因为自己的拒绝而命丧黄泉，有些人则是在完成了任务之后才被杀死。"

帕拉德对这历史的时间线感到疑惑：起先，嫌疑人是波兰安全部门的一个探子，而后他放弃了，出逃并投靠了敌人的阵营。

"当初你选择离开嫌疑者的阁楼是正确的选择。谁曾是探子，而谁又曾不是？我，戈拉？你？你没有被调查过，你没被那些警察访问过吧？谁知道他们在报告中是怎么写的，又是怎么修改的。时至今日他们可能还在修改着，我肯定这一点……那些迫使我们当探子的人，现在已经搬进了别墅里。那些曾专职为党和第一天才同志写溢美之词的人，现在不知在哪个餐馆或是更为隐蔽的地方开心地拍着肚皮。兴许那儿还有三五个安全部门的将军。他们手中并没有情报人员的档案。或许他们曾有过，但最终还是消失了。你觉得呢？拜占庭的优良传统在共产主义的优良传统中找到了自己的盟友。或者说，是一种警卫传统。或者说，兼而有之。"

帕拉德先生微笑着，对这段话感到十分满意。他想加深我心中的疑惑，而非将其驱散。我应该向他说出自己曾迟疑未提的问题。

"那么露呢？你觉得她怎么样？"

他更着急了，立马作出了回答。

"她也一样，曾经也去过那阁楼。"

"但他们不可能都是探子吧。"

"别提了！那本该是个戏剧社。不，不，我想说的是，我们是在那里碰面的，而戈拉也是在那里遇见的她，然后直至今日，他就再也没有离开过她。正如人们所想的那样，他不仅仅没有学究式的狂热，也没有埋首书海之人所患的幽闭恐惧症或是密集恐惧症。其实我觉得，我们离这个病并不遥远，但对他来说就是另一回事了。露对他来说不仅仅是一个女人，还有着更多意义。这是一个绝不可被忽视的机会！我在阁楼上的那些夜晚里认识了她，也曾在上流交际圈的舞会之夜上遇见过她，的确是个美人。各个社群都能寻到她的身影，她跳摇滚，扭腰摆臀，还转呼啦圈，为人开朗、活泼、讨人喜欢。她也有些突兀的反应，好像受过什么冲击创伤。我记得有一个晚上，夜已过半，在数小时的舞蹈和调情后，氛围变得暧昧勾人，极有利于再做些什么。好几对情侣钻进了纨绔子弟的房间。这些舞会常常在一些豪绅的大宅子里举行。这些人也不知是耍了什么伎俩，成功地将各自的房屋财产就这样保留了下来。舞蹈与爱慕。这些情侣会交换对子，最后成了集体淫乱舞会。露觉察出了态势不妙，瞬间变得脸色煞白，于是拿起手包便匆匆溜走了。我很担心她，第二天一早就给她打了电话。她告诉我，那晚上她只身一人，从湖边的那个小区一直走到了凯旋门，整整走了一个小时。最后到了凯旋门那里才打到一辆出租车，可是她又身无分文，于是就把自己手上戴着的镯子给了司机。最后到家时，已是天亮时分。"

我觉得，从平行世界的居民那里，我是等不到更明确的答复了。

帕拉德没有在他的祖国被杀害。相较离开之际，他重回那里时显得更加不安。他告诉我他会在肯尼迪机场转机，几个小时后再换乘飞机飞往美国中部。

明海尔·彼得·加什帕尔及其表姐意外出现在美国之前的那天，天气阴郁，大雨倾盆，雷雨交加。

航班因此受到了大面积的延误，有一些甚至直接被取消了。我因此在机场等候了好几个小时。

"那是一次不错的旅行,换句话说,虽差强人意,但颇有收益。它让我清醒地认识到,那场革命的必要性,如果我们可以这样称呼它的话,它是后现代的。是的,它就是这样的。它不断地模仿自身、冒名诈骗、编程编码、相互依存、不确定性。在一个超现实主义的国度里发生的一场后现代的革命,你怎么看?"

我什么也没说。一位研究神秘学和超自然现象的研究者描写了一场后现代革命里的国家,这的确值得关注。

"他们对革命很是自豪,数千名烈士牺牲了,但是他们告诉我革命队伍里也混入了大批恐怖分子,这是克格勃[1]的阴谋。还有来自西方、东方和南方和北方的人手。他们常说起过渡期,但不是向2000年过渡,而是向着1938年过渡,是朝着迪玛的模式过渡。我曾经历了这样一段轻狂不羁的岁月……他们都看着我的印第安女人,安叶莎,好像她刚从远古洞穴里爬出来似的。"

尽管我一门心思地猜测究竟谁才是这次访问的受益者,但帕拉德并没有等我提问。

"我很开心能够再见到一些朋友,这让我想起了自己的青春,忆起了我们俩共同喜欢的那些地方,记起了那个唇枪舌剑的阁楼。梦想和它们的朦胧不定呀。"

模棱两可的辞藻令人期待万分。我们希望这自白可以继续下去。可惜却没能够。

"之后,我收到了些信号。一些信号,一些求助,可我没能把它们全部都破译。我的兄弟……你知道的,就那个双胞胎兄弟,拥

---

[1] 机构名称,原文为KGB,苏联国家安全委员会,是苏联的情报机构。

有着同样的宇宙起源的胞弟。呃，我们在那里的时候，他做起了一些稀奇古怪的梦。"

我害怕，在先前见面时我也害怕过，我担心自己沉浸于巫术和幻影。

"假如他曾经是的话，应该是可以找到证据的。假如他仅为可能是，那么……我们就是凭空猜测了。很多人本来不应是，最后还是成为了探子。这是否可以推断出大致是什么时候发生的事儿？哪怕没有任何人猜测，那他们自己都不曾在意吗？我们不能忽视，他们是什么时候，为什么，又是怎样变成了他们本不会成为的那个模样。"

"很抱歉，我觉得现在讨论这些不合适。"

"呃，我觉得正是该说的时候。"

"这让我感到担忧。这是我的错，是我没有挣脱那些旧日的毒药。咱们应该谈一谈美国。"

"这会很有趣的。我们的故事看起来会很有意思，只因它们都极其怪异。"

"行。我之后再给你打电话吧，到时候聊一些开心的事儿吧。"

"我会很高兴的。再也没有人给我来电话了……"

他是否真的感到高兴，我不得而知，但我再也不会因为这些充满暗喻的话而感到有罪了。

* * *

那木偶摇晃着他，扼住了他的喉咙。它身着一件纤薄的上衣，透明，白丝绸质地。它肆无忌惮地掐住他的脖子，满心喜悦，全神贯注。半透明的死神，全身如丝。当你以为你已经摆脱了这世界的悲惨，它慢慢地，曼妙地松开你，带着一种无微不至的细心。人们从噩梦中跌跌撞撞地出来，重新又面对着各自的档案。

封面上写着出生日期。过往，那是智慧的年龄；如今，那是伟哥的年龄。老家伙冯·阿申巴赫[1]为脂粉感到羞耻，但也正是托了这脂粉的福，他的理发师让他神采奕奕重现青春。在这之前，他根本无法想象在新世纪中会有奇迹的降临。这个时代，替代品拥有无限的可能。肾，肝，新鼻子，新嘴唇，新眉毛，眼睛的颜色，性器官，根据顾客的要求来调整，治疗头和腿、睡眠和失眠、狂躁症、感冒、癌症、阳痿、欲望、秃顶和风湿的药物，心脏、头发和视网膜的移植，为聋人、盲人和残疾人配备的仪器。没有什么东西会失去，一切都会被改变，被替代。死人也终于找到了自己的用武之地：遗嘱不仅规定了土地财产的转移，也规定了脾、肝、肾、肺等器官的移植，用于一个新的肉体，从而令其得到更新。

时间又是在什么时候，以怎样的方式流逝的呢？

流亡者接受了新的地点、新的时间。他习惯了传真机、互联网、手机、银行账户、飞碟、宗派和性的密会，基于圣经和黄色电影的教育，但他依然留在被称作露的过去。

他为什么如此痴迷于明海尔·彼得·皮佩尔科尔恩，他自己本身或是可能代表的人物的对头，为什么要使彼得·加什帕尔复活呢？以及，他为何无法忘记几千年之前和伊奇那个大胖子的对话呢？那是一个阴暗而潮湿的地窖，他当时提到了自己对耶稣民族的

---

[1] 托马斯·曼小说《死于威尼斯》中的主要人物。

崇敬之情,尽管他对宗教一直都没有太大的兴趣。一直以来,他缺少的是什么?到底有什么能解释他那一直无法得到满足的需要,那种成为另一个人的需要?无须那样谨慎,也无须那样杰出。不只在思想上更加叛逆,也不只在梦境中更加自由,还需更多才多艺,更虚伪神秘,更罪孽深重,被万般蹂躏。还得更值得周围那些伪装者仇恨、同情和崇敬?

在土灰色的新档案上,命运用血红色写下了"戈拉"二字,那上面还有一张带有赫斯皮塔尔大夫署名的蓝纸。

我一会儿听他讲话,一会儿不听。自然,我也想追求更多零碎的细节,但是我换了话题,好使自己从中逃脱。

"你觉得以前的那些安全情报员有必要特地到这儿来跟踪你吗?"

出乎我预料的是,他并没有立刻回答我,似乎需要时间来决定回答的方式和内容。

"我不清楚那些档案里究竟有些什么,因此我也无法排除任何假设。作为一个擅于假设之人,我相信秘密以及那些秘密的需求。毕竟生活是双重甚至是多重的。冒名顶替不过是那些被我们熟知和接受之事的另一种体现罢了。你看看这里,在这个自由和禁忌的美利坚,一旦政治家陷入了一段短暂情色艳史的风波,丑闻就会铺天盖地而来,然后这位政治家也就完蛋了。在法国,兴许他还会被赞赏。同世界一样古老的通奸行为是不是意味着此人对一切事物都在撒谎?难道他都不在乎穷人、宗教,不关心自己的孩子和美国的命运么?绝不可能!"

他沉默了片刻,深深地望了我一眼。

"不,我以前不是情报人员,如果你们想知道这个的话,告诉你们也无妨。那些安全警察昨天和今天连着跟踪我也不是为了这个，至于原因我也不清楚。兴许这样更好吧。"

他说那是最后一次谈话了，所以也算是一场忏悔。

"我们生活在让人爱恨交织的美国，这里由秩序和自由引起的混乱不计其数，它们或带有现实色彩，或带有宗教印记，或腐败，或理想，分门别类的上百种宗派，成千上万位荷枪实弹的种族主义者，不同程度的文盲，腐败、愚蠢和演出。还有那不可一世的傲慢！幸好，这并不是个十全十美的国度。只有独裁专政才是完美的。"

"她对戈拉怎么看？露都说了戈拉些什么？她愿意说关于他的事情了么？为何她没有跟随他而去呢？"

帕拉德略有些灰心地审视着我。他笑了起来，露出一个意味深长的狡猾的笑脸，好像在那些临时设问中这些问题是压根无法回避的。

"即使是现在，露也可以离开那个地方，虽然她从不愿意离之而去。我向她问过戈拉，为何不随他同去？'我不知道，也不想知道。'她就是这样回答我的。'我们每个人都是无可替代的，而我们的年龄也是难以置换的，哪怕是处于另一个年纪或是另一个环境里的自己，也无法替代现在的我。'她如此说道，'我不知道，不想知道，也没有必要知道。'我想她已经变得不那么紧张不安，也没那么模棱两可了。行了，我们就到这儿吧，我还记着出三本不同的书呢，已经签下了出版协议，所以到五月之前还有很多事情要做。五月已经被写入了我弟弟的梦里。"

"你这话什么意思？"

"有场政治局会议。准确来说是前政治局。小人国的木偶们，由秸秆、棉纱和天鹅绒制成，就像一出木偶戏似的。胖乎乎的厨子，手拿草耙的园丁，架着小眼镜的速记员，将军们，身着绿色衬衣的荣誉团年轻人，头戴鸭舌帽，臂挂红袖章的工人，还有些积极分子。他们讨论着我的境况，谈论着行刑的日期，等待着一个信号、一个指示。喀尔巴阡山的天才看起来似乎有些不知所措，他转身去找其中一位戴着鸭舌帽的参谋。我的兄弟卢奇安就和我说了这些。一个有警示意义的梦。"

帕拉德紧了紧脖子上的围巾。他身上是那套常穿的蓝色西服，内搭了一件白色开领衬衫，戴着一条红色羊毛软围巾。

"布偶用嘶哑的嗓音回答着，就像一位口技表演者。东正教的圣徒节。天才笑了，他喜欢这位参谋的残忍，他点了点头，又伸了伸手表示赞许。布偶们纷纷掏出了各自的笔记本，并记起了笔记，五月的节日。那一年我顺利逃了出来，所以无事发生。遗憾的是这里没有茨冈女人，不然她应该能解开这谜团。"

他又紧了紧脖子上的围巾，尽管那里热得让人透不过气来。他那脖子上的羊毛大围巾，不过是一种无用的保护。

那便是我们的最后一次见面。

自那时起，时光荏苒，或许彼得·加什帕尔在平行的轮回世界中重又遇见了帕拉德。那时他便会告诉我们，他的消失之谜是否和米赫内阿·帕拉德如出一辙。

* * *

加什帕尔在电话录音中留下的信息似乎带着挑衅的意味。难道他一直在猜想，他就是戈拉办公桌上那份悼文的主人公？那些信息立即就被誊写到了RA 0298的文件当中。这种在葬礼上转移人们注意力的事物，如今也要求专业性！戈拉逐渐变得专业起来，他学会了去安抚那些生者的情绪：被称为传记的闹剧变成了滑稽的悼文。他一会儿选这个片段，一会儿又选另一个，只是为了描述那些在斯蒂克斯冥河另一岸的人们。

那荡妇不断地嘲笑我！她让我变成了这个世界的大笑话。这个女求偶狂……她事实上对我毫无兴趣。他听着录音，一词一句地誊写下他所说的话。这些词语乖乖地静止在明海尔的档案里。戈拉重听了十余遍录音，甚至能倒背如流。他面前放着誊写完的材料，感受着语调的起伏，对照着语音和文字，寻觅着新的含义。他忽略了米赫内阿·帕拉德所笃信的灵魂转世。

彼得·加什帕尔是不是利用了这一延期，以便能继续和那女性求偶狂纠缠，就像他刚刚来到这新世界时所承诺的那样？或许，他已筋疲力尽，才让这游戏戛然而止，从而证明是他自己决定了这故事的结尾？

自杀似乎不太真切。

这个絮絮叨叨的人留下了一条琐碎不堪的消息便兀自消失。而后，音信全无。这一信息排除了一种冒犯的可能性，就像人们强加于米赫内阿·帕拉德身上的那种冒犯？东欧教授木屋中的电话在虚无中响起。学院秘书坚持认为去度假的教授已经申请了缺席假[1]，那是一种无薪休假。信封上是不是写了寄信人的地址？不得而知。毕竟官僚们没有强暴私人生活的权力。

---

1 原文为英语：leave of absence。

他最终和德斯特一起逃离了这里？或者，他和塔拉一起去了内华达的尼尔瓦纳，为了去寻找真正的美国，自由的荒漠？哪个塔拉？是那个审视贴身内衣和腐烂的通心粉之间的关系，甄别香味和臭味的不同的女人，还是那个提供了威胁信的女邮递员？还是那个放松、真诚、聪慧，与渴望得到低分的神经质女人毫无关系的女伴？

彼得消失在美国的迷宫中，音信全无。他是不是在大峡谷中遇见了布宜诺斯艾利斯的那个盲人？

戈拉深知自己是个不被信任的专栏作者。在窘境中难以作出抉择的他，将手掌放在档案上，目光投向了放着红手套的桌角。

第三部分

在失踪之前,彼得同列奥瓦·波尔坦斯基进行过最后一次的会面。

宾州火车站!他从熙熙攘攘的人群里出来,抬头将目光投向遥远的天际。当下!就——在——当——下,这位旅人喃喃自语着。他人生新的座右铭和祈求就是:活在当下!

黄色拉达车在排水沟旁停下。列奥瓦应约而至,就在那儿等着他。

"谢谢,你是位一言九鼎的君子。苏联人都是信守承诺之人。"

"如果报酬可观的话,美国人也能做到一言九鼎。你给我的报酬很可观,甚至丰厚得有些过分了。"

"嗯,怎么……这是我该做的。法国佬不是说,位高责任重嘛[1]。乌克兰人又怎么看?"

"为何提乌克兰人?"

---

[1] 原文为法语:Noblesse oblige.

"你不是从那大名鼎鼎的敖德萨来的吗？"

"我是苏联人。我和你说过了，但你没明白。君子一诺千金[1]，这是我从家里学来的。这句话不是法语，但我觉得意思也八九不离十。"

"的确差得不远。"

"行吧，我们现在去哪儿？"

"我也不知道具体地址，但我知道大概在哪儿。"

"纽约可不是一个小村庄，得要一个确切地址。"

"你知道勒诺克斯医院在哪儿么？那家医院很是有名，它旁边有间小诊所。"

"你又去看医生？你那位女朋友搬到勒诺克斯了？那位不愿见你，所以在你现身之前就消失得无影无踪的女友，还是说她是你的伴侣，你的夫人？"

"不，她并没有搬走。我也不是为了她才去的。"

"你病了吗？他是个精神科医生？我上次也问你了，但你没回答我。是精神科医生吗？"

"我上次已经给出了答复，现在就再回答一次，不是的，他并非精神科医生。科齐大夫是位内科医生，尽管这个职业在美国早已过时了。"

"是啊，现在医生都术业各有专攻了。看左手的，治右手的，看膝盖的，治筋腱的，医头疼的，治秃顶的。你不是有十根手指，十指脚趾么？每个指头都应该配上一个医生。那就得有20位专家了！然后为每个指头上的指甲再配上一位医生。那就又有20位医

---

[1] 原文为德语：Ein Man ei Wort.

生！牙医们也有专门补牙的，还有只拔牙的，有些人专看牙龈，还有些人负责种牙，使这些新牙更为坚固耐用。这就是福特的方法，劳动分工，从而使得生产量最大化。还在苏联的那会儿，我可看了好几十遍查理·卓别林的电影。"

"那片名是叫《摩登时代》吧，不是吗？高效而残酷的资本主义。所以，你是在社会主义国家看的这些电影。那书呢？书你可读过么？"

"我读啊。我能拿到多少就看多少。"

"你能拿到多少呢？我在那儿完全掉入了书籍的陷阱之中。"

"何来陷阱一说？"

"啊，我这么一说而已，那就像是一个洞穴，你就孤身一人待在里面，忘却一切。除了书，我们别无所有。科齐医生……你说是科齐么？"

"这是他的姓。"

"所以，他是看肺病的。结核杆菌。[1]我在学校里就学到这么多。你肺部不舒服么？"

"我见鬼地健康得很。我说的不是科齐，而是阿维塞纳。阿维塞纳是谁你总知道的吧。"

"我知道，但我也并非无所不知。所以，你只是个一般意义上的病人，得的不是肺病。是左脚小脚趾头的指甲吗？"

"我不是去看病的。我给他带了个礼物。就这个卷筒。"

"哈，你终于不带那个沉重的手提包了，现在你有了一个卷

---

1 原文为Bacilul Koch，后半部分是科齐的名字，但这个词组在罗马尼亚语里为专有名词，意为结核杆菌。

筒。这么说,你不是去图书馆,也不是去图书馆的咖啡馆,你也没有丢钱包。"

"嗯,我不会再把它弄丢了。我有钱,你不用担心。"

彼得胳膊底下夹着一个带盖儿的蓝色长卷筒。

"我准备带去一条信息。"

"这卷筒也太大了吧?关系到和他同事的那位女朋友吗?你恳求他能在爱情上助你一臂之力,给你开一张长生不老药的药方?这种用来装地图或者学位证书的大圆筒,也可以用来装带着爱情魔幻格式的砂纸。"

"我给他带去一个礼物。一幅罕见的版画。我是专门为了他买的。"

"哈,礼物。他可得好好感激你。那是旧世界的一种习俗。位高……你怎么说的来着?"

"位高责任重。"[1]

"对,对,贵族的要求。是'君子一诺千金'[2]的另一种说法。现在我明白了。这完全是两码事。"

"倒也不是完全不同。"

"一种治疗性的感激。"

"不只是如此。"

"你刚说是一条信息。这单独的一条信息吗?"

"是单独的。不过礼物同样也是一种信息。信是另一种信息。"

"哈,关于你的女朋友。"

---

1 原文为法语:Noblesse oblige.
2 原文为德语:ein Mann ein Wort.

"是关于一个朋友的。我们一个共同的男性朋友。"

"嗯。是好消息，还是坏消息？"

"坏消息。"

"一个热，一个冷。礼物用来表达感谢，信则是一种毒药。"

"差不多是这样。"

医院附近车水马龙，各种轿车、出租车和救护车堵在马路上。

"我到了，我觉得我们到了。现在我们去哪儿？"

"再往前一点儿。过了路口，第一栋建筑就是科齐的诊所。阿维塞纳。"

列奥瓦将车停在了诊所前。彼得准备好了钱，他数了数，不愿意多给，那可是会让苏联人感到难堪的。

"谢谢你，列奥瓦。你是个值得信任的人。"

"嗯。你需要我的时候就给我打电话，你有我的电话。"

"嗯，是的。我抄下来了，不会丢。"

突然，他改变了主意。

"这样吧，你稍微等我下。我马上就回来，然后我们一起出发。"

"去哪儿，去东欧吗？"

"不，去宾州火车站。火车再一小时就开了。"

"大城市让你筋疲力尽，你来了，可现在，你决定离开。"

"它让我惊叹不已。世界上没有第二座像这样的城市了。月亮之城。但我赶时间，就要来不及了。"

彼得走进了满是病人的小候诊室。他没有东张西望，而是径直走向了西班牙女人朵拉正在值班的窗口。他递上了卷筒，向她展示了蓝色卷筒上的白色标签"科齐·阿维森纳大夫"，而后他便如一阵龙卷风般迅速离开了那儿。

列奥瓦在自己的岗位上,火车亦然,美国完美无缺地运行着,而彼得消失了。

戈拉也有波尔坦斯基的电话号码。"你需要时就打这个电话,它会让你回想起我们的青春时代。"彼得说道。他没有用它,他也不知道彼得在消失之前搭过列奥瓦的黄色拉达车。

科齐·阿维森纳本理所应当提供关于彼得·加什帕尔先生告别访问的消息,可是这消息既不令人愉快也不紧急。所以科齐医生一直在等候一个合适的时机。

* * *

她定是在耍我,臭婆娘!女性求偶狂……她对我毫无兴趣。

才不是呢,她或许也是饶有兴趣的,只是游戏尚未结束。延时表明了这一场冒险并没有完结。

早晨七点半,戈拉已经起床,准备好独身一人前去冒险。这是一场搜寻失踪人士的冒险。

《魔山》就近在咫尺,放在了那个众所周知的地方,就周到地放在了书架上,伸手可得,可明海尔·彼得·皮佩尔科尔恩和其受尽凌辱的敌手汉斯·卡斯托普以及长相奇特生了一双杏眼的克拉芙吉亚·舒夏都远在那往昔岁月里的欧洲。

在现在的美国应该能够找到加什帕尔。戈拉已经准备好冒险了,在他面前放着一本图文并茂的指南:《美国生活的一日》[1]。翻

---

[1] 原文为英语:A Day in the Life of America.

开书的任一页，都能打开那个让流亡者容身的美国。

椅子上，搭着条褪了色的牛仔裤。而椅子前，在那块沙色的机制割绒地毯上，放着一个紫色的塑料手提袋，还放着块手表，表盘又圆又大，底色为黑，上面镌着金色的数字。而后面，是一张木制的床，还有床头灯的白色灯罩。在近景里，有一只镂空白皮鞋，还有一只系鞋带的栗色皮鞋和一本韦伯斯特大词典，词序是从A到Z排列的。在画面的左边是两只不着鞋履的古铜色脚丫，肤色如蜜蜡。这对年轻的脚掌踏着机织地毯，而她的脸庞、肩膀和上半身都没出现在画面中。只有她的腿出现在了这里，由下至上，完整地展现了出来。她的脚趾涂着粉色的指甲油，从脚后跟粉粉的皮肤一直延伸到跟腱，肤质细嫩。

这一天清晨，塔拉变成了桑德拉，从密歇根的雷克威尔中学的一员跻身于厚厚书籍《世界200位领军摄影记者》之列。

这本书籍敞开着摊在桌上，就放在电脑前面。

桑德拉做事并不像塔拉那样有条理，她无法制定做事的先后次序；房间里正一团糟，她正因中学的毕业考试而忧心忡忡。她的同学们也别无二致。除却那些你已经从中逃离的，其他的年代、其他的教授，其他的地理与历史都别无二致。

早晨八点，德斯特准备前去参加礼拜，就在帕布帕德官，在那西弗吉尼亚州芒兹维尔山的山顶上。帕布帕德是哈瑞·克利须那[1]运动的创始人，他就高高在上俯视着那600位信徒。这些信众都是美国本地人，是国际克利须那意识协会[2]的骄傲。今天的德斯特是印度

---

1 为印度教的一个教派，该教派拜克利须那为最高的神祇。
2 国际克利须那意识协会即克利须那教派。

古典舞婆罗纳伽姆中的范娜·达西。只见她头鬓两侧对称地各别了一枚金色发针，一条金色的流苏从皇冠中间垂下。这是一顶珍珠皇冠，上面镶着金色的花饰，中心点缀着一枚绿色玉石。范娜·达西的额前描着金丝图案，而在那用墨汁描黑的眉间，还点上了一抹朱红。绿色的丝质罩衫从她的香肩一直垂到腰身，而在罩衫之外她身着纱丽，面戴黄色纱巾。

其实少女范娜·达西的真名唤作蕾妮·沃克，长得同德斯特并不相像。德斯特可能更像那个引导员亚蒂拉·德维。在闪闪发亮的画册书页上，亚蒂拉正将皇冠戴在范娜的头上，也就是变身后的蕾妮。

嘴巴半开，双唇微启，鼻间挂着一朵螺钿制的三叶草。镶着花叶纹的皇冠，红色的、绿色的、金色的珠宝，毛茸茸的耳垂，一绺黑发，黑色的双眸。夜蛾般的眉毛和睫毛。她就像是位从萨拉热窝后宫中逃跑的模特。

在美利坚合众国西弗吉尼亚州那儿的帕布帕德宫，德斯特变成了亚蒂拉·德维！戈拉教授注视着她，眼神忧郁，期待着逃亡者彼得会在某一刻突然出现。

九点整，悼文作者面前放着科罗斯四人组的那张脏乱不堪的床铺。一个年轻女郎穿着短裤和背心，头上围着一块毛巾。另一个女郎从背影看去也身着短裤和背心，满头夹着卷发夹。留着小胡子的男人穿着牛仔裤，脑袋上还缠着绷带。还有一个名为乔的男婴。床上有牙刷、梳子、裤子和一卷卫生纸。阿图罗，丽莎，罗萨里奥："科罗斯"，一个墨西哥郊区乐队的成员。他们出生在美国，跟西班牙传统以及盎格鲁-撒克逊文明相冲突。每个人都有一个外号，那相册上是这么说的。

阿图罗的外号是"强哥"[1]，丽萨被唤作"坏女孩"，罗萨里奥这个女人则叫作"笑笑"[2]。他们一起生活在洛杉矶东边的一个区[3]——白栅栏区，也常常乘坐同一辆老旧的汽车出行。没人有正经的工作。他们轮流照顾乔，这个"小波波"[4]。这小孩是年轻的罗萨里奥的孩子，就是头上缠着毛巾的那女人。乔是他们当中唯一不聋不哑的。加什帕尔对聋哑人很感兴趣，他或许知道"科罗斯四人组"的存在。

九点半，戈拉在商店里找彼得。谢姆尼亚克家从1921年起经营这家商店，它就坐落在密歇根州哈姆特拉米克的约瑟夫——坎波大街。这个馋嘴的彼得……无疑，他对那著名的香肠[5]橱窗了如指掌，那里面可是底特律地区谢姆尼亚克店的波兰香肠。

十点半，戈拉遇到了罗德岛纽波特的艾伦·斯罗昆夫人，她是1636年创建该州的罗杰·威廉姆斯家族的后代。她身着红色套裙，纽扣一路扣到了脖子。瘦削的脸庞，满是雀斑。一头金黄的头发，发质却很糙。满是皱纹的双手，约莫是六七十岁的老人。艾伦的丈夫约翰是一名退休的外交官。他们很自豪自己有十一个重孙，还有一个规模庞大的家族农庄。一个褐发的小个子男仆，端着早餐盘和银质餐具。卡洛·胡阿雷斯在阿根廷驻美大使馆工作到了1982年，那会儿大使因福克兰岛战争[6]爆发而被召回。不，那不是彼得·加什

---

1 原文为：Chango。
2 原文为英语：Smiley。
3 原文为西班牙语：Barrio。
4 原文为：El Boo Boo。
5 原文为波兰语：kießbasa。
6 福克兰岛战争，是英国与阿根廷逐渐为争夺马尔维纳斯群岛而展开的一场小规模海战。

帕尔那个大胖子。

十一点整,这场寻找之旅进行到了内华达的金谷[1]。吉娜·蒙特威尔第,塔拉答应彼得·加什帕尔去见的那个姑妈,正在路上迎接他。她怀里抱着那只唤作索菲亚的母猫,手里还有一把浅绿色的茶壶,里边儿沸腾着春药。她的双颊沾满了脂粉,酒窝尤为明显。一头浓密的黑发中夹杂着几根银丝,玫瑰色的法兰绒睡袍拖到了地面上。吉娜刚从家里离开没多久,来到跟她的宠物索菲亚同名的路口,等待着客人的降临。这只猫浑身毛色黝黑,嘴边长着白色的长胡子。索菲亚十字路口。路牌上有一个橘黄色的菱形,里面画着一只猫,还带有警告词:所有猫请减速通过。教授,快减速,来内华达的尼尔瓦纳的朝圣者必须这么做!……欢闹的索菲亚值得这一尊敬,它的姐妹玛尔坦、丽塔、露西亚也是如此。塔拉没有提过自己那尼尔瓦纳的姑妈有着意大利血统,更没有说起吉娜生下的四只女巫猫。

她也没有透露关于救世主的使者安东尼的信息。他的家就在附近,内华达的里诺,相册124页只提到了这些。

黑色外衣,红色衬衫,加上一顶白色牛仔帽。脖子上挂着一条粗项链,上边悬着一个十字架。除此之外还有一条白色珍珠项链,末端挂着一个骨制的白色十字架。厚嘴唇,白牙齿,高鼻梁,肌肉壮硕。石板屋顶的白房。在橙黄色的小面包车中还有一堆招牌:流产即为谋杀——未出生的孩子没有选择权——人工流产将扼杀无辜婴儿。在大天使安东尼的T恤衫上写着几个红色的大字:流产即为谋杀。"人们说我疯了。是的,我疯狂地追逐着生命。"安东尼喃

---

[1] 地名,Golden Valley。

喃道，若有所思。他早上7点30分来到教堂，在里诺的大街上开始征伐。"我已经在军队中服役了20年，还从未曾遭遇如此鏖战。这是第一次世界大战。一场对无辜婴儿的屠杀。"

戈拉将画册合上又打开然后再合上。他沉思着又抿了一口高脚杯里的酒，而后合上双目，将自己放空于虚无之中。虚无之境也挺好的。彼得回想起了流浪的时光：就是当下。戈拉歌颂着游牧民族的地理学："虚无之境比任何地方都要美好。"为了有幸进入虚无之境，他每天都会流下快乐而痛苦的泪水。

斯密蒂餐厅，位于密西西比州的奥尔良，里头坐着哈德斯通兄弟约翰和吉米。

单身汉，双胞胎，这两个老男人穿得一模一样，重复着彼此的手势和话语。他们坐在木制餐桌后，看着戈拉教授从门里进来。这对地理学家双胞胎每天下午都会来这里喝咖啡和可口可乐，以便暂时离开他们87岁高龄的老母亲几个小时。他们的母亲一直和他们同住一块儿。发现他们到密西西比州奥尔良的这家斯密蒂餐厅来的是位法国摄影师而不是彼得·加什帕尔先生[1]。这位摄影师是为《美国生活的一日》工作的。

戈拉看了眼自己的表，想知道究竟流亡者彼得现在都何时杀人，又在哪个时区实行谋杀。突然之间，他受到了旧时幻想的引诱。从彼得到露也不过一步之遥。如果他找到了加什帕尔，那么也就找到了露。"我不认识她，但我认出了她。"戈拉先前曾坦白过，"她很久以前就在我心中了。这是我做梦也不曾想过的发现。是我多年梦寐以求的啊。"

---

1 原文为法语：monsieur Pierre Gashpar。

追溯过往练习又重新将他俘获。妻子庇护着他的流亡，纵使她不存在，他也会臆造一个出来，不管是以前还是现在，露都折磨着他。

* * *

如果在表姐弟之间真的存在着相互吸引之实，那么这就违背了传统，成了古老的部落式婚姻。露常常于传统之中寻求自卫，然而有时也会离经叛道。当所有人做梦都想移民的时候，露拒绝了。然后呢，令所有人都大跌眼镜的是，她竟然带着一位可能比她先前所有追求者都要年轻的表弟出现在了新世界之中。她的秘密并不会出现在戈拉教授为彼得·加什帕尔准备的那篇悼词中。

美妙的夜晚。鞋跟在柏油路上如响板般啪啪作响，营造出黄昏的忧伤。奥古斯汀·戈拉端详着这位陌生女人。这好像和美貌的魔力无关，而是事关那些偶然际遇所赐的礼物。美貌将它们变得张扬，而未将其变得模糊。他也不想承认正是机缘巧合为他送来了这位书拉密[1]女子的替身。

"不是我发现的她，而是我重新遇见了她。"他先前说过，"她早就在我心里了。"然而，他可能不曾承认过是这"重逢"让他盲目，使他无法发现在须臾启示以外的东西。他偷偷地瞧着她的高跟鞋和上面的搭扣。后跟处的搭扣露出了她的脚跟。他的目光随小腿的肌肉缓缓地从纤细的脚踝一直攀上那光滑的膝盖，这让他陶醉万分。

---

[1] 原文为Sulamita，书拉密为《旧约·雅歌》中一位美丽的乡村女人。

会面、散步、令人中毒的联系。世界正在远去。探索、游戏、失眠。第一夜。他听见她低语着："我想要另外的样式。"他与外国女人的身体分开，仰面卧躺着，就像什么也不曾听见那般。到最后，他还是又勃起了，露蜷缩着，身体弯曲着，又响起阵阵喘息和有规律的节奏，而后精疲力竭。

关于过往，露并未提及。她并非为了掩饰什么不光彩的秘密，而是拒绝达到亲密。在她看来这种亲密性虽然简单、自然，但却是她所不可触及的。

真是如此吗？这其中有太多错综复杂的故事。陌生人使她胆战心惊，她必然是耗费了不少光阴才逐渐习惯了戈拉。陌生人未曾停下令她害怕的脚步。无论他们之间有多么接近，在他人在场时，她都无法细细端详他。

她在彼得身上寻觅到了一种亲缘关系，一种熟悉的情愫？那熟人总是絮絮叨叨，琐碎无聊，但却又拥有保护他人的力量。所以，新事物就是侵犯和幻觉吗？

"我不是发现了她，我是又见到了她。她就在我心里，在那里等着我。"被妻子所抛弃的丈夫如是重复道，他实在难以承受这离别之殇。

应该从何处追寻她拒绝跟随丈夫的理由呢？她在这男人面前曾那样顺从，展现了自己绝对的忠诚。那是一种屈服……不是背叛？露对反叛者那过于浓重的戏剧表演不屑一顾。难道她在做出这一不同寻常，暗藏危机的决定前，审慎地判断了利弊之处，于是便留在了这片能提供安全的土地上？无论他如何丑陋，他还算得上是她身边认识的熟人之一吧？婚姻的散文不也意味着某种认识的、熟悉的、稳固的事物吗？

几十年前，从火车站回来的那个晚上是否宣告了她和彼得的未来关系？在那时，她在不经意间发现了本真的自我？模糊的、远古的倾向，掩埋在她并不熟知的过去的混沌深处。而后，她猛然被这深渊所忆起而召唤。在戈拉离去后，与彼得的重逢或许触动了关于那夜的记忆。一种肯定。他们结合了，由一段他们都不熟知的过往牵起的线。彼得并不属于它，尽管他就是这段畸形过往的产物。而露，大概则是在她恐慌的时候，才会与之有闪烁不明的关系？

与往常一样，戈拉提出了受虐狂的问题。他常常瞄准脆弱的焦点，瞄向那化脓的伤口。

"即便是在被你所崇拜的对象抛弃之后，你也并没有成为异族人的对手！这可不是什么鸡毛蒜皮的小事儿，完全不是。即便是在我们伊甸园般的小国，还是在其他承享盛誉的地方，都不能算是小事。"幽灵彼得重复道，那是他暗夜的挑衅。

几十年前，彼得的出现不只改变了露对她自身和周边环境的感觉，也改变了彼得自己对自身及身边人的感知。在他成为那个家庭的重点关注对象时，他第一次产生某种神秘而怪异的感知。回家后，他让自己的母亲承受了一场讯问。他逐渐地了解了人们曾向他隐瞒的故事。和他那美若天仙的表姐不同，这溅起的涟漪并没有在他身上产生抑制的效果。关于表姐，除了那青少年时代的云雨之梦，他便一无所知。艾娃用太多的细节充实了这一悲剧，而这悲剧也解放了她的儿子。他还是钟情于篮球、派对和爬山运动，有一帮欢乐的好伙伴，很少把学业和职业发展放在心上。前检察官大卫·加什帕尔的"反党档案"事件使他被建筑学院停学，而这一事件也并未令其感到紧张不安。离校后，他轻松地完成了建筑技校的学习，在运动、酒精饮料、女人和书籍中找到了自己满意的生活方式。是的，书籍也出现在他的生活中。

"教授啊，笑，就是解决办法。就在我们无计可施的时候。同志啊，明海尔·皮佩尔科尔恩就是解决的办法。"

关于彼得那篇征服了社会主义读者的文章，戈拉只能想起题目。一个又聋又哑的明海尔？这可不是什么小事！

"笑，就是解决办法。不只是在光天白日，也在夜晚，当我这样的不速之客出现之时。"

戈拉用一个懊恼不已的动作驱逐着脑海中的幻觉。很久以来，他都没再听到过逃亡者的故事，只是在他内心深处暗自寻找着罢了。

"我没办法在自己身上找到他，无论我多么努力。"

彼得长篇累牍的悼词是否是他自己的哀歌，还写在了一篇外国乐谱之中？

晨光熹微。戈拉疲倦地摸着放在办公桌上的黄色手套。而那黄色的卷宗尚在打盹。

自从彼得·加什帕尔消失于虚无的美利坚，悼文就一直让戈拉教授颇费脑筋。它将他置于须臾的现实和那些转瞬即逝的假想之间，在二者产生了一段距离。他不顾官僚主义的传记限制，并习惯将其称为生命之严格因素。任何传记到最后都不过是一篇悼文罢了，任何历史都有一个结局，一篇悼文。

自彼得失踪之后，RA 0298号悼文不仅取得了合法性，还变得急迫起来。

谁能证明彼得的失踪并非不可挽回的呢？只有彼得自己，完全不急着提供证据。能去哪里寻找他？又能向谁询问呢？去官僚主义自传里给出的假设和可能性里寻求答案吧。

戈拉举起红色铅笔将其停滞空中。难道他到最后也没有必要和露攀谈一番吗？

小提琴家或是走钢丝的杂技演员知道何为悲剧，戈拉自己也清楚这巫术每一秒都可能制造出灾难。任你如何尽力地掌控乐谱都不尽如人意……手会哆嗦，嗓音会发颤，太阳穴和手掌都沁出了汗，胃部好像被虫蛇啃噬着。

电话虽然仅一步之遥，可庆幸的是，露却留在不可触及之处。幸福就在那里，就在那不可撼动的往昔岁月之中，幸运儿喃喃道，"我不要现在，我不会弃欢乐而去。"

铅笔停滞空中，他将视线掷向放着每日讣告的屏幕。不舍昼夜的相遇与团聚刺激着脉搏与记忆。

无论你置身何处，当下的机器都能将你即刻连接起来，它会记录你的叨扰多言，也会记录你的沉默不语。这些机器掌控了一些简单的操作，而如果它们出了错，就像常常发生的那样，规律突然当机了。他既无法将之挽救，也无法重新找到那个启动点。这就是这位司机身上常常发生的事情，在第一个错误出现以前，他一直都开得好好的。晕头转向使他的记忆和直觉泯灭，他干什么都不在状态。他放弃了开车，但是没有放弃每天早晨起来刮胡子的习惯。他生怕自己会连日常的动作都忘得一干二净，并再也无法恢复。他也没有放弃打领带，每一次他都生怕自己会忘了怎么系领带结。

同往常那样，他一大早就起了床。九月美妙的晨光。苦涩的咖啡和短暂的运动让自己振奋起来。他重读了彼得所经历的觐见之旅。彼得去见了意大利女人吉娜·蒙特威尔第和她所接生的那些小猫崽。

他茫然地望着放在桌子那端的手套。然后又转头望向屏幕。烟雾、大火、恐慌。一张张惊恐的脸庞。坍塌的楼层。世界末日。天空变成了一朵巨大的烟火之云。地面上，消防员行色匆匆，救护车呼啸而过。尖叫，鲜血，火焰，天空也着了火。但戈拉教授窗外的那片天空仍风淡云轻的样子，湛蓝无际，毫无罅隙。

戈拉仍待在窗边。什么事也不曾发生，天空平静无痕，如同创世伊始之时，尽管屏幕上的世界已经炸成了滚滚陨石。我们的这颗星球落入了火星人手中，宇宙的警报就此拉响。

他冲向了电话机。要快，要快，不然再过几分钟和地球人的通话就毫无可能了。他的双手不住地哆嗦，电话听筒也由此不停颤抖着。

"喂，是我，科齐大夫。啊，是你，古斯蒂。是的，是我，就像你听到的这样。朵拉昏过去了，这可怜的女孩儿。我知道，我听说了，我在电视上看到了一切。你也是，全球的人们都看到了。嗯，我没事。当下。是的，当下还行。眼前没太大问题。是的，她也是。她就在附近，待在自己办公室里吧。她得到了警告，就像我们所有人那样。不，没有其他更多的情况了。"

声音逐渐消散在空中，再也没有可打电话的人了。他又坐了下来，重新把纸叠好。

《行星的悼文》。你不再使用铅笔、钢笔，抑或是老旧沉重的机器来写字，而是在熊熊火焰燃烧着的世界之屏上写。手指头放在键盘上，字母显示在屏幕上。你尽管孑然一身，但时刻与这世界相连。这世界忽地侵入你的庇护所，用一场骚动轻而易举地破坏了你的藏身之地。

恐怖分子已经厌倦了一个过渡性悲惨世界的美德和恶行，垃圾与辉煌！厌烦，是的，别无二话，唯有厌烦。他们再也无法忍受这世界的罪恶和愉悦。他们决定加快拯救的步伐,向天堂大步行进!爱!他们曾想拥有的是爱,不是吗?绝对的,永恒的,盲目的爱!沉重的十字架,镰刀,锤子以及血腥的新月挑衅着昙花一现的,不完美的人类之爱。幻觉,魔法,乌托邦。日常生活中鸡毛蒜皮的琐碎之事,食欲和性欲的无尽埋怨,财富和无信仰的傲慢之情都应得到彻底的粉碎!催眠的代码:沉重的十字架,镰刀与锤子,星星与新月,金色的牛犊与山羊,残疾而神圣的新生儿,闪耀着磷光的石头,聋哑的神谕,拯救与崇拜,直到死亡和彼岸之境。

巨大的钢铁之翼在火红的天空中挥舞着。九月之鸟闪耀着金光飞翔,在歇斯底里的人群之上盘旋,散发着霸道和凶残的气息。而被困者皆在钢铁的肚腹之中。

魔鬼撞击了巴别塔。火焰与烟雾笼罩了整座城市,还有从这团团黑云中飞溅而出的肉体,翻滚在巴比伦的礁石与波浪之上。

女主持人像是触了电一般重复着这罪行的细节,并随时准备补充最新的前线新闻。空中还胡乱飞旋着一些东西:手和脑袋,帽子和婴儿车,警员帕特里克的公文包,百科全书式人物迪玛的书,阿瓦基安的眼镜,侦探罗伦特的手枪,美人鱼贝阿特丽丝·阿特温的胸罩,瞎猫加蒂诺和忧伤的大象奥利弗。还有戈拉教授桌上那档案的黄色纸页,就像天外的风筝那样,漫天飞舞。葬礼的龙卷风将一切聚集起来并将之击溃。没有什么算得上是重要的事物了,只剩下悼文而已。

炼金术师和大智者不光讨论魔法,也谈论疾病,这不无道理。我的宝贝啊,爱就是一种溃败综合征,仅此而已,够了。结束了!生命力与忧伤,直到狂妄之巅。狂——妄,我的孩子。除了回——忆,计划中别无他物。爱的回忆,最后的闪电,我亲爱的露。这就是剩下的一切，那被阻挡着无法向旧日之妻、今日情妇的女人伸出臂膀的丈夫，唯独想着你。"我就在你的光环下，愉悦让我受伤。"你在一小片褶皱不堪的纸上写着，就在我们共处的初夜之后。在曙光将我们重归世界之前，你便消失了。这些词在我心中，一字一顿，空白处的字体如风回旋。

"我在你的光环下过得不赖，而这代价我们将共同偿还。"丈夫和妻子很清楚厌烦的危险，丈夫和情妇也熟知诱惑的圈套和诅咒。我们所有人口齿不清地说着没头没尾的欲望之词，它那无能的妄想。在我那纸莎草制的细胞中，过去便是当下，而当下则是过去的回声。

九月之鸟带来了已幻化作仇恨的爱情之信。那忠诚得近乎盲目的飞行员，早已在爱恨之间丧失本初的模样，将恐怖洒向了我们。

科齐的声音消失了，戈拉又变得形单影只，迪玛仍在遥远的地方，帕拉德、加什帕尔和拉里一号、二号、三号、九号也都身处远方。他本应该来到街上，前去和同伴们一起迎接他们世界末日的到来，但是他却仍孑然一身的隐居者，快乐地逃避着人群和世界末日。

救世主再次降临，末日决战一触即发，反基督徒现了身，行星脱轨，领袖[1]回归，这是第一场也是最后一场核战争。受诅咒的小行星如火流星一般撞上了世界贸易中心。而这个地方所有的经纪人、高利贷者和黄金魔术师们正跪在地上嘀嘀咕咕，双眼追随者货币走势曲线，每隔4分53秒就会发出简洁明了又贪婪淫荡的乞求：钱——

---

1 原文为Imam，伊玛目，为阿拉伯语单词的音译，意味领拜人，引申为领袖、表率、楷模。

钱——钱——钱。

教授重新坐在了火光冲天的电视屏幕前，拿出纯白的空白档案，然后在封面上用血红的大字写下：行星之悼文。

上午8点45分。波士顿的飞行控制塔在第11号飞行舱内捕获了一个声音："我们现在有些计划。"一个声音用一种可理解但似是而非的英语说道，"请少安毋躁，会平安无事的。"然后飞机掉了头，改变了飞往魔鬼之城的航线。

8点46分。一架身份不明的飞机，上面搭载着92名乘客，撞上了雄伟的世贸大厦，即世界贸易中心。多个楼层立即起火，有些装置瞬间爆炸。浓烟遮天蔽日地弥漫开来，如蝼蚁般的人们惊慌地跑散在附近的街道上。

9点05分。联邦调查局警报拉响。第二架载着64名登机乘客的飞机冲向了世贸大厦，且在瞬间灰飞烟灭。

9点37分。一架波音757，美航77号航班，撞穿了五角大楼，这座权力堡垒五个同心圆中的三个就此被撞毁。战神的办公室湮没在了熊熊火光中。

10点整。世贸大厦左侧那座高达110层的巴别塔倒塌。

10点10分。新世界的机场全线关闭。巴勒斯坦民主解放阵线否认参与了此次对异教徒的屠杀。

10点12分。世界上安保最严密的五角大楼发生了新的爆炸。

10点15分。白宫实行人员疏散。

10点24分。第二座巴别之塔坍塌。

10点25分。在黎巴嫩，巴勒斯坦人庆祝起对抗美国佬的胜利。

10点35分。在50架战斗机的护航下，空军一号载着邪恶超级大国的总统，飞往总统的庇护地。

戈拉所剩无几的生命已在此间消磨了五个小时。他望着层层的书架,望着放在桌上的白色手套,望着那女主播播报新闻时丰满的红色双唇。CNN、CBS、NBS、PBS、MSNBC等电视频道,还有动画片频道、体育、摇滚和色情电影频道全都在转播黑若斯达特斯[1]排练的表演,还有那依据奥萨马·本·拉登的讲稿而谱写的一曲净化之歌。

贸易的巴别之塔,五角大楼之堡垒,白色小丑的白宫……这就是全部了么?那图书馆呢?

戈拉觉得自己受到了侮辱。他有幸参与的这次星球爆炸竟令奥古斯汀·戈拉教授受辱:这让他实在无法忍受金钱与权力的交媾!19弯刀黑若斯达特斯组织配不上这伟大终结!那些刺客压根不熟悉《古兰经》,那些狂热分子也压根不理解图书馆里那辉煌灿烂的语言。

你们这帮文盲听好了,图书馆涵盖了一切!世界的回忆与规划,忠诚者和叛逆者的才华与疯狂,犹太先知的《圣经》与你们先知的《古兰经》,还有十字架上那位先知的《新约》,小丑先知的《我的奋斗》,还有马克思主义先知的《共产党宣言》。宗教裁决所的法令,人权宣言,神童莫扎特以及无耳的艺术大家梵·高的游戏,荷马,奎师那和孔子,包法利夫人和安娜·卡列尼娜,修女特蕾莎,拳击手卡修斯·克莱,还有1936年布加勒斯特的电话黄页。一切的一切,甚至包括以那盛极一时的本·拉登所写的诗歌小集,为基础翻译而成的作品,满篇尽是受人追捧的威廉·莎士

---

[1] 一位臭名昭著的古希腊青年,一心想要成名,为了成名而纵火烧毁了位于土耳其以弗所的亚迪米神庙,里头供奉着阿尔忒弥斯女神。

比亚的语言。

一切正是从图书馆那里来到了我们的眼前，而不是从什么国际化的妓院，抑或是什么火箭堡垒，总统牧场。

戈拉怒发冲冠，切断了与启示录的联系。

这颗星球的悼文作者需要明海尔。他从他的抽屉中拿出了一叠纸，那上面是关于彼得和警官莫菲的见面记录。

"迪玛坚持认为我们生活在一个亵渎神圣的世界当中。"加什帕尔回答道。大腹便便的帕特里克在他的椅子上跳了起来。"一个不再拥有任何圣物的世界。神圣藏匿于世俗之中。"加什帕尔继续道。"世界上处处皆有教堂、清真寺和犹太会堂。我有时也去教堂。"警官喃喃道。"宗教需要我们所有人的力量。这就是弱点所在。伤口变成了炸弹。炸弹将摧毁我们所有，让我们重又变得神圣。"

他找到了联结点！他必须赶紧将之转交给那些小姐，她们在屏幕上宣告了终结。他手执红铅笔僵直地坐着，而后握紧了笔在纸页的边缘上补充道：太简单了，彼得！老迪玛指的是超越，不只是上帝而已。

神圣的利剑帮在罪行的战鼓声中幸灾乐祸。赫洛斯塔图斯就是摧毁以弗所的亚迪米神庙者的名字。没人能想起是谁建造了这座神庙。没有人！然而，摧毁者的名字却穿越了世世代代，亘古不变地留在世人的记忆当中。赫洛斯塔图斯集团学会了驾驶和摧毁飞机的技术，但是他们应该不知道如何建造。是的，毁灭是毒品和狂热，是终结尽头行吟诗人的伟大隧道。

戈拉有意识地记录着终结的历史，供后人参考。

10点43分：一架飞机攻击了宾夕法尼亚州匹兹堡的商业中心。

10点56分：亚希尔·阿拉法特声明说，他的组织与这历史性一天的灾难没有任何关系。

11点14分：联合国大厦疏散完毕，自由女神像被爆炸产生的烟雾所笼罩。

11点30分：韦斯利·克拉克将军宣布，这一犯罪行为是诗人本·拉登精心策划的。

11点48分：美国控制与疾病预防机构已准备好应对一场生物攻击。

11点57分：美国驻波尔图领事馆接到不明电话，宣布要在全球实行轰炸。

12点17分：迪士尼关闭营业。

12点20分：民族主义周刊Al Wahdej接到一个电话，对方操着带有俄罗斯口音的阿拉伯语声称，要对纽约的一些高塔实施袭击。

12点25分：石油价格在世界市场上上升了2美元。

12点26分：美国驻布加勒斯特使馆新闻发言人马克·温宁通过电话向罗马尼亚当地政府和群众表达了对两国人民团结一致的感谢。同时，因为害怕被谋杀而丧命，他对未能在媒体面前露面也表示了抱歉。

戈拉教授在12点27分搁笔不再继续誊抄新闻。他为自己倒了一杯牛奶，带着一个幸存者对再生的渴求，沉凝着杯中来自原产地新鲜而又纯白的液体。

12点48分。艾哈迈德阿赫梅德·穆塔瓦基尔，这位阿富汗塔利班组织的外交部长，否认了一种说法，该说法暗示是诗人奥萨马·本·拉登组织了这场大屠杀。

13点04分。政治分析家乔纳森·艾亚尔称当天的事件"是有史以来同类行动中策划得最为精心的"。

14点32分。两艘航空母舰停泊在曼哈顿港,准备防御迫在眉睫的打击。

15点35分。有人宣称可能会对布鲁塞尔的北约总部实施打击。

15点27分。阿维亚诺军事基地宣布已进入战备状态。

15点59分。空军一号专机飞往位于内布拉斯加的奥福特,那里是美国空军的战略指挥部。随后白宫宣布,感谢老天,美利坚的第一夫人和两位第一小姐均平安无事,目前正得到安全保护。

突然之间,戈拉教授感到自己又一次被总统的新闻所击垮,再次失去了同地球的联系。他感到自己万分疲惫,便前去躺下,在惶惶不安之中沉沉睡去。他不安地在毯子上辗转反侧,无法从与艾娃·基什奈尔·加什帕尔的对话中抽身而出。从第一次打击开始,艾娃·基什奈尔·加什帕尔就一副歇斯底里的样子。彼得那里她很久都没有收到消息了。流浪者还是游荡在远方,但一个远至极限的地方是不存在的,因为无论如何,灾祸都会将你找到。彼得从被在奥斯维辛播了种的子宫里分娩出来,而后就一头扎进了社会主义的围栏之中,而后又沉浸于自由世界的自由疯狂。而现在呢,现在又要从何结束这一怪圈?

让艾娃平静下来不是一件易事,而让她闭嘴不言则更是难上加难。戈拉教授深知自己责任重大。自彼得来到新世界以后,他是唯一一个和艾娃保持着联系的人。不,彼得不算受害者,亲爱的加什帕尔夫人,等这些错乱癫狂的日子过去,我们就能收到彼得那个混小子的消息了。所有人,是的,所有人,他在喀尔巴阡天堂的双亲，科齐大夫和他的女护士，露德米拉·瑟拉芬以及她的前夫奥古斯汀·戈拉，贝阿特里斯·阿尔特温夫人还有那位苏联人波尔坦斯基，从我们的好彼得那里我们能收到所有这些人的消息。

事实上，他原本今天早上在世贸中心有个约会。然而不幸的是，就在今早这座晦气的大厦里，彼得又要去见一个处理移民问题的律师。这律师是戈拉教授花钱雇的。这次会面也早在彼得失踪的几个月前就已经定下了。就这样我请了这位有名的律师，费用不菲。

但是，这也没有命定的可能性，一点也无法确定，无法确定他究竟是不是真的前去赴了约，甚至都不知道他有没有想起还有这回事来，在他漫游途中，是否还能想起这次约会的日期和地点来，又或许他压根不在乎这官僚主义的破事。就算他真的决定赴约，那也不会在一天最早的清晨前去。彼得起得迟，这您也知道。滨海酒店离那宏伟的世贸中心挺远的，约会大概是定在了午餐时分吧。

另外还有一个有利的前提。半小时前，一个可靠的情报来源称上帝之选民的子女在前一天夜里就通过一些特殊的网络得到了消息，让他们在这被严密操控的上午不要在巴别塔里面或是周边出现。一场操控，合情合理：这场我们共同见证的表演事实上是一场盛大的导演之作。那19名演员在现实中都是来自中央情报局特别部队的军官，从小接受阿拉伯语和穆斯林传统的教育。赫洛斯塔图斯，这场行动的代号，是由一名毕业于哈佛的优秀门生，计划头目萨缪尔·科尼什选定的。在他和他的双胞胎姐妹尤蒂斯五岁的时候，他们的父母便被人谋杀。他们居住在一个偏僻的小村庄里，离黎巴嫩边境咫尺之遥。萨缪尔是古代历史学家，深深着迷于雅典和耶路撒冷之间的关系，因此他以"赫洛斯塔图斯"为这利剑集团命名,那可是著名的希腊毁灭者的名字。

呵,好吧,在2974名受害者中没有任何一人是上帝的选民!一个也没有!……您说得对,万能者回报了那些最先承认之并与其结成神圣联盟的人。即便这其中真的存在牺牲者,那也不过是疏忽所致……是的,有那么几个人。

戈拉教授在睡梦中看着星球的屏幕,向艾娃解释了电子信息共提供的数字:246人葬身于被劫持并爆炸的飞机当中,2603人死在了纽约的世贸大厦或是瓦砾飞石当中,125人死在五角大楼。早上8点45分,约有7400人在这两座巴别塔当中,另有报道称是14154人。那些位于冲击影响区之下的人紧急疏散,另一些则被埋葬在残骸之中。一些人向顶楼奔逃,但通道早已被堵住,于是他们便被抛向了虚空。数百名消防队员也在英勇的救援行动中献出生命。没有任何一个牺牲者,我再重复一遍,没有任何一人是彼得的同党!您说得对,并不只有万能者想弥补奥斯维辛的罪恶,还有那些学会了如何依靠自己的人,他们心中有着团结一致的精神。

彼得和他的同党在这月亮之城安然无恙,他早已习惯以此称呼这座流浪者的大都会。我坚信,多亏了彼得,塔拉、德斯特、蒙特威尔第夫人以及她那些可爱的小猫崽也都劫后余生。我坚信,当她们决定陪伴他的时候,他就会将自己掌握的秘密告诉她们。彼得是一个有赤子之心的慷慨者,好得如同一块热面包。

当然,对彼得还有那些小姐而言,还会有一些令人不悦的后续影响,只是不再是死亡。彼得称那带着镰刀的女巫为"求偶狂",并和她玩着捉迷藏的游戏。在这里,在美国,他总重复着自己终将主宰游戏。请您相信,这一次,他又转移了那食人魔的视线。

今日发生的一切标志着怀疑和差错的新千年的开端。很遗憾,学院里德斯特所经历的幼稚闹剧将不可避免地将变得比它原先的模样更为可疑。调查也将接踵而至。像阿塔图尔克,博尔赫斯这样的大人物将被传唤去讯问,阿瓦基安院长、安特奥斯教授、唐夫人和女学生塔拉·尼尔森也逃不了这关。尤其是德斯特·奥纳尔和她在奥地利定居的丈夫,逃亡到德国的家人,留在萨拉热窝和旧日奥斯曼帝国的亲戚,甚至还有彼得,是的,彼得·加什帕尔和他的表姐露,科齐医生,苏维埃人波尔坦斯基,意大利女人贝阿特丽丝·阿特温。要是连戈拉教授也被包括在嫌疑人的队伍当中,我也并不会感到意外。

白昼变得愈发漫长,他无法入眠。戈拉辗转反侧,喘息不止,直到最终醒来。他无法离开这段永无止尽的启示录的闹剧!坊间不断议论着这个"致命日"所发生的袭击,而后又是第二天,又一个唯一不断延续的重大日子,永无止尽。

这城市在辉煌的黄昏里沉默着,静悄悄的。人们排着队列走在回家的路上。地铁凝滞不前。由悲伤、纪律、团结和恐惧引起的综合征将这些人们聚集在了一起,而明明昨日他们还是行色匆匆,各散天涯的模样。如何叫人不怀疑任何人,又叫人如何不料到这场抓捕嫌犯的灾难?

戈拉教授越来越需要一位对话者。他的房间在萎缩,而住在这屋子里的人蜷缩了起来。

同艾娃·加什帕尔的会面持续了很久。他同她从容地交谈着,而她就如一位聋哑人那般倾听,好像刚从焚尸炉里爬出来似的。他也不确定究竟自己是否已平抚了她的恐慌,或许他做的也并没有那么自然吧。他很高兴自己又回到了这位对话者面前,毕竟她已经令自己习以为常了。

书籍，是的，这就是我的堡垒，我亲爱的艾娃。您还记得彼得是从何时开始喜欢书籍胜于篮球的吗？大卫那会儿还是个四肢健壮、头脑清醒的男人，而不是避难所里的一位残疾人。他渴望看到彼得的变化，这当然是理所应当的。可是更奇怪的是，只有他自己对书籍如饥似渴。而彼得却不像他那般。诸如此般的天启开窍之后，没有人还是原来的样子了。

透过一本书里的一句引言发起的死亡威胁，究竟是谁提起的这件事？究竟是谁让对话人绞尽脑汁以想出那个代码，然后，然后使他大汗淋漓，被那无法被驱散的幽灵所追踪？一个宗派的密码……读书人的小宗派通过一位姑娘给我们的朋友寄来了一封由密文写成的召唤书。这位姑娘也是读过了些许书的。一个表达感谢和尊敬的信号和一记警告。如果你行，那你就把这一句引文给找出来，唤醒它，让它张口说话！威胁并不来自那女性求偶狂，而是来自宗派，假使那求偶狂并非宗派女神的话。令彼得倍感煎熬的不仅仅是恐惧和孤独，还因为他身处这宗派之中。为了解密这一召唤书，他愿意付出任何代价！这是一件光荣无上并令人骄傲的事。

我们就像狗一样，亲爱的艾娃，我们嗅到了引言和谜语的味道，然后立马将其分辨了出来。可怜的彼得！他无法认出引言究竟来于何处。真是要笑死人了，他尽带着你胡说八道。引言早已埋在了他心中，只是以他年轻时的语言罢了。他无法把它放入我们现在的语言中将之转换过来，而其青春年岁也总是提醒着他，无论如何它都已一去不返了。

最后，我还是帮了他，但不仅仅是因为你每周都在信里请我随时告知你他同露分手后的状况，还是因为这一引文是我过去年岁的标记。我也不是个无所不知的人。正如彼得所言，可我并不仅仅记住了这句引言，我还亲身体验了它。很久以前，我接触过一群大学生，对他们来说，阅读就是上好的毒药。他们在文本之中寻找着各式各样的隐藏之意。暴政刺激了人们隐藏的需要，并激发了秘密的对话。在挤满了可疑读书人的可疑阁楼上，大家讨论着那些很难弄到手的书籍，有旧亦有新。除此以外大家还谈论着那写秘密的代码和其含义。就是在那里我第一次听到了《死亡与罗盘》的故事，而多年后，那位萨拉热窝魅力四射的女学生也正是从这其中引用了那充满威胁的话语。

这跨越国家、海洋和子午线的巧合，除了这宗派里面的成员以外，谁还能联想得到呢？

在这里，在这自由的海岸，缺乏了窥探的神经，宗派自然愈加受到束缚。但在这里，寻找着北极星的流浪汉和梦游者都将深深地将自己埋在大地之下，或是埋入那神秘的天外黑洞之中。帕拉德和他伟大的导师迪玛曾一起写作，奥古斯汀·戈拉也写过这迷雾重重且被高估的故事，而正是这个故事让活蹦乱跳的德斯特变得疯疯癫癫。

这引文我可以倒背如流。用这土地上几乎所有的语言。这就是真相，总是比我们想象的要简单得多。

我们将彼得从窘境中解脱出来，紧接着又将其丢入一个更深不可测的窘境之中。"我知道希腊人所忽视的那些事物。"布宜诺斯艾利斯的那个瞎子宣称道。也就是说，不确定性。我在和彼得说话时犯了错，提到了那些词。在我说明了引文的出处之后，不确定性便陡然增加。彼得在帕拉德的谋杀案和迪玛的模糊往昔之间画上了连线。在这之间，玄奥的学说扮演了一个悲壮的角色。他在这地狱并未待太久。谜语很快就过时了。威胁信是一个小女孩的游戏。闹剧搅得彼得心神不宁，将其赶到了美洲的荒漠中。

是的，还会有一些其他影响，几场复仇，几场逮捕行动和几场攻击。也许正是出于这些原因，彼得迟迟不曾出现，他等待着事态的平息。无论如何，彼得还活着。无论他将面临怎样的不悦，那都不能和今日的大屠杀相提并论。

今天，今天，今天，戈拉这几天总在屏幕前不断地重复着这个词。这几天的时光似乎被凝结成了一个漫长而令人疲惫的白昼。

基施纳夫人啊，所以说，我们亲爱的彼得就这样走进了那游戏之中。一场由波斯尼亚的美人儿发起的游戏，谋划者还包括塔拉、阿瓦基安和安特奥斯。当然，人们会调查他们，就像他们调查其他人一样，包括穆斯林、希腊人、亚美尼亚人、俄罗斯人或是形形色色的避难者，但同样还包括美国人。请您相信我。

白昼与夜晚消磨得很快，月复一月，年复一年，我们这些凡人不过是在蹉跎岁月，然而九月之鸟的入侵仍在继续，真是奇怪的文学悖论。几个星期，几个月，几个季节凝聚成了独特的一天，膨胀的被诅咒的一天。

亲爱的艾娃，您或许听说过那个著名的玛格丽特，也唤作玛戈。她是一位美国女人，而不是伊拉克女人或伊朗女人。玛戈·H在灾难中幸存下来，并得知她的未婚夫大卫在爆炸中丧生。她精神上受了创伤。为了不让自己被这噩耗所击溃，她汇聚起自己的美国力量开始奋斗。她领衔创建了巴别塔幸存者协会，申请并得到了议员、银行家以及各电视台和慈善机构的支持。她的故事深入受害者家人的内心，逐渐缓解了他们难以慰藉的痛苦。她经历过尸横遍野的残酷现场，也闻到过皮肉焦灼的气息，还看到过在空中飞旋的内脏。在最后的那些瞬间，她自然而然地想到了自己的未婚夫大卫，想到了她的洁白婚纱，想到了她的山盟海誓。"一个消防员用胳膊护着我，将我带出来。"玛戈讲述道。不幸的寡妇被从鬼门关救了回来。"他把我交给了另一个消防员，后者径直将我送到了救护车那儿。我们无法到达那里，于是便躲在一辆卡车底下。他用自己健壮的身躯掩护着我。"这位如浮士德般的玛格丽特女士向温柔的地球诉说着，"空气有些发烫，我什么也看不见，靠着他的防毒面具我才幸存下来，等到了救援队。"美国和世界听到了她的声音，于是啜泣着，并从她勇敢的话语中汲取着勇气。她不承认自己被打倒，她不断跟自己做斗争，与命运搏斗，就是为了说服和帮助她所需要说服的同类。

亲爱的艾娃夫人，唯有词语令人匪夷所思。看起来，那也经常在其他的环境中被听到。疲惫的套话和那些激烈、个性化和极端的情景形成了鲜明的对比。然而，语言，到最后是语言道明了一切！性格是一个人的缩影，我们都学过这么一句话。怀疑的产生也并未迟到。人们发现，尽管这个勇敢的玛格丽特左臂上尽是烧伤的痕迹，但2001年9月11日那天她并不在纽约，而在西班牙。当时，她在加泰罗尼亚的一所大学中上课。

在灰色九月过去后的一年，她重回了美国，并开始用心构思叙事。而大卫确实已经去世了，尽管他属于上帝的选民。显然，在那个发动秘密救援行动的夜晚，他是被警戒队遗忘了。然而可怜的大卫一家还是透过特殊关系网获得了警告。尽管在摄像机和正义面前，这一家人宣称从未听说过什么拯救阴谋，也未听说过什么知名的玛格丽特。假使不存在什么确凿证据能够证明这个故弄玄虚的女人在第一次就冒名顶替，那么这第一个声明会让我们对第二个心生疑虑。

这就是上帝的花园了，它独一无二。这里人员众多，繁复多彩。正如帕拉德所言，这是一个多元的世界，人们散布各地，无论是头披星辰，还是脚踩大地。斑斓多彩的世界，这就是我主的花园，它独一无二，无与伦比。

在接下来的日日夜夜和几个月里，独居者急需一位对话者！还有这么多的事情需要谈论，而他却只能可怜地自言自语。艾娃的沉默不言令他沮丧万分。

桌上那本《美国一日生活》大画册已被一摞书所取代。这些书讲的都是犹太教教士塔尔苏斯人保罗的故事。这家伙被流放到哪儿就把仇恨的种子播撒到哪儿，连带着他身前身后的那些叛乱预言一起。为了团结世界而将宣传和躁动统一在一面独一无二的旗帜之下。所有人都会被平等地接受，都会改信另一种信仰，都拥有一样的价值，大家只需要接受同一个信仰就行了，只需加入那唯一信仰之列即可。耶稣也只在他的地盘和部落里布道，不夹带什么转换信仰的私心，单纯又神圣，就像传说中的傻瓜梅什金[1]和另一传说里的阿廖沙·卡拉马佐夫[2]兄弟。全球现代化可以远溯至保罗。

叛逆贼子游离于世界之外，他们大祸临头了。所有的阿亚图拉和法西斯的狂热都这样教导我们。诗人奥萨马是否就是那新圣保罗，因此他可以决断谁该被选中而谁又该被诅咒？恐怖分子对他的命令言听计从，仿佛聋哑人一般受到了催眠：倾覆这罪孽深重的人世间，树立绝对权威，从而踏上奔赴天堂的捷径。

罪孽并不藏匿于五角大楼或是世贸中心，而藏在图书馆里，可

1　原文为Mîşkin，为陀思妥耶夫斯基《白痴》中的主人公。
2　原文为Alioşa Karamazov，为陀思妥耶夫斯基《卡拉马佐夫》兄弟中的主人公。

怜的迷途人呵！奥萨马的诗歌同垮掉一代的无耻诗词、阿亚图拉的《古兰经》和保罗的《使徒列传》放在一起，旁边还放有爱因斯坦的著作，卡尔的宣言[1]、《我的奋斗》[2]和但丁的书。帝国大厨的书籍就挨着解梦手册。这手册是用世上888种语言和方言所写。战争和谈判都不过游戏罢了。在游戏的迷宫中，我们同胞间的人情淡漠会被就此激发。

这就是我所做的事了，亲爱的艾娃·加什帕尔，我同隐士奥萨马谈了心，也与流浪者保罗聊了天，现在仍等待着我们亲爱的彼得打来电话。

是彼得·加什帕尔而不是使徒彼得。

最近几天晚上我和使徒彼得与使徒保罗进行着无谓的争论。他们一位来自神圣之国，另一位来自希腊散居地西西里。我很想知道，假如他们二人对峙，那么在辩论中会发生什么呢，会不会是来自加利利的彼得打败了希腊犹太人保罗，而成为了后来的圣保罗呢。

如果当初怎么样那就会怎样是另一个消磨无聊的游戏。疾病没能在全能者面前绕道而行，而是将那19名刺客打发到了九月之鸟的肚腹之中。如果当初怎么样那就会怎样这句话是宗派的代码，是它缔造并吞噬了图书馆。书架上放满了圣经和战争之书，还有关于蚂蚁和巨龙的童话，星空图册、集邮套册和介绍这地球上各种方言的书籍。

艾娃·加什帕尔留在了戈拉下午的长觉中，现在他已经醒来，

---

1 这里的宣言是指马克思和恩格斯所著的《共产党宣言》。
2 指希特勒的《我的奋斗》。

重新得到了书籍堡垒的庇佑。

教授想到了图书馆和书籍。还想到了词汇。萨拉马戈[1]的抄写人只用一个词便改变了葡萄牙的历史。莎士比亚的国王们在作者的思想中处于统治地位，但丁将那个时代的教皇驱逐到了地狱当中。作为精神财富的商人，拿破仑成为了托尔斯泰专栏文章中一场轻歌剧的替补演员。罗斯[2]把亲希特勒的林白安置在罗斯福的总统宝座上。反叛者拉什迪的胡思乱想使神圣的诗句都恶如撒旦。核按钮上的"开始"键正在闪烁。明海尔诞生在一本书的魔山当中，彼得和保罗都生活在福音书的纸页之中，受限的奥萨马居住于古兰经和圣战的新月当中。我们亲爱的彼得的不幸同样也来源于书籍。我将其塞入老头那错综复杂的传记和文献当中。这书虫，被他火光冲天的藏书阁所迷惑，眼睁睁地看着书页和岁月在虚空中灰飞烟灭。当人们责令我为了那些值得被揭露的恶行而摘下他的面具时，我依然无法忘却他，但我也同样无法忘却千千万万位耶稣在焚尸炉中灰飞烟灭，一同消逝的还有他们深入灵魂的书。我也无法忘却拿撒勒的约书亚，他随身带着一本书，也激发了千千万万其他人。

我坚信彼得·加什帕尔还活着，但我也未曾忽略他母亲的担忧。每个星期，她都要向我打听失踪者的命运，在我们讨论自己要个孩子的时候，露还常常对我谈起艾娃·基什奈尔·加什帕尔。虽然那时到处洋溢着爱意的崇拜之情，然而我依然无法逃避任何问

---

1 葡萄牙文坛巨匠，1998年诺贝尔文学奖获得者，获奖作品：《失明症漫记》。
2 罗斯1955年获芝加哥大学文学硕士学位后留校教英语，同时攻读博士学位，但在1957年放弃学位学习，专事写作，以小说《再见吧，哥伦布》成名(该书获1960年美国全国图书奖)。罗斯曾多次提名诺贝尔文学奖，并获得国家图书奖、福克纳小说奖、普利策文学奖等重要奖项。

题。在艾娃和大卫·加什帕尔这对夫妇死去后，彼得·加什帕尔是否代表了复活？为什么我们的继承者并不是赋予我们光明的象征？

"明海尔"这个外号来自一本书，寓意源自彼得自己的想象，而死亡的威胁却出自一个自称为图书馆神父的作者。今天，前天和明天的恐怖分子追随着他们所相信的伟大无名氏所著之书的语录。在词语神庙旁那些商业和战争交易的悲惨官邸又代表了什么？一些平庸而幼稚的消遣罢了！伟大的冒险在鸦雀无声的大厅中进行。在那里，爱情在科学、抒情文学、航海、美食或天文学中创造了自己的庇护密码。以太和鲜血的痕迹玷污了已积累了数千年的教科书和书简的纸页。新发明的小屏幕可以提供信息并进行简单的对话，这同样也出现在了图书馆中。

2001年9月11日后的那些白日与黑夜，戈拉沉浸在了同一种与虚无的对话当中。

一个白昼接着一个黑夜，而后是第二天，以及接踵而来的一天天，一月月，和周而复始的四季：那无尽的白昼与黑夜的不确定性。

夜幕降临，微弱的光线在窗外宁静的暮色中颤动。地球依然自转不息，并同时围绕着太阳旋转。夕阳西下，如往日一般沉郁，露的手套和书架上的书依然放在原位，透着生命力。

戈拉教授每天都等待着针对图书馆的袭击，既包括他的图书馆，也包括世界上其他的图书馆。这是一场针对所有图书馆的致命打击，与之相比而言，交易之塔和火箭之塔不过是一些微不足道的即兴行动。历史性的一天，以红黑二色铭刻。

或许是电话坏了，也有可能是对方不愿接听。那历史性的白昼和黑夜皆是如此，此后也并无二致。然而忽然有一天，在夜晚11点，我打通了电话。

"我还好。"教授拖着无力的声音回答道。

他没料想到我会打电话给他，尽管他之前也给我打了多次电话。他经常和我谈起加什帕尔和玛尔嘉·斯泰因的事儿，还有艾娃·加什帕尔的信件，2001年9月11日那天的种种瞬间，他几乎能倒背如流。除此之外还包括圣保罗、圣彼得、奥萨马·本·拉登以及那些愚蠢可笑的恐怖分子没能成功袭击的目标：图书馆。

我先前准备了关于露和迈克尔·斯托茨的一段劲爆历史，为了靠戈拉意想不到的喋喋不休来推波助澜，我还拖了一段时间。

"就如马克思所相信的那般，有时候闹剧总会先于悲剧而发生，而不会在悲剧发生以后才上演。我由此想到了彼得收到的那封信和博尔赫斯的那个故事。"

我让他重新复述那个故事，并答应会尽快给他致电，好在稀松平常的日子里尝试开启一场正常的对话。

接下来的谈话正如我们预想的那样，主要围绕着斯托茨和露展开。似乎这是把他从受惊后的孤独之中拉拽出来的最后机会了。我出其不意地开始了对话。他静静地倾听着，没有任何反应，好像是听着某位陌生人的奇闻逸事。他也没问我这些细节从何得来，紧接着就向我提出了那几个我预料之中的问题。

"一个聚会？"

"是一个周年庆。其实不过是一个幌子罢了。在长岛上，有一对夫妇经营着一家银行家俱乐部。那丈夫，以前是位飞行员，潜逃到了西方。先跑到了比利时，后来又逃到了美国。迫于政治压力，他还成功娶了一位体操老师做了妻子。而在这里她改行做了时装设计师。他们一起经营着这家俱乐部，当无人光顾时，他们便自己用这个场地。那聚会就开在这样的一天。就在巨大的冲击之后的那段时间。在自然灾祸过后的那段时间里，人的本能总会变本加厉，有时候甚至会变得歇斯底里。露高中的时候和那位体操老师拉璐卡是同窗。斯托茨来的时候带来了一位风姿绰约的非洲女郎，吸引着所有人的眼球。露出现得相对较晚，她与吴医生一同前来。这位吴医生是科齐大夫在诊所的同事。那会儿的气氛已经相当热烈了，但是没人会想到居然会发展到伴侣交换的境地。"

戈拉听着，没有要求更多的细节。

"调情的气氛不断升温。到最后，竟有三对情侣交换了伴侣。当露和斯托茨离开的时候，她朝着年轻的吴医生打了个招呼，而那吴医生早就被拉璐卡勾去了魂。"

戈拉教授并不要求其他细节。

戈拉教授好像对这夸张的暗示并没有什么深刻的印象。

如果这不是他耍的花招，以在面对露的出席时看似真实地无动于衷，那么戈拉的确是送了我一则好消息。

* * *

庞大的城市里拥有着田园般的城郊。庄严的寂静。灰色的松鼠，棕红的猫咪，乌鸦，趾高气扬的野火鸡列队走着。灌木丛间，偶有狍子溜过。

昨晚树林突然闯入夜来，花白如被雪覆盖着，不断前倾着，而现在它从四面八方涌来。树枝上下纠缠挣扎着，白色的粉末愤怒地从高高的枝头飞腾而下。参天大树扎根于大地岿然不动，而它也似乎在不断前进着,彼此靠近,而后又各自隐退而去。

曙光中的树林很遥远,但它仍在不断生长着,靠近着,冰冻起来,变得雪白。就像一部寂静无声的默片,什么窸窣声也没有,什么都听不到。树枝俯伏着,颤抖着,几近折断。大风鞭笞着片片雪花,但却毫无声响。这病态的寂静,而后运动起来。这奇异之事来来回回地上演,好似永无终结。

现在,凌晨时分,树木纹丝不动,庄严地矗立着。在不安分的松鼠间,乌鸦起飞又停落。就这样了,再无其他。在窗的那一侧,仍是一片寂静与沉默,甚至小小的窸窣声也难以听得。什么也听不见,就连汽车驶过道路时的声响也一丝不寻,静寂无声。

戈拉教授从不是这广袤景色中的一分子。他在故国便有这样的感觉,更何况在这新的彼岸,他只是一个闯入了无意识自然的迷途者。

如今他审视这环境的方式已不同往年。他将对那些存在的,以及在观察者消失后将继续存在的事物给予更多的注意力。当然,这之中也包括世世代代生活于此的松鼠、乌鸦,以及瘦小而愚钝的狍子。森林永远在这里,就像亘古流淌在山谷间的河流。他故乡的森林亦是如此,纵横遍野的是无尽的消逝感。在无情一瞬匆匆跑过的小豚鼠呵,它在这片土地上的踪迹终将消散殆尽。在它之后也不会再有世代子孙。即便它曾有过,子孙后代也不会改变它们发展的进程和循环。他发现了界限的密码。

平庸的忧伤!被一条电话信息所激起,仅此而已!

"核磁共振成像显示,动脉堵塞了六七成。在你这个年龄不算太糟糕。但我总是充满怀疑和担忧。或许会更糟。我们得确诊一下。面对这种年龄的病人我们切不可掉以轻心。"

其实，面对任何年龄的病人我们都应如此。巴尔·艾尔医生立即补充道。年龄，又是这个词！科齐之前也提到过。他学生时代的老同学。他曾经问他最近是不是做过一个心脏检查。

"不，最近没做。最后一次做已经是八年前的事儿了。之后，我便换了这个染过头发的医生，取而代之的是一个沉默寡言的女医生。她说这检查其实没什么必要。"

"你这个年龄，还是做一下为好。我给你介绍一个医术精湛的心内科医生吧。"科齐决定道。"他的发色很自然，也并不沉默寡言。不过，是个以色列人。"

"那些人注定了必须得快速思考。"

"你这个年龄需要的正是眼疾手快的好医生。我已不再是这样的大夫了。在我们那儿，这么做没必要。"

就这样，他开始了晚年的喜剧。

的确，青春时代和旧日之地有着另一种节奏。自从伊西多尔·科齐倾听他的同班同学科齐忏悔之刻起，已有许多年过去了。那不是在他们一起做作业的房间，而是在科齐家一个宽敞的地窖当中，到处皆是葡萄酒和破旧的皮质扶手椅。伊奇，人们就这么称呼伊西多尔，他睁开双眼，错愕万分。

"谁？你想爱上上帝的选民？你脑子进水了吧！你爱上了那个把耶稣送上十字架的耶稣的民族了？你们不是这么说的吗？我们把他送上了十字架，于是现在我们世世代代就要为此付出代价。你想换一个传说吗？"

"假如这是一个传说，我想按照我的想法换一个。我们确定了，再也不用'你们''我们''他们'来区分……耶稣，是的，他爱他的人民。罗马人想置他于死地……或许犹太人也这么想,尽管我并不这么认为。他们不接受他作为弥赛亚,希望能继续等待。他们更喜欢一种开放的、未完成的思想。但是,你不明白我在说什么吧。"

"我不明白,这样更好些。"伊奇很快回答道。

"你什么都不知道,也什么都没读过。我站在圣彼得一边,而非圣保罗。"

伊奇不出声,静止在那里,仿佛有人和他说起了外星语。

"圣彼得说过,假如你不是犹太人的话,你就不能成为基督徒。"

"对,你得经受一次割礼。给生殖器做个小手术……等一下,我让你看看。"

伊奇做了个手势,准备脱下裤子。古斯蒂厌恶地推开了他,小伊奇一时都站不稳了。

"使徒保罗是个激进的人。他想推广这场运动,将之国际化。全世界无产者啊,联合起来吧!而我,我站在彼得的那一边。"

"你就是一头牛。你把传说调了包,还承认了它。老爷呀,他会超过你的。你已经有过这样的经历了。你想成为奥勃洛摩夫[1],堂吉诃德。那个荷兰人,皮佩尔科尔恩。"

"我是谁呢,是伊奇么?不,谁都不是。"

"你是一位出色的高中生。是学校里最为优秀的那个。"

"傻瓜!尽说些老掉牙的话。什么聪明的男孩,不过是自己按

---

[1] 《奥勃洛摩夫》是19世纪俄国知名作家伊万·亚历山德罗维奇·冈察洛夫的代表作之一。主人公为地主知识分子奥勃洛摩夫。

时上课学习的孩子。"

"你当然不会一直这样学。你还想要什么与众不同的么？你是我的朋友，这就够特别的了。你，就是那明日之星。你是班里懒人胖墩之友。也就是手风琴手，伊奇。"

"伊奇，你们是不一样的。"

"你可是说过的，我们不再用你们、他们、我们相称了。"

"你们遭受了许多。遭遇的神秘同我纠缠不清。"

"呵……你想让我把你钉上十字架吗？我试试吧，我保证，我会成为班里乃至学校里最勇敢强壮的那个。我会撸起袖子好好干，准备好十字架、钉子和荆棘之冠。"

"你就是一头无可救药的蠢牛，而我可不是这样。一头牛，伊奇，这就是你。行了，够了。还是等你何时能拥有了属于自己的投票权，我们再聊吧。"

几千年过去了，科齐医生拥有投票权也很长时间了，他甚至都已经忘记了那玩笑话。还是病人自己在做那伟大的检查之前将这玩笑话记了起来。

"你把我介绍给哪位心脏病医生了？他怎么称呼？是叫艾尔-阿尔么？"

"不，不是什么航空公司。是叫巴尔-艾尔，和艾尔-阿尔正合拍。叫巴尔-艾尔。"

贝尔纳德·巴尔-艾尔大夫是位高个男士，他皮肤黝黑，为人得体，行事敏捷。他迅速地思考，立即安排了检查。俄罗斯男护士也礼貌得体。他仔细地检查了血压、脉搏，又进行了心电图测试，还往血管里注射了造影剂。半小时过后，病人躺上了滚动带。巴尔-艾尔一面握住心脏病人的手，一面全神贯注地盯着检测屏。

"好的，挺好的，继续向前，怎么样，你还行吗？"

"嗯。我可以的。"

当你觉得自己快丢了魂的刹那，医生拍了拍你的肩膀。

"行了行了，我们就到这吧。"

他没有丢了命，同样也没预料到会就此停下。

"最近你有没有感到胸腔疼痛？呼吸短促伴有刺痛？"

"没有，什么也没有……只有胃，我去科齐医生那儿看过了。"

"科齐医生把胃镜和肠镜检查结果给我寄来了。你的胃没什么问题。"

"可是我们之间开着玩笑，说病人都奄奄一息了。我的胃折磨着我。科齐医生换了好几次药了，但都是白费力气，我的肚子里怕是有条恶龙在翻江倒海。"

"好了，这都会解决的。现在，我们需要对心脏做一个核磁共振。很快的。我不知道费用是不是可以在你的医疗保险里被报销。你愿意自费检查么？"

"如果有必要且很紧急的话……"

"需要七八百美元的样子，我现在就给医院打电话。"

一小时以后，病人来到了医院。前台的黑人小姐很是友善，立马俯身认真查阅起面前的名单。戈拉，是的，是奥古斯汀·戈拉。

两天后，巴尔-艾尔打来电话，表示对检查并不满意。

"我不相信检查结果。我们还得再确认一番。病人的年龄要求我们得谨慎仔细。事实上，任何年纪都得这样。我为你安排了一个血管造影，给我打个电话吧，我们定一下检查日期。"

这就是早晨的消息了。

神奇的冬日之景与巴尔-艾尔毫不相干。他表情木然却很是上相，简直棒极了。教授望着森林。在他身边的长沙发上，放着科林斯出版社出版的相册《美国生活的一日》，这相册又大又沉，其封面为蓝色。头戴黑色礼帽的黑骑士，骑乘一匹黑马，行走于蔚蓝的夜空之上，途经那一弯洁白的月儿。在这下方，写道：我们疯狂、幸福并充满希望：我们轻狂而激进。也就是我们这群初出茅庐的高中生，开始渴望知晓这世界究竟是怎么一回事……[1]疯狂，幸福，充满希望：轻狂而激进的初中生们，对这灿烂的人世间刚刚有了萌芽般的醒悟……在他那崭新的家庭相册里，美国佬们就这样诙谐地界定自我。

标志性的照片：满头金发的姑娘和小伙子，身着一袭白衣，紧紧相拥起舞。他们闭上了双眼，飘飘欲仙。这是1986年5月2日。

1986年5月2日那天我在哪里？露在我们的故国，彼得·皮佩尔科尔恩在一部德国小说的某一页当中，未来的病人戈拉对自己的动脉堵塞和血管成形术还一无所知。

* * *

古斯蒂·戈拉和伊奇·科齐一直是朋友，甚至在地窖的神秘见面之后也依然如此。争议还在继续，伊奇变得更为激动，戈拉在做决定时总是固执己见，而且懒于在事后总结教训。

---

[1] 原文为英语："We are frenzied and happy and hopeful: we are zealots and zanies and high school kids just starting to wonder what the world is all about..."

"爱情是没有必要的，古斯蒂。"朋友科齐重复道。"听我说，爱情毫无必要，我们总是愚蠢地等待着爱情的降临。爱情，被爱，你听到我说的了么？在千百年的仇恨和流浪之后，有人忽然间对我们倾心。爱你身边之人胜过爱你自己吗？身边的人！呃，我明白……但即便你爱身边的人，那爱意也无法与你爱自己那身体发肤的程度相比。一个谎言。从来不可能存在的。假若两者相同，那真是太过分了。他们为什么爱我们呢？我们更好，更迷人吗？完美无缺？我们完全不是如此。所以说：还是放过我们吧。这样就够了，就够了！你听明白了吗？仅此而已！不要再要求我们变得更好，更迷人，甚至完美无缺。仅此而已！爱情毫无必要，古斯蒂。"

古斯蒂一直保持着沉默。他随后拒绝了和伊奇或是其他什么人谈论这一主题。当出现了关于这一紧急话题的各种争论和冲突，抑或是关于蓄胡男人和那些传统咒词的笑话时，他就干脆离开房间。大学时代，他在这方面的举动也并无二致。后来，他成为了一名大学助教，常常去那间人们争论社会热点的阁楼。露并不知道他丈夫在年轻时候选择了圣徒彼得。然而在那一次，伊西多尔·科齐早已远去，不知所踪。

中学毕业后，伊奇误打误撞进入了一所体育运动学院！戈拉大为吃惊。科齐成为了青年组铅球冠军，甚至还练习举重和皮划艇。伊西多尔·科齐，是一名运动员吗？他的那些同党们可不是靠这种形象获得了名望和反感态度。这么看起来，他那异国情调的选择还远远不到位。于是，伊奇选择了去特兰西瓦尼亚的首府克鲁日去上学。

"在这里你也能上学，为什么要去那么远的地方？"

"那里的人更严肃些。我受够了那些关于我的玩笑，还有我自己开的玩笑。而且,那边我一个人都不认识!我就是个无名氏!你想想,谁都不认识你是什么感觉!"

戈拉微微一笑。克鲁日比布加勒斯特要小得多,无名氏很快就会人间蒸发。但戈拉不想和这运动员争论,倒是满怀深情地看着他。

一年之后,伊奇回了家。不是为了学习,而是为了告别。他被一个来自委内瑞拉的豪门叔叔给"救赎"了。

"我们的马克思成了一个石油大亨!花钱如流水。你还记得吧……当你想逃离的时候,我就来赎了你。不会有一大堆邮件等着你收,不过你很快就会收到我的地址。很快。假如我换了地址,我也会告知你的。你给我写信,我来安排一切。这是我们之间的秘密。我不是为了圣彼得才这么做,而是为了圣奥古斯汀·戈拉,那个罪人。"

加拉加斯的地址许久之后才印在了一张精美的明信片上,上面只有寥寥数语:"尊敬的阁下,在此为您呈上我的地址并送上我的问候。我与您同在。"

戈拉定期写信告诉他同班同学的发展情况,但对他们的祖国或是委内瑞拉却只字不提。然而,没有一封回信。几年后,他收到了一张照片。照片上是伊西多尔·科齐,医学系学生,他手拿着一个网球拍,站在一群巧笑盈盈的苗条姑娘旁。照片的背面是一间单身公寓的地址,是他先前在加拉加斯大学附近买的。等他毕业之后,他又收到一张来自纽约的照片。婚礼:伊西多尔与伊莎贝尔·摩托拉。风韵别致的犹太教堂、优雅可人的新婚夫妇、风度翩翩的来客嘉宾。照片的背面写着关于这位新娘的一段简短介绍:女博士,美国人,著名风湿病诊疗专家之女。"今天,我们诚挚邀请我的老朋友奥古斯汀·戈拉参加我们的婚礼。婚礼将于第五大道举行。这是属于他的席位。请写信给我。"

戈拉没有回信。与境外相关的任何通信都会减少他获得护照的机会,增加不确定性。

他来到新世界后,没有同伊奇大夫联络。他并未准备好同其见面。有太多的事情需要回想,又有太多事情甚至都回想不得。得知露不愿同他一道前来,伊奇可能是相当生气的。在他的那封信中,他写到了他们的第一次约会,戈拉极尽细腻的笔墨来描绘这位可爱女人,她的美丽、智慧与细腻,但对她的种族却只字未提。不,他感觉自己并没有准备好说服科齐大夫:她的种族并不是他做出选择的决定因素,也不是因为这一点使他的家庭分崩离析,而与妻子的分别也没有动摇他这一信念。

待彼得·加什帕尔现身的时候,戈拉教授还是出面找到科齐大夫,请他雇用自己的前妻露工作。伊奇久久地沉默着,等待着细节的出现,但却什么也没有收到。在长久的静默过后,他终于还是雇了戈拉夫人干活。

古斯蒂一再用各种借口推脱着同老同学、老朋友的见面,科齐似乎明白了,或是存在着个中隐情,便也不再坚持。在本就不多的电话交谈中,他们彼此都心照不宣地对这话题避而不谈。在九月之鸟到来之前,他们一直信守承诺。戈拉给他打来电话想打听露是否还活着,这是那天最重要的消息了。之后,便是沉默。然后,他的胃里似有恶龙翻滚,他需要一位医生。伊奇会不会也变得同其他美国医生一样只看电脑和检查数据,却对病人视而不见?不然他或许也不会负隅顽抗,在前往老同学诊所的路上他暗自思忖着。

"您从哪儿来?"出租车司机问道。

"我来自巴尔干,你呢?"

"我来自苏联。"

"那很大啊,苏联可是个大地方。"

"巴尔干也不是一个小乡村呀,可我是来自苏联的。"

这辆车还是彼得失踪之前为他预定好的,加什帕尔还提醒他:"它来自我们的青春年代。"

"波尔坦斯基不是一个立陶宛名字也并非一个吉尔吉斯名字吧。"

"我是苏联人。我曾经是,现在也是。如果我没想错的话,你是要去看医生吧。"

"是的,去看我的一位旧日同窗。"

"他也来自巴尔干么?"

"是的,他帮我找到了我需要的药物。你呢,你在苏联那边是做什么的?"

"当兵。我在军队里。是红军。"

"用这名字参的军?"

"嗯,就用的这个名字,伊瑟莱尔·列奥瓦·波尔坦斯基。在军校的时候我们当中有两个人姓这个。总共有4000名学生。得亏我成绩好,他们拿我们没办法。我一直是苏联人。要是有个朋友凌晨两点给我打电话说需要我的帮助,我一定会立刻赶过去。无论我多疲惫,甚至拖着病躯也要去。我现在生病了。肾脏受伤。在你们这美妙的美国,最初来的10年里我是一名开卡车的司机。那辆卡车就像个巨无霸。我夜以继日地工作。我认识他们的医生。他们会问你关于保险的事儿,而不关心你的病情。您买了什么保险呀?数字,我们不过是数字。数据,统计。不,先生,我们很抱歉。医生可不接受这种保险。美国佬的礼貌之处。生意[1]！这个国家的解药。"

"这怎么说？"

"经济！它支持着所有的腐败。贪欲和狡猾，富人愈发富有，政客们的谎言，电视上的八卦新闻。这种民主可要糟糕得多。"

"真是这样么？"

"是的。你要是想去竞选议员，就必须要准备好几百万美元。你卑躬屈膝地向他们讨要几百万，然后答应之后给他们些好处？唯一的解药：经济。人性的弱点完全被它所操纵着。它维持着腐败。工作，生意，金钱。剥削压榨。要是老板想让你滚，你两分钟内就会被扫地出门。而后，你就会失去医疗保险，房子，汽车，一切。所以，你小心翼翼地行事，不想失去这一切。你像奴隶那样工作，又依附于这一奴隶制。在这里，人们总说'上帝保佑美国'[2]。工作狂。你像一个动物那样工作，直到生命的最后半小时。而后，人们就会埋了你。"

"那你为什么来这儿？"

"呃……孩子们。是为了他们。所谓的，为了孩子们。我有一个儿子，还有一个闺女。我们现在做的一切都是为了他们。他们可能根本没有这概念，也根本不会放在心上。我和我爱人疯了似的工作，为了给他们提供所有的一切。这是没有灵魂的一代人，先生……我的女儿，我的小心肝。索菲西卡。索菲亚·波尔坦斯基。波尔坦斯卡娅。现在是个大学生了。漂亮，聪明，优雅，还有点儿被宠坏了。暑假的时候她要去锡拉丘兹上一个短期修习班。锡拉

---

1 原文为英语：Business。
2 原文为英语：God bless America.

丘兹大学！她在网上找的锡拉丘兹大学开设的暑期课程。你想远离我们吗？你母亲都不知道还可以为你做什么了。她现在每天都把你的衣服洗得干干净净，而后熨平整，叠整齐，用完美的标准要求自己。还有我呢，索菲西卡？一个月，爸爸，一个月是什么意思？我们可以电话联络，爸爸，我们打电话行了。你听到了吗，打电话！另外，你还可以发电子邮件呢。"

伊奇·科齐大夫老了，但他的记忆力未曾衰退，而且从不放过炫耀的机会。

"你来到了你早该来的地方。我给了你我曾答应给你的地址，不是么？"

"是的，你给我发过。"

"每次换了地址，我都没忘记通知你，不是么？"

"是的。"

"你却躲了起来。那里的冷漠改变了你。几十年。你浪费了好几十年的光阴。"

戈拉不出声，只是微笑。他瞧着科齐大夫一尘不染的白大褂，她的金框小眼镜，花白而蓬乱的头发，酒红色的领带，海蓝色的衬衫，一双毛茸茸的大手。他只是看着，嘴角泛起微微笑意，缄默不语。

"我希望你保守了秘密。我们那地窖的秘密。"

"我一直守口如瓶。"

"你没有为秘密警察效劳过？告诉我，你没有。我听到到处都有探子。你很难彻底地摆脱他们，也很难不成为他们其中的一分子。你有空的时候一定要和我详细说说，好吗？现在我们得去诊所了，去看看你的身体是不是还和以前一样。改天我们再讨论关于灵魂的问题。"

科齐在诊所里很细致地为病人做了全身检查。

"我们会为你的胃找到治疗方法，但我觉得可能毛病还不止这个。"

戈拉就这样来到了巴尔-艾尔医生这里。待核磁共振检查结果出来以后，他又给伊奇打了一个电话。巴尔-艾尔为他推荐了爱德华·赫斯皮塔尔，这是一位澳大利亚医生，将为他做血管造影检查。

"他是土生土长的澳大利亚人。和我们一样也是一位流浪者。但同时又是一位伟大的医生。你碰上了一位相当可靠的家伙。别看他手生得小巧，可办事却很牢靠。我认识他，别担心！"

"那……正如我们约定的那样，她必须毫不知情！"

"戈拉先生，我们相识如此之久了，我们知道何为秘密的。"

每一天，我们一遍又一遍地了解并熟悉，直到死亡之棍将我们唤醒。

* * *

跑步机的滚动带同秒表和脉搏器相连。突然之间，红色报警器拉响。锣声宣告了倒计时的开始。你睁大了双眼环视四周，想好好瞧瞧这即将见不到的一切。松鼠横死在屋前，腐烂的枯木。生命的精疲力竭，过去的一切不可避免地走向衰亡，好似它们从未存在过。

享受这片刻的欢愉吧，品味他的圈套吧。他已不再年轻，即使他曾经年少，但他也无法希冀于光阴的延时，当然偶然性还是需要被尊重。

书籍将他挽留于时光年轮的回转之外，使他免遭岁月的销蚀。他端详着自己的书架，那上面陈列着封皮老旧的书册，正是这些老朋友陪伴着他在最后一次移民之前颠沛流离。他明天将在外科大夫赫斯皮塔尔面前焦虑不安却彬彬有礼地向他道上永别。那必是恋恋不舍的兄弟情谊，毕竟这将是最后一次告别。面对那将你从死神手里夺回一命的人，除了伸出你的手作为告别，还能奢求什么比这人道的仪式么？

当你已无人可别时，在最后时分，孤独就会变本加厉，但也会变得愈发纯粹而不依附于他人。他的双亲很早就去世了，他曾费尽力气才适应了没有他们的生活，并承受着失去他们的思念阵痛；奥勃洛莫夫为懒惰题写了赞歌；伊奇留在了青年时代的地窖中；圣彼得待在了加利利；基拉·瓦尔拉姆将一生奉献了给他那孤僻的儿子；迪玛遁入了虚空之中，像是陷入了应有的平和；拉曼查的骑士无法原谅达辛妮亚的不贞；帕拉德就同他的英雄罗伦特那般，被一枚子弹谋了命；彼得通过合法的大规模闹剧使那位荷兰同名人变得默默无闻；坐在蓝色马车里的金发小女孩经过男孩面前，那男孩好似被鬼怪勾去了魂，宛若童年模样……而露，她被迷魂药弄得头晕目眩，却借着青春的魔力幸存了下来。距那次并未成功的离别已时隔多年，任何会造成与露分别的礼仪形式都显得可笑无比，恰如它所展现的那般，是毫无用处的。

他用手掌摩挲着干净整洁的办公桌，桌上的书册码放于左侧，还放着昔日的那对红手套。明天，在亡者的最后一次挣扎过后，一切都将复回原位，无论是书籍、露，还是那些逝者的悼文，就连这些人最后也一个个失踪无影，连同其所有痕迹一起消失殆尽。只有爱德华·赫斯皮塔尔的眼眸还能留住病人的面容一会儿，其临终的样子让之确信，他受到告慰并非因为患者的感恩，而是因为患者接受了如蚍蜉般短暂生命的平和安详。尽管他总以天真的愤愤不平来加以抗衡。虽然，他还是会和赫斯皮塔尔说，他是富足的，至少他曾经透过那非物质的强度和不可磨灭的欢愉变得富有过，当然他亦坚信最后的最后，物质仍是不可战胜的一方。而这些欢乐和短暂的抗争却是不可忽视的，它们绝不该被忽视，这就是他同那澳大利亚人所道之言。

* * *

病人按照医生的要求早早地来到了医院。他聚精会神地听着医生的描述：加入血管造影的结果显示需要手术的干预，那么就立即做血管成形术——将一个微型圆球和一个摄像头的组合插入到腹股沟附近的股动脉中，让它们在亟待清理的动脉中不断延伸。那小球不断扩大，挤压沉淀物，使动脉得到扩展。而后，将在里面放置一段金属管道，让它能保持调整后的状态。会给你服用镇静剂的，但不用麻醉，医生需要知道病人的即时活体反应。

奥古斯汀·戈拉于是便躺在一张狭小的床铺上，手脚都被固定住，双眼盯着电脑屏。蓬特科沃大夫出现了，高而瘦削的男人，有着一头黑发。后面跟着的是赫斯皮塔尔大师。这位教授个子不高，但很健壮。他的手不大，一双蓝色的小眼睛，还有花白的头发。他强壮、敦实，让人有一种可依赖感。

"我们不打麻药，您也知道的。我们需要病人保持清醒，不过会给您服用镇静糖浆。"

中国女人递给他一杯玫瑰色的药剂，病人喝得一滴都不剩。他感到腹股沟处的血管被异物扎入,那是摄影镜头在行进。他闭上了眼睛,电子蟋蟀紧锣密鼓地前进着,而病人抓紧了床上的金属杆。他双目紧闭,咬紧牙关。

赫斯皮塔尔又走到病人身边。

"我们有一个好消息和一个坏消息。您想先听哪一个?"

"好消息。"

"我们可以做干预手术。"

这么看来,托了魔鬼的福,垂死者还要继续接受侮辱。

"坏消息是您的动脉已经堵塞了90%以上,有些部位甚至达到了99%。可以说是布科维纳的新鲜奶油了……如果你同意的话,我们就可以开始了。"

"我想我别无选择。"

"没有什么选择。手术也不是万无一失的。它也有风险,比如梗塞、休克。不过这非常罕见,但不是不可能。"

澳大利亚人不说话,病人也缄默不语。

"所以,同意了?我们做手术?"

"做手术吧。"

"我们会给堵塞的动脉输氧来清除一些沉淀物。而后,我们会搭上一个架子,通常称之为支架。它会维持你动脉的畅通,血液循环将回归正常。"

医生卷起了他的袖子,来到电脑前。

针头对准了胸脯的凹陷处。深一些,更深一些。在屏幕上,小昆虫摸索着前进的路径。一个酩酊大醉的蚂蚱,颤抖着,蚕食着动脉中的垃圾。尖锐、持久的疼痛。戈拉闭上了眼睛,双手紧紧抓住了床边了栏杆。

"给我紫杉醇支架。"赫斯皮塔尔命令道,"洗脱支架 2 号。"

病人睁开了眼睛:女护士从下方抽屉中拿出一个小圆柱体。她拆开了包装,递给了医生。一颗小型炮弹,小巧玲珑。长久的痛苦,像是一种毒液,直到液化的大脑。然后,是另一个圆柱体。又长又细的针头。重新扎入,沉重的喘息,绝望的呻吟。病人闭上了眼睛,又睁开眼睛,死死地抓住床边的栏杆,然后又松开了手,再抓紧了栏杆。时间不复存在,它自我吞噬了。

"1小时10分钟。"中国女护士掷地有声地宣布道。

"我给你放置了两个支架,"赫斯皮塔尔解释道,"两条主动脉的问题已经解决了。至于其他的,就等下几次吧。你一个月后再来吧,一个半月吧。"

他留在病床边,瞧着这个复活者,朝他微笑。

"我们只是管道工。修修管道罢了。"[1]

房门开了,教授和助手走了出去。病人手脚上的束缚都被解开了。长着小胡子的男护士推着车,将病人一直送到四楼的病房。他身上接着血压测量机。病床对面的屏幕上显示着相关结果的图标。药片和水杯放在金属小车上。他双目紧闭,进入梦境。

下午的那位高个金发女护士进来了。

"您叫我么?"

药片下肚泛起一阵酸潮,胃部的疼痛又卷土重来。他好不容易才憋出一句:"你是哪里人?"

美人笑道:"我是波兰人。"

---

1 原文为英语:We're only plumbers. Fixing Pipes.

"我还以为你是好莱坞来的呢。"病人喃喃。

她身材高挑,身形苗条,风姿绰约,在新世界打拼应该是在一间酒吧或是在一个舞台上,而非在一家医院的走廊上,何况这里还充满了有毒的气味和痛苦的呻吟声。

成为了鬼怪的俘虏之后,戈拉不住地呻吟着,可是那波兰美人却笑盈盈的。"似乎我就是加什帕尔……我真是受够了明海尔。"疼痛灼烧着他。哈利那拿着一小勺黄色液体回来了,她把戈拉的枕头升高,将勺子探入他微微泛紫的唇瓣之间。病人吮下了药液,沉湎于迷幻与欢愉之中。被这催眠之水弄得萎靡不振。

当他再次醒来时,那女护士变胖了许多。她还戴起了眼镜,看起来像个蒙古女人。她微微笑着,快乐又慈爱,露出一口完美无瑕的牙齿。她拿来温度计,将之放进他的嘴巴,置于其舌头底下。"行了,您没有热度。血压同书上写的一样。"她拿走了小便器,又端来一个小托盘,上面搁着五粒彩色药片和一杯水。"很快你的早饭就会送来了,饭后是晨间例行查房,之后你就自由了。"病人们只能待一晚上,这是规定,因为时间就是金钱,患者们来了又走,留下缴费账单,那个苏联人波尔坦斯基说得有理。电话响了。

"我是巴尔-艾尔大夫。教授,您现在感觉如何?赫斯皮塔尔和我说你的血管堵塞了95%—99%的样子,多亏我料到了病况的危急性,及时为您做了手术。现在一切都很好,我两星期以后再来看望您。"

赫斯皮塔尔手拿着文件夹和相片出现了,那样子就像一个刚从糕点室里出来的厨子,一身白大褂,头顶直筒高帽。他身材矮小又敦实,一副很受人信赖的模样。

"这里是已经动过手术和我们将要动手术之处的图像。你看,这动脉已经被塞住了,而另一边,另一条动脉的拐角那边就是金属支架了。堵塞的地方有三处,你看这一条动脉上就有两处堵塞。最新型的支架是用一种保护材料制成,可以预防之后的沉淀淤积。我希望您感觉不错。我们得重新做一次血管成形术。两个月后我们会修复剩下的动脉。我认识科齐医生,他对我说起过你。我知道布科维纳的早饭有多么令人垂涎,那裹着鲜奶油的树莓怕是美味极了。"

不,赫斯皮塔尔大夫不是莫里哀[1]的医生,也不是什么新时代的官僚。

"我看到这里和其他地方一样,到处挤来挤去的病人。"

"的确。我晚上八点回家,早上五点起来。我也希望能把更多的时间留给我的家人,能更多地与我的孩子们相处。我每天在这里做事情,不过是推迟人们相互离别的时间罢了。"

戈拉全神贯注着,但尚未找到自己的表达方式。的确,与这位陌生人分离将会是一件多么大的憾事,而当着其他证人的面与自己分别也不是一件公平事。

赫斯皮塔尔伸出了他小手,病人用自己的小手将之握紧。大夫向他递上了自己的名片。

"我的女助手办事很利索,她会接听所有来电。您何时来电都可以。"

病人艰难地让自己偏向左侧卧躺。赫斯皮塔尔好像还想补充说些什么。

"啊,对了……我差点忘了。伊奇和我说,没有人能陪您出

---

[1] 法国剧作家,他曾在《无病呻吟》一剧中对医生这一职业进行讽刺。

院。因为您在美国无亲无故。"

"是的，我没有。"

"好的……我会派一个女护工过来。她会给你叫出租车的，然后送你回家。她叫艾尔薇拉，来自您的故国。"

这位头发花白的小老太太，拄着一根拐杖，扮演着亲切的母亲、姨妈和女邻居的角色。一份珍贵的礼物：母语。那么熟悉，简直是荒漠中的治病良方。艾尔薇拉用自己的玩笑和认真的态度保护着病人直到家门口。她还准备扶他躺上床，为他盖好被子，沏上一壶茶。

"谢谢，谢谢，艾尔薇拉。你真是个好人。1986年的时候你就在这儿，在美国了？"

小老太太惊讶地看着他。

"是的，当然，那时候我就在这儿了。"

"1986年5月2日呢，已经在这儿了？"

艾尔薇拉眨了眨眼睛，不明白这位教授到底想说什么。她不曾出现在《美国生活的一日》这本相册中，她不知道1986年5月2日就是那一天[1]。戈拉感谢她全程的陪伴，他打开门，朝左侧俯下了身，用肩膀推了推门。

* * *

那广袤世界其实很小。科齐认识拉里一号，也就是阿瓦基安，后者又认识拉里二号，拉里二号又认识贝阿特丽丝·阿特温。

---

[1] 原文为英语：that day。

加什帕尔将自己的世界带入了戈拉的世界,而戈拉又将迪玛和帕拉德回赠给了彼得。加什帕尔收到的那封威胁信又让另一个时代的嫌疑者阁楼变得充满生机。

现在,他又进入了孤独的另一个阶段。在他的病床上,流亡计划并不能缓解他的痛楚:他发表了关于西班牙和法国中世纪文学的论文,一些关于拉丁美洲散文的评述,一些关于大众神话及民俗文化的研究结果。他在一些大学里担任教职,对他而言这似乎是在延续一种幻象。

他现在挺欣赏美国。这个国家的矛盾和愚蠢之处并不会激怒他。他不希望在这里扎根,只是想有一种平静的分离感。一种类似于孩子爱上玩具式的迷恋,他明白只是仅此而已,一种无人称的玩具。他用一种更为发奋的实验代替了简短而有趣的悼文。"更刺激",他习惯了这么说。

他不是堂吉诃德,不是K.先生,不是奥波洛摩夫,不是汉斯·卡斯托普或者毫无个性的乌尔里希[1],也不是那些对他的青春期产生过影响的其他人。阿瓦基安对他离开学院而去了一所规模更大的大学这件事抱憾在心,并通过科齐向他转达了这份遗憾之情。他风度翩翩,博学多才,平易近人,在和科齐的对话中他就是这么形容的。他还急于向戈拉重复这些溢美之辞,"让自身感到舒适。"伊奇·科齐补充说。

"是的,医生,我喜欢你的朋友。尽管他偶尔会制造一些让人吃惊的事件。千奇百怪的。在讨论秋季新学期的课程安排时,有人和我说过关于教研室会议的事。俄罗斯语言文学教授建议开设'俄

---

[1] 奥地利小说家罗伯特·穆齐尔所著小说《没有个性的人》中的主人公。

罗斯文学中的同性恋'这一课。戈拉先生没能管住自己的嘴巴。俄罗斯文学?没关系。[1]说说谁呢?托尔斯泰、契诃夫、普希金、陀思妥耶夫斯基、巴别尔?果戈理是个阳痿,他跟一个特别为他定做的橡胶娃娃做爱。这并非法语、德语或是英语的语言文学,这个东欧人夸夸其谈道。他的同事,无论男女,都默不作声。年轻的俄语教授面色惨白,没想到这人懂得比他还多。"

阿瓦基安讲述这一倒霉事时的快感来于他第一次听说这件事以及后来再次听说时的愉悦感。

俄语教授提及了几个鲜有提及的名字,还提到了茨维塔耶娃。"我不认识茨维塔耶娃。"戈拉教授辩驳道,"我既不想知道,也不感兴趣。"她与自己所爱的男人共结连理,有了一个儿子还有几个情人,但这都不是问题。单单一个名字也不足以开一门课。投票表决时……产生了四张弃票,戈拉投了反对票,而其余人均为赞成票。凡·拉斯特夫人,这位开设维多利亚时期戏剧课程的教授,气冲冲地甩门而去。她走到门口时,伸出了自己的食指冲着这位流亡者比了一个满是威胁的手势。"你哟,你就滞留在那东方的课程体系里吧,我们这里已经是另一个时代的工作了。"她说的可有道理呢?她到我这儿来就是为了抱怨戈拉是一个不折不扣的斯大林分子。别人也一样。我拒绝这类讨论。他不曾在美国深陷困境而被暗杀,他也不是一个斯大林分子,从来就不是。我了解他的生平。他表达了一个观点,是个纯文学的见解,但却在表决中被否决了。他们还要什么呢?他也没有抱怨说他们对俄罗斯文学一无所知。在我们这里,在这充满了禁忌的伟大民主国家就是这副德行。人毕竟是

---

[1] 原文为俄语:Nicevo。

人，他们总是需要一些固定的支撑。他们发了疯一样地让思想依附其上，由此产生了周期性的思想飓风。性侵幼童、节食、飞碟、穿墙越壁的幽灵、死者的亡讯。其间，我还亲自找到了一些俄罗斯讲同性恋者的小说，很是有趣。但是那时候，人们对于这群人了解甚少，没有人理解他们。戈拉没有从未再出席过系里的会议。我为他感到遗憾。

阿瓦基安的节奏缓了下来，科齐如是认为，他说阿瓦基安做了一个长长的停顿，等待着古斯蒂的反应。

"在那次意外事件后，你就再也没有参加过系里的会议，阿瓦基安和我这样说。吃午饭的时候，你也会在食堂里找一张两人用餐桌，然后把自己的公文包和外套放在另一张椅子上。你只想独自一人用餐吧，你的确也做到了。对你的评价都不怎么善意。孤独在美国是非常可疑的，它被看作是傲慢自大。但是阿瓦基安院长很为你遗憾。"

阿瓦基安等待着他那听众的反应，伊奇是这样说的，他等待着对方能夸赞一番自己的智慧与仁厚。

"是的，我为他感到遗憾。学生们都很喜欢他，还戏称他为'普宁'[1]，当他想要调职的时候，我就同他说：我想把你留在学院里，即使你不再是那副博学多识的样子了。挽留的理由也很清晰明了，为了能使学生们认识到你的端庄得体和耿直率真。在离别时分，我也告诉过他，蒂莫费伊·帕夫洛维奇，我无论付出任何代价都想把你长长久久地留在学院里。我也不知道我能忍受纳博科夫多

---

[1] 美国作家纳博科夫同名小说中的主人公，该小说描写了一位流亡的俄国老教授在美国一家大学教书生活的故事。

久,但是你,我接受你蒂莫费伊·帕夫洛维奇,是完全可以的。他笑了,他知道自己的外号,对它也很是喜欢。"

科齐医生给出了自己的想法:

"我对那个外号倒不甚讶异。定是从书中得来的!尽是些让人站着都能睡着的故事,我们巴尔干人常常这么说。不仅仅是一些故事罢了,还是令人昏昏欲睡的故事。或者是一些书本里来的。尽是些妖魔鬼怪。圣彼得你也是从书里看来的吧。要是你学会开车就好了,那你就可以尽情游历这个无与伦比的国度,还可以环游世界了。不是去什么会议、大学,而是去游历现实世界。就竭尽你所能,让真实的人们为你倾倒,正如你应得的那般,让自己魅力四射。我不会忘记你那关于上帝选民的课程。上帝的选民,经书的人民。当然,那可是圣经!尽管你也不认识别的被选中之人,只认识班里胖胖的手风琴手,也就是我。我吧,你也知道,我就是一个书呆子。耶稣、彼得、犹大、保罗以及他们的教友,你都是从书里认识的吧。神圣之国就是经书之国,不是么?你问我是否听说过毫无个性之人。问的是我有没有听说过,我有没有从书中看到过吧!你的意思好像在说他们不过是我们的一个邻居。你也知道我不读书的。你告诉我,让我不要忘了:您心中的贵族应是书本的贵族,你无法让自己仅呆在某处就变成了一个社会贵族。真正的贵族诞生于不幸之中。我那会儿张大着嘴巴,睁大了眼睛,竖起了耳朵仔细听着。毫无个性之人?怎么会有这样的人呢?难道是说没有蛋蛋之人?你那会儿笑了起来,我多想你现在也能笑一笑。但是时间流走了就是走了。纵是对于那些埋首书册的人来说,亦是如此。"

科齐大夫的言论字字珠玑!现在,时间流逝的方式不同往日。它以一种不同的速度,不同的节奏流逝着。肉体也不再是原来的模样。所以,一切都变了。思想也好,骄傲也好,沮丧也好,皆被改变。即便是那不确定性也不是原来的样子了。不完整的思想也是……那些伟大的字词都不复最初的模样了。

"还有没有什么未曾变化的事物?"夜晚的幽灵问道。

"我心中的女人。"戈拉喃喃道,"她坚不可摧,因为她不在那里。"

浓密的黑发,粗长的辫子,一直延伸到背部。炯炯有神的大眼睛,深邃而紧张,伴随着天真的忧郁。洁白的额头,没有一丝岁月的痕迹。柳叶眉透露着东方人的气息。高挺的鼻梁,线条细腻。轮廓分明的嘴唇,微微颤动。年轻人的脖颈,像雪花石一般。

嫉妒之情不只起源于想象,也存在于记忆当中。那里,失去的肉体保留了失去的灵魂。那里,在记忆中:赤裸,仰卧,一双长腿挺得笔直,或是蜷曲着,微微背了过去。她用温柔的呻吟迎接着男人。那里,教授啊,欢愉的呻吟,你看到了自己,而如今你已不在她身旁。而你也看到了替代者。尖刀刺伤了回忆,留下了鲜红的血液。瞬间的痛苦慢慢地向前,慢慢地。

粗重的喘息,这就是爱情,书中就是这么定义爱情的。幼稚灵魂的呻吟。微微呻吟着的女子两膝跪地,彼得如同往常一般俯在她身上。苍白的胸脯,圆鼓鼓的髋部,贝壳形的生殖器。长长的胳膊温柔地抱住了戈拉,温柔地抱住了加什帕尔。脑袋的运动突然开始。黑色的发辫被甩到了背后。

老人戈拉日益佝偻。他再一次被抛弃了。匆忙奔走的尤利西斯不是为了回家,而是为了离开他所有的家,走进那些挣脱了桅杆上的枷锁的流浪者当中。他们和他都幻想着幸存后的冒名顶替,还有那自由解放。

戈拉教授感到自己日益衰老。露和彼得这对伴侣将他甩在了身后，那不可复返和毒气弥漫的时间中。

流亡之前的流亡，而后是流浪与迁徙，对露再次出现的希冀。接踵而来的是日常生活，无休止的工作，毕竟是在这个工作成瘾的国度，唯有如此才能忘记自我。冗长的白昼，短暂的黑夜，无尽的年岁和日益加速的时间。鲁滨孙的日历：在新海岸上的20年。错愕，迷幻，重生，然后最终，异化。一个热情好客、活力四射的国度，但同时也是一块分离的屏幕。异国人在流亡者的国度有自身的优势……然而，在这个混杂了种族、语言和信仰的陌生王国，他怕是不敢撰写任何一个居民的悼文。

他将厚重的画册《美国生活的一日》摊在了桌上。在这片荒漠中，他寻找着塔拉，德斯特和彼得。

戈拉慢慢地合上了画册。双目紧闭。他感到筋疲力尽，而这已不是第一次。他任由自己瘫倒在扶手椅上。一分钟，五分钟，五小时。

睁开双眼，他发现了桌上的白手套。"这是世界上最美的手。"戈拉教授听到这么一句话。食指，中指，戴着金戒指的无名指，小指，不曾粗大但如今长了茧的大拇指，仿佛腼腆地沉睡了过去。粉色的指甲面，白色的指甲。五个管道状的生命构成部分，表现着触觉的魔力。教授只相信书本，他从书本中了解到，手指尖分布着整个身体中最为密集的神经网。拉丁语称之为manus-manus，这个词将他的故国所使用的变形拉丁语中的mâna[1]和mănușă[2]二词连

1　罗马尼亚语，含义为"手"。
2　罗马尼亚语，含义为"手套"。

接了起来。他想写一首关于手的诗歌，但他不是诗人。

在一个沉闷的夏日，他走进了伦敦的一个名为《手》的展览。整整几个小时，他在展厅里前前后后地来回踱步，在不同的画像面前驻足，而后又走近，来来去去地徘徊。他看着印第安人厚实的双手，望着侏儒小丑之子的手指，端详着艺伎白嫩的手指关节，而后目光又重回到拳击手的紧握的双拳上，又盯着钢琴家弹奏着琴键的洁白手指，又重新望着妓女抚摸着自己下体时的那双纤纤玉手。他看到士兵的手指正要扣动扳机，看到赌徒的手正摸中了王牌，看到厨子用手开心地将一棵大白菜抱在胸前，就像抱着一颗尼安德特人的脑袋。他看到自行车赛车手的带孔手套，外科医生的透明手套以及女演员们那统治了人们一个世纪回忆的丝质手套。

空荡荡的长廊里倒是颇为凉爽，这里只有一位年轻的爱尔兰女士。一头红发的她，身形窈窕宛如芭蕾舞演员，正坐在咖啡色的皮扶手椅里认真地端详着她那长着雀斑的手指。他在远处亦用目光描摹着她的样子，希望她能抬起头来看看自己。然而那姑娘并没有，她无法将目光从其观察之物上移开分毫。

外面尽是熙熙攘攘的人群，令人燥热难耐，可是不消一会儿，他还是找到了那先前听说过的商店。这家店铺小小的，有些优雅，东西很贵。他便挑选了两副手套，作为自己收藏的开端。

他无法描绘出触感的神奇之处，只知道，他仅需将手稍往上一贴，就能感觉血液一下子奔腾起来。双手，是大脑的一部分，它们更多是受大脑而非身体的其他部位的控制。他的朋友——书籍就是这样说的。他像怪人似的观察手纹，像朝圣者似的端详手相。清晰无误的指纹。心脏之线，分散的生命线。手掌和手指的长度及形状使他重新回忆起失踪之女那难以琢磨的脾气。只见她轻松地伸开了她那修长纤细的手指，被那象牙般白皙的圆形指甲晃晕了双眼，那指甲底部还带着白色的小月亮。

丢勒绘画中那些手的复制品成堆地陈列在桌上。他尝试着用它们来替代手套，可惜失败了。手套有白色的、黑色的、红色的、黄色的，也有蓝色，有皮质的也有丝质的，有羚羊皮的也有蛇皮的，它们之中有用最昂贵的羊毛所制，也有用上等的棉布所织。这些手套原先均陈列于世界上顶级昂贵的店铺那一扇扇玻璃橱窗内，最后都在病态的浪迹天涯途中被他收集起来。

为他同住的房客花上一笔数额不菲的开销，没有什么比这更大的快乐了。他将这些愉悦的片段捧于灯火阑珊之处仔细端详，并将之一一细存，或依次轮流，或尽数全收，或怒不可遏，或欣喜若狂，就像这夜晚一般，值得珍藏。

* * *

科齐大夫曾提醒过，血管造型术之后紧随其后的便是抑郁，而这也得到了巴尔大夫的证实。科齐每日都给他致电，向他说明，据数据分析，抑郁是介入治疗的一种正常后果，其影响会慢慢消失。

自然，科齐已经被美国化了，离开了数据就办不成事。

"我知道，日历已经变成了节拍器。但你现在挺好，未来情况也很乐观。你为自己争取了更多的时间，现代医学创造了奇迹。"

约莫一个星期以后，科齐邀请他熟悉自己的家庭。他再也无法拒绝，也无法推脱。

"你必须出门走走，不能总俯首于书卷之间。我是知道的，理论这东西有时候的确能将你庇佑，但有时它起不到保护之效，反而会令你窒息。我的夫人十分热情好客，而且，说实在话，我们俩也许久没有好好聊聊天了。"

美国时间是短暂的。善意的动机和合适的时机都并不好找，但是他们两人都知道彼此将会永远相互信任。是的，就是这样，没错，病人笃信不疑。

科齐那富丽堂皇的公寓就坐落在麦迪逊大道上，伊莎贝拉的存在让这里的气氛十分祥和。孩子们身上有着新一代年轻人的浮躁心态，但他们也同样接受着传统的教育。这些孩子们侧身倾听着，偶尔插两句话，透着几分聪明劲儿。

所有人都出于节食的原因而拒绝品尝巧克力蛋糕，于是他们便开始讨论起了这一棘手的话题。

"说实话，我觉得你说得对。"伊奇一面说道，一面扯开领带的结。这酒红色的领带与蓝色丝衬衣极为相配。"你必须要毫不犹豫地站在受害者这边。"

他觉得没必要指出受害者是谁。

"我投向了上帝选民的阵营。仅仅是因为我拒绝了受害者这一角色，而非我接受了它。"

他的家人或许习惯了听他侃天说地，唯有戈拉能抓住这谈话中的精髓所在。一个在科齐家的地窖里设定了许久的密码。伊莎贝拉，还有安东尼奥和卡尔拉这对可爱的双胞胎，都将伊奇看作一个德高望重的正义事业活动家。他们轮流回想起许多操纵媒体的事件，强国大国间的游戏以及憎恶之情由右向左的移动。

"那不是一种移动。"科齐纠正道，"那是一种积累。"

尽管戈拉有点走神，但依然全神贯注地看着他。他的胸痛依然持续着，加剧了他的不确定感和腼腆感。戈拉不太能集中注意力。

医生没有察觉到这一点,这样或许更好。

"当时关于那两个使徒的事儿,你还是有道理的。我觉得你还进一步深化了这个问题。"

"我没有深化它。"

"但我深化了。保罗是个激进的人,彼得却不是。但是……"

顾客们都在喝咖啡。病人暗忖,伊奇本不该刺激我。无论是咖啡还是咖啡厅哲学,对一个心脏病人来说毫无裨益。心脏病人根本无法集中注意力。

"我不觉得你会沉浸在这样的读物中。"

"我不会,但我想探个究竟。弥赛亚意味着一种终结。确定、结论和终结点。完结的想法。你说过,你曾受到一种思想的诱惑,它破碎而开放,令人满怀期待。"

"我不再需要隐匿的证明。"

"你曾需要过。"

"现在天色已晚,病人们该就寝了。"

"我曾坚信你会成为一个作家,那些书和虚构之物总让你着迷。"

"很遗憾,我太理性了。"

"所以,你已经习惯了这里的一切。实用主义是理性的。"

"或许吧,但这是一种简单化。一种限制性。"

大夫不愿让病人离开,他知道没人在家等着古斯蒂·戈拉。

"和你说一说我那朋友加什帕尔的事儿吧。"

他们来到了伊奇的房间,其他人都已离开。

"大约在一个月前,他来了我这儿。就在他失踪之前。他失踪了,不是这样吗?我听说了,但是我并不相信。他或许是躲起来了,之后便会再次出现的。就在消失前,他来了我这儿,但并非是为了什么问诊。那是一次礼节性的拜访。他想偿清一笔债。他没来见我,只是留下了一个要转交给我的圆筒,里边儿装着一件艺术作品。"

"艺术作品?"

戈拉醒了,突然全神贯注。伊奇的把戏成功地将他的身体从脑海中抽离出来。大脑这台机器又嗡嗡作响,被惊喜激发了活力。

"如果你想的话,我可以拿给你看看。"

"我想看。"

"这是无价的艺术作品。一幅水彩画,是关于一头大象的作品。"

戈拉聚起所有的注意力,脑海与那怦怦跳动的心脏联结了起来。

"什么水彩画,什么素描,我可一窍不通。不过是艺术家的艺术技巧罢了。亚洲象[1]。大象[2]。加什帕尔先生的复仇!B.B.说得对,动物的女王。你是否想起了碧姬·芭铎[3]?她充满了赤裸裸的野性美。而现在的她已经是位垂暮之年的老妪,喜欢动物也热衷于保护动物。我猜她兴许会有大象的作品吧。"

伊奇从他那张大大的办公桌底下掏出一卷蓝色的筒,从中抽出一幅画来。他将其展开,将它翻过来,露出认证章。用英语和泰文写着泰国大象保护中心。一旁手写着,艾特,雄性,11岁[4]。象鼻子

---

1 原文为拉丁语:Elephas Maximus,亚洲象。
2 原文为拉丁语:Elephantus,大象。
3 人名:Brigitte Bardot,碧姬·巴铎,法国演员、歌手、模特。
4 原文为英语:Aet/Male,11 years old.

卷着画笔,绘出黄色和黑色的圆圈。

"艺术家艾特一点也不比我们两条腿的家伙逊色,我们只知道为了一幅涂鸦索要金钱百万。想必你应是知道北斋[1]的故事的吧。君主召见他,要求为其绘一幅画。画家摊开画布,并要来一只母鸡。他将母鸡的其中一只鸡爪蘸上红色颜料,将它置于画布之上,任其傲气地信步其间。然后又为它的另一只爪子涂上蓝色颜料。母鸡很快地走完了它的'平原之旅'。当皇帝问这位绘画大师他所绘何物时,北斋先生毫不迟疑地回道:'此乃秋日黄昏。我不知道当时皇帝是否品出了其中的笑点。加什帕尔的复仇,我很是赞赏。尽管我总大象大象地喊他,因为他块头实在是太大了。而他就任其发胖,毫不在意。"

戈拉用心观赏着黄色与黑色的曲线。只见黄色慢慢交融于黑色之中,而黑色也突然融于黄色之间。呀,画得真不赖。

"这画叫什么?"

"我不清楚。加什帕尔没告诉我题目。我们姑且将它唤作'无题'吧。"

"一幅大象的画作还是得有一个题目的。RA0298。不如就用这个做题目吧。"

"这可不算题目,这只是它的注册号。"

"我们所有人都变成了一串串注册号了。只是不像在奥斯维辛那般将数字纹在臂膀上,而是烙上了信用卡、维萨卡、万事达卡、白金卡、社保卡、保险卡、地铁卡、居留证。外来人员居住证证号0298。这就是加什帕尔的号码了。我们所有人都是号码,那名叫波

---

[1] 北斋(1760—1849),日本江户时代的浮世绘画家,对后世欧洲画坛影响很大。

尔坦斯基的苏联司机是这样说的。我都是听加什帕尔说的,说那是他的司机。"

"可是作画之人毕竟不是加什帕尔,而是大艺术家11岁的大象艾特。你的朋友还给我附上了一张纸,上面注明了这件作品和这位艺术家的故事。他在上面强调这份礼物不过满纸荒唐事,并无侮辱冒犯之意。浩瀚无穷的信息让我相信这该是件极其严肃之事,需要严阵以待。你可听说过皮埃尔店里的那位柬埔寨大厨?那是一家消费不菲的餐厅,基辛格[1]、莎朗·斯通[2]、诺曼·梅勒[3]和以及华尔街的那群家伙都去那儿吃饭。杰拉德先生。杰拉德·冯。当他来到纽约在皮埃尔这个餐厅工作之后,他就变成了一位著名的厨师。也就是这样,他认识了贝阿特里斯。"

"贝阿特里斯?哪位贝阿特里斯?但丁可没有复活过。"

"他没有复活,我也没有因此失望。贝阿特里斯,她是加什帕尔的朋友。他唤她作拉里五号。最初的时候我也不懂,以为加什帕尔不过是在胡说八道。拉里五号,拉里五号。直到后来我才知道,这是一位女性。她是一位富有的寡妇,也是加什帕尔曾经一起念博士的同窗。只不过加什帕尔并没有将这纽约大学的博士学位攻读到底。"

"嗯,我知道。那……那些大象们呢?"

"杰拉德先生为贝阿特丽丝介绍了两位流亡的柬埔寨画家,他们一贫如洗但才华横溢。贝阿特丽丝深深被他们打动,于是决定支持'大象画家'计划,为愈发无用的大象设立了一所艺术学校。它

---

[1] 美国著名政治家、外交家、国际问题专家。
[2] 美国知名演员。
[3] 美国著名作家。

们的生计费、医疗费都是开销的大头。我还读到过，每头大象从出生起就有一个年轻人专门负责它生活的一切，直至死亡。这说的是亚洲象，而那两头非洲象则是另一番境况。加什帕尔在佳士得拍卖行的一次拍卖中买下了这幅画，是贝阿特丽丝建议他这么做的。我可不觉得你的朋友以后会来征询我的意见。他早就受够了我，因为我总说他跟一头大象一样庞大。他应该去泰国的。"

"他有没有建议过什么？"

"没有，但他对露好像已经不感兴趣了。他匆匆来到这里，放下卷筒，一转眼便消失了。从此杳无音信。"

戈拉沉默着，科齐也不吱声。这场表演到此结束。

"伊奇，你可真是厉害，天才非你莫属。我都将那血管成形术、支架还有恐惧抛于脑后了。"

伊奇望着他，面露微笑。

"我很高兴。不过还有些别的事儿。既然我们已经谈到……加什帕尔留了一封信给我。先知穆罕默德出生于象年。我从未忘记这个！就在伊斯兰教诞生前的40年。当阿比西尼亚[1]国王的也门后代阿布拉哈暴君攻打麦加之时，他不仅动用了自己那支庞大的新式军队，还带上了数不胜数的大象。加什帕尔失踪前还给我补充着这些知识。"

现在，戈拉也微笑起来，瞧着他的朋友。

"还有一个奇怪的影射。他让我问问你，你曾经是不是有一个代码名。好像和那秘密警察有关，不是吗？"

"我想可能是的。我是不是当过探子。那时候探子很多，跟踪

---

[1] 埃塞俄比亚的旧称。

别人，也被人跟踪，这就是他们的游戏。有时，这角色还是叠加性的。"

"我知道我在逃避什么。如若我们能谈谈这事儿，那就再好不过了。我们俩知无不谈，不是么？在我们之间，什么都不会变的，不是么？"

"当然。"

伊奇确信接下来会是一场旷日持久的谈话。古斯蒂看起来并不愿意展开。

"是啊，挺有趣的。我们下次再谈吧。我有些累了，时候也不早了。伊奇，你可真是厉害，天才非你莫属。我都将那血管成形术、支架还有恐惧抛于脑后了。"

两个老同学紧紧拥抱着彼此，就像以前那样。

伊奇若有所思地倚靠着那扇门。令他惊讶的不是戈拉的拒绝，而是他打断问题的方式。他用同样的话语感谢着，机械地重复了两次。戈拉回到家后便倒头大睡。第二天起来后，他似乎神采奕奕。

* * *

恢复活力后，他赶紧扑向了电脑屏幕。

泰国国立大象研究所宣布，要将一些特别的礼物赠送给那些热爱动物和艺术的人。一些由大象所绘的画作，有的掺杂着人类的双手抑或是精神的帮助。在这抽象性创造的非凡收藏中，不允许有任何的造假——这收藏就是这么命名的，抽象性创造。

画作所用的纸张是"手工"制成的，专为这收藏而设计，百分百可回收，无菌，遵从环境保护的规则。高质量的丙烯颜料则是从英国和法国进口而来。

大象们终于成功地遗忘了自己庞大的身躯,患者观察到了这一点,备受鼓舞。从出生到死亡,每头大象都有自己的饲养员和训育员,而这里的每一位训育员对大象的种系和生平都了如指掌。这些训育员都受过"伟大计划"的培训,学过一些特殊的课程,比如怎样准备画笔和颜料,何时下达开始的信号,又何时下达结束的信号。停止创作训练的信号必须适时发出,这一点至关重要。大象们可不会自己停下来,它们会无休无止地创作下去。

长久以来,位于南邦的著名保护中心一直为防止亚洲象的灭绝而不断努力。截至目前,原来活在泰国的十万头大象已经锐减了一半。为南邦保护中心设立的基金专门用于照料这些亚洲象,同时也用于警示世人关注这些大象凄惨的命运。

不仅仅是泰国或是南亚,同样的问题在科罗拉多斯普林斯亦存在。在那里,著名的艺术家大象福福[1]所绘之作在该市机场的一次私人画展中被售出。母象福福出生于1980年,1981年来到夏延山动物园。之前它在南非的克鲁格国家公园里一直是个形单影只的孤儿。现在它和它的母象朋友金芭在一起生活。金芭也来自南非。尽管自身体型和体重巨大,福福还是仅用几个星期就适应了课程。它全神贯注地沉浸在细节之中,且只使用它喜欢的那几支画笔绘制。"大象拥有逾十万块肌肉。"戈拉教授的电脑这样提醒着。正用它收看着亚洲象西达利在费城动物园举行的48岁生日庆典。西达利,也叫达利,它作为同伴中最为年长的一头象过了这次生日。随后戈拉又将屏幕切换到托莱多动物园,小路易正过着它的五周岁生日。它收

---

[1] 大象名,原文为英语,Lucky,译为福福。

到了一块生日蛋糕和一些称心如意的礼物。在奥克兰动物园里，人们可以观赏关于大象饮食安排和照料计划的影片，而在洛杉矶的人们为漂亮的母象露比出道一周年举办了庆祝活动。露比在7岁的时候就在表演福利社开始了它的"演艺"生涯。

"图像远比文字更有说服力！地面信号的传输在图书馆里可找不到什么竞争者。"

这是加什帕尔的嗓音吗？这一问题突然蹿了出来，穿过他脑海里的重重迷雾，在那儿胜利地叫嚣。

"这世上还有另一个如此疯疯癫癫而又不可思议的国家么？它既理想主义又实用主义，既厚颜无耻又虔诚笃信。不！可！思！议！呀！就是这样，够了！挪维卡，这家线上网络商业公司，代理了15家大象绘画学院。大象的，这么说恰当么？是恰当而精彩的。无！与！伦！比！真是够了！"

是线上的，知道么！大象的绘画！还有十五家艺术学院！

人们究竟是如何知道这些信息的？是从书中读到的么？不，一定是看了那愚蠢至极的小小的电视屏幕！

要习惯这一发明，比福福习惯画笔还要难上几分。可这发明已经变成了必需品，正如同所有无益之事取代了另一些徒劳之事。人们总能在刹那间寻到自己正在找寻的物件，但只要犯一个错误，那可就坏事了。人们会就此陷入迷宫中难以抽身。晕头转向，凌辱受罪，人们完全记不起究竟该如何恢复设置。只有那"技术与婴孩救援军"可以让人知道：3岁的、8岁的和18岁的孩童在耳朵和鼻孔里都装上了迷你小电脑。所有人都诞生于一台神奇的机器，而非诞生于母体胎盘。

转瞬之间，嘿，信息储存器又同童话一般重新启动。再不需要什么图书馆、学校、书本或是老师。人们只需摁一下按钮即得：信息。已到了另一个时代，已有了另一些需求，已成了另一种速度，已换了另一档品位，可母象福福的魅力却超越了时间的隔阂、空间的隔膜以及年代的沟壑。

福福，夏延山的明星，更喜欢暖色调的绘画，善于调用玫瑰色和红色。它会为每一件作品署上自己的名字。当长鼻子优雅地晃动着画笔时，这巨大的四腿生物便会陶醉地吼叫起来：一种满意的咆哮，人们只能在大艺术家的画坊中才能听到这般声音。芸芸众生的声音令它恼火。它停下自己的创造，被崇拜者们嘈杂的声音叨扰得心神不宁，好几分钟后才又重新找回了灵感。当训导员给出结束的信号时，福福签下了自己的名字，还装模作样地甩了下自己的长鼻子。它的母象朋友金芭一脚踩在艺术家的署名上，权当是盖下了印章。

那么艾特，那位十一岁的雄性艺术家，RA 0298杰作的作者，又是怎样的一番境况呢？戈拉在明星当中焦急地寻找着它，期待着加什帕尔心灵感应的信号。

忽然间，胸口出现了一些可疑的信号。他没有勇气去测量自己的血压，便拒绝了这次警告。

感谢上帝，屏幕上出现了新的消息：在黑海之滨有一座港口城市唤作托弥[1]。那儿有一位体型肥胖的市长候选人，维克托先生，外号称作大象。他让一头穿着民族传统服装的大象漫步在城市街头，以支持市长竞选活动。看看，大象可不仅仅参与了山姆大叔的竞选运动。在黑海之滨，在受迫害的奥维德曾被流放的地方，也颇为积极呢。

---

[1] 地名，今为罗马尼亚的康斯坦察，古罗马诗人奥维德流放之地。

戈拉越来越坚信，彼得·加什帕尔就在泰国，在一所培养大象训练者的学校里。他曾出版过一本关于巴洛克艺术的书……大象的艺术将让这本书得以重新修订，并成为畅销书目之一。

他从书架上取下了一本书。在这本书中，痴情于阅读和肖夏夫人的彼得在忧郁的卡斯托普的照看下，一步步走向了死亡。明海尔·皮佩尔科尔恩被高烧击溃，长辞于世。在这之后，忧郁的卡斯托普也随之失踪，被战争的启示录所吞噬。"永别了，被溺爱的好孩子，汉斯·卡斯托普。"悼文写作者对汉斯·卡斯托普呢喃道，用一个问题作为总结："是否有一天，在这火光冲天的苍穹中，会出现撼天动地的爱情呢？"

问题延伸到了那写着彼得·皮佩尔科尔恩之死的书页之外，已经没有留给旧问题的时间了。戈拉必须打电话给大夫。这是一场比阅读更为急迫的冒险。

* * *

线路忙，请稍后再拨，嘟——嘟——嘟。电话一直占线。五分钟，十分钟。终于！救世主的声音传来。

"我找巴尔-艾尔大夫。我是他的一个病人，叫戈拉。我有急事。"

"您稍等。"

五分钟，十分钟。咔嗒，连接中断。戈拉量了量血压。血压升高了。他呼吸变得困难起来。他试图保持冷静。

"我找巴尔-艾尔大夫。不知怎的，电话却断了。我是……"

"好的，好的，戈拉教授，我知道了，请您稍等。"

他只好等着。没有人过来接电话。哦不,那个睡意蒙眬的声音又出现了。

"大夫很忙。他会在十分钟后打给您。"

他紧闭双眼。十分钟不算多,不可能撑不过十分钟就死去的。十分钟,二十分钟,三十分钟。三十分钟!这是十的三倍,你可能会在这不到三十分钟的时间内随时死去。

"还是我,戈拉,巴尔-艾尔医生的病人。"

"哦,好的……他还没给您打电话吗?还没给您打?您稍等一下。"

咔嗒,和巴尔-艾尔医生的诊室连接上了。

"喂,是的。戈拉教授?发生什么了?"

"呃,今天,一个小时前……"

"等一下,等一下。你别挂电话,稍等片刻。"

听筒依然在病人的耳边。等一下,两下,九下。病人看了看表……十分钟,二十分钟。他猛地摔挂了电话。

血压上升,胸口气结,呼吸凝重。后颈酸疼,左胸传来阵阵可恶的神经痛。动脉的支架,他能感受到脑袋里安上的支架。左臂,手肘上方,腋窝之下的地方,忽而一阵尖锐的刺痛。

床头柜上放着密密麻麻的药物。氯吡格雷、美托洛尔、阿司匹林、络活喜、科扎尔、依泽替米贝辛伐他汀、阿普唑仑,尽是些治疗药物。

"现在你又重焕青春,如同新生。"术后,科齐、巴尔-艾尔和赫斯皮塔尔这样说,"你可以随心所欲地吃,尽情尽兴地玩了,只需稍有节制,但还是要开心点儿。要有对生活的昂然兴致,这就是为你开出的药方。"

为了保证他对生活的兴致，巴尔-艾尔更新了7份药方。

他将放在手心的绿色小药片研碎。既然没有医嘱，那他就吃上半片科扎尔得了。这样他还能早早地上床睡觉，然后沉沉入眠。第二天一早，他又会容光焕发地再现在这地球上。事情也正是这样发生的。他的手指敲击在电脑键盘上："亲爱的巴尔-艾尔大夫，昨天我等你的电话等了一个多小时，就想和你聊一聊。我希望在我需要的时候能联系上你。"

沉默，一天，两天，九天。

"怎么，他没给你来电话么？第二天没有，第三天也没有？就连你给他写了信以后他也没理你？真是见鬼！你得要一个随叫随到的大夫。"伊奇嚷嚷着。

"他是位好医生。尽管那些检查结果很令人摸不着头脑，但他给出的诊断结果很是准确。我遭了好几日罪，总透不过气。常常呼吸时，还没完全吸好气呢，才吸了四分之三，我就喘不上气了。我就没法好好地喘口气。"

"我知道是怎么回事，我给你再另寻一个大夫吧。很抱歉这次并无甚起效。"

"我不想另找了，是巴尔-艾尔拯救了我。"

"古斯蒂，你听着。我们认识这么久了，我知道你最喜欢的团队是'上帝的选民'。我曾在特拉维夫的哈达萨医院实习。那家医院很大，好医生也多，可比这群家伙棒多了。但是他们行程繁忙，来去匆匆。这些人习惯了警报声，生活于匆忙之间，穿行于战争和烽烟炮火之中。他们没有时间，活在5700年，或者是我不知道的哪一年。他们压根就没时间。你想一想，5700。行了，你还是另寻高明吧。"

"我还是和巴尔-艾尔一起再试试吧。如你所知,同一个人分离对我来说是件难事,这也是我的一个缺陷吧。"

"我知道。无论是同祖国,还是同我或是露,你都不容易联系上。行了,我就给你他们其中之一的联系方式,也就是我们之一。你们之中的人,我不想侮辱圣彼得。列布林大夫,他也给我治疗。就那列布林!你满意了嘛?我这就给他打电话。你看着,我现在就打给他。"

戈拉挂了电话,毫未让步。在巴尔-艾尔的照料之下,他陷入了新的恐慌之中,冷汗阵阵,寒战不止,后颈沉沉。他可以就此窝在被窝里,也可以打电话给波尔坦斯基,请他将自己连带着床一起推入急救室。巴尔-艾尔对病人绝没有一点点过度的忠诚。他既不接电话,也不收传真,就连发邮件也毫无动静。

今日和昨天,血压为190/95。"先生,我们就是串数字。苏联人你给我听着,我们不过是串数字,如此罢了。无论是医生、律师、清洁工,还是国会议员和警察。所有人,无论他是谁,每个人不过是串数字罢了。数数,他们就干这活!"

戈拉给那位澳大利亚人打了电话。

"哦是的,我记起您的号码了。"女秘书疲惫地回道。"赫斯皮塔尔大夫正在密歇根参加一个心脏病学的会议,要饭后才回来,现在已经上飞机了。他到了之后我会转告他。血压高,胸口隐隐作痛,是这个信息吧。行,我知道了。您不知道是胃泛酸还是心脏酸疼。阵痛,发虚,高血压。心慌吗?嗯,会心口发慌,好的,我记下了。我会转告他的,您放心吧。"

天近黄昏时,赫斯皮塔尔回了电话给他。

"行,您后天早点来吧。我们做第二次血管造型术。明天你先去抽血，到时候会给你建一个病历卡，后天咱们就做手术。"

戈拉吞下了一粒阿司匹林和一片镇静剂。

"当然，风险还是存在的。风险是一直存在的。这我一开始就跟你说了。梗塞呀，休克呀。任何情况都无法被排除，但此类风险事件很少发生。我们基于数据工作，风险是存在的，但是不大。"

统计学……当然，苏维埃人很爱用这个词。即便是赫斯皮塔尔也不会不知道全球化的算数之道。戴着人脸面具的资本主义终将爆炸，它将爆炸，我们也会爆炸，这就是赫洛斯塔图斯集团所歌颂的。

胸上的阴影持续扩大。蜘蛛朝着左臂右膀爬行着，呻吟声令胸廓不断膨胀，又将其抽空。焦躁的情绪逐渐消失，浑身感到麻木。他气息粗重，感到后脖子沉得像一块花岗岩。戈拉教授为不少人写过悼文，与许多人留下过回忆，他无法与之分离。他没能成功地写完彼得的悼文，而现在，伊奇、巴尔-艾尔以及那个叫作赫斯皮塔尔的澳大利亚人都在抢这个名额。

在戈拉的病历档案中有他各个时期的血管图片和心脏造影，无论是在年轻化之前还是之后。除此之外，还包括心电图，血液、尿液、唾液和皮屑的检验单，压力和耐力的测试单，药方和治疗报告。一份技术层面的悼文，没有只言片语，唯独数字而已，十分符合新世纪的潮流。没有回忆，也没有隐喻。等到尸骨与心脏在泥土中腐烂，回忆在地底下消散，那支架也将永远安然无恙，悼文作者重复着。

"您现在焕然一新了！精神抖擞，像变了个人似的！您现在想做什么就能做什么，想吃什么就吃什么。"穿着白大褂的上帝如是宣称道。"具有超强抗性的支架。稀有的金属，永不会腐烂。即便黄土之下万物皆殆尽，它也永不腐化。"

戈拉重复着梅菲斯托的消息，昏昏沉沉地睡了过去。他微笑着。魔鬼这个小丑虽返还了他的青春，却不曾要求得到他的灵魂，他要的只是他的保险证明。波尔坦斯基同志，他不要灵魂，只要医疗保险的号码。是的，号码，就这样，不要灵魂。保险证明而已。蓝十字、蓝盾、联邦医疗保险、大西洋保险、美国退休人员协会。账户和保险单。

尽管戈拉已筋疲力尽，困意缠身，但他仍强撑着微笑。恐惧吞噬了他的精神。

醒来时，他望着窗户，窗外是一片森林之景。夕阳西下，白日消逝。脑袋沉沉地靠在桌面上。疲惫感不断延伸。蜡烛般的躯壳。耳边传来一阵鸣叫，先是若有若无的，而后长久不绝，像是蟋蟀的声音。电话响了。他受不了那提示音的聒噪声，便将电话的音量调到了最低。不过，他还是伸出了手。沉重的听筒，他几乎使出了全力才勉强能将其提起。

他辨认不出我的声音，彻底迷糊了。

"是的，我有点困。艰难的一天，是啊，晚上也不会轻松多少。明天，明天总会到来的。这是第二次血管成形术了。小蚂蚱将吃掉动脉中的垃圾。我可以在小屏幕上看到一切。新的千年，照片——摩托——彩票，都会在小屏幕上。"

戈拉停了下来。

"我说话的方式像加什帕尔似的。我之前无时无刻不在找他，既在自身中寻觅，也在身外探寻。现在，病魔将我从书籍中拖拽了出来，将我投入一片混沌当中。我说话的方式是不是越来越像他了，是不是？"

对我而言并非如此，但是谁知道呢，不，这不是一种简单的模仿。

"嗯，我说到哪儿了？当然，这当中是存在风险的。不过风险不大，统计学上是这样的。也就是说，医生说统计学上是这么回事儿。你说得有道理，让我们相信他们吧，除此之外我们别无他法。"

他认真地听着我的祝愿，仿佛那是什么重要的信息。

"谢谢，谢谢。我本该给你打电话的，嗯，手术后我们可以多聊聊，到时候给我打电话吧。是，是，我也有错，也不只犯过一次错。我不知道这算不算得上是一种幸运的错。不，我不知道，我不是圣奥古斯汀。"

世界是美好的，人们也是美好的，戈拉挂了电话后喃喃道。在由病魔和药物创造的睡梦中，世界也依然那么美好。假如人们寻找到了书籍和梦想，世界就不该被蔑视，也不该被抛弃。

那次电话交谈让他欣喜不已。对话者看起来心地善良，想祝愿病人身体早日康复。这样的一个好心人，值得有人为他撰写悼文。

戈拉微笑着，一片阴影忽地闪过，幼稚又可恶，划过他疲惫的面庞。

第四部分

出租车司机不再是波尔坦斯基了，而是一名来自塞内加尔的学生。这位学生热爱美国和他故乡的假期。护士小姐也不再是那位美丽的波兰女孩了，而成了一位架着眼镜的印度老婆子。赫斯皮塔尔大夫还是那个老样子，稳重可靠，沉默寡言，值得信任。

在两位高他一个头的助手们的陪同下，他来到了术前术后观察室，巡视了八张病床里的其中三张。这三张床被一条花帘子围着。这帘子从天花板垂下，可以随着嵌在上面的轨道任意滑动。

"今天您不是第一位，而是第二位。与上次相比，这次我们会放入更多的支架，手术时间也会更长。至于剩下的程序，那都是一样的。"

患者沉默着，赤裸裸地躺在皱皱的蓝色病号服里。民主的赤身裸体好像让他重返婴孩时代。

"您已经知道手术过程了。微型摄像头将会探入主动脉之中，朝着心脏所在区域靠近，传出实时图像。我们会用圆形球状物将堵塞的血管撑开，然后进行清洗，随后再介入支架。"

水管工人[1]，快修复吧！这个手术，在这家医院里每天做30例，一个月就是800，到了整个美国就是成千上万例。做手术就像修理机器那般。赫斯皮塔尔看着病患。

"我们用的是紫杉醇药物洗脱支架2号[2]，它有着精密的金属质地，上面覆着一层保护膜，能够抵御未来血管内的沉淀物。对紫杉醇洗脱冠状系统[3]，我们要有信心。"

安着轮子的病床被推进电梯，上了18层，进了9号手术室。手术室的大门敞开着，里面的护士是位韩国人。他看见杯中盛着粉色药水。他的手脚都无法动弹。手术助手，医生教授，机器设备都已就位。手术开始了。

现在手术显示屏放在了背后，患者无法看到那台蚊蝇般的机器在动脉中啄食垃圾的样子了。他能看见护士小姐，主刀医生和他的助手。突然，针头刺入，扎进他的左侧胸腔。而后又是一针切实的刺入，针头深深埋入，疼痛切肤传来，这绵长而细腻的感觉在体内蔓延。氧气圆球将血管壁撑开，圆筒支架介入。患者闭上了双眼，企图将自己的意识从肉体上剥离。

睡吧，戈拉教授。

人们将在梦之绿水中寻到你的身影，有着老小孩的身体，因受上天垂怜而无感无忧。而眼下，这痛苦只是无意识的序幕。

"紫杉醇，"他听见澳大利亚人说道，"洗脱支架2号。"

它就像一只细腻的而充满敌意的爪子挠着他。病人咬紧了牙

---

1 原文为英语：Plumbing，意为修水管的人。
2 原文为英语：Taxus Express 2。
3 原文为英语：Paclitaxel-Eluting Coronary System。

关。一个月前的实验就像一个精心谋划的陷阱用以骗取他的警惕性,而现在终于算到头了。

"紫杉醇。洗脱支架2号。"

护士小姐俯身向一个抽开的抽屉,从中取出另一个包装袋,将之撕开,拿出导管。

时间放缓了步伐,于分秒间膨胀着它的身躯。顽固的疼痛攫取了被俘者的呼吸,极尽折磨。

"紫杉醇。洗脱支架2号。"

他紧咬牙关,紧闭双眼。他并非佛教徒,饱受煎熬的肉体并不能同受尽折磨的意识相分离。时间分分秒秒地缓缓沉淀在被刺穿的胸口,他将之一一细数着。

"怎么样?"

大夫是在和谁说话呢?是上帝?还是死神?经由电脑控制的青春魔法自有其法则与语言。

"怎么样,教授?情况如何?"

"啊……还凑合。马马虎虎。"

"马上就好了。10分钟,也可能是20分钟。"

这么说,大概是要一小时,或者两小时。刺痛被不断放大,长长的刀刃穿划而过,胸口像是要被一大块花岗岩给压垮。他的双手双脚均为皮铐子束缚着。天花板仿佛要坠落般,花岗岩似的巨大压力压在胸口上。空气的洞口,窒息。

"洗脱支架2号。"

他还是大吼了一声!美国人尊重对疼痛的控制,也尊重对疼痛的表达。那是一种丛林野兽般的吼叫:住手!快!停!下!终止折磨是病人的权利!死神,这个老荡妇,在这过程中欣喜若狂。她深知,凡人的反抗愚蠢至极。

"洗脱支架2号。戈拉教授,我们还差一点就成了。我知道这很痛苦……但还差一点。"

一小时,两小时,而后就消失,他不再算下去了。神圣的十分钟化作了永恒。他没办法再吼叫了,他已经筋疲力尽,错过了和梅菲斯托取消契约的时机,也失去了最后的一点力量。他连一秒钟都坚持不下去了,一秒都不行。

"好了,好了,结束了。"

十分钟……仅此而已,十分钟。哦不,还差一秒钟,两秒钟,五秒钟,八秒钟,结束了。

"我知道这很艰难。五个支架!这位置又极其难以操作。我可不是开玩笑啊。"

医生脱下那件被汗水浸得透湿的白大褂,将其扔在了一边。他赤裸着结实的上半身,就这样走出了手术室,一点儿也不感到难为情。

一位长着小胡子,体形瘦削的男人把带着轮子的病床推向了电梯,然后进了568号房间的门。一个敞亮的房间,被帘布一分为二。每边都有一张空床。目之所及还有金属制的床头柜,电视,记录血压情况的屏幕,朝向内院的窗户。

"我听说整个过程持续了很久。两个半小时。太多了!五个支架。您本来就有两个了,现在统共算起来有七个,可真算得上是一场根本性的修复。"

他听出了这是谁的声音。那是波兰女人深沉的音调。他从另一个世界逃回来后,竟不习惯这美好的寻常日子了。

根本性的修复并未将身首分离……电脑显示着血压和脉搏的情

况,旁边还有个尿壶,血管上扎着注射器。

"您好好睡上一觉吧。伤口肯定会疼的。这东西叫作血管管内密封闭合装置[1]。伤口会逐渐愈合,阻塞之物也将在九十天内被吸收。还需要再做一次干预手术吗……不,应该不需要了。不过不管怎样,在离那地方不到一厘米之处还得打上一针。您按时吃药,好好休息。按铃就在床头柜上,需要的时候就叫我。"

他闭上了眼睛。他无法动弹,也并不想这么做。让他好好睡上一觉吧,这就是他所有的希冀了。他丧失了所有的力量,眩晕,昏沉,那睡眠却难以触及。麻醉,昏迷。永恒。

从邻床传来的声音透露着一种丑闻。病人,妻子,女儿,女婿。他们轮流说着话,有时干脆一起开口。

"我是比尔·麦克凯勒。凯勒家族公司的,公司就在新泽西,小有名气。一个月前,我在新泽西做了一次手术。不过还得再做一次。于是,这次我就来这儿了。我是蔡斯大夫的一个朋友,约翰·蔡斯。他是一个皮肤病学专家。还是主任,皮肤科的主任。所有人都知道他,这一点我可以保证。就像我说的……我希望我妻子今夜可以留在这里,就留在我身边。我知道,这儿有规章制度,但也总有例外呀。在这把扶手椅上就行,是的,她睡在这张扶手椅上就行。好的,我给蔡斯打电话。"

比尔情绪有些烦躁,他对妻子说约翰已经答应安排这些事儿了,他肯定说到做到。接下来,是一场和约翰之间怒气冲冲的谈话。这之后便来了两个彪形大汉,带着一张沙发床。嘈杂的谈话声不绝于耳,他们甚至讨论了两个星期后将在明尼苏达举办的一场婚

---

[1] 原文为英语:Angio-Seal Vascular Closure Device。

礼、飞机票、礼物和着装。

波兰女护士带来了治疗胃酸的新药,还一并带来了一本又厚又大的书。

"您忘拿这本画册了。早上的时候,放在了术前观察室里。假如您睡不着的话,它可能还挺管用的。配合安眠药一起使用兴许就会奏效。"

哈莉娜笑了,露出了如波兰之雪般洁白的牙齿。

"需要我把电视打开么?或许能让您聊以消遣。"

不,这并不能让他快慰。麦克凯勒的女儿和女婿都走了。妻子沉默不语,丈夫沉眠打鼾。戈拉找起了安眠药。

他在半夜醒了过来,可却睁不开双眼。他感受到从窗户透过的光线,从街上射入室内。他挣扎着想睁开双眼,可眼皮却是如此沉重。

屏幕之上是国际象棋盘。杯子里盛着黑色的药水,还冒着大泡泡。杯子旁放着一个金属罐头。是罐可口可乐。这是世纪棋局呀!彼得成了一位明星,新世界喜爱这样的明星。病人无法睁开双眼,眼皮沉如墓碑之石。噪音、骚动,有人打翻了桌上的棋盘。王、后还有象在地板上无情地滚动,滚到了房间里光影斑驳的角落里。

"过来一点,再来一点,往左,再一些。您可得醒过来了。"

他难以醒来,但还是辨出了哈莉娜小鸟般的咕哝声。

"一会儿,只消一会儿,我们就会把您唤醒。"

她将戈拉的枕头垫高,扶着他的腰往上躺了一些。最终,他还是抬起了自己那俨然衰老的眼皮,看到了她。

"您有高血压吧。血压上升了。"

"您怎么知道的?"

我们一直盯着监视仪呢。就是那台连着房间监视器的总监视仪。

屏幕上彼得不再同梅菲斯托下棋了,反倒是出现了绿色的表格和绿色的数字。恐慌的螺栓,呼吸沉重。左胸处是敌对的甲胄。血压上升了:200/99。值班医生来了,一同前来的还有一位中国实习生和一位穿着粉色衣服的高个女陪同。"是的,我们得尝试一次注射。"一个注射器,又拿来了两个注射器,这次是为了抽血。

"您服用什么降压药呢?"

他咕哝着:科扎尔50毫克。他收到了蓝色的药片:是100毫克科扎尔。

"您平静一下,睡一觉,我们一小时以后再来。"

哈莉娜在床头柜的钟上弄了一个复杂的信号。

图表立马就起了变化。他闭上眼睛,又睁开眼睛,转瞬间数字就变成了191/92,而后又变成了194/93。

哈莉娜附身细心地将水为他递上。

"控制酶的含量有所上升,您怕是还得再多留一天了。"

现在都是这样做检查的么?即时完成?是谁不顾经济规定做出了把病人再多留一天的决定?除非情况不容乐观,不然没有人愿意多花钱。"我们不过是一些数字、一些账户,如此罢了。"苏联人早就提醒过了。

哈琳娜重新俯身抽血,还整了整枕头。

"一切都会变好的。血压在降了,会没事的。"

"是的,我看到了,现在是189/90。这是下降了,还是出错了?"

哈莉娜笑了笑,但没有回答。病人也露出了笑容,他本应该央求她为他讲一讲她来到美国的故事。她上的为移民开设的英语课，身材矮小的墨西哥人，年迈的中国老太太们，膀大腰圆的巴西女人们，还有她作为厨子在葡萄牙餐厅干的第一份工作，在夜校学的急救课程，同海军军官的纠缠不休，在得克萨斯的第一趟旅行，以及她那来自罗兹的兄弟。

病人疲惫地笑着。他老了，再没有力气请求聆听任何事情。波兰女人的微笑就已经让他满足。

凌晨四点。一旦到了六点，各种骚动应时而起。有人在量病人的体温，有人来查房，有人送来早饭，有人来进行早间巡查，还有那魔术师赫斯皮塔尔。

"酶的比率改善了很多。不过我们还得再观察一天。没有什么担心的必要了。今天给您开个会，告诉您接下来几个月乃至到明年您应该怎么做，包括药物的服用、急救常识、饮食要求、锻炼计划和定期检查等。"

关于重生的课程，外加其他种种特权。

"一切都会好起来的。"赫斯皮塔尔大夫安慰他道。"您已经变年轻了，但还开不了青春的玩笑。注意饮食和锻炼，定期服药。"

病人看着他，不知如何回应。他更希望这个澳大利亚人能把他当作自己的邻居。无论爱德华·赫斯皮塔尔身居何处，他都承诺做一个审慎的邻居。他深知那种魔术师焦虑和劳累程度之甚，每天都得去面对那些痛苦的心脏，可能有几十次，乃至上百次。他总是表现得坚定而有信心，面带着微笑。不，他不会打扰他的。他只是希望能和这位心脏病学的上帝维持一种保护性的邻居关系。这便是他所希冀的一切，仅此而已。这般便可减少他的恐慌和孤独感。他可以搬家，任何一个离赫斯皮塔尔近点儿的地方他都可以接受。就做一个缄默无语、隐匿无形的邻居，紧紧依靠着这个更年轻、聪慧而有用的兄弟。而他，奥古斯汀·戈拉，从未有过这般年轻活力。

"我想好好感谢您，因为……"

"不，不，别这样……昨天，艾尔薇拉本应像上次那样要送你回家来着。今天她过不来了。我和看门人说了，他会给您叫辆出租车带您回家的。到时候他会让司机带着您走进家门。您有我的电话号码。任何时候有需要都可以打给我。"

到家了，他躺在那张孤独的床上！……他感到满足，因为他已经锁定了彼得。在地球之夜的屏幕上有一副国际象棋的棋局，他在那儿与之轻声细语地交谈了一阵，如同是和一个亲切而又迷惘的表弟在谈话。他成功地让这个迷惘之人感到惊喜而激动。彼得也停止了下棋，跟他交谈起来，像是同一个更年长、更聪慧的兄长在交流。

也许，他从内华达而来，塔拉那位快乐的姨妈吉娜·蒙特威尔第就住在那儿；也许，他从摩门教徒亚历山大·约瑟夫那儿而来，那是住在犹他州大水镇附近的长途村[1]的一个流亡者，身边有九个老婆；也许，他从北卡罗来纳州的戏剧艺术课上来，戴着温斯顿-塞勒姆卫理公会的面具；也许，他来自佛罗里达州基韦斯特海岸巡逻队的海鹰舰，它前来拦截2500万磅大麻和1万磅可卡因。无论彼得从《美国生活的一日》中的哪一页跳出来，他都理所当然的在2001年9月9日那天晚上来到了纽约。

他没有忘记，近几个月来，他的表兄奥古斯汀·戈拉教授为他

---

[1] 地名，原文为：Long Haul Estate。

在一家广场宾馆中一直留着一间房。那家宾馆就位于48街和第八大道的街角。周二，9月11日，为了拿到那张神奇的绿卡，他与戈拉教授所聘用的律师约了一场见面。他将成为新世界新公民中的一员，他再也不用隐匿于荒林之中。无人知晓那场在世贸中心的见面，他也未曾和任何人分享他和戈拉教授之间的这个秘密。任何可能会引向帕拉德罪行的可疑的行程重合都被排除在外。

8点46分，疯狂的时刻瞬间降临。赫洛斯塔图斯集团：19把匕首出现在世纪大表演当中。全世界的电视都播映着飞机及机上乘客的画面，还有那19个死亡天使，飞向拯救。

彼得试着离开地铁这个让人抓狂的地方。地铁被塞得满满当当，所有人都被绞在一起，装聋作哑，开着愤世嫉俗的玩笑话，令人难以呼吸。阿拉-尤萨马-奥萨马的信使在地球的各个屏幕上放起了圣洁恒久的天堂。地铁停了下来，车厢密不透风地紧闭着。不，他并未发现任何跟踪者，也未看见任何嫌疑人。俘虏的身体紧紧地相互紧贴在一起，无法相互支撑。而在这其中就有大卫和艾娃·加什帕尔。

10分钟过去了，15分钟，20分钟，30分钟过去了。大卫和艾娃还是在车厢里面紧紧地贴一起。简直度日如年。40分钟犹如一个世纪那样漫长。心肌梗死可比这个发生得快多了。

几分钟后，地铁又重新开动了。

* * *

谨慎的动作。刀口用绷带遮蔽着，创面是绿色的伤口，其中微微泛紫，而皮肤则暗淡苍白。

"刚开始的时候,可以慢慢地短途走走。从第二周开始,可以进行一些简单的体操动作练习。慢慢地,可以例行练习,每天做半小时。或者散步,这个时间需要更长一些,散40分钟。您得在不同时候量一量血压。然后把它们的数值拿本子记下来。一个月后,我们会对您的情况进行再评估。"

他并没有散步很久。因为惊恐突然发作,太阳穴突突地跳,胸腔灌满了毒素,身体变得陌生起来。令人困惑的信号。脑海中的信号难以将其困住,身体已经进入紊乱状态。刚开始常常是虚假的警报,只会徒增不安情绪。脑袋蒙圈,一团糨糊,全然不知何处能寻急救方法。快,赶快,救护车。邻居赫斯皮塔尔并非是名副其实的邻居,而只是一位水管工罢了,一位老实的血管修补师。心脏病应该和救护车在这地球上的形象联系在一起,都有瞬间而完美的干预。

正如伊奇所想的那般,那并非孤独的夸张,而是血压计上实实在在的数字。在这数字和号码的时代,波尔坦斯基同志教导我们重视数字。

他是不会给巴尔-艾尔打电话的。为自己修剪指甲,这才是他要做的事情。他将双眼睁得大大的,盯着那血压计,并在脑海中默记着。

教授呀,是谁为你修的指甲?无论你多么全神贯注于这一差事,最终你还是无法躲避厄运降临的那一秒:你用剪刀剪得太深,以至于你的指甲、手指和衣袖都沾满了血。稀薄而又蓬勃的血液喷涌而出,怎么也止不住。

"您得避免流血。药物会让您的血液变得稀薄,然后您就可能止不住血,这样会感染的。感染是个挺严重的事,可能会一直影响到心脏。曾经有过这样致命的例子。"

专治刀伤会感染的新孢霉素。你找不到软膏和橡皮膏,因为你从来不把东西放回原位,好像它们都在和你玩捉迷藏似的。新孢霉素夫人和橡皮膏先生没头没脑地玩着游戏,开心地摸不着北。你们这帮坏蛋,都跑哪儿去了?乱七八糟,原来还在的,怎么现在就不见了,就像我们这帮死人似的,今朝我们才出生,明日我们就消失无踪了。哟,成了,我总算找到你们了,在这儿,就在这毛巾堆里。怕是加什帕尔干的好事,这个爱开玩笑的胖子,玩着他捉迷藏的游戏,可我只在这里,并非无处不在的呀。

血压计显示:189/94。后颈沉甸甸的,肉体重回大脑之中。肾脏、肠道、尿路、血液循环系统和呼吸系统,处处都拉起了警报。呜咽、痉挛,你也不知道疾病发作会从何而来。你想睡觉,想要在梦乡中离去,想要被那伟大的调度员所遗忘。

消化不良、痉挛、刺痛,这新纪元的躯体是否又将在这诊所里度过?这里一个火花塞,那里一个联管节,减震器旧了,汽化器漏了,油泵旧了,刹车老了,机身也旧了。危险并非来自心脏。运输血管已被清理,该焊接的也被加固了,马达也被重装过。肺部开始工作,苦行僧浮士德的支架撑开了动脉,血液流淌起来。

突发性,这是心脏病的特权。这既是它的巨大危险又是它的伟大权益。很可能在某一瞬间,它突然就停止了工作,赐予你休息的闲暇。

戈拉走向沙发,突然又停下了脚步。他渴望入眠却又恐惧做梦。一种犹豫战胜了另一种对立的犹豫。他唯独能做的,不过是在房间里心神不宁地踱步,直到他重新找到诊所的民主王座为止。他就在那里质问了年迈的晚年,以及它带来的加速折旧人生。天还亮着,亮着,而后夜幕降临。第二天如约而至,就像圣经里说的那样。血压计变得有些亲切,肺、胃和大脑之间的对话也是如此。病人注视着警告,警惕着数值的上升。白日和黑夜的血压,数字、数字,波尔坦斯基同志呵,那些柱状图正监测着心脏日常的情况。

戈拉重复着:这不是恐惧。不,这不是恐惧,只是不确定性带来的羞辱,是拖延带来的虐待。我是肉身的奴隶,而我对之早已丧失了希冀。它背叛了我,它近乎癫狂并入侵了我的脑海。我已经无法将其抽离出去。伊奇劝过我,那是徒劳无用的。好吧,我再回头说说悼文的事儿,《戈拉的悼文》。死亡本身不置一词,再谈谈死亡还可以使情绪冷静下来,而冷静的情绪便可降低血压,缓解焦虑的情绪。

晴朗的下午。他端坐在书桌前对着电脑。蓝色的屏幕上,第一行显示着字母。纯白、清晰、洁净、熟悉,一如既往。

窗外,太阳这盏灯泡永恒地深嵌其中。遥不可及的太阳寓居在万里无云的天空中,也嵌在附近,方形的窗中,朱砂色的地面上。

他迫不及待地想为这些字母、标点符号和问题注入活力,让它们相互延伸开去。然而,他并未付诸行动。

键盘面前的他竟有了几分腼腆。于是,他拿起放在书桌左侧的《美国生活的一日》。这是彼得最后一次和那个摩门教徒及其妻子们的对话了。而后,他又和一个负责海岸缉私的海军中尉交谈了起来。时间一分一秒地过去了:悼文作者的第一次血管成形术,第二次血管成形术。在亚利桑那州的凤凰城,彼得再次出现。这次是在巴克商店那堆胡乱摆放的旧电视当中。巴克先生光着膀子,身上就穿着短裤和长袜,一双破旧的篮球鞋上面甚至没有鞋带。他有着一双粗壮的大手,肤色黝黑,沾着油污和灰尘。在科罗拉多州,他参观了巨大的飞机墓地，40年来这里一直隶属于J.W达夫飞机公司。紧接着，是阿拉斯加的北坡镇，那里有着8万平方米的冰川和苔原，包括巴罗市和其余七个更小的城镇；美国每日石油产量的20%就来自那里。市长以及他管辖下的八成城市居民都是爱斯基摩人。他谈到了季节性的捕鲸活动。明海尔·加什帕尔真的来到了这儿吗？在一群爱斯基摩人之间？还是他不存在于任何地方呢？

戈拉用手轻拂着画册。桌边有双蓝色的手套。突然，呼吸中断了。他尝试着回复正常的呼吸，如同人们教他的那样。他的额头和太阳穴流下大量冷汗。战栗。颤抖。血压计就在房间里。一阵轻声而短促的提示音：196/102。无论是巴尔-艾尔，露，赫斯皮塔尔，彼得，莫菲警官抑或是死者迪玛，总得有个人来救救这垂死之人！

但天色已晚，即便是诗人奥萨马·本·拉登也休息了，你没有任何人可以求助。伊奇！

"哥，快打急救电话。这么高的血压，你撑不过今晚的。911。你有他们的电话。小伙子们很快就会来。在抵达目的地之前，他们在路上就会展开救治。在医院检查完后，你让他们给我打个电话。如果他们知道对方是医生的话，肯定会这么做的。这并不是出于什么兄弟情谊，而是出于恐惧。是的，是的，让他们给我打电话。不是什么严重的问题，但千万别拖延。你在生命中已经拖延得够多了。现在，第一要务是谨慎行事。"

病人躺在担架上，左臂上连接着血压计。他服用了甜味的药剂，然后又吞下了阿司匹林。救援者抚摸着他聪慧的脑袋，安慰他一切都会好起来的。

熙熙攘攘的急诊室，拥挤地塞满了延迟候诊的患者。里面有两位值班医生。一位是长着雀斑的金发胖女人，能言善辩。另一位则是一位身材苗条的泰国女人，沉默寡言。她宛若婴孩的小鼻梁上架着一副小小的眼镜，它比顶针大不了多少。问题和回答：心脏病史，他的血压不断上升，但没有发烧，也没有痉挛。

他们给他抽了血，又带他去了放射科，然后他就拿到了两粒粉色药片和一杯水。长了雀斑的爱尔兰女大夫急着赶快看完这一病例。

"没什么特别的。如您所见，血压正往下降呢，已经降到140/85了。检查结果挺正常的，拍片结果和心电图也没什么异常。我们送您走吧。这里挺好打车的，你很快就能找到一辆。您运气不错，还能回家过夜。"

"这次发作是何原因引起的呢？"

这位胖女人并无时间予以置评。她用自己那短小的双手指着天花板。

"不知道，我们不知道。"

她的泰国同事将出院单递给了他。

"这种事时有发生……上了一定年纪以后总会有些毛病。检查结果、拍片结果和心电图显示都挺好，蕾贝卡跟您说了吧。"

啊，她叫蕾贝卡，爱尔兰人总从圣经里为自己挑名字。

所以，还是年龄的问题。上了年纪就得让你引起重视，得注意……

"事实上，任何年纪都得注意。"年轻小姐补充道。

两个星期后，一样的意外再次发生了。他梦到了露。她身着白色丝质衬衫，仔细地清洗着蔬菜，准备着覆盆子果、樱桃和红酒。生者缓慢的欢愉，全神贯注，细腻敏感。她穿着的是一条薄款阔腿裤，绿色丝质的。上身搭着亚麻的无袖衬衫，略透。脚上是一双一字带凉鞋，光脚穿着。她的身材柔美而优雅。安塔卢西亚女人瘦长的脑袋。她的身体在初次触碰时微微颤抖着。她甩掉了自己的凉鞋，脱掉了自己的长裤，还褪下了宛如枯叶一片的小内裤。阴唇，丛丛卷曲的阴毛。她的睫毛连同嗓音一起颤抖起来。载着电流的手指触碰到了俘虏。她的眼神迷离投向了远方偌大的灌木林，呻吟此起彼伏，呼唤着这位囚徒。

突然之间，胸口发闷，呼吸困难，汗水顺着额头和太阳穴流下，阵阵寒意蔓延至足梢、双手和肩膀，他止不住颤抖。颈部疼痛，焦虑陡增。他的脖颈和双手的冷汗涔涔，使他发冷，不由得打起了寒战。

血压计暴怒了：201/110。打急救电话：911。救护车、医院、问诊、检查。结果很好。两个小时以后，血压降了下来，变成了143/90。

我从时光机里抽出了中奖号码，波尔坦斯基同志：提问，白血球和红血球，血糖含量，胆固醇，就连血糖和胆固醇都已经学乖了。我们没办法再要求更多了，这些数字看起来挺不错。

在接下来病情发作时，他也没有再呼叫救护车，只是服用了一片抗压药和一粒安眠药。

他需要一名精神病科医生，伊奇说道。他从未到精神病科医生那里去过，也无法在处事不惊的冷漠氛围之下呼吸。他的高中同学告诉他，他不会被一些冒失的问题所困扰，也不会被一些痛苦的治疗所折磨，更不会变身成什么超活跃分子。

斯蒂芬·凯勒先生高瘦干瘪，头发花白，缄默少言。病人告诉他，自己并非要忏悔什么，只是想要几片管用的药片，仅此而已。

精神科医生微笑起来，好像想假借微笑测试些什么。

"有什么问题吗,发生了什么?"

教授承认过去他的病会规律性地发作。对方并没有反问他这是什么意思。他又附言道:之前他做过两次血管成形术,经历了缓慢而多变的恢复期。那是一段令人恐慌的梯子,患者补充道。居高不下的血压值,不时的颤抖,上气不接下气,呼吸非常困难。

斯蒂芬·凯勒继续默不作声。呵,是的,病人说过,他更希望药物剂量能小一些,甚至低于最小值。

大夫微微一笑,似乎对他所听到的一切表示赞同。于是,他开了一种名字听起来十分令人舒心的药。

"这药属于百忧解一族。"

"百忧解?我曾听过关于百忧解的可怕故事。我的一个女学生之前服用了百忧解,她身上的忧郁便转化成了一种永恒的微笑。那个笑容,那张鬼脸,能把总统的贴身保镖吓个半死。"

"最小的剂量是0.5毫克。那我们从四分之一片开始吧。慢慢来,看看会发生什么,好吗?"

他同意了。下次门诊时,剂量就加大到了0.25毫克。只有只言片语的问诊一次要花费300美元。不过和巴尔-艾尔大夫不同的是,凯勒医生每次接电话都十分及时。

剂量逐渐增加到了最小值。后来,病情再次发作,焦虑的情绪蔓延。他的后颈感到疼痛,浑身发抖,冒冷汗。凯勒又降低了用药的剂量,而后干脆换了药。

病人开始使用一种全新的药方。他打量了这份药方许久,既没有去药房拿药,也没有回来找凯勒医生。

体操将代替药片。巴尔-艾尔医生曾建议他上一门为期三个月的课程——用以恢复身体机能的体操训练。首先是十分钟的热身,然后使用三种不同的器械,每样十分钟,最后再是十分钟整理运动。坐公交车自郊区至约克大道而后返回能使精力集中,并缓解疲劳感。整个白天就围绕着这一消遣活动来安排。如此这般便可恢复体力,重获尊严。

实验于八月底宣告结束。庆典之时,所有参与者保证每天做30分钟体操训练,抑或是快步行走半小时。

荒漠的时刻终究到来了,幽灵重现于眼前。身着麻布上衣,浑身透明。一双凉鞋,抑或是赤脚。轻柔的身体飘动在白月光下。安达卢西亚女人的脑袋,灼热的目光。她丢去凉鞋、长裤和内裤,用自己纤巧修长的细腻双手牵起了病人的手,紧紧握住。睫毛和嗓音一同颤动,手指也不断颤抖,像是触电一般。

"你的青春是怎么样的?"她问道。她全神贯注地听着,眼神透露着贪婪,而灵魂已渐行渐远,进入了郁郁葱葱的大树林中。短短一瞬,足以让你清醒。她又在那儿了。灼热的目光,手指头放在了热带中心。

一月之后,戈拉回来看精神科医生。诊室焕然一新,连秘书都有四个,现场还配备了卫生间和电梯。头发已花白的凯勒大夫看起来十分值得信任。另一种药片。小剂量是服用它的前提。正常的剂量产生了一种积极效果。他增加了四分之一片。病人似乎已经找到了最合适的用药和最合适的剂量。他睡得很沉,不再感到疲惫,也再次恢复了阅读和悼文的撰写。

他完全接受了自己心脏病患者的身份:早上使用六颗不同的药丸,晚饭后再服用两颗。

他饥渴难耐,汲取着生活所能给予的一切。书籍和树林,姣好的面容和醉人的美食,河流,露的手套,椅子,电脑,浴缸,冬日森林,《美国生活的一日》,游廊中的小猫,电话,蓝色毛巾,可笑的鞋子。他失去了反抗的力量,荒诞的事物变成了喜剧的存在。整条路线十分简短,他用一种闹剧性的方式探索着被称为"传记"的产业。他准备好了再做一次回顾。

他推开了黄色的档案袋,拿近了手套。他把它们分开放在身前。左手手套置于左侧,右手手套置于右侧。而后,他将自己的双手分别放在两只手套上。手比手套要小一些,但依然无法套上。尽管他的手比露的要短,但却要更宽一些。如若他硬要套进去,他也终究无法感受到她那纤巧修长的手指指间的触感。

他将手掌分别贴在两只手套上,左手就放在左手手套上,右手则放在右手那只上。他的手掌应该可以覆住她的。他的皮肤颤抖起来。神奇的土地,紧紧相连。他的视线飘出窗外,飞向了树林。他的双手抚摸着两只复活的手套上。

是赫斯皮塔尔大夫赐予了他重新感受这奇妙触感的机会。

* * *

这次中奖赐予了他缓期,将他从生死彼岸拽回,又将他遗弃于边境。戈拉学会了镇定、平和与如灰烬般的淡漠。

新的游戏:早晨的操练,晚间的散步。测控血压,药片,去莫西大夫那儿看病。因为她代替了巴尔-艾尔大夫。艾尔薇拉每礼拜来他的住处打扫两次,料理家务,以免他跑去餐馆吃饭。可是,他周末还是会去那儿吃。

第二次血管成形术以后,又出现了另一位来电人。

"喂,你现在感觉如何?好些了么?"

我坚持让他给我讲述手术的细节，问我为什么他还在医院多待了一晚，而他那歇斯底里的血压又是怎么回事。

他似乎已被笼罩于所经受的打击之下，必须得让他把注意力从疾病上转移开来。

"你还记得学院里发生的那场革命么？"

"嗯，这是自然。"戈拉磕磕巴巴地说道。

"那会儿我还是个初来乍到的新人。你觉得这是个不错的开始，给我讲解了这次正义流行病的机制。你曾说，这是周期性，人们总需要一些精神的幻想。阁楼上的消遣活动，进入行政部门渠道的堵塞，警卫小分队，激进好战的口号……"

我们得知除了艾尔薇拉以外，戈拉再没有见过任何人，变得非常腼腆，对自己的身体也不再有自信，他是这样说的。我尝试着躲闪，令人高兴的是他也接受了这一游戏。

"我保存了那些简报，是关于一则之前不算是强奸的强暴丑闻。里头还提到了那次革命，事件的始末以及女学生的赔偿金。"

来到自由荒漠的最初几年……我发现每个人都在寻找属于自己的那片囚禁绿洲。宗教也好，修辞学也好，慈善也罢。面对着领导和银行账户的奴颜婢膝。还有挫折。这异常的经验总得慢慢地才能让人理解。

"那么那位皮肤黝黑的高个儿蒂姆呢？他为会见特蕾莎而来。蒂姆和特蕾莎。还有，那马鹿……"

"马鹿？什么马鹿？"

"蒂姆卖过一头马鹿。他合法地持有枪械。那会儿恰逢捕猎季。所以，是合法的……丑闻是关于剥皮的事。他把打来的猎物带到了学院，在房里和其他学生一起把那头马鹿剥了皮。后来他就被院长叫了过去。他道了歉,但是他要求对当时侵犯特蕾莎的人采取严厉明了的措施。"

"蒂姆现在是圣塔菲一家移民权利机构的领导,而特蕾莎也已经结了婚,还有了三个孩子。当年侵犯她的那个人现在是华尔街的一名律师。当初你让我把这事的来龙去脉给你讲,好知道自己新的住处究竟是个怎样的地方吧。"

"是的,是的,可我现在来还有一个问题。帕拉德会不会是当年的探子呢?"

我猜,戈拉一定挑起了他的眉毛,好像要将之抛向天空。

"假如他曾经是的话,应该是可以找到证据的。假如他仅为可能是,那么……我们就是凭空猜测了。很多人本来不应是,最后还是成为了探子。这是否可以推断出大致是什么时候发生的事儿?哪怕没有任何人猜测,那他们自己都不曾在意吗?我们不能忽视,他们是什么时候,为什么,又是怎样变成了他们本不会成为的那个模样。"

"很抱歉,我觉得现在讨论这些不合适。"

"呃,我觉得正是该说的时候。"

"这让我感到担忧。这是我的错,是我没有挣脱那些旧日的毒药。咱们应该谈一谈美国。"

"这会很有趣的。我们的故事看起来会很有意思,只因它们都极其怪异。"

"行。我之后再给你打电话吧,到时候聊一些开心的事儿吧。"

"我会很高兴的。再也没有人给我来电话了……"

他是否真的感到高兴,我不得而知,但我再也不会因为这些充满暗喻的话而感到有罪了。

* * *

那木偶摇晃着他,扼住了他的喉咙。它身着一件纤薄的上衣,透明,白丝绸质地。它肆无忌惮地掐住他的脖子,满心喜悦,全神贯注。半透明的死神,全身如丝。当你以为你已经摆脱了这世界的悲惨,它慢慢地,曼妙地松开你,带着一种无微不至的细心。人们从噩梦中跌跌撞撞地出来,重新面对着各自的档案。

封面上写着出生日期。过往,那是智慧的年龄;如今,那是伟哥的年龄。老家伙冯·阿申巴赫为脂粉感到羞耻,但也正是托了这脂粉的福,他的理发师让他神采奕奕重现青春。在这之前,他根本无法想象在新世纪中会有奇迹的降临。这个时代,替代品拥有无限的可能。肾、肝、新鼻子、新嘴唇、新眉毛、眼睛的颜色、性器官,根据顾客的要求来调整。治疗头和腿、睡眠和失眠、狂躁症、感冒、癌症、阳痿、欲望、秃顶和风湿的药物,心脏、头发和视网膜的移植,为聋人、盲人和残疾人配备的仪器。没有什么东西会失去,一切都会被改变,被替代。死人也终于找到了自己的用武之地:遗嘱不仅规定了土地财产的转移,也规定了脾、肝、肾、肺等器官的移植,用于一个新的肉体,从而令其得到更新。

时间又是在什么时候,以怎样的方式流逝的呢?

流亡者接受了新的地点、新的时间。他习惯了传真机、互联网、手机、银行账户、飞碟、宗派和性的秘会,基于圣经和黄色电影的教育,但他依然留在被称作露的过去。

他为什么如此痴迷于明海尔·彼得·皮佩尔科尔恩,他自己本身或是可能代表的人物的对头，为什么要使彼得·加什帕尔复活呢？以及，他为何无法忘记几千年之前和伊奇那个大胖子的对话呢？那是一个阴暗而潮湿的地窖，他当时提到了自己对耶稣民族的崇敬之情，尽管他对宗教一直都没有太大的兴趣。一直以来，他缺少的是什么？到底有什么能解释他那一直无法得到满足的需要，那种成为另一个人的需要？无须那样谨慎，也无须那样杰出。不只在思想上更加叛逆，也不只在梦境中更加自由，还需更多才多艺，更虚伪神秘，更罪孽深重，被万般蹂躏。还得更值得周围那些伪装者仇恨、同情和崇敬？

在土灰色的新档案上，命运用血红色写下了"戈拉"二字，那上面还有一张带有赫斯皮塔尔大夫署名的蓝纸。

似乎冠状动脉的疾病与胃部不适感并无关联。[1]根据血管成形术的检查显示，形成了一种极聚集又分散的病态粘连，这加剧了先前的新陈代谢综合征，造成了一种类似凝血的状态。介于心血管疾病将带来的种种风险，患者的动脉血压值濒临异常，高胆固醇在正常边缘徘徊，血糖含量也即将突破正常水平。[2]

边界[3]！边疆群岛的公民呀！人们可以在边界这一号码中解读个中含义。在边缘，在边界，无处不在。啊，边界！

边界公民拉开了窗帘。去动物园吧！[4]他自言自语道。在街道的动物园里，他可能会遇见自己的同类。罢了，不如还是留在家里，

---

[1] 此处开头为同义英语，It seems that coronary artery disease and the epigastric discomfort were unrelated...
[2] 此处结尾为同义英语，Borderline hypertension, borderline hypercholesterolemia (and low HDL), and borderline blood sugar.
[3] 原文为英语：Borderline。
[4] 原文为英语：Go to the Zoo!

将车遗忘在车库。

咖啡，盛放谷物的碗，药片。电视屏幕上放着种种荒诞之作，国际象棋手正和命运进行着比赛。

做操，洗澡。一天开始了。他又多争取了一天的时间，再没有什么表现能与此相比了，新世界的同胞们都这样认为。他们有道理。这崭新的一天，或许可笑，但也是生存的奇迹。

* * *

他望着电视屏幕，看着彼得在桌边深思熟虑地下着棋。桌子一旁放着一杯可口可乐。天色已晚。

已经不早了，可是我没顾上时间早晚。

"你可看了那篇关于血管成形术的文章？"

"哪儿，哪里我能读到它？"

"今天，就在《纽约时报》上。头版就有。"

"我早就不买杂志了。我要读也只读旧报纸。我出生那年的报纸，距今也有70年了。"

"那倒是挺有趣的，但你就不能了解到的最新的医学调查了。"

"也就是说？"

"就是关于这些，叫……叫支架的东西。"

"这词儿我倒是听过。"

"几年前他们引入了一种新的品种。这种新支架表面镀了一层物质，可以有效防止血管中杂质沉淀。可是经证实还是旧型号的支架更好用。"

"他们给我装的是新款支架。它用梅菲斯托的唾液浸泡过。我坚持要用最新最有效的那款。赫斯皮塔尔大夫也同意了。这一款是值得信任的。"

"原则是,在你去世腐烂变质后,你的这些护身符还会留存下来。考古学者也会据此将你辨认出来。"

"他们给你装了多少?"

"7个。神奇的数字。"

戈拉对谈话尚有兴致,我还挺幸运的。

"我知道,帕拉德以前是你的学生。他们一开始拒绝给他护照,等到一年后第二次申请时才给了他。在美国人的坚持下,尽管不情愿,他们还是将这护照发给了他。看起来挺奇怪的。"

"那里有什么是不奇怪的么?我知道你在暗指什么。"

"我没有影射什么,只是在提问。我尝试着治愈一种病,从我们那儿出来的人都患有这种疾病。别疑神疑鬼的。"

"这意思是说我是探子了呗,是么?是他们给我发的护照呀。"

"那是另一回事。露德米拉的亲戚们可能有所干涉,可能他们达成了什么协议吧。"

"那你呢……你也是拿着护照过来的吧。"

"他们想摆脱我。秘密警察的档案可以证明这一点。我曾在邻居、朋友和亲戚当中发现了探子。当时的我可真是天真,如今我疑神疑鬼的。"

"我还记得你来的时候。是帕拉德告诉我的,他说已把我的号码给了你。但是你大概在半年后才打来电话。当我问你情况如何,你回答说自己还没倒过来时差,成天觉得晕乎乎的。我很欣赏你的幽默感，但你当时的神情却怅然若失。"

"是的。在机场的时候，我就被割去了舌头。"

"这我记得。当时你说，当他们给你盖上出境印戳时，就意味着割掉了你的舌头。我们都得经历这些。"

"并不全是如此。帕拉德过来的时候尚年轻，而戈拉教授到底还是通晓各种语言的。"

"当时，我还把你带去了朋友科齐那儿。伊奇·科齐。"

"你说得对，他没让我花一分钱。不过我觉得这样的讨论并不有趣，它会让你感到厌烦。"

"事实上还挺有趣的，但却是让我感到乏味。我为这个国度做的蠢事和善事而感到幸福。想必你也是如此吧，对此感到十分满足。"

"我确实如此，十分满足。我想关于帕拉德的问题能让你觉得开心点。不知道我有没有和你讲过，我和他曾在一所中学读书，尽管不是一个班的同学。"

"你没和我说过。"

"在他从罗马尼亚回来之后我又见了他一面，就在他那场谋杀案之前。这我也没同你说过吗？"

"也没有。"

"他和我说，他见到过露，我不知道他有没有和你说过这件事。"

我使出了最后的诱饵。戈拉显得有些迟疑，不知道该不该撒谎。

"他没和我说过。"

"就在剧院。看《大师和玛格丽特》的那次。"

"他有没有给你描述过她是怎样的穿着？"

假如问题是嘲讽性的，那么便意味着他是在嘲笑提出问题的人，而我也就失去了最后的套话契机。

"穿着黑色的裙子，袒露着自己的香肩？或者只是一套上街的普通打扮？头上是不是梳了一个发髻？"

我未作回答。宛若磐石般的沉默。而后，突然之间，戈拉又开始说了起来。

"那个澳大利亚人是一个伟大的医生。我完全被治愈了，焕然一新！我能重新开始一切，重蹈旧日覆辙。你还在听吗，还是你已经烦了？"

他上演着老糊涂鬼的角色。或许他还十分开心地记着笔记呢。

"我在听。你说得对，我也不再年轻了……年迈的女巫窥视着，藏匿在房间一角，带着各式各样的礼物。癌症、心脏病、老年痴呆症和瘟疫。火灾和恐怖主义。由人选择。"

"是啊，范围很广，来得猝不及防。夜晚，也是森林被黑暗笼罩之时。它也暗自昏沉，却不曾入眠。城里也是一样的光景。我总能透过窗户看到森林的景色。那是一个隐修院，你稍不留神它便出现在你眼前。"

长久的停顿。我重新鼓起了勇气。

"你真的跟她没联系过？"

"没有。我到这儿的时候给她写过信，但她也未曾答复。我后来又写了一次。她也从没有接过我的电话。于是，我便放弃了。我也没有怎么联络曾经的同胞，直至现在也逃避着这些，你可能也知道。"

"就是出于这个原因吗？"

"不止如此。"

"你走之后,就再也未曾听闻到关于露的消息?"

"我重获了过去,但不曾发现什么重要的事物。就这样,尽是些鸡毛蒜皮之事,些许有点吊诡,含糊不清,甚至有点儿别扭。微不足道的小事罢了。至于关注嘛,是的,有过一些。但都是些不重要的事情,未曾有过根本性的了解。"

"那后来呢?"

"我对她的到来很是诧异,但我并没有见着她。这并无意义。我们曾经见过面。铁幕,这铁幕真是棒极了……将我们阻隔了这么长时间。人们总是担心遗留在过去的事情,也收不到信息。简而言之,你无法登上降落于神秘之域的飞机,你也无法亲眼看到被遮掩着的一切。还是这样比较好,不是么?避免任何的差错,不是这样么?你怎么看。在幸运、不幸和不存在的过失方面,你可是专家呀,你怎么认为呢?"

这一次,他正面出击,直接发文,没有时间回答,只是愤懑地咕哝着种种问题。

"好吧,我现在是明白了。我做了手术,变得焕然一新了。心脏和脑部的循环得到了回炉重造,我明白了。这些支架真是神奇的收获!他们挽回了我体内这些大大小小器官的循环运动,赐予了我第二次机会。"

他的语速快极了,字字带着速度,裹挟着怒气。

他就像一个胜利者待在面色苍白的安达卢西亚身旁。在她年轻的视线下,他抚摸着她年轻的双手和那双手套。转瞬之间,他还没来得及反省:皮肤起了皱纹,身体变得干瘪,胳膊变得青紫。她那纤长而衰老的胳膊,修长而衰老的双腿。只消稍加触碰,那骨头就会脆生生地化为齑粉。青春的年岁就此挫骨扬灰。但无论我如何编造，戈拉亦无法被剥夺继承权。

"我被拒绝于天堂之门以外！过了一会儿，我又来了，来知道那些我本该知道的事情。在这之后，人们才能开始接纳我。而现如今，他们要将我扫地出门了。真是抱歉，波尔坦斯基还在等着我呢。"

"那个俄罗斯人？"

"是那个乌克兰人，也就是苏联人，你认识他么？"

"嗯，我知道他。是那个东边来的流浪汉司机吧。你去哪儿呀？"

"我去火车站，去宾州火车站。"

"你要去哪儿？"

"我要去见阿瓦基安。最后，我还是得去见贝德罗斯·阿瓦基安。他总是忙忙碌碌的，一副日理万机的样子，这次终于肯理我了。关于彼得和塔拉我有些问题要问，还有关于德斯特。她本想在萨拉热窝开家时装店。我是这样听说的，或者我是这样做的梦，我也分不清了。老了老了，上年纪了。说着说着就不知所云了，很有趣，不是么？"

"可以这么说。"

"正如你所见，新世界引起了我极大的兴趣。"

我一直听着电话，时间分分秒秒地流逝，我重新听见他自然地讲述起来，就像在此之前听过的一切忽而挥发了一般，又或许过去的那些事并无关紧要。

剩下只需问问他现在在读什么书即可。

"书？我什么书也不读。我没法集中注意力。"

"你桌上难道一本书也没有么？我可不信。"

"我有报纸、文件、档案。但我就是没有书。"

"床头柜上也没有?"

"什么床头柜?"

"我怎么知道?就是床旁边的床头柜呀。"

"啊,是的。有里尔克[1]的。只是他的读者圈在不断缩小,但并没有完全消失。真是谢天谢地。"

"里尔克?他的诗歌么?你还读诗呢?"

"不怎么读。只是一册文选。一些短文还有一些零散的诗句。这些诗句有关爱情。保护他人的孤独也保护孤独感本身!如果你想保有他人的孤独或者想把你的孤独传给别人,那么一切怕是都完了。这就是他的想法。你还记得吗?在一段良好的婚姻里,夫妻双方都是彼此孤独感的守护者。大概就是这些吧。"

"这是关于婚姻,而非关于爱情的吧。"

"有些人认为,爱情是一种归属的错误,诗人尝试着对此作以引导……如何守护契约式的爱情。'去了解另一半的孤独,保护这种孤独感,也就是说……或是将另一半留在自我孤独感的门外。孤独感身披节庆的外衣,从偌大的暗黑之境浮现而起。'说得不错……这位老诗人当时还很年轻吗?"

他刚才似是重读了那篇文本,对自己找到的言语十分不满意。

这是一个胜利者。他拥有露和书架上的朋友,这帮助他掌握了那种贵族般的孤独感,文明化的虚伪。

"'配对的生活意味着加剧两个相邻者的孤独。当其中一个人完全离开了另一个人,那么一切都结束了,所有曾经荡然无

---

[1] 奥地利诗人。

存……'很年轻，不是吗？里尔克当时很年轻。"

他停了下来，似乎从桌子上拿起了一份彩色封皮的档案，逐渐将其拿近来，就像是你为了听清夺命列车的声音而将耳朵贴近地面那般。他听了一会儿疯子的小夜曲，而后用一种悠闲的方式将卷宗放回了原位，跟虚荣之地重建联系。

"'当两个人为了彼此拥有，而不再属于自己……'"

他读了起来。我意识到，他在读一本书，或是一本笔记。

"'当两个人为了彼此拥有，而不再属于自己，他们脚下的土地便会荡然无存。共同的生活变成了失败的堆砌。''失败的堆砌'，你怎么看？"

他只是由于被要求阅读而阅读，如同往常一样。他的声音冷静而正常。

* * *

接下来的几个星期，乃至几个月里，我跟戈拉总在讨论关于衰老的话题。

即便我们确认了彼得·加什帕尔这位年轻的朋友于未知情境中的死亡，这话题于他而言似乎依然不显得阴沉可怕。我曾猜想，他现在知晓了这最新的却又迟到的消息后，便要修改自己的悼文了，至于和自己的生平又有几分相似，我们不得而知。当我将这样的猜想告诉他时，他也未曾回驳我什么。我擅自假设并补充说道，在彼得失踪后，在我们之间这般日益频繁的对话中，我似乎就变成了这样一篇文本当中的主人公。他不作回应，将话题拉回关于衰老的讨论。

"在我那心血管犯病之前，我始终都没感到自己年龄的变化。我没有孩子，不曾感受到岁月的流逝。我记录了自己40岁和50岁的生日，而后将其遗忘。和大夫们，医疗器械和诊室的见面才将我唤醒。之后的那一年让人痛不欲生。女性求偶狂，就如死者称呼她的那样，让我面临各式各样的折磨与考验，而我则永远活在一种高压下。那时我感知到，疾病如同一种警告。这便是衰老，不是么？脆弱感变得愈发尖锐，引向衰竭，引向终结。警钟鸣响，光阴加速，每日每夜都将我们推向令人恐惧的远方，仿佛生活永远不止于此。每个全新的早晨都是迈向陌生的一步，这陌生可以是任何事物，也可能是终结。"

他说得对，疾病让你做好灭亡的准备。如若没有这般准备，你可能还会以为能无限延长这扑朔迷离的生命。

"忧伤与空虚？人们眺望着地平线，他们终将消失在那里，仿佛不曾存在过。然而，日常生活才是最具力量的事物，它将你瞬间带回当下。本能依然鲜活有力。你会重新归于混沌之境，它不知不觉地，无情地吞噬着时光。"

"可是宣布裁决结果时，感觉是会发生变化的。你被宣告已走到了人生路的尽头。过期了。就像任何产品那般，它们都有自己的保质期：23年，34年，61年3个月2个星期零5天。肿瘤是不治之症，你还有6个月的生命。对生命的最后一次延时。现在的医生无权就病情对你撒谎。"

"的确，每日的时光都是一份不曾奢望的礼物。你开始珍视每个瞬间、每片书页、每阵微风、每张书页，你想要好好品味它们，将它们久久地收藏心间。你还害怕么？你现在还害怕么？还因你自己将化为虚无，遁入混沌而害怕么？"

"那时候的确怕。飞来横祸将我的五脏六腑搞得一团糟。现在还有些许恐惧吧。不过,好多了。我已经冷静下来了。"

"最后的时刻邪恶有影响么?愤怒、失意、疲惫、厌恶一切,包括那令人反感的死亡?"

"可能有吧。但愤怒是最致命的,这是绝不能接受的。"

"那么善意呢?安详与感恩呢。就是那种对于生命的逆来顺受和卑躬屈膝?"

"就像一个幻影吧?将纯真弃之不顾?就像对待信仰那般?"

"信仰催生希望,尽管这并非得不到验证。不过可能到以后,就连这种事情人们也可以进行验证了吧。"

"帕拉德并不是信徒,但是他相信灵魂转世一说。他相信命运的永续轮回。"

"他并非唯一的那个。他声称自己收到过一些密码信号,所以那些不曾受过这些信号的人是无法反驳他的。"

我央求戈拉告诉我他究竟从窗外看到了什么。他首先把时间告诉了我:下午,四点零八分。

"既然我们在谈论衰老、死亡,那么就是在谈论时间,所以我们不能忽视它。生命的过期之时。"

稍作片刻,他又补充道:"那是七月,七月十九号。"

我原本还等着他说具体是哪一年,但他并没有那样做。就像任何一天那般,那日既有那么多的人出生,又有那么多的人死去,那一天的窗户里究竟能看见些什么呢?

他为我描述了他的花园,然后描绘了那绿莹莹的河谷,那是一种鲜活充满朝气的绿色呀。远处,高耸的树林郁郁葱葱。在他窗前的花园里,还有一窝野火鸡。火鸡妈妈和她的孩子们在一起,而火鸡爸爸不在家,待在了书房里。几只松鼠。两只踟蹰的小狍子,还有一只懒洋洋的大肥猫。

"天堂!这简直是天堂啊,不是么?"

"嗯,我一点儿也不厌倦。我架上有书,心中有词。"

"但它们终将消失。"

"你是想说,那些书将不再属于我,我将无法埋首书海之中么?"

"你可艳羡那些留下来的人呢?你会因为自己离开而过意不去么?"

"艳羡?那些留下来的人又并非长生不死,他们只是暂时留了下来。当然他们逝去的时候,在一段时间内他们也会被人铭记,被他们的亲人和朋友所怀念,被书册和照片所记录。而最终,这一点痕迹也终将被抹去。何时抹去并不重要。是的,当你想起你那些亲爱的故人时,你不免会有些晕头转向。尽管你已经很久不曾见到他们了,你仍能感到他们就在这里,他们依旧停留在这里的某个地方。难不成连我们这颗疲敝的星球也终将消失么?多可怕呀,不是么?"

"你可希望与某些人于奈何桥畔再重逢?"

"嗯,是的,我希望再遇见我的父母双亲。我总时不时想起他们,当然还有别人……我总是这样,时不时地想起他们。如果我们能够将有关他们的记忆保存下来,那就足够了,这样其实更为稳妥,不会发生什么令人沮丧的变数。"

我问他,如何看待最后的弥留时光,是该将之无限延长,还是短促结束,短暂得宛如一记抽搐?

我以为自己很顺从,很平静,就是那种生理意义上的平静,一如我那遥远故国一位对话者所说的那样。可是，最终的想法还是压垮了我。无能、后悔、不可逾越的感觉将我顷刻掏空，就像是情感上命中注定的偿还，令我无处遁形。

"我不知道，我并未考虑过这个瞬间。考虑这件事情实在令我难以忍受。"戈拉漫不经心地回答着我。

事实上，我们谈论的不是年老色衰的晚年，而是生命。晚年是渐趋缓慢的生命，但到底还是生命。即便它脆弱不堪，被缩减得只剩短短几载，到底也是生命。没有生命，死亡就将不复存在。

"物质的死亡？变质物，有机物。还有什么是关于超越的？试图挑战物质的祈祷、书籍、手稿、乐谱、绘画，而它们又同时代表着物质本身。是一种虚荣吗？"

"是强度，并不比那些虚荣之物更无用。我们无比优越的强度。我们的礼物和对应的给予方式。"

"如同爱情那般？"

我意识到，这问题噎住了他，我听到那书桌上的纸张紧张地沙沙作响，眼镜也被一下丢到了桌面上。

怀揣着一种稚嫩的忧伤，我挣脱了悼文。

即便是和戈拉交谈的时候，我的内心也依然装着一个十岁的小男孩。或许还可能是个年龄稍大点儿的少年，尽管我清楚地记得18岁、25岁和之后的年月中我所经历的各种犹豫迟疑，各种狂热欣喜，各种黯然失败。然而，那男孩或是那少年自始至终就在那里，在那不同却又相同的肉体当中，只是带着另一番精神思想，而那思想也是相同的。一切恍若昨日。那一切又是什么时候消逝的？它真切地消逝了吗，没有丝毫的拖延？

一个星期前，露问我想不想立个遗嘱，好让人们在我辞世后将那些维持人造生命的仪器从身体上取下，就像她想要的那样。我拒绝了，无论如何都不行。她不能从她那最后一个牺牲者身上摘除维持折磨的罪恶仪器，我的遗嘱上将写明禁止这一解脱。我并非是想要奇迹发生，并不期待着哪天发明什么灵丹妙药或是身体自发地出现难以置信的转机，好让我逃过死亡。我只想说，尽管疾病以一种无意识的极端形式存在于这个世界，然而它本身也是生命一部分。谁又能确切地计量垂死者那无可医治的健忘症绝对的程度又有几分？帕拉德应该会赞同我的观点。他甚至相信世界是代码构成的，其中有神秘的形式，有公开的、无尽的转变，有魔幻而不可预测的变形。伊奇·科齐也会赞同我的。他一直都强调唯一存在的是生命，仅此而已，那便是古人的信仰所在，也正是它导致了人们的精神官能症和焦虑症。拒绝了第二次机会的人们丧失了救援，被无情地逐往一个预料之中的方向。

露似乎对我的坚持感到有些震惊，但对其自身的消逝却持以十分果决的态度，无论这场消逝会发生在何时，发生在何地。我接受了其他的愿望，用法律文本的形式记录了下来，最终署名生效。

次日早晨，我给她看了我们的脑袋在枕头上留下的压痕。我让她想象了一下，睡过这个枕头的人突然辞世，被人抬出房间，而这个枕头上的压痕则被妥善地保存了下来。而你曾和这个人一同分享过这张床和许多时光。倏忽间，时光化作一片荒野，房间成为一片荒漠，只有枕头上留下了永恒保留的痕迹。

"你能想象吗？"

"可以，但我不想要这么做。我们在遇到彼此之前，经历了太多太多。"

她的目光让人感知到，迟来者没有脱身之计。是的，我既没有，也不想有。

她不曾抗拒闪烁其词的警告和扑朔迷离的预感，也经历着重返青春的过程。她说，她摆脱了流亡伊始便缠身的疾病与痛楚，好似一场大病痊愈。她那双纤纤玉手等待着我这个迟到者。

她曾无法适应那巴洛克式的焦虑，如今她从中解放，在如火骄纵的热情中愈发真实，在沉着稳定的敏锐中愈发美艳。

时光耐心地等待着经历了百转千回的我们，现在，它甚至吊诡地放慢了自己的节奏。我们不曾了解彼此的孤独，而正是这孤独感将我们相连，让我们重又发现彼此，焕发我们身上的活力。那长久以来所渴求的冒险，即便在那第一次也是最后一次拜访嫌疑者的阁楼之后，也不曾丧失它独有的魅力。

我从不恐惧稍纵即逝的事物。在那夜晚流逝之后，我继续注视着那枕头上的压痕。露让我看看我们投映在白墙上的人影，我们相互依偎，安稳幸福，也很庆幸白日的阳光终将把这光影彻底抹除。我抖了抖压扁的枕头，让那些压痕从此消失。

我不愿留下痕迹，也不愿滞留回忆。露接受了俘虏自卫的决定，哪怕那可能无法成功。

VIZUINA
Copyright ©2009, Norman Manea
All rights reserved
著作版权合同登记号：01-2019-1138

图书在版编目（CIP）数据

巢／（罗）诺曼·马内阿著；莫言，徐台杰译．——北京：新星出版社，2019.4
（诺曼·马内阿作品集）
ISBN 978-7-5133-3282-8

Ⅰ.①巢… Ⅱ.①诺…②莫…③徐… Ⅲ.①长篇小说-罗马尼亚-现代 Ⅳ.①I542.45
中国版本图书馆CIP数据核字（2018）第240453号

巢

[罗马尼亚] 诺曼·马内阿 著；莫言 徐台杰 译

责任编辑：李文彧
责任校对：刘 义
责任印制：李珊珊
封面设计：冷暖儿

出版发行：新星出版社
出 版 人：马汝军
社　　址：北京市西城区车公庄大街丙3号楼　　100044
网　　址：www.newstarpress.com
电　　话：010-88310888
传　　真：010-65270449
法律顾问：北京市岳成律师事务所

读者服务：010-88310811　　service@newstarpress.com
邮购地址：北京市西城区车公庄大街丙3号楼　　100044

印　　刷：北京汇瑞嘉合文化发展有限公司
开　　本：910mm×1230mm　1/32
印　　张：12.75
字　　数：238千字
版　　次：2019年4月第一版　2019年4月第一次印刷
书　　号：ISBN 978-7-5133-3282-8
定　　价：58.00元

版权专有，侵权必究；如有质量问题，请与印刷厂联系调换。